徳間文庫

半村良“21世紀”セレクション1

不可触領域／軍靴の響き

【陰謀と政治】編

半村　良

徳間書店

C O N T E N T S

HANMURA RYO
21st Century Selection

〝21世紀〟セレクション　半村良編　編纂にあたって

トクマの特選！では、日本SFの巨匠・小松左京の作から、令和の現実と呼応する〝予言的〟ヴィジョンを選《よ》りぬいた傑作選「21世紀セレクション」をお届けしてきました。今回は想を新たに、小松と並ぶ、日本SF第一世代のトップランナー・半村良の傑作をお届けしようと思います。

半村良は日本SF界で初めて直木三十五賞を受賞した作家として知られ、『産霊山《むすびのやま》秘録《ひろく》』や『妖星伝』、伝説シリーズなど、多くのベストセラーを放った人気作家です。

奇《く》しくも今年2023年は、第168回直木賞に、第三回ハヤカワSFコンテスト出身の小川哲の『地図と拳』が選ばれ、大きなニュースとなりましたが、同賞を受賞したプロパーのSF作家は史上二人目。第72回（1974年下半期）の半村良以来のこと――まさに半世紀ぶりの快挙だったことになります。小松左京、星新一、筒井康隆の三巨星ですら成し遂げられなかった快挙であり、半村良が如何《いか》に傑出した存在であったかがわかります。

半村は、庶民生活に根ざした哀切極まる人情噺《ばなし》を得意とし、その先にSFで培った壮大なスケールの綺譚《きたん》・宇宙レベルの奇想を展開する、独自の境地「伝奇ロマン」の書き手でした。主人公たちは肉体的強者でもなければ、知識あふれる学者でもない。市井の凡人が、社会を牛耳《ぎゅうじ》る巨大な権力や圧倒的な災難に踏みにじられた時、どのような選択をし、何を支えに生きるのか。一般人視点のエモーショナルなドラマこそが半村良の真骨頂です。個のドラマを積み上げた〝情〟の大絵巻《タペストリー》は、普遍的なリアリティで時代を超え、現代の私達に肉薄してきます。

本巻では、特に、東日本大震災を経験し、コロナに揺れ、世界戦争の危機が再燃しつつある、不穏な令和の現実にマッチした作品――社会が政治や技術の暴走によって歪《ゆが》み、日常が黒い不安に塗りつぶされていく恐怖／ポリティカル系の作品を集めました。

半村は本書の他にも、政治的陰謀や権力者・超越者の横暴によって人生を狂わされ、情報に踊らされるひとびとを描いた作品を数多く残《たくら》しています。

富裕層で構成された秘密結社が社会の支配を企む『石の血脈』や、意図的に嘘の情報を流す情報攪乱《かくらん》のプロフェッショナル〈嘘部《うそべ》〉の暗躍を描いた『闇の中』三部作など、90年代以降の「失われた30年」が浮き彫りにしていった数々の社会問題を、あたかも予見していたかの如《ごと》き作品が軒《のき》を連ねます。これらの作品が1970年代に描かれていた事実は如何に半村良の直感と洞察が傑出していたかの証明になるのではないかと思われます。

日本SFが生み出した、〝もっとも危険なヴィジョン〟に戦慄《せんりつ》してください。

そこには我々の明日が映し出されているかもしれません。

トクマの特選！編纂チーム

Illustration　慧子
Design　坂野公一（welle design）

PART 1

黒い陰謀

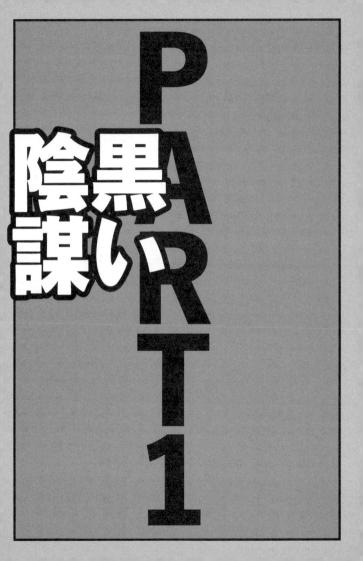

フィックス

HANMURA
RYO
21st Century Selection

冒頭に据えた本作は、国家的課報《ちょうほう》戦の虚実を描くスパイストーリー。後に『闇の中の系図』として長編化されているが、大幅に構想が改められ、ほぼ別の作品といって良い程読み口が異なる。なんと語り手を務めるのは半村良自身――を思わせるSF作家。庶民が垣間見る国際情報戦の恐ろしさと非情さ、「大きな嘘」で人心を惑わす特権を得てしまった人間の狂気を描く、著者らしさ溢《あふ》れる切れ味鋭い名品だ。

本作が発表された1974年は、ベトナム戦争を経てさらに東西の冷戦緊張が激化。幾つかのスパイ謀略が暴露され、世間を賑《にぎ》わした。1972年、米国中央情報局CIAの元工作員らが、民主党本部に盗聴器を仕掛けようとした「ウォーターゲート事件」では、CIAとFBIの暗闘や〝現職大統領の犯罪〟などアメリカの暗部が暴かれた。翌年、講演会のために来日中だった大韓民国の政治家・金大中《キムデジュン》氏（後の第十五代大統領）が、韓国中央情報部（KCIA）に拉致《らち》される「金大中事件」が勃発している。

こうしたニュースを受けて、早速架空《かくう》の課報組織「JCIA」を配してみせる目利きぶり、さらには米国の軍事政策策定にも深く関わるシンクタンク「ランド研究所」のように――知る人ぞ知る情報を絡めて物語の奥行きを広げるアレンジなども心憎い。〝真に迫る嘘〟の楼閣を築く半村的リアリズム演出の真骨頂《しんこっちょう》と言えよう。

本書を編んだ今年2023年は、ロシアのウクライナ侵攻や、台湾海峡の緊張など、冷戦当時をも凌駕《りょうが》するほど切迫した世界情勢となっており、「次の戦争」への危機感が高まっている。リアルタイムで本作を読んだ昭和の読者にもまして、令和に生きる我々の心胆を寒からしめる作品となったのではないだろうか。「The Young Person's Guide To 半村良」の幕開けとして自信を持ってお勧めしたい。

饒舌な男

その男と何処《どこ》で会ったかは、此《こ》の際大した問題ではない。ただ、私はその時、薄暗い店で酒を飲んでいたとだけ言って置こう。

薄暗い場所で酒を飲むのは、私の唯一と言って良い愉《たの》しみである。学生の頃から文学を志したと言う訳ではなく、同人誌などに参加したこともなく、至って低俗な社会に棲んで誰もがその儘《まま》そこで生涯を送るに違いないと思っていた者が、或日突然我流の小説を書き始め、今はこうして筆一本で生活するようになっているのであるから、心の奥底には常に不正者のうしろめたさが蟠《わだかま》り、日頃はやむを得ず楽天的に振舞ってみせてはいても、独りの酒でおのれの本性と面《つら》つき合わせねばならぬ時には、どうしても一定の薄暗さと言う物が必要になるのである。

明るい場所で飲めばかえって陰気になり、必ずと言って良い程悪酔いするが、薄暗い場所では酒という鏡に写るおのれの醜い貌《かお》がしかとは見定め難く、小説を書いて暮らすにつけて支払わねばならぬ、おのが知識の浅さ字の汚なさ、臆面もない厚かましさなど、恥の数々を思い起こさずに済み、活字になって人の目に触れる晴れがましさや、原稿料の旨味だけを反芻して、はた目には薄暗い中で背を丸め、何やら物侘《ものわび》しげに見えようと、内心は結構陽気で、我世の春とにんまりしているのである。

その男は、私がそんな気で飲んでいる時にやって来た。席は薄暗い店の隅角で、私の左腕は汚れた飴色の板壁に触れており、顔をあげれば目の前も空いた椅子ひとつ置いて同じ飴色《あめいろ》の板壁であった。

——いわし塩焼——

その板壁には、多分毛筆練習用の、例の帳面式になった短冊を使ったのだろうが、下手糞な字でそんな品書きが一枚、斜めに貼りつけてあった。そこから右へひろがった飴色の壁面には、同じような品書きの短冊が、洒落《しゃれ》たつもりでさまざまな角度に斜め貼りしてあり、その最後の一枚が私の目の前にあったのである。

酔客のざわめきと、セーターを着た乱暴な女店員の奥へ注文を通す声は、主に私の背後で渦巻いており、右どなりにも四人連れの客がいて、三人が一人を寄ってたかって何やら慰めている。会話の端々から想像するに、それは勤め先の上司に対する不平不満らしく、一人が明日にも辞表を叩《たた》きつけてやると息巻いていた。

　私はそんな場所でひっそりと徳利を傾ける自分が気に入っていた。巨大な社会の今日という流れの中で、肌にその流れを感じつつ、実は超然として流れ全体を見渡しているような、そんな根拠のない思いあがりを愉しんでいたようである。

　その男がどの辺りの席から立って来たのか、私は知らない。七、八十糎《センチ》四方の、壁と同じ飴色をしたテーブルの横に立って、彼は私の名を呼んだ。その位置は、女店員が酒を運んで来た時とそっくりだったので、俯《うつむ》いていた私はてっきり店の者だろうと思っていた。

　名を呼ばれて顔をあげると、濃い鼠色のコートの下に濃紺の背広を着、白いワイシャツに毛糸の空色のネクタイをしめた男が、左手で徳利の首をつまみ、右手にこの店のおきまりの益子焼のグイ呑みを持って見おろしていた。

「前からあなたのファンなんです。最初の頃からずっと読んでいるんですよ」

　男はそう言うと左手の徳利を突き出した。私は徳利で目の前を塞がれ、少しのけぞって相手の顔を見つめた。

　ちょっと年齢が摑《つか》めない感じであった。どちらかと言えば面長で、眉は濃く、目は切れ長で鼻筋が通り、唇は薄いが酒の為か紅く、頤《あご》の先に短い縦の肉溝があって、髪はきちんと撫《な》でつけてあった。

　美男といえよう。清潔な感じだし、若々しい機敏さに溢《あふ》れていた。しかし、なんとなくのっぺりとしたとらえどころのない印象があり、私は好感を持つべきかどうか戸惑っていた。

どちらともきめかねるまま、私は自分のグイ呑みの酒を飲みほして、男の差し出している徳利に合わせた。男は屈託のない笑顔になって注《つ》いでくれた。

「いいですか、ちょっと此処《ここ》へ坐って」

向かいの、壁を背にした椅子を顎《あご》でしゃくってそう言った。

「あ、鞄《かばん》を……」

私は曖昧《あいまい》に答えた。空いた椅子に、本を買い漁《あさ》る時専用にしている、黒いショルダー・バッグが置いてあった。男はテーブルの上に徳利とグイ呑みを置くと、ショルダー・バッグの肩紐を椅子の背に掛け、ついでに鼠色のコートを脱いで同じように椅子の背にかけると、するりと体を拈《ひね》って狭いテーブルと椅子の間へ入った。

「最初の頃の、良かったですよ。僕は好きだったなあ」

では今のはどうなんだ、と言うような疑念をさしはさむ余地のない、カラリとした言い方であった。初めは幾分照れ臭く、急に気づいたように振り向いて店の中を見まわしたりしたが、顔を戻すと相手がまだ見つめているので、男が注いでくれた酒をぐいと飲んだ。

男は徳利をとりあげ、すぐまた注いだ。

「いつもこういう店でお一人で飲むんですか」

私は自分の徳利をとりあげ、相手のグイ呑みに注いでやった。徳利は背の高い二合入りで、テーブルの上には突き出しの小皿と別に、牡蠣《かき》酢《す》の鉢がひとつあり、すでに幾粒か食べ減って紅葉《もみじ》おろしが散っていた。

男は軽く目で礼を言い、グイ呑みを持ちあげたが、背の高い二合入りの徳利は丁度空になる所で、八分目ほど注ぐと逆さになってしまった。

「これは失礼。丁度終わった所だ」

私が詫びると男はグイ呑みを置き、性急に二つ三つ手を鳴らした。

「ハアイ」

女店員の憤《おこ》ったような返事が聞こえた。男は自分の徳利を高く掲げて見せ、もう一方の手で指を二本突き出した。

「お銚子二本……」

節をつけた声が遠くで聞こえる。この店では私だとそんな早く事が運ぶことは滅多にない。女店員にこちらを気づかせるのがひと仕事で、気づいても忙しいから仲々廻って来てはくれないのである。

あらかじめ燗《かん》をつけていると見え、かわりの酒はすぐに来た。

「早いのがとり柄だな」

男は運んで来た女店員にそう言った。

16.

「そうよ」

女店員は笑いながら答え、すぐ去って行った。ひょっとすると、私がこの店の女店員のそんな柔和な顔を見たのは、それがはじめてではなかっただろうか。いつもは最前線の女兵士のように、自分の任務にとじこもって微塵《みじん》も感情らしいものなどのぞかせることがないのである。

私は男に好感を持とうと決めた。

「いつもこの店ですか」

すると男は曖昧に、

「ええ、まあ」

と答える。

「あなたの最初の頃からの読者として、ぜひ聞いてみたいことがあるんですがね」

「なんです」

「要するにあなたは、あり得ないことをいかにもありそうに書くのが楽しいんじゃありませんか」

私は笑った。

「そのとおりですよ。真実を書くなんて大それた望みは持っていませんよ」

「とんでもない嘘《うそ》を、自分で嘘と承知しながら、いかにももっともらしく書いて行くのは、きっと楽しい作業でしょうね」

「そりゃ楽しいですよ」

「百人の内の何人かだけでも、その嘘をもしやと思わせることができたら、うれしいでしょうね」

「それをあてにして書いているんですからね」

「いい商売だなあ」

「あなたのお仕事は」

「スパイです」

男は淡々とした言い方で答えた。

「ほう。調査か何か、そういったお仕事ですか」

「そういうのもやります」

「競争が激しいですからねえ、今は。で、業種は……」

そこまで言って、私は自分の質問がいささか立ち入りすぎたかと思った。

「いや、これは余分な質問だったかな」

すると男はニヤリとした。

「かまいませんよ。当ててみますか」

「繊維」

「いや」

「重工」

「違います」

「製薬」

「いいえ」

「商社」

「当たりそうもないな」

「じゃ石油関係」

「国ですよ」

「どこの」

「きまっているじゃありませんか。日本のですよ」

「ふうん」

私はちょっと鼻白んだ。からかわれたらしいと感じたのである。

「ＪＣＩＡですよ」

「まさか」

私はガッカリした。ＫＣＩＡにひっかけるなどは、幼稚すぎると思った。

「ＪＣＩＡが気易《きやす》く名のり出るわけがないと思うでしょうね」

「まあね」

私は酒を飲み、箸をとって牡蠣をひと粒口へ入れた。

「ＪＣＩＡなど、あり得ないと思うでしょう」

「あるかも知れないけれど」

「まずない。たいていＪＣＩＡと言われたらそんなように思うでしょうね。でもあるんです。現に僕はそこに所属していますから」

「正規のＪＣＩＡ局員なのですか」

私は調子を合わせてやる程度に、軽い言い方をした。

「ええ。と言っても、勿論身分証を定期入れに入れて持ち歩いてるわけじゃありませんが」

「そうでしょうな」

私は苦笑した。

「僕は、あなたのような人は非常に特殊だと思うんです」

「ＪＣＩＡ局員と同じようにね」

「それよりもっとでしょう」

男には私の皮肉が通じないようであった。いや、ＪＣＩＡと言った以上、もっと露骨な反応があっても当然と思い込んでいるのかもしれなかった。

「僕がそんなに特殊ですかね」

男は愉しそうな含み笑いをした。

「だって、あなたの口から出たら、何だって嘘になります」

「酷《ひど》い言い方だな」

腹を立てたわけではない。その種の言われ方には慣れていた。しかし、いくらかは不満を表明するのが社交的な儀礼というものであろう。

相手も儀礼的に訂正した。

「いや、これには但し書きが要ります。あり得ないような真実を告げるには、あなたは最適の人物だと言いたいのです。スパイが何から何まで肚《はら》にしまって、絶対に口外しないというのは伝説にすぎないんです。スパイだって、たまには言ってはいけないことを、洗いざらいぶち撒《ま》けてみたくなるもんですよ。でもそうしたら明日から生活できなくなる。それどころか、生きていることさえできないかもしれない。でも、人間はみな誰かに聞かせたいことを持っているんですよ。そうでしょう。僕にだってあります。以前は自分がどんな人間だったか。そして今はどんな人間になってしまったか。なぜそんなように変わったのか。誰が変えたのか。……でも、普通では喋《しゃべ》れません。今日偶然僕は町であなたを見かけました。その時すぐ思ったのです。あなたは何を聞かせても大丈夫な人だとね。なぜなら、あなたは常日頃、あり得ない嘘をいかにもありそうに語っておられる。私があなたに嘘のような真実を語っても、別にあなたに口どめをする必要はないのです。あなたからまた聞きした人々は、いつもの奴だと思うでしょうからね。実際に、私があなたに喋ってしまいたい真実は、あなたのいつもの奴にひどく似ているのですよ。ＪＣＩＡが存在すると思うか。多分ないと答えるだろう。だがＫＣＩＡがあることは誰もも疑わない。ＫＣＩＡの母体と日本の現体制が癒着してしまっていることも知っている。そしてアメリカには本家のＣＩＡがある。この三つは頭がひとつにくっついてしまっている。ＣＩＡがあってＫＣＩＡがあって、日本だけがＪＣＩＡを持たずに過ごせるのか。そういう主体性が許されているのか。安保条約と無関係なのか……。僕の語る話をあなたが信じた時、あなたはほかの人に多分そういう言い方をするでしょうね。そして、そういう言い方は、これまでいつもあなたがとんでもない嘘を人に信じ込ませようとするとき使って来た言い方なのです。聞き手はまた面白がるかも知れませんね。でも信じるでしょうか。信じたとしても、ああまたとんでもない嘘を信じ込まされたと、人々はそれを嘲《の》みくだしながら笑うのです。聞いてくださいよ、私の話を。あなたは安全なのです。あなたは無害なのです。すべての真実を、いかにも嘘らしくしてしまう特殊な人なのです」

男は饒舌であった。

「いいでしょう」

と私は言った。

「聞かせてもらいましょう。だがひとつ条件がある。何かひとつ、他愛のないことでいいから、非合法な芸当をして見せてくれませんか。嘘をつくのが商売だけに、私自身はこれで仲々疑り深いのです」

「いいですよ。それに今日は時間もない。あさっての晩、おひまですか」

「そんな面白い話が聞けるなら、いつだってお会いしますよ」

「じゃ、あさっての七時。あなたのお好きな所で落ち合いましょう」

「で、非合法なことはいつして見せてくれるのです」

私は多分底意地の悪い目付きをしていたと思う。それで厄介払いをするつもりでいたのだ。

「今すぐやりましょう」

「ほう」

「あなたがいつも小説を書く場所はどこですか」

「自宅の二階ですよ」

「机の上に原稿用紙が置いてありますか」

「ええ。たくさん……」

「じゃあ、そのいちばん上にＪＣＩＡと書いておきましょう。それに、あさってお会いする時の為に或る名前をひとつと。これからまっすぐお宅へお帰りですか」

「そうですね」

　私は少し考えた。今朝六時迄原稿を書き、七時に床へ入って十一時半に起きた。一時に渋谷で人と会い、三時に神田の出版社へ寄って、そのあと少し本屋をまわり、夕方からこで飲んでいる。寝不足だし疲れてもいる。これから銀座や新宿を飲みまわるにしては、コンディションがよくなかった。

「車を拾ってまっすぐ帰りますよ」

　男は立ちあがり、ちょっと気障《きざ》っぽく肩をすくめ両手を開いて見せた。

「僕はあなたの住所も電話番号もまだ知りません」

「教えましょうか」

「いや、結構です」

　そう言って、男はレジの脇にあるピンク色の電話へ歩いて行った。受話器をとり、ダイアルをまわしている。私は向き直って手酌で飲みはじめた。

　男はすぐ戻って来ると、椅子には坐らず、コートをとり、私の前の伝票をとりあげた。

「行きましょう」

　奢《おご》るつもりらしかった。つられて私も席を立ち、ショルダー・バッグを肩にかけて店を出た。

　外には冷たい風が吹いていた。男は歩道の端へ行って大きく手をあげた。黄色いタクシーが来て停った。

「お宅まで何分ぐらいかかりますか」

私が乗り込む時、男は尋ねた。

「三、四十分もあれば……」

ドアが閉り、外で男は笑っていた。車が走りだし、私は行先を告げた。ふり返ると、男は背を向けて北風の吹く夜の中へ消えて行くところであった。

午後の迷走

その夜私が家へ帰ってからのことを、此処で説明しない訳には行かない。でないと、なぜ私があの男の言うことを信じて、二日後のこのこと町へ出て行ったかが判らなくなるからである。

私の家はL字型の私道の角で、Lの縦棒がおりた突き当たりになっている。四角い石の門柱の間に、両びらきで胸くらいの高さの木の扉があり、てっぺんの内側に簡単な掛け金があって、外からそれを外し、把手《ノブ》を廻してあけることになっている。

私はいつものようにそうして門の中へ入り、腕時計をちらりと見て、もう客の来る時間ではないのをたしかめてから、把手の下に差しっ放しにしてある鍵を廻して錠をしめた。そうするのが習慣であった。

扉から玄関のドアまでは二、三歩で、ドアの中へ入り、ドアにも錠をかけた。靴を脱いでコートを帽子掛けに掛け、ショルダー・バッグをぶらさげて廊下をまっすぐに行き、突き当たりの茶の間の襖《ふすま》をあけた。

炬燵《こたつ》で老母が蜜柑《みかん》をむきながらテレビを見ていた。

「おかえり」

「誰か来なかったかい」

「誰も。誰か見えることになっていたの」

「いや」

私はそういうと家内のうしろを通って、老母の右隣に坐った。家内が熱い茶をいれながら言った。

「お電話がありました」

「誰から」

「中村さんからです」

原稿の催促にきまっていた。テレビはつまらないホーム・ドラマであった。いつもの通り生ぬるい平穏さが茶の間を支配しており、私はその中で自分の感覚が、ブラウン管の中で演じられているホーム・ドラマそっくりの、恐しく根深い日常性へ降下して行くのを感じていた。茶の間の自分の席とは、そういう効き目を持っているものらしい。

茶を飲んで、鞄の中から買って来た本を何冊かとりだして頁を繰り、納得して二階へあがったのは、家へ入ってから二十分ばかりあとのことである。あの男の前でタクシーに乗ってから二階へあがる迄に、だから小一時間たっていた計算になる。

二階へあがって電灯をつけ、本を棚にのせて石油ストーブをつけてから、私は床の間を背にした赤い座椅子に腰をおろそうとした。

私の仕事机は欅《けやき》の座卓で、その上には電気スタンドと大きな瀬戸の灰皿、パイプや鋏《はさみ》などを突っ込んだ革のペン立て、漆塗りの筆函《ふでばこ》、清水焼の湯呑み、太いモンブランが二本入ったケース、二匹対《つい》になった蛙の文鎮、透明なプラスチックの予定表立て、新潮国語辞典……そして中央手前は原稿用紙、その先に欅の、書いた原稿を一枚ずつ入れて行く平たい函とも盆ともつかぬ物がひとつ。ライターとセブンスター、パイプ莨《たばこ》の缶とカセット・ナイフが置いてある。

座卓のへりに両手を突いて、まさに坐ろうとした私の目の下に原稿用紙があり、ふと気づくと、二十字二十行のその枡目の一番右端の上から六つ目……つまり五字分あかした六字目に、几帳面な字で、

――ＪＣＩＡ――

と書いてあった。そして二行目の下部には、

――杉原明夫――

と、最後の夫の字が一番下の枡目へ納まるように、きちんと書いてあるではないか。

無論私の筆頭ではない。しかし、インクは明らかに私が常用しているパーカーのブルー・ブラックであるし、ペン跡の太さからすると、ケースに入った二本のモンブランの内

の、太いほうであることも間違いなさそうであった。

私は思わずその儘の姿勢で部屋の中を見廻した。左は東に面したガラス戸で、正面は障子。右は壁とクーラーをとりつけた小さな高窓である。背後は床の間と違い棚と三尺の押入れ、それに階段へおりる出入口の襖。八畳の部屋に人のかくれる場所はなさそうであった。

私は急に立ってふり向くと、一気に押入れの襖をあけた。来客用の座蒲団が積んであるだけで、内部の天井板も、ついこの間の風の日に、耳ざわりな風音をたてるので私が和紙で目貼りをしたままであった。

私は襖をしめ、部屋を横切って障子をあけ放った。部屋の横幅を次の三畳間の押入れの奥行きが三尺だけ食って、障子は一間半に四枚立ててある。

その三畳には仮眠用のベッドが置いてあり、やはり、人の気配はなかった。私は三畳の灯《あか》りもつけ、一間の押入れの襖をあけた。

襖の中は書庫がわりに使っていて、下段は原稿用紙や資料類が詰め込んであり、上段はぎっしり書物が並んでいる。私は念の為、その押入れの中の電灯にもスイッチを入れた。

勿論誰もかくれてはいなかった。

突き当たりは障子と同じ幅のガラス戸で、その外に雨戸が引いてあった。ガラス戸の錠は二カ所ともちゃんと掛かっており、東の窓も同じように錠がしまっている。

私は八畳へ戻り、二間の長さで引かれたカーテンをあけ、ガラス戸をたしかめたが、そこもちゃんと内側から錠がかかっていた。

階段の下は茶の間で、そこにはテレビ番組ふたつ分、つまり一時間半ほど前から、老母と家内が腰を据えていたことが判っていた。

とすれば、私の仕事場はその間密室であったわけだ。

なぜそんなに私が気味悪がったかと言うと、問題は原稿用紙の二行の文字の位置にあった。一行目五字をあけてタイトル。二行目最下部に私の名前。……いつも小説を書きはじめる時私がやる通りに書いてあったからである。

しかし、それは小学生の作文でも同じように使われるだろう。偶然と言えば偶然に過ぎぬが、字の太さもインクの色も、そっくり同じということが、私にとっては効果絶大であった。

私は東側のガラス戸の錠をあけ、外をのぞいた。そこには三畳の窓まで手すりがあり、人が立っていられるはずであったからだ。

だがやはり人影はなく、冷たい北風が私の頬を固くさせるだけであった。ガラス戸をしめ、カーテンを元どおり引いたあとも、私は二階を無人にする気が起こらず、大声で家内を呼んだ。

「留守中誰も来なかったと言ったな」

「昼間呉服屋の安田さんが来ました」

「昼間じゃない。夜になってからだ」

「いいえ、誰も」

「何か変わったことはなかったか」

「何か変なんですか」

地震が来ると膝が震え、サイレンの音が近づくと子供をかかえて顔色を変える女である。すでに怯《おび》えた瞳をしていた。

「いや、別に。何でもない」

家内は納得しかねる風情で下へおり、老母に告げていた。

「何か変らしいですよ」

「やだねえ。泥棒かい」

老母の声が聞こえ、立ちあがったらしかった。

「何かあったのかい」

二階へキンキンする声を放って来た。

「何でもない」

私は怒鳴った。面倒な事になったと思った。しかし老母と家内は勝手に警戒行動に移り、二階の真下の老母の六畳間や、その隣の子供部屋、玄関のほうの台所、風呂場から、玄関わきの洋間、四畳半、便所まで戸をあけてまわり、はては懐中電灯を持って庭まで出て歩いた。

「あ、ありましたよ、こんな所に」

家内が庭で呑気《のんき》な声をあげた。子供が何かを持ち出して外に置き放したらしい。

「おお寒い。莫迦《ばか》見ちゃったねえ」

女二人は縁側から戻って来て戸をしめ、

「相変わらず大げさなんだから」

と二階へ聞こえよがしに言って炬燵へ戻ったらしかった。

「てめえらのが大げさなくせに」

私はそうつぶやき、やっと座椅子に腰をおちつけた。実は女達が家中を見て廻っている間、私はいかにも責任ある家長らしく、何か異変があったらとび出そうと、階段の所で立った儘聞き耳をたてていたのである。

――JCIA。杉原明夫――

いったい誰がこんな芸当をしたのであろう。あの男だろうか。いや、それは不可能だ。もしあの男なら、私の乗ったタクシーと同じスピードで来なければならない。たとえそれが出来たとしても、それなら家へ入るとき私の影のように、私と一緒に入らねばならなかったろう。

彼ではない。それは確実に思えた。

あの店の中で、非合法なことをして見せると言ってから、彼は電話をかけていた。きっとその時、誰かに命令したのだろう。

「僕はまだあなたの住所も電話番号も知らないのです」

あの男はその時そう言っていた。タクシーに乗ってから家へ着いて門の錠を掛ける迄に四十分程かかっていたから、彼が電話をした時から計算すると、精々四十五分。その四十五分の間に私の住所が判り、誰かがとび出して私の家へ向かい、どんな方法でか知らないが二階へしのび込んで指示通り原稿用紙に字を書き、脱出したことになる。

「これは余程の組織だぜ……」

私は原稿用紙の字に向かってそう言った。不安は去り、相手に対する好感が湧きあがった。文字は気持ちの良い楷書だし、書かれた位置も気が利いていた。

「畜生、好いセンスをしてやがる」

私はあの男に電話でもしてやりたくなった。ＪＣＩＡがあることを認めると言ってやりたかった。しかもそれは、ちっぽけなオフィスを持つみみっちいものではなく、腕達者をごまんとかかえた大組織らしいではないか。

私はふとＫＣＩＡが起こした事件を思い泛べた。よその国でさえあれだけの芸当をやってのける。もし同じような組織が日本にもあり、自分たちの土地で何かをしようとするなら、もっともっと鮮かにやってのけるに違いない。

「あさっての七時か」

私はまたつぶやき、パイプに莨《たばこ》をつめはじめた。

私の好きな所で待てと言った。そう言われた時、私はその前に電話で打ち合わせでもするのだろうと軽く考えていたが、この分ではどうやらそうではないようであった。

あの男はもう一度手品を見せてくれる気らしい。私は黙って、勝手に好きな場所へ行けばいいのだ。尾行などお手のものだろう。黙って勝手な所で坐っていると、定刻にぬっと姿を現わすという寸法だ。

私はニヤリとした。あの男は私を相手にひと遊びする気でいるらしい。これは一種の挑戦なのだ。撒《ま》いて見ろ。俺を七時にお前の待つ所へ行けなくして見ろ。あの男は私にそう言っているようであった。

これを信じなければ私のセンスを疑われる。尾行を撒く知恵を絞らなければ洒落にならない。私はそう思い、考えはじめた。あさっての晩がたのしみになった。

そういうわけで、私はＪＣＩＡの存在を信じたのであった。そして私は、ＪＣＩＡの組織の規模、力量を秤《はか》るつもりで、二日後の昼ごろから、都内を迷走した。鼻をあかしてやりたい気持ちが半分と、それでもぬっと目の前へ現われるのを見て驚きたい気分が半分とで、私はそのゲームに熱中した。

その日の午後の迷走経路を言って見てもはじまるまい。結果は、赤坂の懐石料理店の一室へ、あの男が見事に定刻きっかりに現われたのである。

「手古摺《てこず》りましたよ」

男は女中に案内されて部屋へ入るなり、そう言って私に敬意を表してくれた。

「でも君は来た」

私も相手を褒めた。

「無理は言わない。ふたつだけ種明しをして欲しいんだ」

「何です」

「まず第一は、あの二階へどうやって入ったんだ」

「僕じゃありませんよ」

「それは見当がついていた。君の部下にせよ誰にせよ、戸という戸はお粗末ながらみな錠がおりていて密室状態だったじゃないか」

するると男は首を左右に振った。

「高窓があいていたそうです」

「だって君、あそこの半分にはクーラーをはめこんで、引き戸を二枚片側へ寄せてあるから、手首まで入るかどうかと言った隙間しかないぜ」

「二枚とも外したそうです。今後ご心配でしたら、鼠錠でも使うんですな」

「なあんだ。戸を外してまたはめただけか」

「で、ふたつ目は……」

「名前だ。杉原明夫という名をなぜあそこに書かせたんだ」

「ご記憶でしたか、その名前……」

男はじっと私を見つめた。妙に訴えるようなまなざしであった。

前の日、一日がかりで私はその名を思い出し、ざっと調べておいたのである。

杉原明夫は以前科学雑誌やSF専門誌にちょっと署名入りで寄稿した人物であった。J大の物理学研究室に籍のある若い学者で、重力理論を専門にしていたようである。

実は私も、或る会合で一度だけ杉原明夫に会った事があるのだ。それはたしかSF関係の研究会のような集まりで、杉原は地質学や考古学の若手と一緒に、その席へ講師のような形で招かれていた。

グラヴィトロン粒子論。

杉原明夫はそれについて話をしてくれたのである。私はすっかり忘れていたが、SF専門誌の編集部に問い合わせて、彼が寄稿した号のナンバーを知り、昔の雑誌を引っぱり出して記事を読んでから、その集まりで会った杉原明夫の顔を思い出したのであった。学者にしてはくだけた男で、空手をやるとか言うのが意外だった記憶がある。

私がそう言うと、男は嬉しそうに笑い、

「実は今夜あなたに聞かせたいというのは、杉原明夫の話なのですよ」

と言った。

「だって君は、君自身のことを話したがっていたじゃないか」

私はその男がすっかり気に入って、杉原などのことより、彼自身について知りたいと思っていたのだ。

するとその男は、私の目の前へ両手を突き出して見せた。顔に似合わずごつい手であった。

「ほう。君も空手をやるのか。JCIA局員なら、そのくらい当たり前だろうな」

「空手のほかにも特技を持っています」

「銃の名手かい。通称メカニックとかなんとか……」

「今では銃も扱えますが、僕の特技は物理学です。ことにグラヴィトロン粒子論については第一人者でしょう」

そう言って妙な笑い方をした。自嘲するようであった。

酒が来て、料理が来た。この懐石料理店は予約がたてまえであるが、私はちょっと店主と関係があり、我儘が通るのであった。長話には持って来いだし、予約制の店へ予約なしでとびこんだのが、私の迷走プランの最後のミソだったのである。

盃のやりとりがひと区切りついた所で私は言った。

「すると君は杉原明夫と何か関係がある人なんだね」

男はまだ私にとって名無しの権兵衛であった。

「ええ」

男は頷《うなず》き、顔を俯けて手酌をしながら、

「僕が杉原なんですよ」

と言った。

「まさか……」

「今夜はそのまさかはないことにしましょう」

男はきつい顔で私を睨《にら》んだ。

「だって、僕は一度杉原明夫に逢っているんだぜ。君じゃない。うろ憶えだが、君じゃないことはたしかだ」

「まあいいや……」

男はつぶやくように言った。

「あなたの知っている杉原が、なぜこんな顔でここにいるのか、それを説明することになるんですからね」

「本当か、おい」

深刻な様子に、私は自信をなくした。

「とにかく、仮りに私は杉原だとして置いてください。いいですね」

男は念を押した。私は黙ってその男……杉原明夫の顔を見返し、頷いた。

私は日本SF作家クラブに籍を持っている。つまりSF作家の一人だ。次元移動だの時間旅行などという事柄には、とうの昔に慣れていて、地下鉄や国電と同じように、その利用法を苦もなく頭に泛《うか》べることができる。

だが、かつて杉原明夫がSF専門誌や科学雑誌などで盛んに紹介した、グラヴィトロン粒子論となると、人に言う時ちょっと照れ臭いような顔にならざるを得ない。

グラヴィトロン粒子論というのは、重力は未知のグラヴィトロン粒子なるものの振動に依《よ》るとするもので、断っておくが、この新理論に関する限り、決して与太ではなく、ソ連のれっきとした科学者が、正規の場で提唱していることなのである。

重力現象は、その新理論を用いると、すべて解明できるというのであるが、私の知っているのはその辺りまでで、実際にその説を唱えたソ連の科学者の論文に触れたわけもないし、従って理論の詳細を理解している筈もない。

ただ、SFのほうには、グラヴィウムとか言う反重力物質の存在が、かなり以前から設定されていて、それを用いた宇宙船は、宇宙の各天体の重力を利用して、苦もなく宇宙空間を航行できることになっている。

そう言った架空の反重力物質は、スペース・オペラという宇宙活劇ものには至って重宝な存在で、私がグラヴィトロン粒子論について人に語るとき、なんとなく照れ臭くなるのは、あの気宇壮大なスペース・オペラの世界を思い出すからである。……何しろ、敵は秒速約五〇〇光年のスピード、こちらは一〇〇〇光年のスピードで宇宙戦がはじまり、両者がすれ違う時、双方の宇宙船の司令塔にいる相手の顔が見えたというような、小事にこだわらぬ闊達な小説世界なのである。

勿論私はその世界の愉しみ方をよく知っている。しかし、世の常識人に……想像力をみずから減衰させることで精神の安定と、周囲との調和を得ている種類の穏かな人々に言う時は、どうしても相手の反応に先まわりし、素直な表情では語りにくいのである。

とにかく、杉原明夫という幾分茶目っ気のある若い科学者が、ソ連のグラヴィトロン粒子論をいち早くSF界に紹介したのは、そういう背景があったからである。

荒唐無稽と思われていたSFの世界の事柄が、またひとつ事実となりそうだぞ……杉原明夫の紹介文は、SFファンの間でそういう意味を有していた。だから歓迎され、SFの研究会のような会合に、講師として招かれたりもしたのである。

荒唐無稽の虚構と異り、西側学界の一部にも波紋を呼んだソ連科学者の新説であるから、杉原明夫はSF専門誌ばかりではなく、科学誌にも紹介文をのせ、やがて正規の学界機関誌にも筆を執《と》ることになった。その点、杉原は物理学の重力部門の専門家であり、紹介者としての資格に不足はなかった。

杉原が学界の機関誌に、ソ連のグラヴィトロン粒子論を紹介したことを、私は知らなかったが、聞いて見ると、丁度その頃彼はようやく親密になったSF専門誌の編集者らにすすめられて、彼自身の見解を加えた、一層大胆な仮説をSF雑誌に載せることになったのである。

SF界というのは、SFに理解のある科学者を発見すると、百万の味方を得たように狂喜する癖がある。彼は気楽で居心地のいい世界を見つけて、グラヴィトロン粒子論に彼自身の想像を加味し、大いに愉しんだもののようであった。

それは私もよく憶えている。

新重力理論は、SF世界で既に架空の物質として盛んに活用されている反重力物質を、現実そのものとする途《みち》をひらいたばかりでなく、物質の分解や移動にも役立てることができるのだ、というのである。

物質は分子や原子、電子などで構成されており、その極微の世界にも重力現象が存在している。物質が或る構成を保っているのは、それら極微宇宙の重力関係に依るのである。従ってグラヴィトロン粒子論が重力現象を解明すれば、各原子間の結びつきを解き放つことも出来れば、新たに構成し直すことも可能なわけである。その技術では、石を金に変えることも可能になり、また、電波のようにして物質を任意の地点へ送りつけることも不可能ではなくなる。連続したグラヴィトロン粒子の波が、一定の方向へ送られ、受けとめられたとき、物質瞬送が実現するわけである。

杉原明夫は、グラヴィトロン粒子論がもたらすこれらの輝かしい新技術を予言すると同時に、それが誤用された場合についても警告していた。

たとえば、その物質瞬送装置を用いれば、大規模な兵力を任意の地点へ突然送り込むことが可能である。単なる輸送技術として用いられれば人類の宝となるべき知恵が、そこでは悪魔の道具と化してしまう。

「僕はソ連で発表されたあのグラヴィトロン粒子論を信じていました。大学の研究室でかすかに芽生えていた僕の頭の中の何かに、一遍に光が当てられ、具体的な景色となって隅々まで見通せたように思ったのです。僕は熱中しました。ソ連の新理論を基にして、次々にいろいろな可能性が発見できたのです」

杉原はそう言い、ふと苦そうに盃をほして目をしばたいた。

「SF界を軽視するつもりはありませんよ。しかし、あの新理論を最初にSF雑誌に紹介しなければならなかったということは……」

実に情無かったと言った。

新理論は何も杉原が最初に知ったものでもなければ、杉原が知ってすぐ世間に紹介したものでもなかった。

日本の学界はそれを黙殺したのだ。いや、笑殺したと言っても良い。アカデミックな学者たちは、誰一人とり合わなかった。

「例に依って例の如しか……」

私もそれを聞いて腹立たしかった。学界とはいつもそういう反応をする。お山の大将われ一人で、あとから来た者突き落とせということである。

「残念でしたが、僕にはどうしようもありませんでした。三流学者ですからね。うっかりその新説にとびつけば、一生学界の塀の外で立ちんぼすることになりかねないんですから」

「それでSF雑誌というわけか」

「ええ。一応黙殺ですか笑殺ですか、そういうほとぼりがさめかけたので、こっちは惜しくて仕様がないわけです。まあSF関係にならと思って、せめてもの供養といったつもりで寄稿して見たんです。……それまで僕はSFなんてまるでつき合いがありませんでしたしね。SFファンがあんなに喜んでくれるなんて、思ってもいませんでした」

「そりゃ、私らは嬉しがるさ。スミスやバロウズなんて連中が、昔から使って来たいわば

SFの必需品なんだからね。それが本物になるというのなら、ザマ見ろと胸を張りたい気持ちさ」

「僕も嬉しかったんです。学界の態度には虫が納まらなかったものですからね」

「随分書きまくったじゃないか。だんだん思い出して来たよ」

「SFの読者って、若い人が多いのでしょう。僕は次の時代へ望みをかけたつもりでいたんです。次の時代には、たとえ学界といえども今度みたいな反応はして欲しくないってね。それでどんどん書いたんです。正直言うと、自分でも首を傾《かし》げるような部分もありました。でも、SF雑誌ですからね。しまいには、ソ連の新理論を紹介してるんだか、自分の新説を発表しているんだか、いや、もっと言えば、重力ネタのフィクションを書いているんだかよく判らないような状態だったんですよ」

杉原は首をすくめて見せた。

「私らには楽しかったな。専門の科学者がSFにどっぷりつかって見せてくれるんだから、頼もしいっちゃなかった。それに、君自身も楽しんでたよな。私らにはそれがよく伝わってくるから余計嬉しくなったのさ」

「充分楽しみましたよ。で、そうこうする内に、科学雑誌からも依頼が来るようになったんです。最初は少年科学という児童向けの雑誌でした。それがうけたらしくて、次の月の号には科学現代です。科学現代という雑誌は、少年科学と同じ出版社でしてね」

「あそこはよく知ってる。科学現代は一応権威ある科学誌ということになっている」

私は頷いた。

「科学現代に出たあとが凄かったんです。どの雑誌からも来るし、大新聞の学芸欄や経済誌、国防関係の団体が出している機関誌や防衛産業の業界誌からまで注文が来て、僕は科学者だか文筆業者だか判らないことになってしまったんです。その間に、SF雑誌で書いたフィクションに近い部分に尾鰭《おひれ》がついて、私なりにひとつの重力理論を展開してしまっていたんです」

「マスコミというのはそういうもんさ。来る時は一度にわっと来るんだ」

するとと杉原は、心底恐ろしそうな表情をして見せた。

「ところが、とうとう学界の機関誌からまでお声がかかったんです。僕は慎重に書きました。ソ連の新理論をハミ出さぬよう注意して、どこから文句を言われても大丈夫なのを書いたんです。するとどうです、突っ返されちゃったんです」

「ほう」

私は意外で、目を剝《む》いて杉原を見つめた。いや、正確に言えば、杉原だと言う男をだ。

「これじゃ駄目だって言うんです。君の新理論を書け……そう言うんです。僕はビビりましたよ。下手《へた》をすれば塀の外で立ちん坊ですからね。で、正直にそう言うと、先方は大丈夫だと太鼓判を押すんです。お前が最近あちこちに書いている新理論は、立川清幸博士が支持しておられると言うんですよ」

「立川博士が……」

　私は今更ながら驚いた。

「そうなんです。ノーベル賞の立川博士と言えば、僕らには神様みたいな人です。それが僕の……もとはと言えば遊び半分みたいな重力理論を支持してくれるなんて。瓢簞《ひょうたん》から駒というか狐に化かされたというか」

「そうだろうな。で、機関誌のほうはどうなったんだ」

「書きましたよ。何しろ立川清幸博士があいつに書かせろと言ったそうなんですからね。肝を据えてありったけ書いてやりました。恥も外聞もない気分でしたね」

　杉原は気弱な笑顔になっていた。品数の多い懐石料理をかたづけている間に、無名の科学者が学界の泰斗《たいと》に認められ、スターダムにのしあがりかけていた。だが、その過ぎた栄光の日々を語る杉原の、なんと侘しげな表情であったことか。それは、去った女への未練を語る男の表情にどこか似通っていた。

「機関誌は年四回の刊行で、僕のものが載った号が出る前に、学界の集まりがありました。僕はそこへ招かれ、錚々《そうそう》たる大家たちの前で、立川博士に恥ずかしくなるほど持ちあげられてしまったのです」

　天にも昇る心地だったと言う。立川博士は杉原がソ連のグラヴィトロン粒子論に半歩遅れをとった不運を惜しみ、だが現在の杉原の研究は、ソ連の新理論からの展開ではなく、充分に独自性のあるものであり、今後についてはグラヴィトロン粒子論より二歩も三歩も先んじるであろうと予言した。

その時から、杉原明夫は新重力理論の第一人者ということになった。大学は彼の研究室を独立させる計画を進め、立川博士の他にも、彼の名を口にする大家が何人も現われた。

そのあと、アメリカの著名な軍事研究誌に新重力理論の可能性について触れた記事が現われたが、それにはソ連のグラヴィトロン粒子論としてより、むしろアキオ・スギハラの理論として大きく扱われていた。

「だが問題は、理論より実際です。僕は是が非でも、そのグラヴィトロン粒子の実在を証明しなければなりませんでした。金と時間さえかければ必ず証明できる筈でした。原子や電子、中性子などが発見できたと同じように、グラヴィトロン粒子も捕捉できなければいけなかったのです。ソ連のどこかに、巨大な装置が建設され、グラヴィトロン粒子の追求をしはじめるのではないかと思うと、居ても立ってもいられない思いだったのです」

だが、知ってのとおり、日本という国は、そういう基礎研究においそれと金を出すような国ではなかった。必要な金も組織も動かず、大学研究室新設と言っても、安あがりに済む理論面でのことであって、理論上は存在する筈のグラヴィトロン粒子を実際に捕捉するとなると、どうにも望み薄であった。

そこに現われたのが、あの新科学研究財団なのであった。

「何だ、君は新科学研究財団へ行ったのか」

私は呆《あき》れて言ったが、すぐにさもあろうと納得した。

「悪名高き新科学研究財団か」

ＪＣＩＡとはその辺りでつながったのだと思い、私は杉原を見つめた。新科学研究財団は、防衛産業、つまり軍需関係を背景にした戦略、戦術及び兵器開発の専門研究機関としての全貌が明らかにされかけて、今度の臨時国会で与野党の争点になっていた。

「アメリカのランド研究所と同じ物ですよ」

杉原は野党が必死に追及している問題を、こともなげに言い切って見せた。

「いいのかい、ＪＣＩＡ局員がそんなことをぬけぬけと口にして」

杉原はやっと気弱な表情を棄てて明るく笑った。

「相手があなただから」

「そうだろうが……」

「野党は政府の弱点を衝《つ》いたつもりで頑張ってるようですが、もう手遅れです」

「どう……」

「新科学研究財団の正体を秘匿して置く段階は、とっくに過ぎたということですよ」

「じゃ政府は居直るっていうのか」

「ええ。防衛技術の研究ですからね。実際の軍拡とは一応切り離して扱えるでしょう。それに、新兵器開発にしたって、それで旧財閥系の重工業に恩恵があったという証明はしにくいはずです。第一、自国の防衛用新兵器を、たとえ野党であろうと、明るみに出して良い筈はないというのが一般の常識ですよ。設計図をふりかざし、このような新兵器を実用化したではないかと喚《わめ》きたてるんですか。そんなことをしたら、お前はどこの国の味方なんだと逆襲され、民族主義を煽《あお》りたてる結果になりますよ」

「なる程。政府は逆にそれを待っているのだな」

「新科学研究財団のような組織の内容が、あの口ばかり達者な野党に、そう簡単にほじくれると思いますか。野党は体《てい》のいい政府の宣伝屋です。少なくともこの件に関してはね」

「とうとう完全な右まわりの世の中になるか」

私はつぶやいた。そして、これがこの国の本性だったのではないかと思った。基礎研究に金を出し惜しむ社会で、一カ所だけふんだんに出してくれる所がある。それは軍需関係だ。死の商人たちだ。国が優先し、個人はその末につく。そうしたメカニズムを支えるものは、個人が国の末につくことを、ともすれば美徳と謳《うた》いたがる国民性だ。

「君は新科学研究財団でグラヴィトロン粒子の研究をはじめたのだね」

「さあ」

杉原は謎めいた微笑を泛べ、首を傾げた。

「あれが研究だったのでしょうか」

杉原は料理のあとの茶を飲み、煙草に火をつけた。私はテーブルの上の器をさげに来た女中に、もう暫《しば》らく席を借りると断わった。

「とにかく財団から誘いがかかり、僕は大学の籍をその儘にするという条件で承諾しました。今考えるととても恥ずかしいのですが、すっかりスター気どりでした。世の中は俺を必要としている。とうとう俺に番が廻って来たんだ……そんな風に思って、財団の連中が引きまわす赤坂の料亭を我物顔で飲み歩きました。産業界の者だという連中とも、銀座の高級クラブで飲んだりして」

杉原は本気で悔んでいる様子であった。私はその間、彼の空手で鍛えたごつい手を眺めていた。

悪夢のはじまり

「その頃、僕には恋人がいました。名前は野口由美子と言い、東日本化工の秘書課に勤めていました」

「それならきっと相当な美人だったんだろうな」

私は丸の内にある東日本化工本社の瀟洒《しょうしゃ》なビルを思い泛べてそう言った。東日本化工の社長は財界のベスト・ドレッサーとして有名だし、料理に関する随筆集も仲々気《き》が効いていて面白かった。その会社の秘書課ならまず美人と考えて間違いなかった。

「ええ、美人でした」

杉原は照れもせずはっきりと言った。ということは、すでに縁も未練も切れ尽し、遠い人になっているに違いないと私は推量した。

「新科学研究財団では、君にどのくらいの報酬を約束したんだい」

そう尋ねると、杉原は顎を前へ突き出して見せ、思い出すのもいまいましいと言うような表情をした。

「当時の僕にとっては夢のような高給でしたよ。大学の研究室にいたのでは薄給もいいところですからね。だから僕は当然結婚を考えました。財団へ行けば経済的にも不安はないし、前途洋々だと思っていましたから……由美子も秘書の仕事には未練がないようでした。で、僕は財団の連中に、何かの話のついでにそう言ったのです。これを機会に結婚しようと思っていると……。あの時の妙な雰囲気は今でも憶えています。相手は三人でしたが、急に口をつぐんでしまって、お互いに意味ありげな目配せをしているんです」

杉原は短くなった莨《たばこ》を灰皿に押しつけた。女中が来てとりかえて行ったばかりの灰皿の底に少し水が溜まっていて、ジュッと音をたてた。

「それは目出度《めでた》い。……不思議な間を置いてから、一人がそう言いました。そして、仲人《なこうど》は決まっているのかと尋ねるんです。まだそこ迄は考えていないと言うと、三人は勝手に相談をはじめ、立川清幸博士に頼もうではないかと言う事になりました。そうできればお前の将来の為にも良いと言うんです。……それはそうです。ノーベル賞受賞者の立川博士が媒酌人になってくれれば、僕の立場はぐんと楽になります。それで、頼んで見ることにしました。財団の理事の一人で、西島という男が同行してくれることになったのです。西島は、何というか、こう、もやもやっとしてとらえどころのない人で、それだけに世間知らずの当時の僕には、理事の中でも大物に感じられました。西島と会って話していると、世の中には僕などの知らない面がいろいろあるのだということを、ひしひしと感じさせられました。僕などは彼がその気になれば、ほんのひとひねりで潰《つぶ》されてしまうと言った感じでしてね。さいわいそれが味方になってくれているんです。心丈夫なことは心丈夫でした」

そう言う杉原の声は、それまでの話の時よりずっと低くなっていた。その声のひそめ方が私の勘を刺激し、この男は西島という人物と現在も密接につながっているらしいと思った。

「それで、立川博士に会ったわけか」

「ええ」

「どうだった」

「反対されました。お前は今が一番大切な時期だ。新婚の甘い夢に酔うひまがあったら仕事をするべきだ。そう言われてしまいました」

杉原はニヤリとした。自嘲するようでもあり、何かに反抗するようでもあった。

「今考えれば、西島たちが立川博士の名を持ちだした時、すでに博士が反対することは決まっていたんですよ。西島たちは僕の結婚問題に介入する理由がないもんだから、立川博士を引っぱり出して、意見する形で僕の結婚を阻止したんです。ところが僕はそんなことには少しも気づかず、なる程栄光というものは無料ではないのだ、それ相応の支払いを強《し》いられるものなのだなと……呑気なもんでした。いや、思いあがっていい気なもんでしたよ。立川博士さえそう言っているんだから、当然由美子も笑って待ってくれるものだと信じて、詫びるどころか、意気揚々と言った感じで高圧的に説き伏せました。俺のことを思うならもう少し時機を待ってくれと……」

「その美人秘書さんはどう言った」

「待つと……そう言ってくれました。別に欺すつもりではありませんし、他に女がいるわけでもないんですからね。ただ、なるべく早く結婚するように努力しようと、そう言っただけでした」

「君に惚れてたんだよ、それは」

「愛し合っていました。平凡な恋愛かも知れませんが、僕の人生にたった一度キラリと光った真実の愛でした。気障《きざ》な言い方で照れますがね」

　と言いながら、案外杉原は照れていず、堂々と言ってのけた。多分その恋愛については、今でも純粋だったと誇りにしているのだろう。そんな顔をしていた。

「でも、なぜ財団はそんな風に君の結婚を嫌ったんだい。あの頃でも、君と同年輩で結婚している男は珍しくなかったし、子供を持ってたっておかしくない年齢じゃないか。立川博士にしても、この際ついでに身を堅めて、後顧の憂いなく仕事に打ち込めと、そう言うのが本当だったような気がするがなあ」

「そうでしょう。人生論なんて、口先ひとつでどうにでもなるもんなんですよ。でも判ってください。相手が立川清幸ですからね。絶対意見です。あの人にそう言われたら、逆らうすべもありません。とんだ真砂町の先生ですよ」

杉原は笑った。

「財団の研究所というのをはじめて訪ねたのは、二月のはじめでした。埼玉の自衛隊駐屯地のすぐとなりで、空っ風に土埃りが舞いあがって、ひどく寒い日でした」

金の掛かった立派な施設だったという。落成したばかりのその純白の建物に、となりの特車部隊が駐屯している自衛隊の敷地から土埃りが吹きつけて来て、ロビーや廊下にはうっすらと砂が積っていた。

「研究が本格的になったら、此の部屋を自宅がわりに使ってもいいですよ。泊まり込みになることも多いでしょうからね」

案内した理事の西島は、一階の南に面した贅沢な部屋のドアをあけてそう言った。一流ホテルのスイート・ルームほどの広さで、ベッドこそシングルだが、浴室も二つの部屋も居心地よさそうに整えられ、小さいながら簡単な夜食が作れるキッチンまでついていた。

肝心の研究施設はその本館に隣接した平たい感じの建物で、高さ二階半くらいの、体育館のような所が主研究室にあてられていた。内部はまだガラン洞で、機材の搬入はこれからであった。

「先生においでいただけたのですから、その機械についても点検していただきます」

西島たちは杉原を先生と呼んだ。みな言葉つきは丁寧で、若い杉原には擽《くすぐ》ったい程であったという。

「どちらにしても、相当大型の実験装置を作らねばならぬでしょうな」

「それが問題です」

杉原は笑って答えた。西島は簡単に言うが、グラヴィトロン粒子検出のための実験装置など、そうおいそれと設計できるものではなかった。それを作るために、これから研究をはじめようと言うのである。

「金に糸目はつけません」

西島は特に気張る風もなく言った。

「とにかく、おかげで容れ物だけは獲得できました。あとは人材ですね」

気負っているのは杉原のほうであった。この新設の研究所のリーダーになったのだから、当然所員の人選にも当たらねばならないと思っていたのだ。だが西島は、ベッドやソファのクッションの調子を、まるでホテルの支配人のような態度でたしかめてまわりながら、例のとらえどころのない喋り方で、

「機密保持ということがありますから、身許調査は私のほうでやります。一応顔ぶれが揃ったらリストを見ていただいて……」

と言った。

杉原は何やら釈然としなかった。各大学や民間企業を駆けまわり、この研究に参加してくれそうな連中を探さねばならぬと思っていたのである。そうでもしなければ、重力理論に理解のある人間など、おいそれと集まるわけがなかったたし、仲間うちを誘いあるく作業が、杉原自身の地位を仲間に対して確認させることにもなるのであった。その晴れがましい役を、西島は封じているらしかった。

「そちらで集められるんですか」

杉原は抗議するように言った。

「人集めはおまかせください。何も先生をわずらわさずとも、財団にはそういうことの専門家がいるのです」

そういうものか、と思った。何しろ今迄杉原がいた世界とは、万事スケールが違っていた。どちらにせよ、集められた連中は杉原の顔見知りに違いなかった。物理学の、それも重力関係となれば、そう数が多いわけはない。杉原なら今ここでたちどころに、誘うべき名前を全部数えあげられる程なのであった。

その日は研究所を見ただけで、杉原は解放された。夕方彼は銀座で野口由美子と落ち合い、見て来た施設の贅沢さなどを語り、食事をしてから成城にある由美子の自宅まで、タクシーで送り届けた。

「あなたがそんな立派な研究所のリーダーになるなんて、何だか夢みたいだわ」

車の中で由美子はそう言って笑った。東日本化工の専務のフランス土産だとかいう香水の匂いが、そのタクシーの中にたちこめていたという。

「夢みたいだわ……」

杉原は瞑目して言った。

「あの時由美子はそう言いました。そして、その言葉は正しかったのです。まさに夢でした。きっと由美子は僕の能力を正しく評価していたのでしょう。だから意外だったのです。夢のようだと思ったのです」

杉原は回想の中で言っているようであった。言ったあと目をあけ、かすかに顔を歪《ゆが》めた。

「その晩僕の家が焼けちゃったんです。考えて見ると、ひどく象徴的ですね。由美子に夢だと言われた晩、その夢がはじまったんです。もっとも由美子の言った意味とはまるで違ってました。はじまったのは悪夢だったんですよ」

杉原は椎名町にある二間のアパートに住んでいた。その夜、それが全焼してしまったのだ。しかも放火らしかったそうである。

許されざるドア

杉原は椎名町のアパートの部屋で、幸福な睡《ねむ》りに就こうとしていた。昼間の北風が夜になっても吹きやまず、窓の外で冬の音が続いていたが、野口由美子を抱くようにして成城へ送った温かい記憶に、満ち足りていたという。

「うとうとしかけていたんですが、直感というのは恐ろしいもんですね。急に誰かが訪ねて来たような気分になって、はっきり目をさましました。暫く蒲団の中で首を持ちあげ、入口の気配をたしかめていると、何か細いものをはじくような音がしているんです。はてな、今頃誰だろうと、パジャマ姿で起きだして、入口の所へ行くと、ドアの下のすき間から光が見えています。しかも赤くて生き物のようにたえず動いているじゃありませんか。まさか火事だとは思いませんでしたが、ハッとしてノブについている鍵をまわし、ドアをあけました。あけたとたん火の匂いがして、鼻の先を炎がかすめました」

杉原はその火事の時の思い出を、なぜか楽しそうに語っていた。

彼の部屋は二十世帯ばかり入った木造アパートの二階で、火は彼の部屋のすぐ前の廊下の天井からのぞいており、咄嗟《とっさ》にとびだした時、目のはしに階段を音もなく駆けおりて行く男の姿が映ったという。

天井裏から噴きだした炎は、思いがけぬ速さで燃えひろがり、杉原は大声で火事だと喚きながら、二階の連中を起こしてまわった。

おかげで死者も怪我人も出ずにすんだが、消防車が集まって来てから気づくと、パジャマ一枚で履物もなく、はだしであった。

火事とは妙なものである。火を発して騒ぎたてる最初の間、その火はたしかに住人たちのものである。しかし燃えひろがって手がつけられず、逃げだして遠まきにしていると、やがてそれは集まって来た弥次馬と消防夫たちの所有物となり、火が納まったあとには、住人たちの所有物は何もなくなっている。

杉原は僅《わず》かの間に、着ているパジャマ一枚だけの無一物になってしまった。

「どこかへ電話するにも、十円玉一枚ないんですからね。泥だらけのはだしで、寒さはひどいし、どうしようもなくなってしまいました」

「で、どうしたの」

私は火事の話に身を入れて、目の前の杉原の服をじろじろ眺めながら言った。

「翌朝財団へ電話して助けてもらいました。すぐに迎えの車がとんで来て、あの新しい研究所の部屋に落ち着いたんです。服も靴もすぐ買い揃え、以前より風采があがりましたよ」

だが、出火の時、逃げて行く正体不明の男を見たと、警察や消防にいくら言っても、放火の線にはならず、原因は漏電ということで落着してしまった。

その儘椎名町に住めばもっと頑張ったのだろうが、何しろ住む所がなくなってしまい、遠い研究所の部屋へ移ってしまったのだから、自然しつこく言い張る機会もうすれてしまった。

「ところが、すぐそれどころではない騒ぎが始まったのです。それは所員たちが集められる作業と平行して起こりました」

研究所の贅沢な部屋へ、そんなわけでどうしようもなく転がり込み、行き場のないまま住みつくと、まるでそれを待っていたかのように、財団側が駆り集めた研究所員たちが出入りをはじめた。

予想に反して、杉原の顔見知りは一人もいなかった。リーダーである筈の杉原に関係なく、勝手にどんどん部署につき、トラックがさかんに機材を運び込む。しかもその機材たるや、やたらにおどろおどろしいだけで、杉原にはまるで見当のつかない代物《しろもの》であった。所員のリストも与えられず、機材の内容の説明もない儘、杉原は贅沢な二間続きの部屋で、客か居候のように暮らした。

それでも多少は相談を受けた。西島は杉原に、所内の機密保持について、あれこれ相談を持ちかけるのであった。

「なぜそんなに機密保持に気を使うのです」

たまりかねて杉原は尋ねた。すると西島は意外そうに驚いて見せ、

「この研究は武器兵員の瞬間移送に関係して来るのではないですか。その軍事的意味を考えてください。これは大変なことなのです。現に……」

と言って声をひそめ、

「そうだ。先生にも具体的に状況を把握して置いてもらわねばなりませんな」

深刻な表情で西島は杉原を見つめた。

「政府としても、これ程の国際的問題になるとは思っていなかったようです。これからすぐ、関係者を呼んで説明させましょう」

西島はその場でどこかへ電話をした。

「そしてやって来たのが、ＪＣＩＡだったのです」

杉原の手品の種明しをするような表情であった。

四人のきちんとした黒服の男が物々しく研究所へ現われ、杉原の部屋へ入ると窓のブラインドをおろし、二人が廊下へ出てドアを見張ったという。

「まるでスパイ映画そっくりですよ。部屋の灯りを消し、まっ暗にしておいて八ミリ・フィルムを映しはじめたんですからね」

映画は羽田空港や都内のホテルなどの実写であった。映し出されるのは外人ばかりで、望遠レンズや隠しカメラを使い、ひどく迫力があった。

「それもその筈で、映画に写されたのは、すべて真実だったのです。イギリス、フランス、ドイツ、ソ連、中国……各国のスパイの大物が、続々と日本へ集まって来ていたのです」

「君の研究のためにか」

「ええ、僕の研究を盗むためにね」

杉原はそう答えて笑った。

「そりゃ、物質瞬送技術ということになれば事は重大だ。スパイも集まろうさ。でも少し変じゃないか。研究と言ったって、これからＡＢＣにとりかかろうという段階だろう」

「そのＡＢＣが重大だと言うんです。どこの国にも専門家はいますからね。スタートのしかたを見ただけで、おおよその見当はつくというんです。僕らが初動段階で何を摑むか、それが知りたいそうなんです」

「誰がそう言ったんだい」

「西島が説明してくれました。僕はそんなものかと思い込みましたよ。何しろ実際に国が介入して大金を動かしているんですし、ＪＣＩＡの連中もたしかに本物でした。それに、何よりも立川清幸博士がからんでいるんですから、僕にとっては信じるより仕方のないことだったんです」

その映写が終わる迄に、杉原は事の重大さを完全に認識させられていた。これは遊びではないのだ。各国政府や軍関係が、しのぎを削る深刻な暗闘の場なのだと……。

その日から、研究所にかなりの人数のＪＣＩＡ局員が入りこんだ。所員たちの身分証が渡され、それぞれの任務に応じて、出入りできる範囲が限定された。所内の廊下のあちこちに、検問所が設けられ、そこには夜中でもＪＣＩＡ局員が交代で目を光らせることとなった。

杉原の身分証は、西島と同じオールマイティに近い力を持ち、あらゆる場所へ自由に出入りできた。彼があけられないドアは、二カ所だけであった。ひとつは別館にある主研究室の地下室のドアで、そこは万一の事態に備えた、施設全体を爆破できる、自爆装置のある部屋であった。

「先生は研究の責任者ですが、自爆装置に触れる権限は与えられていません。研究成果を消去していいかどうかの判断は、首相だけにゆだねられていて、私はその決定に従って行動するのです」

西島はおごそかに言った。考えて見れば当然なことで、杉原に不服はなかった。そしてもう一カ所の許されざるドア……女便所についても別に不快ではなかったのである。

保安態勢も整い、所内への出入りが厳重にチェックされて、電話に盗聴防止装置がつけられた頃、杉原は西島に連れられて久しぶりに都心へ出た。行先は霞ガ関方面で、杉原をのせた車は首相官邸へすべりこんだ。

たっぷり待たされた挙句、杉原は首相に会った。西島に紹介され、首相はごくありきたりの、物理学についての質問をした。それは高校生級の質問でしかなく、重力については何も触れずに終わった。会見は緊急を要するものではなく、単なる儀礼であるようだった。

それから二人は芝の高級レストランへ行って贅沢な料理を楽しみ、日が暮れてから研究所へ帰った。

帰って見ると、主研究室に何やら大きな装置が、なかば組立をおえていた。杉原はそれについて、西島に抗議した。装置の用途も仕組も、彼にはまったく見当がつかなかったからである。

問いつめられた西島は、のらりくらりと言い抜けていたが、突然大声で笑いはじめた。

「ただの鉄とプラスチックのかたまりですよ。あんなもの、何の役にも立ちはしません」

杉原は愕然とした。

「じゃ、なぜ……」

「それは先生が一番良くご承知でしょう。我々はまだ、机上の理論以外何も摑んではおらんでしょう。違いますか。何か具体的な研究成果を得ましたか」

杉原は首を横に振った。

「世界中のスパイが、先生の一挙手一投足を知ろうと集まっているのですぞ。そのスパイたちに、真実を知らせますか」

西島はそう言って、廊下の検問所と、そこに張り番しているＪＣＩＡ局員を顎で示した。

「我々は真実を知らさない為に、これだけの態勢をとりました。だから何も知らせてはいかんのです。我々の手にまだ何もなければ、何もないということが真実です。真実を知らせるわけには行きません。この研究所では、いまゼロが国家機密になっているわけです。国防上ゼロが秘匿されたのです。我々はゼロと言ってはいけません。スパイたちは、たちどころに我々がゼロだと本国へ報告するからです。主研究室の新装置は、ゼロを隠すためのものです。諜報用語でいうフィックスなのです。フィックス。Ｆ・Ｉ・Ｘ……据えつけるのです。固定されるのです。相手の注意を引きつけるのです。責任を負わせ、ここへ縛りつけてしまうのです。機械を調整し、お膳だてするのです。うまく始末し、やっつけてしまうのです」

西島は笑い続けた。

「僕は何をするんです」

「先生は研究してください。グラヴィトロン粒子を発見してください。先生には学者としての栄光が待っています。財団の、つまり国家の金で新粒子を発見し、ノーベル賞でもなんでもお取りください」

西島の言葉に、杉原はその時はじめて自分に対する棘があるのを感じた。

その日から、杉原の研究所に対する考え方が変わって来た。たしかに保安態勢は外からの侵入に備えているに違いない。しかし、同時に杉原をとじこめたことになっている。盗聴防止装置のついた電話機は、同時に部内のあらゆる通話をどこかで傍受しているのかもしれない。

ゼロが国家機密……そうであるなら、ゼロの持ち主は杉原自身であった。研究成果のまったくないことが重大な機密にされている。

「つまり、僕が無能な三流科学者で、グラヴィトロン粒子に爪も立てられないことが重要なのだ。僕の無能が秘密の中心なのだ。と、そう判るのに手間ひまは要りませんでした」

杉原は自嘲した。

「なんと、世界中が僕の無能さを知ろうと躍起になっていたんですよ。光栄なことじゃありませんか。西島は、いえ、この際はっきり言いましょう。ＪＣＩＡは、僕の無能を匿《かく》すために全機能を集中していたのです。あの立川清幸博士までが、そういうＪＣＩＡの動きに一役買っていたんです」

「まさか。どうしてだい」

「由美子との結婚に反対したじゃありませんか。それはＪＣＩＡのプログラムにないことでした。結婚すれば新婚旅行にも行くでしょうし、新しい家にも入るでしょう。何よりも、僕を研究所へとじこめることができなくなるのです」

　私はあっと思った。

「火事か。火事は君を……」

「ええ。研究所へ入れてしまうための謀略だったんです。やはり僕が思ったとおり、あれは放火だったんです。……いくら言っても警察が動かなかったわけですよ」

「驚いたな。そこまでやるのか」

「そのくらい朝飯前です。現にその件ではもっと酷いことをしました。しかしそれはまだあとのことです。僕は研究所にとじこめられ、そういったことに気づいてから、ひそかに所内を調べはじめました。するとどうです。主研究室の怪しげな装置に関係している連中はじめ、所員の誰一人、本物の物理学者なんていなかったのです。たしかに、電子工学や冶金などの関係者はいましたが、重力理論など匂いも嗅いだことのない連中でした」

「何でまた、そんな嘘に大金をかけたんだろうな」

「説明しましょう。詳しいことは、それこそまだ国家機密で言えませんが、その頃丁度或る外交上の事態が発生していたのです。大きな国際上の動きの中で、日本は将来の軍事力を示威しなければならなかったのです。だが核兵器や通常兵器の拡大では、どこの国にも予測がつけられます。日本はひそかに各国の対日観を調査しました。日本の将来について、何を一番危惧しているかということをです。すると一定の答えが出て来ました。各国とも、日本が異常な新技術を開発し、自分たちをそれで支配する可能性があると考えていたのです。今迄日本は海外の新技術を貪欲にとり入れ、消化して来ましたが、もうとり入れるべき新技術は海外になくなり、同じテンポで発展して行くには、みずから新技術を創り出す以外になくなっていたからです。石油にかわる合成エネルギー源か、新しい輸送機関か、核兵器以上の新兵器か……海外の日本に対する危惧は、だいたいその三点にしぼられるのが常識のようでした。そこで西島たちはとほうもないことを思いついたのです。一時的に、彼らの危惧を適中させてやろうと考えたのです。外交上の問題の進展に合わせ、見せかけの新技術を芽ばえさせるのです。新エネルギー源と新しい輸送手段、そして恐るべき新兵器の三つをこね合わせ、西島たちは見事な筋書を組み立てました」

「それがグラヴィトロン粒子論か」

「ええ。僕の空想的な新重力紹介記事が……ＳＦ専門誌にのせた奴です。あれが西島たちの最後のキメ手になったのです。僕は主役に抜擢されました。アパートに放火してそこを追い出し、研究所へとじこめたのです。首相と会ったのだって、きっと何も会う必要はなかったのです。必要だったのは、僕が首相に会いに行くこと自体です。その行動です。世界中のスパイが、僕のあとを追ったことでしょう。僕は首相官邸へ入った。たしかに首相と話をした。スパイなら、その事実から何でも好きなものを嗅ぎとれるはずです。まさにフィックスですよ。役に立たぬ機械を据えつけ、スパイたちの注意を引きつけたのです。僕に責任を負わせ、研究所へ縛りつけました。それで外交上のメカニズムを調整し、日本に有利になるようお膳だてをしたのです。難問題をそれで始末し、世界中をやっつけたのです」

「成功したのか。そのフィックスが」

「しましたとも。外交上の大きな危機が、国民に知られぬ儘、未然に回避されました。大げさな言い方をすれば、日本が今こうして平和でいられるのは、あのフィックスのおかげなんです。でも、かなりの犠牲者が出ました。僕もその一人です」

自分のみじめな役割りに気づくと、杉原はやみくもに脱出をはかった。何よりも由美子に会いたかった。円満に大学へ戻れる間に、元の三流学者に戻ってやり直したかった。

だが、そうなると西島たちは明らかに牙を見せた。部外との連絡を一切させず、外出も西島同行でなければ許さなかった。しかもたまに西島とつれ立って、いかにもそれらしい大企業へ、何か打ち合わせめいた芝居をしに行く時も、ＪＣＩＡが厳重に監視の目を光らせていた。各国のスパイたちにとっては、それでいっそう杉原が大物に見えることになった。

だが、一度だけ杉原は脱出した。建物の一階に部屋があったことが幸いした。外にもガードマンが巡回していたが、或る夜窓から脱け出し、成城の野口由美子の家へ奔《はし》った。どうしても会いたかった。会って連絡しない理由を説明したかったのだ。

「その途中が大活劇だったんです」

杉原は愉快そうに声を高くした。

「学者としては超三流でも、運動神経……ことに格闘技となったら、恐らく僕は日本の物理学界のナンバー・ワンでしょうからね」

「そうか、君は空手二段だったな」

私はやっと心の底から、その男を杉原明夫だと認めた。顔はまるで変わっているが、ごつい手だけは変わっていなかった。

「どこからともなく、いろんな連中が出て来やがって、僕を誘拐しようとするんです。スパイ同士でとりっこになる有様です。僕はそれ迄のたまりにたまっていた忿懣《ふんまん》を、連中に思い切り叩きつけてやりましたよ。第一、途中で何かが出て来ることは、脱け出すときから覚悟していましたからね。不意をつかれることなんてありません。この自慢の手刀でかたっぱしから骨を砕き、蹴りで内臓を破裂させてやりましたよ」

東京生まれの東京育ちで、道は知り尽している。いくら一流のスパイたちでも、その夜の杉原にはとうていかなわなかったろう。

「あとでＪＣＩＡに聞いたんですが、僕の通ったあとは怪我人だらけ。死者累々と言った所だったそうです」

杉原は白い歯をむいて笑った。その顔にはすでに物理学者の繊細さはなく、どこか闇に棲むけものの風情が見えていた。

「そうです。僕は物理学よりスパイの才能に恵まれていたんです。あの晩僕はそれを発見しました。暗闘の快感を知ったんです。恐怖はなく、ただ闘志だけが燃えあがっていました。実際、人間て奴は判りませんねえ」

杉原はひとごとのように感心していた。

Fデー

杉原は脱出に成功し、むらがり寄る各国のスパイをしりぞけて、成城の野口由美子の家へ辿《たど》りついた。

しかし、さすがに時間がかかった。邪魔が入り放題だったからである。西島らはその間に脱出に気づき、杉原が着いた時には先まわりして待っていたという。身の上も性癖も知り尽くされて、その夜の杉原の行先はそれ以外にないことが判っていたらしい。

野口由美子の家は、古いながら三十坪ばかりの庭も持つ。落ち着いた構えであった。茶の間のあたりにも由美子の部屋にも、平和な灯りがともっていて、生垣の外に忍び立つ杉原の胸を、その平凡な穏やかさが締めつけて来るようだった。

そういう部屋の灯りこそ、本来自分が求めていた筈のものであった。それが今では夜の野獣のように敵と嚙《か》み合い、ひょっとすると何人か殺してしまっているかも知れないのだ。

杉原は、自分だけが幸福な窓あかりから見はなされたような気分になりながら、横の道から用心深く玄関へまわろうとした。

「遅かったな」

言葉つきを変えた西島が、その角の闇に立っていた。

なぜか杉原は、それがひどく当然のことのように思えた。

「いろんな奴に邪魔されましてね」

「君は大した奴だよ。ソ連もフランスも西ドイツも、みなこっぴどい目に会わされたらしい。我々はどうやら君の能力を過小評価していたらしいな」

西島は心から褒めそやすようであった。

「だが、あなたからは逃げられそうもない」

「うん。それさえ判ってくれればいいのだ。今夜の君の活躍はすばらしかった。これでわたしはずっと楽になるよ」

西島は部下をいたわる上司のように、杉原の肩に手をかけて歩きだした。黒いシボレーがその先の道端でライトをつけ、しのびやかに近寄って来た。そのずっと先に、パトカーの赤い灯が回転しており、ふり返ると、反対側にも赤い灯が動いていた。

シボレーに乗りこむと、車はゆっくりと、見せつけるように由美子の家の前を通りすぎた。

「今夜のことで君が手剛いのを敵も知ったわけだ。だが連中は決して諦めん。本気でかかって来るぞ。幸い君には人質にされて困るような近親者はいない。我々の眼がねに叶《かな》ったのも、その点があったからだ。しかし、野口由美子君という弱点があるのを知られてしまったな。連中は彼女を狙うぞ」

西島はおどすように言った。杉原もその通りだと思った。

「なんとかしてください」

「そうだな。君さえよければ、我々で彼女の身柄を預かろう」

「保護してくれますか」

「誘拐してやるよ」

西島は冷笑したようであった。

「誘拐……」

「我々が彼女を誘拐の形でかくしてやる。いいアイデアだろう。連中は自分たちの誰かが抜け駆けでやったと思うだろう。誰がエースを握ったか、疑いあうわけだ」

「それはいい。で、僕は会わせてもらえるんでしょうね」

「君に……誘拐して人質にした女だよ。君に会わせてどうなる。君が積極的に協力しないなら、もしくは裏切るなら、人質は人質らしい運命を辿るだけだ」

杉原は由美子をＪＣＩＡが保護することの、二重の意味に気づいた。

「完全に捲《ま》き込まれましたよ。もう逃げ道はありませんでした」

杉原はサバサバした調子で言った。

「協力しましたね。ＪＣＩＡも僕の才能を買ったらしく、研究所で暇を持て余す僕に、いろいろなことを教えてくれました」

「いろいろなこと……」

「スパイの基礎ですよ。尾行、毒薬、爆薬、暗号、連絡法……僕の部屋はスパイ学校の分教場に早がわりです」

　その間、杉原はいかにも研究を指揮しているように、主研究室へ出入りし、それらしく見えるいろいろな手を考え出した。調達する品物も、いかにも重力や磁力、原子力などを暗示させるような物にした。

「物質瞬送の場合、どんな送受信装置になると思うか」

西島は杉原の忠誠をやっと信じたらしく、そんな問題を提起した。それに対し、杉原が専門の立場からいろいろな考え方を出し、それを若い画家がスケッチにした。

　画家と言っても、それは漫画家であった。将来はＳＦ漫画か劇画で立とうという、長髪でニキビづらの青年であった。

　スケッチが増えて行き、それがどこかへ送られて行った。その届け先には、どうやら立川清幸博士がいるようであった。

　ノーベル物理学賞受賞者が、ＳＦ漫画家の卵が描いた空想画を調べていると思うと、世の中の不思議な動きが沁々《しみじみ》と感じられるのであった。そんなようにして操作されている社会の中でしかつめらしい道徳観や常識論をふりまわす学界の連中を思い出すのは、杉原にとって愉快なことであった。

それと関連して、物質瞬送実験が行なわれた場合、どんな副次的現象が起こるかということも考えさせられた。杉原はSF雑誌の関係者と交際した頃の知識を活かし、さまざまな答えを並べたてた。

どうやら、JCIAのフィックス作戦は、世界中をペテンにかけるつもりらしかった。最初の実験が一応成功したように見せかける為の準備が、着々と進行していた。本館の屋上に、司令塔のようなものがつけ加えられた。それと同時に、土埃りの立つ自衛隊駐屯地の原っぱのまん中に、急ごしらえのブロックを使った小屋が建てられた。通信線や動力線がごちゃごちゃとからみ合って、本館の塔と別館の主研究室、それに自衛隊の原っぱに建った小屋をつないだ。

主研究室で組立てられた受信装置……いや、正確には受像、或いは受物装置と言うべきものが、建物の側壁にあけられた大きな扉から運び出され、小屋の上へ据えつけられた。その時、ちらりとでも、禁断の主研究室の中がのぞけたはずである。どこかで、性能のいいカメラが、シャッター音を連続させていたことであろう。世界中のスパイが、食い入るように扉の中を覗いていただろう。

やがてその日が来た。

その日はFデーと名付けられていた。Fデーは朝九時丁度から時間読みが始った。杉原は凝《こ》った作業服に、黒地に金糸の縫いとりのある作業帽をかぶり、何度となく塔と研究室、受診小屋の間を往復した。所員たちは役目に応じて色分けされた帽子をかぶり、とびまわっていた。

やがて、自衛隊の駐屯地から、けばけばしい赤色に塗った戦車が一台、ゆっくりと別館へ近付いて来た。赤一色の戦車の砲塔には、急に撲《なぐ》り書きしたらしい字で、F1、と白ペンキで書いてあった。ペンキは折角綺麗に赤く塗装したボデーへ、白い泪《なみだ》のあとをつけていた。

再び主研究室の大扉があけられ、戦車はゆっくりとその中へ入って扉がしまった。しばらくすると、同じように赤く塗った戦車が、原っぱの向こう端に来て停止した。砲塔へ作業員の一人が大急ぎでかけのぼり、白ペンキで、荒っぽく、F2、と書いた。F1が不調な時のスペアーらしかった。

赤い戦車をのみこんだ主研究室には、いっそう緊張が昂《たか》まったようであった。銃を持った自衛隊の一部隊がそのあたりへ散り、警戒網をしいた。

昼近くなると、近くの国道にパトカーが集まりはじめた。交通規制が行なわれ、通常三車線であるのが、二車線にされ、やがて中央一車線になった。

化学消防車が七、八台も研究所の中庭で待機している。空中には陸上自衛隊の大型ヘリコプターが二機、ゆっくりととびまわっている。

正午から分読みに入り、四十三分後にゼロ・アワーがマイナス30と訂正された。そして十三分後にふたたび分読みに入り、遂に秒読みに入った。

11、10、9、8、7、6、5、4、3、2、1。

「ゼロ……」

機械的な、全く情感を欠いた男の声がスピーカーから流れた。

杉原は、本物の実験のように、その声を感激して聞いていた。不思議なことに、この実験を成功させたいと、本気で祈った。

物理学者として、それが杉原には最後の舞台であることが判っていた。もう生涯、学者として人前に出ることはできないのだ。嘘でもいい。芝居でもいい。この大がかりな実験を成功させて引退したかったのである。

実験はひとつひとつ、予定通り進行して行った。

周辺二、三キロの半径で、送電が停止した。一車線に規制された研究所前の国道を通過中の、あらゆる車輛のエンジンが停止してしまった。

上空にいたヘリまで、不気味な不調音をくり返したのち、エンジンをとめた。腕時計が狂い、小屋の近くにいた男たちがバタバタと失神して倒れた。

ヘリは辛うじて駐屯地の原っぱへ着陸したが、一台はローターを大地に叩きつけて転覆し、乗員が這《は》い出したあと、火を噴いた。

化学消防車が行こうとしたが、むなしくスターターを空転させるだけで、発車できなかった。自衛隊員たちが消火器を手にバラバラと駆けつけ、やっと火を消しとめた。

失神した男たちを、衛生班の担架が連れ去ろうとした時、突然あの大扉がいっぱいに押しひろげられ、色とりどりの帽子をうち振って、所員の群れがとび出して来た。

「バンザーイ。バンザーイ」

男たちは狂喜してとびはね、小屋へどっと走り寄った。

ブロックの撤去作業をするはずの車が動かないので、所員たちが壁の一面を手で壊しはじめた。壁が崩れ、赤いものがのぞいた。

自衛隊の制服を着た男が二人走り寄り、こわれた壁の中へとび込んだ。すぐエンジン音が空気を震わせ、赤い戦車がゆっくりと小屋の中から出て来た。

万歳の声はいっそう広まった。何のことか知らされていなかった警備の自衛隊員さえ、この奇蹟に万歳の声を揃《そろ》えた。

赤い戦車の砲塔には、急いで撲り書きした、F1、という白ペンキの文字があった。濡れこぼれて、白い泪の跡を赤いボデーに何本もたらしていた。

司令塔の中で、西島が杉原に握手を求めていた。

「やったぞ。おめでとう」

杉原はその手を握り返した。充実感があった。やりとげた満足感に目をうるませていた。車のエンジンが生き返り、すべての車輪が動きはじめていた。

「どういう仕掛けなんだ」

私は人の気配が薄れた懐石料理店の一室で目を剝いた。

「簡単なことですよ。原っぱのまん中には、あらかじめ赤い戦車がかくしてあったんです。だが、その時期が早すぎたので、スパイたちには何もない所へ小屋をたてたとしか見えなかったのです」

「すると、もう一台の送信のほうのは……」

「地下に格納庫が作ってありました」

「Ｆ１の文字は」

「隠すほうには、その場で実際に書きました。泪のたれ具合などは、ポラロイド・カメラでとって、すぐ小屋の戦車にそっくりのを書いたんです」

「失神も芝居か」

「ええ」

「ヘリも……」

「そうです」

「国道の車は。みんなエンジンが停ったろう」

「全部芝居です。その為、一車線に規制して、関係者だけがその時研究所の前にいるように調整したんです」

「停電は、そうするといちばん簡単な作業だったわけか」

「ええ」

「でも時計は……」

「あちこちに磁気発生器を置いたのです」

「畜生、それを全部君が考えたのか」

「はやばやと戦車を埋めたり、格納庫を作ったりしたのは西島の知恵ですが、赤く塗らせたり、白ペンキの文字を書いて見せたりしたのは、僕の演出です」

杉原は得意そうであった。

「観客は世界中のスパイたちか」

私はため息をついた。

「成功でした。外交面で、日本は有利な立場を獲得しました。僕は役に立ったわけです」

「犠牲を出したというけど……」

「ええ。所員が十七人死にました」

「その時か」

「いいえ。あのあと、どこかの国が研究成果の破壊と、僕の殺害を指令したらしいのですよ」

「君の」

「ええ。日本のスピードが早すぎるので、待ったをかけたのですね」

「で……」

「強力な爆薬が主研究室に仕掛けられました。我々が成功に酔って、警備態勢を緩めたのです。それが失敗でした」

杉原は笑っていた。

「僕が主研究室にいる所を見すまして、連中は爆発させました。所員十七名と、リーダーの僕は即死です」

「………」

私は睨んだ。むしょうに腹が立って来た。

「どうしたんです」

「それも芝居か。そうなんだろう」

杉原は首をすくめ、ニヤリとした。それはすでに私から遠い人物であった。

「そうですよ。僕はこの通りピンピンしています。整形手術をうけ、別人に生まれ変わったのです」

「でも死者は出た」

「十七名です」

「味方の爆発でだ」

私は怒鳴った。しかし杉原は平然としていた。

「でも国益を守り通しました。十七名の死は無駄ではありません。幸い僕はスパイとしての適正と企画力を認められ、本格的なスパイとして残る人生をすごすことになったわけです」

「由美子さんは」

「僕のだという死骸にとりすがって泣いていました。僕はかくれてそれを見ていました。そりゃ悲しかったですよ。何もかも棄てたわけですからね。でも、それがスパイとしての宿命じゃないでしょうか」

「よしやがれ」

私は立ちあがった。

「そんな甘ったるい自己欺瞞で足りているなんて、憐れな奴だ。てめえなんぞ、スパイにしたって三流じゃねえか」

「憤らないでくださいよ」

杉原は意外そうに下手に出て言ったが、私にはその甘ったれた顔がおぞましかった。

ここにも国の末に立って美しがっている奴がいた。私は襖をあけて廊下へ出ると、店の主人に礼を言って靴を履き、さっさと外へ出ると、すぐタクシーを拾って新宿へ向かった。飲み直したかった。

で、その夜。酔った私は力なくつぶやいていたのである。

「俺はもうやめた。世の中に逆らわねえぞ。お上の方針どおりだ。もうすぐあの血盟とかをした、青なんとかが俺たちに右へならえをさせるんだ。言うことを聞かなくては小説も書かせてもらえなくなる。そうさ、天皇陛下万歳だ。だってそうじゃねえか。もうＪＣＩＡが動きまわってるんだぞ。どこへ逃げてもかくれても、必要な時には目の前へヌッと現われるんだ。家の中へしのびこんで、何から何まで調べられちまう。どんな本を読み、日記に何を書いているかさえだ……」

私は千鳥足で夜の街をさまよい、喚いていたようである。

「やめたぞォ。もうやめたぞォ……」

それを、どこかで杉原が見ていたかもしれない。

（「小説ＣＬＵＢ」１９７４年１月増刊）

不可触領域

HANMURA
RYO
21st Century Selection

湖と温泉を擁《よう》する風光明媚《めいび》な観光都市。山奥の研究所で実験動物の豹が研究者達を殺戮《さつりく》する。凶暴化の原因、そして実験の目的は何か？　謎が解明されるにつれ日本全体に波及する恐るべき陰謀が浮上してくる。『不可触領域』は長編『黄金伝説』（１９７３）に続く二度目の直木賞ノミネート作。惜しくも受賞は逃したが、選考委員・柴田錬三郎に「候補作品中、面白さに於《お》いて、随一であった」と激賞された。

メディアの大衆コントロール／情緒的操作というテーマ、ヒトをコマとしてしか見ない政治の冷酷さ、そして仰天のメインアイディアに込められた皮肉なヴィジョンなど、ディストピア化が進む令和日本にこそ刺さる鋭い棘《とげ》が仕掛けられている。

ラストで登場人物が吐くあるセリフは、権力者の傲慢《ごうまん》に真っ向からＮＯを突きつける――庶民派作家半村良の反骨の叫びだ。その怒りを更にストレートな形で煮詰めたのが、ＰＡＲＴ2に収録した『軍靴の響き』である。併せて読み進めて頂くことで、半村の抱いた危機感がより身に迫るものになるのではないだろうか。

ちなみに本作の原型は、当初「ＳＦマガジン」１９７３年2月号に発表された『私のネタ本、秘蔵本』という架空エッセイ。本書への収録も考えたが、ネタバレの危険を免れ得ず、今回は見送った。ナンセンスと諧謔《かいぎゃく》を好む作者らしいホラ話的な発想なのだが、実は近年、ある種の寄生虫が半村良の発想と極めて似た能力を持つことが明らかになった。

事実は小説より奇なり。まして、現代にはインターネットという、人間心理への揺さぶりに長《た》けた新たなメディアがある。権力が実際に〝その効用〟を政治的に利用していない――とは、誰にも言い切れない。くれぐれもご用心あれ。

第一章

一

その日、伊島《いじま》が高嶺温泉から中原市へまわったのは、駒田敬子《こまだけいこ》が中原市の伯父の家へ来ているせいであった。

敬子の伯父は、中原市の市会議員をしており、家業はそのあたりの素封家に多い木材商であった。

その駒田嘉平《かへい》と伊島は、すでに東京で三度ほど会っている。

敬子の父親は八年前に死んでいて、それ以来伯父の嘉平が後見人のようなことになっていたから、敬子と婚約した伊島が彼に会ったのは、ごく自然のなりゆきであった。

伊島と駒田嘉平は、初対面からなんとなくうまが合った。どちらも商売が建築に関係していたし、釣りやゴルフなどの趣味でも話が合った。海よりは川の釣りが好きで、ゴルフの腕前も似たようなものらしかった。

伊島と敬子の恋がはじまったのは、二年ほど前である。敬子の母親の久江は、はじめの内あまりいい顔をしなかったらしいが、駒田嘉平が伊島に会ったあと、急に二人の結婚に積極的になった。

「お母さんて、まるで主体性がないの」

敬子は母親の変わりようをそう言って笑った。

「伯父が、あれはいい男だ、ってあなたのことを褒《ほ》めたら、コロッと態度が変わっちゃうんですものね。昔の女性って、みんなあんな風だったのかしら」

自分ではいっぱし新しぶってそんなことを言うが、敬子も芯《しん》はひどく古風なところがあり、伊島はどうやらその古風なところに魅かれたようであった。

亭主に皿洗いを手伝わすような妻を持つ気にはなれなかった。新婚直後のままごとめいたことならともかく、そんなことは一人前の主婦としてはひどく貧しいことのように感じている。早くに母親に死なれ、父親の手で育てられた伊島は、妻というより主婦に対して、家を守るといった古いタイプの女を求めていたのである。

敬子の母親がまさにそのタイプで、敬子は母親の古めかしさを笑いながら、実はそっくり同じものを引き継いでしまっているようであった。

ところが、敬子を恋人として悪友たちに紹介すると、誰も彼女のそういう古めかしさには気づかず、しなやかに伸びた脚線や、鋭く突きだしているバストの形に惑《まど》わされ、

「人妻風のおしゃれをするようになったら、きっとえらくセクシーな女になるぜ」

などと、多少やっかみまじりに言う。

頰の肉の薄い、鋭角的でモダンな顔だちの裏にかくされた、そういう古風な性分を自分だけが見抜いたという満足感があって、伊島は悪友たちの言葉を聞くのが愉しかった。

高嶺温泉から西尾湖沿いに中原市へ入ると、恒例の湖上祭が始まった市内の目抜通りは、華やかな飾りつけが秋の陽《ひ》を浴びて、爽やかな活気に溢《あふ》れていた。

今ではすっかり有名になった中原市の湖上祭も、もとはこの辺りの村々で古くから行なわれていた、ごく平凡な秋祭りにすぎないという。

ところが十何年か前、中原が市になると、観光開発の目的で市内の西尾神社を中心に、湖上祭が行なわれるようになった。

歴史的にはまったく根拠のない西尾湖の湖上祭が、レジャー・ブームの潮流にのって、数年後には盛大に観光客を呼び集めるビッグ・イベントになってしまったのだ。

青葉ガ原から妻引《つまびき》峠をへて直接国道十七号線に合流する、曙《あけぼの》高原スカイラインが建設

されたのも、その途中にある濁沢《にごりざわ》峡谷が観光地として開発されたのも、もとはと言えば中原市の湖上祭の大成功があったおかげである。

駒田嘉平は、その湖上祭の発案者の一人で、今では市議会でもボス的存在になっているらしい。家は市役所などのある中心街から少しはずれた酒屋町《さかやまち》の湖畔にあり、美しく手入れされた生垣をめぐらし、商売物の銘木をふんだんに使った、渋く落着いた構えであった。

伊島は生垣に沿って道路から右に折れ、湖に突き当る土の道へ車をのり入れた。秋の陽ざしを受けてまばゆく光る湖の向うに、対岸の山がひどくくっきりと見えていた。

背後の西尾神社の辺りからは、祭り太鼓の音が響き、右手の湖畔広場のほうの空で、つづけざまに花火のはじける音がしたりしている。

伊島は車をのり入れた土の道を見まわし、邪魔になりそうもないことをたしかめてから車を離れた。

車はシボレーのステーション・ワゴンで、ボデーに、伊島インテリア設計、と白い文字が入っている。

入って来た生垣沿いの道を戻って通りへ出ると、駒田家の数寄屋風の門の前で、ヒップボーンのスラックスにうすい長袖の丸首シャツを着て、赤い鼻緒の駒下駄をつっかけた敬子が手をあげていた。

「ここ、すぐ判った……」

車を入れたのが生垣ごしに見えたらしい。

「判りやすい道順だから……それにしても、小ざっぱりとしたいい町だなあ」

伊島はあらためて道の左右を見まわした。

「伯父がお待ちかねよ。お祭りに出なきゃいけないのに。よっぽどあなたがお気に入ってるのね」

敬子はうれしそうに言った。

どうもそのようであった。高嶺温泉にできる新しいホテルの仕事も、駒田嘉平が紹介してくれたものである。伊島はその礼もかねて仕事の帰りに寄ったのだった。

二

中原市の古い町なみは、西尾神社のある西尾山のふもとにかたまっていて、以前はそこから西尾湖にかけて、一面の畑だったらしい。

新しい中原市の中心街は、その畑だった場所にあたり、都市計画を進めるには至って好都合だったという。

そのために、道路も広く、下水道なども完備されて、清潔な小都市に成長している。

目抜きの商店街の外観も、木材の産地として土地に根づいた、和風の重厚な様式をうけつぎ、華美を競《きそ》うよりは民芸調のおもむきに趣向を凝《こ》らせている。焦茶色《こげちゃいろ》の太い角材に煉瓦《れんが》を組み合わせた外装などが、そういう商店同士の競争の中で自然に流行しはじめているらしく、専門家の伊島が驚くような新しい傾向が生まれていた。

湖上祭にしても、美人コンテストとかパレードとかいう一見新しげなものはなく、どこかの古代遺跡から出土した一人のりの刳《く》り舟を二、三十艘《そう》も復元し、それに裸の若者をのせて競漕《きょうそう》させる、御霊《みたま》渡しなどという行事が中心になっている。

それなどは、いかにも古代の勇壮さをしのばせるようだが、実際には駒田嘉平らのアイデアによって生まれた水上ショーなのである。偶然とは言いながら、それがカヌー競技の普及と古代史熱にぶつかって大成功を納めているのだから、中原市のブレーンというのも相当なものである。

「どうです。われわれ田舎もんの知恵も、そうみすてたものではないでしょう」

日暮れ近くまで祭りを見物して酒屋町の駒田邸へ戻ると、湖がみわたせる十畳の部屋で、和服に着がえた嘉平がそう言って笑った。みごとな黒漆《うるし》の座卓には、いかにも祭りの宵の宴《うたげ》らしく、料理の器《うつわ》がにぎやかに並んでいた。

「もう少し暗くなると、今度は花火ですよ」

嘉平は伊島に酒をさしながら言った。歳《とし》は三十近く違うのに、伊島を友達あつかいするのが楽しいらしい。

「変にバタ臭くないのが成功の原因でしょうね」

伊島はそう言って酒を受けた。

「実は、この中原というところは、余り有名な人物を出しておらんのですよ。有名なのは明治の学者の新藤龍泉博士くらいなものです」

「銅像がありましたね。西尾神社の下のほうに」

「まあ、郷土の誇りと言ったらあの人くらいなもので……。祭りを考えたときも、なんとかして新藤龍泉博士をからませたいと思いましてな。あれは考古学の大先達でしょう。それでこういうことになったのです。まあ、結局はそれがよかったわけですが」

「それにしても、御霊《みたま》渡しの絵葉書まで売りだすなんて、インチキがひどいんじゃないのかしら」

昼間とはうってかわり、しとやかな和服姿になった敬子がからかった。

「いや、あれが案外うけておるのですよ。判らんものですなあ。しかし、今の若者たちが、作りものにもせよ湖上祭のような古代調の行事に魅力を感じはじめているというのは、面白い現象ですな。物、物、物……科学万能で来た反動でしょうか。何か今の若い人の間には、科学を超えた、心の力のようなものに対するあこがれが出はじめているのではないでしょうかね」

「そういうことはあるでしょうね」

伊島は鯉のあらいに箸《はし》をつけながら答えた。

「公害、物価高……そういうものは、みんな科学の、いや、物質文明の行きすぎから起っている。そう感じているんじゃないでしょうか。政治に対する不信だって、政治がそういうものを維持しようとするからなんでしょう。もっとも、政治というものはそういうものだと思いますよ。いつの間にか宝が石ころに変わっていても、いつまでもそいつをかかえている。若い連中の間で、運勢判断だの念力だのというのがはやって来たのも、そういう政治不信と同じものにつながっているようですね」

その時、ヒューッと鋭く風を切る音がして、ドーンと大きな花火が湖上の空にひらいた。

駒田嘉平は身をよじってその美しい輪を見守った。

「よし。風もなし、花火にはうってつけの夜になりそうだ」

「あと二日、この天気が続くといいですね」

伊島が言うと嘉平は事もなげに首を横に振った。

「わたしら土地の者は、ここの天候ならテレビの予報よりよく当てます。南の山に雲があって朝夕の風がなぐ時は当分晴れ。そのかわり、そういうときは山仕事には向かんのです。ことに今ごろは、霧がかかりやすいのですよ」

「西尾神社のずっと上のほうに、高い鉄塔が見えていましたが……」

伊島が言いかけると、駒田嘉平は得意そうに何度も頷《うなず》いた。

「あれはテレビ塔です。あそこで受信して、中原市内の全家庭へ持って来ているんです。このあたりは山かげになるものですから……おかげで綺麗な画像で見れますよ」

「この見事な都市計画と言い、湖上祭といい、中原市というのは、よほど市民の気が揃《そろ》っているんですね」

「まあ、そうせねば市として立って行けませんからな」

駒田嘉平は謙遜してみせたようだった。

「スーパーもおやりなんですね。中央通りで拝見しましたが、高い時計台があって……」

「いやあ」

駒田嘉平は頭を搔《か》いた。

「随分以前のことですが、これからはスーパー・マーケットの時代だといくら言っても、誰もやりてがおらんのです。旧弊な土地柄ですからな。それで、わたしがとうとう自分ではじめたと言うわけで……最初の内はパッとしませんでしたが、おいおい成績もあがって来まして……だがそうなると、いろいろ言う連中も出て来ますし、安く売るというのもむずかしいものです。時計台をごらんになったのなら、あそこが有線テレビ……中原CATV局と言うんですが、それのセンターになっているのに気づかれたでしょう」

「ええ。市役所のニュースなどをやるそうですね」

「利益還元というのですか、まあそんなようなことで、あの店の儲《もう》けはほとんど吐きだしている《のですよ》」


「それは大変ですねえ」

伊島はいたわるように言った。

中原という町が理想的な小都市に成長したかげには、駒田嘉平のような人物が、損得ぬきで働いているらしかった。

また花火があがった。

三

翌日の昼すぎ、伊島は車を駒田邸の横の道から出して門の前に停めた。

「せめてもう一日ゆっくりして行ければいいのになあ」

駒田嘉平は車の窓からのぞきこんで言った。

「申しわけありません。仕事が重なっているものですから」

「残念だな。仕事ではしかたがないが、そのかわり来年の祭りには、ゆっくり休みをとって来てくださいよ」

嘉平はしん底惜しそうな顔をした。

「はい。必ず寄せていただきます」

車は左ハンドルで、伊島は歩道に立って窓の上に片手をついている嘉平をみあげながら答えた。

その車の前を、スラックス姿の敬子が、左手に黄色いスーツケースをさげて横切った。

「まったく、敬子まで一緒に帰るというんだから」

敬子は右のドアからシートにすべりこみ、うしろの席へスーツケースを抛《ほう》りだすように置きながら、

「はじめからこうするつもりだったのよ」

と嘉平に言う。

「そりゃ、彼氏と一緒に東京までドライブするんだから楽しかろうよ。でも伯父さんを大事にするんなら今の内だぞ、まだ結婚祝いを何にするかきめておらんのだからな」

敬子はうすい丸首シャツの上に白いカーディガンを袖を通さずに羽織り、

「よく考えて、その内欲しいものをお知らせするわ」

と笑った。伊島はギアをいれ、嘉平に最後の挨拶をした。

「気をつけてな……」

嘉平は腰をかがめて車の中の二人に手をあげた。車が走りだし、敬子は体をよじって門の前の嘉平に手を振りつづけた。

「いい伯父さんだ。まるで本当のお父さんのようだ」

「あのうちは男の子ばかりだから、女の子が珍しいんでしょ」

東京への道は、いったん市役所のある中央通りへ戻り、そこを右折して湖を背にまっすぐ山へ入って行く。曙《あけぼの》高原スカイラインができる前は、駒田家の前の道を湖ぞいに進み、西尾湖を半周するかたちで対岸の遠谷《とおや》の町へ出て、ずっと西の国道一四六号を使って南下するしかなかったらしい。

どちらの道にせよ、伊島が中原市へ来たのはこれがはじめてだった。高嶺温泉なら本来は車でないほうが楽なのだが、何せ今回はホテルの内装に使う材料のサンプル類がひと荷物あったし、中原市へ寄って敬子を東京へ連れて戻る予定だったから、多少無理でも車で来てしまったのだった。

中央通りのはずれで小さな石の橋を渡ると、両側の家なみは一度に古臭くなる。道幅も狭く、屋根の重そうな、格子《こうし》のはまった窓のある家々が続いている。昔の中原の町なのだ。軒につるす湖上祭の提灯《ちょうちん》なども、新市街と同じ物なのに、どことなくひなびて見える。その古めかしい家なみが突然跡切《とぎ》れて、左側に黒い簡易舗装をした大きな駐車場が現われた。スペースは色とりどりの観光バスや自家用車で八分どおり埋まっている。

「この駐車場、無料なのよ」

敬子が教えた。

「お祭りの間は、外から来た車はみんなここでとめられちゃうの」

「そうだったのか。知らないからどんどん入って行っちまった」

「高嶺温泉からだと道が違うから、通り抜ける車だと思われたんでしょ。あの家の横へとめたから何にも言われなかったのよ。伯父はあれでも市の顔役ですものね」

そう言えば、駐車場のはずれの対向車線に警官が十人近く出て、市内に入る車を規制しているようだった。

道はしばらく田圃《たんぼ》の中を北へ向い、大きな製材所のさきに曙スカイラインへの案内標識があった。

「この先を右折か……君は通ったことがあるんだろ」

伊島が言うと敬子は首を横に振った。

「いつも遠谷からよ」

「俺も来年は遠谷線から来たいな。遠谷から船でこっちへ渡るんだろ」

「そうよ。お母さんもあの古ぼけた遠谷線が大好きなの。だから、曙スカイラインができるって聞いた時は血相変えて憤ってたわ。西尾湖のフェリーや遠谷線がなくなると思ったのね」

市内を出てからはじめての信号にぶつかり、伊島は右折のランプを点滅させて車をとめた。三叉路《さんさろ》のスカイライン側に大きなアーチが作られていて、こちら側から見ると、「中原市へまたどうぞ」と書いてある。

伊島は笑いながら言った。

「あの裏は、ようこそ中原市へ、だな」

信号が変わって右折すると、敬子が素早くふり返ってアーチの文字を読んだ。

「ウエルカム・湖上祭……残念でした」

道幅が急に広くなり、片側二車線で白いガードレールが続いている。

「ずっと上へ行くと、西尾湖がひと目で見えるそうよ」

「記念撮影でもするか」

伊島はそう言ってちらりと敬子の横顔をみた。

「そうね……」

敬子はシートにもたれ、頭を伊島の肩に寄せた。

「この次来るときは、私たち夫婦になってるのね」

「子供ができてるかもしれない」

「嘘《うそ》……お式までまだ半年あるわ」

敬子はぼんやりと前をみつめている。

「なるほどね。俺はそういうつもりで言ったんじゃないんだがな」

すると敬子は急に体を離し、伊島のほうに上体を向けて彼の右肩を力いっぱい抓《つね》った。

「莫迦《ばか》、衝突するぞ」

中原市へ急ぐらしい乗用車が、五台ほどかなりのスピードで下って行った。敬子はカーディガンを羽織り直している。赧《あか》くなっているようだった。

「そういうことだと、いくら頑張っても来年の湖上祭にはまだ六カ月か」

「嫌っ……」

敬子はたまりかねたように両手で顔を掩《おお》った。掩った手の下で笑っている。

「おや」

伊島は真顔になった。すれ違った車が、黄色い霧灯《フォッグ・ランプ》をつけていたからだった。

四

湖上祭も第二日目の午後に入っているだけに、山を越えて中原市へ向う車の数もまばらで、まして反対に登って行く車は、伊島のステーション・ワゴンのほかにはないらしい。カラー・フィルムの広告がついた木のベンチが並ぶひとけのない見晴し台で、伊島と敬子は二、三十分も写真を撮ったり西尾湖を眺めたりして時間を潰した。

山の空は曇りはじめているらしく、見おろすと西尾湖とその周辺だけが、黄色っぽく秋の陽に照り映えていた。

フィルムがおわって伊島はニコンを捲《ま》き戻していると、敬子が小さい嚔《くしゃみ》をひとつした。肩をすくめて微笑し、

「なんだか寒くなって来たみたい」

と言った。

「そろそろ出かけるか。山をおりてからどこかのドライブ・インで晩飯。東京へ着くのはだいぶ遅くなるぞ」

「大変ね。これから夜おそくまで運転するんじゃ」

「何言ってるんだ。午前中に出発したかったのを、ぐずぐず引きのばしたのは君じゃないか」

「だって、伯父さんがはなさないんですもの」

敬子は今になって言いわけをする。伊島はその肩に手を置き、車へ戻った。

見晴し台を過ぎると、それまで斜面にそって登って来た道が急に山の奥へ向いはじめ、両側は杉の木立ちにかこまれて眺望がきかなくなる。

「やっぱりそうか」

伊島は白く伸びる道をみつめてつぶやいた。

「どうしたの」

「妻引峠までまだ三時間ほどあるな」

「そんなに……」

「うん。ガスが出ているらしい」

「ガスって、霧……」

「そうだ。そう言えば、ゆうべ駒田さんが言ってたよ。その土地の天気はその土地の人がいちばんよく知っているんだなあ」

前方に見えるはずの笠岳《かさだけ》が、重苦しい雲にとざされて見えなかった。

「青葉ガ原って、まだ……」

敬子が尋ねた。また頭を伊島の肩に寄せ、伊島と二人だけの高原のドライブをたのしむつもりになっているらしい。

「まだ道は登りだ。でも、もうすぐじゃないかな」

スピード・メーターは七十をさしていた。無人のスカイラインを進むにつれ、あたりの景色から次第に色が失われて行く。

杉の森の緑は黒ずんで見え、下生えの草は白っぽく感じられた。

ヘッド・ライトをつけた車が前方に現われ、すれ違いざま、けたたましくクラクションを鳴らした。敬子が体を起してそれをふり返る。

「なに、あの車」

「警告したつもりだったんだろう」

「警告……」

「ガスだよ。ライトをつけてたろう」

敬子は胡散臭《うさんくさ》そうに窓の外を眺めた。

「森の中が白いわ」

「ガスだよ。先へ行くともっとひどくなっているんだろう」

伊島が予感したとおり、空はますます暗くなり、両側の杉の森の中にうごめいている霧の渦がはっきりと判るようになった。

地形の関係か、時おり森から道路に白いガスが這《は》いだして、車はそれを蹴散らして通りすぎる。

右へ大きく曲る切り通しがあり、そこをすぎると右側の森が急に道から遠のいていた。森までの距離はほぼ百メートル。その間のゆるい斜面が茅戸《かやと》になっている。

伊島は車のスピードを落した。すでにうすいガスにつつまれ、ガスは進むほど濃くなるようだった。

「ほんと。霧がでたわ」

敬子が感心したように言う。

茅戸と森の間に、濃いガスが蟠《わだかま》っているのが見えた。

「生き物みたい」

敬子が言うように、白いガスは跡切れ跡切れにかたまって、ゆっくりと動いていた。

「こりゃいけない」

伊島がそう言って霧灯《フォッグ・ランプ》をつけたのは、道路の真正面で、下から上へ捲きあげるように回転している濃いかたまりへ突っ込んだ時だった。霧灯と同時に尾灯《テール・ランプ》がついて、バック・ミラーの中でうしろの霧が赤く染まってみえた。スピード・メーターの針は三十に落ちている。

「なんにも見えないわ」

少しだけあけていた窓から、湿りけのある冷気が入りこみ、敬子は急いで窓をしめた。

伊島はセンターラインぞいに走っていた車を左へ寄せる。

「丁度坂が終ったところだから、ガードレールもない」

伊島はそうぼやいた。それでも視界は三、四メートルはある。彼はハンドルに胸をかぶせるような姿勢で、のろのろと車を進めた。

その時は、すぐ濃いガスを抜けられた。しかし、濃密なガスのかたまりは次第に間隔をつめ、二十分もすると跡切れるほうが珍しくなって行った。

「こわいみたい」

みたい、ではなく、敬子はすでにこわがっているようだった。まわりの地形がどうなっているか見当もつかず、霧灯がきりひらく、ほんの一メートルほどの視界をたよりに車をのろのろと進めているだけだ。

「ねえ、すぐ晴れるわよ。停って待ちましょうよ」

敬子はそう提案した。しかし、ガスがすぐ納まるという保証はなかった。

「風が止っている。このまま夜になったらどうする」

「でも、これじゃどこへ進んで行くか判らないわ」

言い合いながら、それでも一時間ほど濃霧の中を進んで行った。

二人が豹《ひょう》を見たのは、伊島が緊張を強いられるのろのろ運転に疲れ、濃いガスのまっ只中で車をとめた時だった。

五

伊島は進むのをあきらめ、車をとめてサイド・ブレーキを引いた。敬子は大きな布切れで目の前のガラスを拭いていた。窓は内側に曇りを生じていたが、いくら拭いても外の濃い霧に紛れ、いつまでも曇ったままのように思えた。

突然、左側から、濃い霧よりいっそう濃いかたまりが湧きだして、ふわりとフロント・フードの上にとびあがった。

音もなく渦まいている霧と違って、その濃いかたまりは、フロント・フードの上で二人の視界いっぱいにひろがったとき、車に軽い衝撃を与えた。シートが一度、ゆらりと揺れた。

　窓を拭いていた敬子の手が、その瞬間マネキン人形のように硬化して動きをとめた。サイド・ブレーキを引きながら、シートにもたれこもうとしていた伊島の上体も、シートと背中の間に十何センチかのはんぱな幅を残したまま動かなくなった。

　伊島の目の前に、豹の後肢と尻があり、太い尾がこまかく震えていた。霧に濡《ぬ》れたフードの上で、豹の後肢が爪先だったような踏んばりかたをしているのがはっきりと見えた。豹の胴体はしなやかにくねって、頭は敬子の顔と真正面に向き合っていた。前の右肢をあげ、牙をむきだし、耳をぴったりと寝かせ、けむいものを避けるような仕草で首を引くと窓ガラスを引っ掻くように、あげていた右肢をひとふりした。

　その時になってやっと、キャッ、と言って敬子が窓から手を引いた。敬子が動くと、豹はつり込まれたように一度引いた首を突きだし、いっそう牙をむいて、襲いかかるような気配を示した。

　伊島が無意識に、引いたばかりのサイド・ブレーキを外した。ブレーキの外れるショックが豹につたわって、豹の態度が防禦《ぼうぎょ》的な感じに変わった。伊島は倒しかけていた上体を起してハンドルを握り、アクセルを思い切り踏みつけてエンジンをふかした。

　そのとたん、豹の体はフロント・フードの上から消えた。爪先だった後肢が大きく動いて、自分の体を右側の霧の中へたくましく送り出すのを、伊島はひどく克明に観察していた。

かなり長い間、伊島はエンジンに大きな音をさせ続けていたようだった。

気がつくと、敬子は伊島の体にしがみついていて、伊島は敬子の腕のしめつけにさからって、ハンドルをきっちりと握りしめていた。

ふうッ、と伊島は全身の力を抜いた。敬子の上体が密着して来た。

「大丈夫だ。もう行ったよ」

伊島はルーム・ランプをつけた。

「豹……豹よ」

敬子は細く震える声で言った。車内が明るくなると、外はいっそうに見えにくくなった。

「どうしてこんな所に豹なんかがいるの……」

敬子は泣いていた。泣きながら、おのれの不運を嘆くような言い方をした。

「たしかに豹だったな」

「いや、こんな所……」

敬子は伊島の肩に顔を伏せ、体をゆすった。

「車の中なら心配ない。しかし、なんだってこんな所に豹がいやがったのかな」

伊島の声に落着きが戻っているのを感じたらしく、敬子は顔をあげて恐る恐るあたりをみまわした。

「なんにも見えなくなっちゃったわ」

「ルーム・ランプをつけたせいだ」

「消して……外が見えないとこわいわ」

「消したって、霧しか見えないぜ」

伊島はそう言いながら明りを消した。敬子は伊島の右腕をかかえたまま、じっと外の霧をみつめている。

「お願い。動かして……」

しばらくすると敬子は伊島の腕をはなした。伊島は黙ってギアを入れた。

車がまたのろのろと進みはじめた。伊島は道路の左側にそって慎重に車を進めた。短い草と舗装した道の境目が、霧灯《フォッグ・ランプ》のおかげでわずかに見わけられた。

霧はぶきみだった。森の木々が吐く呪詛《じゅそ》のように、渦まいて車をおしつつみ、その背後で妖《あや》しいものが踊り狂っているように思えた。その霧にかこまれた伊島と敬子の心には、太古の人々が持ったのと同じ恐怖が湧きだしていた。エンジンの響きでさえ、その恐怖の中では妖しく感じられた。

「錯覚じゃないわ……」

敬子は沈黙に耐えかねたようだった。

「ラジオでもつけばいいんだがな」

伊島は詫《わ》びるように言った。カー・ラジオの調子が悪く、二、三日前に外したばかりだった。

「錯覚じゃないわよね」

「豹のことか」

「ええ」

「錯覚なんかじゃあるもんか。間違いなく俺たちは豹を見たんだ」

「どうして……」

「さあな」

伊島はハンドルを左に切りながら答える。

「この高原に最初から豹がいたわけはない。どこかで飼われていた奴が逃げだしたに決ってるよ」

道は左に曲りながら、やや下りはじめているらしかった。路肩の草の丈が長くなり、舗装した部分に掩《おお》いかぶさっていた。

六

「いけねえ……」

伊島がつぶやいた。左の路肩にそって車を進めているのに、屋根の右はしに木の枝らしいものが触れたからだった。

「どうしたの」

敬子が気味悪そうに体を寄せた。

「困ったよ。どうやら脇道へ入ってしまったらしい」

伊島は車をとめ、窓の外をすかして見たが、霧はますます濃く、何も見えはしなかった。

「懐中電灯を出してくれ」

そう言うと敬子は、

「どうするの」

と心配そうに尋ねながら、グローブ・ポケットから大ぶりの懐中電灯をとりだした。

「ちょっと外へ出てたしかめてみる」

「やめて」

「だって、出て見なければ判らないだろう。いま、そっち側の屋根に木の枝が当ったようだったじゃないか。道幅がひどく狭くなっているらしいんだ。どこかで左へそれてしまったんだよ」

「出ないで。お願い……豹がいるわ」

伊島はため息をついた。たしかに、車の外へ出るのは危険なようだった。

「じゃあ、これでそっちの窓から照らしてみていてくれ。少し右へ寄ってみる」

敬子は懐中電灯をつけ、窓の下をのぞきこむように照らした。

「見えるか」

伊島はハンドルを思い切って右へまわしはじめた。

「何とか地面は見えてるわ」

路肩の草が見えなくなると、伊島はひどく心細くなった。陸地を見失った小舟のようだった。車はたしかにまだ舗装した道路の上にのっているが、その面積がまるでつかめなくなった。水平感覚さえ疑わしくなって来るのだ。

「あ……」

伊島は短く叫んでブレーキを踏んだ。敬子の懐中電灯より先に、右の霧灯が路肩の草を照らしだしたのだ。ヘッド・ライトのスイッチをひねって光を上向きにさせると、前方に幹の細い木が密生しているらしいのが判った。

「雑木林のようだな」

伊島は一分間ほど、霧の中に朧《おぼろ》に浮んだ前方の木の様子を眺め、道路の幅をたしかめるため、車をまた左へまわした。

今度は左の路肩が見えるまでの距離がよく摑《つか》めた。両方で譲り合えば、どうやら二台がすれ違えるほどの道幅だった。

「やっぱり脇道へ入ってしまっている」

「左端をたよりに進んだんですもの、仕方ないわ」

敬子は伊島の失敗をなぐさめた。

「バックするわけにも行かないし……」

伊島は敬子をみつめながら言った。車の外で敬子が先導してくれれば、なんとか車をまわすことができそうだったが、豹のことを考えると、とてもそんなことはさせられなかった。

「仕方がない。ここで居すわるか」

「霧が動いてるわ」

敬子が窓の外に明りを向けて言った。

「案外すぐ晴れるかもしれないな」

たしかに風が出はじめたようだった。重く澱《よど》んで動かなかった霧が、少しずつ回転をはじめていた。白い渦の中に、時々黒くみえる隙間に光が当ると、視界が一度に五、六メートルも伸びるのだった。

「うしろへ流れて行くみたい」

霧の動きを敬子はそう観察した。体をよじってリア・ウィンドーの外を照らしている。

「みろ、前に何か見える」

伊島は大声をだした。敬子がさっとふりかえった。

「あかりだわ。電気のひかりよ」

霧がうすれて、かなり前方の光が見えていた。道はその光に向ってまっすぐに伸びていた。

「しめた」

伊島は素早くギアを入れ、車をスタートさせた。反動で敬子はシートにガクンと押しつけられ、

「急いで。また霧が来るわよ」

と叫んだ。車は一瞬の晴れ間を縫って狂ったように突っ走った。霧がまた道に湧きだしはじめている。

道は、その建物への進入路らしかった。やや下り気味で、小さな石の橋を渡るとすぐ、建物の正面へ出て行きどまった。

「助かった……」

伊島はそう言ってサイド・ブレーキを引き、エンジンを切った。目の前にコンクリートの二階だての建物があり、二階の窓から煌々《こうこう》と明りが洩れていた。ふり返ると、いま渡ったばかりの石の橋が、もう霧につつまれてかすんでいた。

二人が乗った車は、その四角ばった建物の玄関に鼻先を突っ込むような形で停っている。

「わけを言って、霧が晴れるまで休ませてもらおう」

伊島はそう言うと車の外へ出た。

ふつうの住宅でないのはすぐ判った。建物全体の様子がひどく素っ気なく、病院のような感じだった。入口は厚いガラスのはまった両びらきのドアで、プラスチックのタイルを貼った広い廊下と階段が見えていた。

ノブをまわしてみたが、鍵がかかっていてあかなかった。チャイムのボタンも見当らず、ドアを叩《たた》いてみたがまるで反応がなかった。伊島は壁に埋め込んだ、新藤研究所、というプレートを眺めて引き返した。

「返事がないんだ。誰もいないのかな」

車のドアをあけて敬子に言うと、敬子は黙って首を横に振り、右側を指さして見せた。

車が二台、きちんと並べてとめてあった。一台はベンツ、一台は中型のライトバンらしかった。

「何だか変なかんじがするわ。なんなの、このうち……」

敬子は肩をすくめた。

「裏口があいているかもしれない。裏へまわってみてくるよ」

伊島はそう言いおいてドアをしめると、玄関の左から建物の裏手へまわった。

敬子が言うように、その建物からはたしかに何か異様な雰囲気が流れだしていた。一度去った霧がまた勢いをもり返し、じわじわと建物をおしつつみはじめている。

七

たしかにそれは何かの研究施設らしかった。裏へまわると、煌々と明りの洩れる窓が四つほど並び、電子装置らしいものが何種類も据えてあるのが見えた。

裏口もあるにはあったが堅くとざされている。伊島は明りの洩れる二階をみあげながら、電子装置の並ぶ部屋の外へ戻った。一階で中がのぞけるのは、その部屋だけだったからだ。あとはみなブラインドがおりている。

四つ並んだ窓の、いちばん左端の窓があいていた。いや、閉まっているのだが、ガラスが割れていたのだ。伊島はガラスの割れた窓から大声で怒鳴った。

「新藤さん……どなたもいらっしゃいませんか」
二、三度呼んだが建物の内部は静まり返っている。伊島は四度目の声を出しかけて、急に息をのんだ。

部屋の様子が異常なのに気づいたからだった。何かひどく荒らされた感じだった。得体の知れない道具類は、縦横《たてよこ》の区別さえつかなかったが、何者かに引っ掻きまわされ、倒れたりころがったりしているらしいのだ。

伊島はあらためて割れた窓ガラスをみつめた。窓の外に破片がちらばっている。割れ目からそっと手をさし込んで留め金を外すと、伊島は窓をあけた。窓枠に手をかけてとびあがり、中をのぞいた。

床に書類や器具類が散乱していた。部屋の隅にかなり大きな金属製の檻《おり》があり、けものの匂いが鼻をうった。檻の中には灰色のかたまりが見えた。

「誰もいないんですか……」

もう一度大声を出し、伊島は肚《はら》を据えて部屋の中へ滑りこんだ。中へ入ってみると、荒らされようは外で見たのよりずっとひどかった。椅子が引っくり返り、灰皿が割れ、ノートや筆記具が床に散乱していた。

檻の中はいっそう異様だった。

檻の中央に太いとまり木が渡してあり、その木に毛の密生した四本の腕がぶらさがっていた。四本の腕の先には、それぞれ三本の異常に長い爪がついていて、四本の腕はひとつの胴につながっている。

伊島ははじめ、それを生き物だとは感じなかった。まったく静止していて、とまり木に毛皮をくりつけたようだった。

そのけものの頭を、伊島は最初の内、尻だと思っていた。そう錯覚するほど、頭としては小さすぎた。けものの顔としてはとほうもなく扁平《へんぺい》で、顎も額《ひたい》もなく、目と鼻がついているのを見ても、まだそれが排泄器か性器のように思えた。

四本の腕と思ったのは、前肢と後肢だった。しかし、前肢も後肢も同じような太さだった。両方とも体のわりにひどく太く、胴と同じくらいに見えた。主体が胴なのか四肢なのかはっきりせず、小さく扁平な感じの頭部などは、ただの付属物のようにしか思えなかった。

その貧弱な頭部が、わずかに伊島のほうへ伸びるような動き方をした。すると、その頭に細い紐が二本つながっているのが判った。細い紐は檻の横にある、煙草の自動販売機などの大きさの機械につながっていた。

よく見ると電線のようだった。

とまり木にぶらさがったものは、鈍い目を伊島に向けていた。それを見返していると、頭に電線を差し込まれたけものが急に憐れになり、伊島は反射的に二本の電線をつかんでぐいと引っ張った。電線はけものの頭から外れて檻の中へ落ちた。

伊島はけものの前を離れてドアに向った。ドアは錠がおりていて、ノブの中央に埋めこんだ金具を一回転させなければ開かなかった。

廊下に出たとき、伊島はやっとそのけものの正体を思い出した。南米大陸にいる、ナマケモノという動物だった。

八

伊島は玄関へ出てドアをあけた。それを見て車から敬子がとび出して来る。

「誰もいないような、妙な具合なんだ」

そう言われて、敬子はあてが外れたように眉をひそめた。

「二階は」

と階段をみあげる。

「まだこれからだ」

伊島はそう答えると、階段の手すりを右手で摑んで大声を出した。

「どなたかいらっしゃいませんか……」

返事はなかった。

「上へ行ってみよう」

階段を登りかけると、敬子が伊島の手をしっかりと握ってついて来た。

「車はあるし、明りはついてるし……変ね」

「窓ガラスが壊れていた。そこから中へ入ったんだ」

「何かあったのかしら、このうち……」

二階の廊下へ出ると、ドアが四つ並んでいた。伊島は右側のとっつきにあるドアをノックした。

返事はなかった。

「明りがついていたのはこの部屋よ」

敬子が言った。伊島はノブに手をかけて、そっとまわした。内鍵はかけてなく、カチリと音がしてドアが細目にあいた。伊島はゆっくりとドアを押した。

シングル・ベッドが見えた。壁に服がかけてあった。本棚があり、小さなテーブルと椅子があり、霧にとざされた窓が見え、そして一番最後に、椅子に腰かけ、木のデスクに顔を伏せている男の姿が見えた。

睡《ねむ》っているように見えた。

伊島と敬子は顔を見合わせた。伊島は入口に敬子を残し、思い切って男に近づいた。

男は洗いざらしの白衣を着て、右腕をデスクの上にのせ、左腕をだらりと膝の脇にさげていた。

伊島には、その男が死んでいるのがすぐ判った。蠟《ろう》色の肌をしていた。伏せた顔の額のあたりに、薬局などで使う白い薬鉢《くすりばち》が置いてあり、その底に薬品らしいものが見えていた。

伊島は男の蠟色の手首に触れてみた。救いようのない冷たさがつたわって来た。

「どうしたの……」

うしろで敬子の声がした。

「死んでる」

ふり返って言うと、入口からさっと敬子の姿が消えた。あわてて行って見ると、敬子はドアの横の壁にもたれ、両手で顔を掩っていた。

「嫌よ、こんなの」

伊島は部屋の中の死体と敬子を交互に眺め、深呼吸を二度ほどしてから言った。

「もっと調べてみる。こわければ車へ戻っていなさい」

敬子はとんでもないというように顔を左右に振り、伊島の腕を両手でかかえた。その敬子を引っ張るようにして、伊島は反対側のドアをあけた。

そこは応接間のようだった。ソファーが並び、絨緞《じゅうたん》が敷いてあった。二人は中へ入って部屋を見まわした。

「中原市の写真ばかりだわ」

敬子が言うように、壁にはずらりと写真パネルが飾られていた。市役所のビル、中央通りの風景、湖上祭のスナップ、山の上からの俯瞰《ふかん》、テレビ塔……。

「これは駒田さんの店だな」

伊島はサイドボードの上にあるスーパー・マーケットの写真を指さして言った。そのほかにも、記念撮影風に男たちがずらりと並んだ写真が何枚かあった。

応接間の中にドアがひとつあり、伊島はその前で敬子の表情をたしかめるように見た。

「あけるよ」

敬子は生唾《なまつば》をのんでうなずいた。ノブをまわし、思い切って一気にあけた。

ダブル・ベッドと三面鏡があり、ドス黒く床が汚れていた。血だった。血溜りがあり、その傍に白衣を着た老人の死体があった。死体はドアに足をむけ、床の中央に右へよじれ気味に倒れていた。

頭が奇妙な具合に肩から浮いて見えた。敬子が、うッ、と喉を鳴らして伊島にとりすがった。

死体の首が裂けていた。右へねじれた死体の左手が、小ぶりの猟銃を逆手《さかて》に摑んでいた。

「自殺だ」

伊島は呻《うめ》くように言った。猟銃で自分の喉を撃ち抜いた様子だった。銃口を喉に押しつけたのだろう。顔はまったく損われていなかった。

敬子の体はガタガタと烈《はげ》しく震えはじめていた。伊島にすがりつき、今にも頽《くずお》れてしまいそうだった。

伊島は敬子をかかえるようにして死体のそばを離れた。応接間を抜けて廊下へ出ると、向いの部屋のデスクに突っ伏している、最初の死体が見えていた。伊島は敬子をだきかかえ、階段を降りて玄関の外へ出た。

敬子を車のシートに坐らせた伊島は、うんざりした顔で濃い霧をみまわしてから、叱りつけるように言った。

「ここにいろ。こわかったらドアをロックして置け」

敬子はかすかに頷いた。

伊島は怒ったような足どりで建物へ戻った。二階へ駆けのぼり、まだあけていないドアを蹴りあける。そこは書庫らしい小部屋で、書物の棚が並んでいた。磁気テープをいれるドラムのような容器が、たくさんの書物に混って積んであった。

伊島は応接間に戻り、ドアの奥に見える血まみれの死体を眺めた。額が禿《は》げあがり、鬢《びん》に残った髪も白くなっている。部屋の様子からして、この建物の主《あるじ》らしかった。

伊島はサイドボードの上の壁にかけてある写真に近づいた。

広い日本庭園を背景に、十人ほどの男が正面を向いて並んでいた。中央に額の禿げあがった老人がいて、それが隣室の死体と同一人物であることがすぐ判った。

その隣りで駒田嘉平がにこやかに笑っていた。伊島は首をかしげ、一階へ戻った。

新藤研究所……ひょっとすると、二階で死んでいる老人は、考古学者新藤龍泉博士にゆかりのある人物ではないかと思った。

一階には、小さな事務室風の部屋と、キッチン兼食堂、それにベッドのついた宿直室のような小部屋がひとつあった。

伊島はその小部屋へ入りこんで眉をひそめた。乱れたベッドの様子からして、この建物にもう一人、誰か住んでいるらしい。

伊島は慌《あわ》ててその部屋を出た。裏口の横の油じみた階段をおりると、単調な機械音が響いて来た。階段の突き当りのスチール・ドアをガタンとあけた。灯油を使う自家発電装置が薄暗い地下室の中で唸《うな》り続けていた。配電盤があり、給湯用のボイラーがあり、井戸ポンプのモーターが床にうずくまっていて、壁から天井へ大小のパイプが通っていた。

そして、そのいちばん太いパイプにロープをかけて、ジャンパーを着た若い男がくびれ死んでいた。

伊島はあけたばかりのドアを大急ぎで閉め、うしろにまわした両手でノブを握りしめて目をとじた。

三人死んでいる……。

縊死《いし》、猟銃自殺、そしてもう一人も、あの様子では服毒死なのだろう。

何かこの建物の中で、とほうもない事件が発生したのだ。

その事件を考えようとして、伊島はすぐ考えることを放棄した。判るわけがないと思った。殺人ならともかく、三人とも自殺では考える糸口さえつかめなかった。電気を自給しているくらいだから、電話も来ていない。

霧が晴れたら中原市へ戻って、これを報告しなければならない……。伊島はそのことだけを考えていた。

第二章

一

霧にまかれて悪戦苦闘した道を、伊島のステーション・ワゴンは、四十キロほどのスピードで中原市へ引っ返していた。

さいわい風が少し出て、重く澱《よど》んでいた霧がよく動くようになったのだが、何よりも敬子がすっかり怯《おび》えきっていて、死体だらけのあの建物から、一刻も早く遠のかねばならなかったのである。

「どうして一度に三人も自殺しなければならないの」

敬子はまた同じことを言った。もう十何度もその問いを発している。しかし、車が動きはじめてからはだいぶ間遠になり、言い方にも幾分落着きが戻っていた。

「よく飽きずに同じ質問ができるものだ」

伊島はからかうように言った。

「だって、変じゃないの」

「たしかにおかしい。異常な事態だよ。僕だってさっきからずっとそのことを考えつづけているんだ。でも判らない。判りっこない」

「豹と関係あるのかしら」

「さあね。でも見たろう。建物の裏手にあの豹を飼っていたらしい大きな檻があったじゃないか。中ががらだったから、多分あそこから逃げだしたんだろう」

「猿も飼っていたんでしょう」

伊島は前方に見えて来た切り通しをみつめ、あれを過ぎればもう霧の心配はないはずだと思いながら答えた。

「書庫をあけたら動物に関する本がかなりあった。あの新藤研究所というのは、何かその方面の研究をしていたんじゃないかな。それにしても、随分変わった動物を飼っているもんだ。ナマケモノとはね。君は見なくてよかったよ。気味の悪い恰好《かっこう》をした動物だからな」

「それでなくても、思いきり怕《こわ》い思いをしたんですもの……たくさんだわ」

「たしか、ナマケモノというのは猿によく似ているが、猿の仲間には入っていないはずだよ」

「いつかテレビで見たことあるの。木の枝にさかさまにぶらさがって、子供がおなかのところにしがみついていたわ。あれ、猿じゃないの」

「アルマジロなどの仲間だったはずだ。アリクイとか……貧歯目というんだと思ったな」

伊島は敬子を安心させるために、時間をかけて話題を徐々にそらせていた。車は切り通しをすぎ、下り坂になった。かなりの向い風で、もう霧の心配はまったくなくなっている。

伊島はアクセルを踏みこんでスピードをあげた。

「もうすぐ見晴し台だ。湖が見えるはずだよ」

そう言ってやると、敬子は大きく溜め息をつき、

「ああ助かった」

とシートにもたれた。

「あたし随分怕がったでしょ。見苦しかった」

「いや」

伊島もゆとりをとり戻し、すっかり忘れていた煙草に手を伸ばした。

「怯えて当然さ。あんな事件は滅多にあるもんじゃない。もし霧にまかれないであそこを素通りしたとしても、あとで新聞やテレビで知ったら、ぞくっとするだろう。それを僕らはじかに見たんだからね」

敬子は慰められて、伊島のほうへ体を寄せた。

「一人だったら心臓が破裂して死んじゃってたわ」

　伊島は煙草に火をつけ、車のライターを元の穴へ差し込んだ。

「ところで君に相談なんだが」

「なに……」

「僕らは今、事件を報告するために中原市へ引っ返している。このまま市内へ入ったら、警察へ横付けして駆けこむつもりだ」

「そうよ。あんなこと、早く警察にまかせて縁を切りたいわ」

「駒田さんに教えなくていいだろうか」

「伯父に……」

　敬子は不審そうな顔をした。

「あの応接間だか居間だかの写真を見たろう。どうやらあの建物のあるじと駒田さんは、かなり深い関係があるようじゃないか。ほとんどの写真に駒田さんの顔があったよ」

「そうだったかしら。あたしよく憶えていないわ」

「警察に隠すつもりはないが、警察と同じくらいのタイミングで、駒田さんにも報《しら》せたほうがいいような気がするんだ。無駄ならそれにこしたことはないが」

　敬子は考え込んだようであった。

二

秋晴れの、眩《まぶ》しいほどの光の中でくぐった曙スカイラインの入口のアーチが、引き返した時には左右に据えたスポット・ライトを浴びて、「ウエルカム・湖上祭」という文字を闇の中に浮きあがらせていた。

「警察へ行くまでに公衆電話があるだろう」

伊島は三叉路の信号を左折しながら言った。

「あるわ。新市内へ入る橋のたもとに……」

敬子の声に、もう怯えは感じられなかった。製材所の前を通りすぎると、田圃の中を一直線に南へ向う道の先に、中原市の灯が輝いていた。

その道を直進して行くと、前方に突然赤い灯が湧きだして左右に揺れた。伊島はちょっとうろたえ気味にブレーキを踏み、すぐ思い出して、

「そうか……」

とつぶやいた。市内に入る車を規制している警官の灯りであった。警官は短く笛を鳴らし、左手に持った赤ランプを振って駐車場へ入るように合図した。

伊島はその警官に事件を告げる気にはなれなかった。そこで車を停め、窓をあけて交通

整理の警官に語りかけても、もどかしいやりとりを何度も繰り返さねばならないのが、目に見えるような感じであった。

ステーション・ワゴンは市が湖上祭のために用意した無料駐車場へ滑り込み、観光バスのとなりへ停めてエンジンを切った。

「寒くないか」

車を出るとき、伊島は敬子に言った。敬子はカーディガンの袖に腕を通し、形のいい胸を突きだすようにして大きく伸びをしていた。それを見て、伊島は緊張が一度にとけたように感じた。

「さあ、早く済《す》ましてしまおう」

歩きだすと敬子は伊島の右腕に腕をからませ、

「だからもうひと晩泊って行けと言ったのに……伯父にそう言われるわよ。帰ったら少しお酒飲もうかしら」

「それがいい。嫌なことは早く忘れるんだ」

伊島も飲みたい気分だった。

軒の低い旧市内の道を歩いて行くと、次第に祭りの夜の華やかさが濃くなり、旅館の入口で酔った観光客の一団が騒いでいたりした。

「お仕事大丈夫なの。急いでたんでしょう」

「こうなっちゃ仕方ないさ」

伊島は肩をすくめた。

ほうねんばし、と書いてある短い石の橋を渡って新市内へ入ったすぐ左手に、公衆電話のボックスがあった。敬子はそのドアをあけ、ハンドバッグから小銭を出してダイアルをまわした。

「敬子ですけど。伯父さま、いらっしゃる……」

そう言った敬子は、ドアを半びらきに押えている伊島に、すぐ顎を引いて見せた。伊島はボックスの中へ体を斜めにして入りこみ、受話器を敬子から受取った。

「敬子か。いまどこにいるんだい」

すぐ駒田嘉平の声が聞えた。

「伊島です」

「なんだ、君か。敬子だと言うから……」

「彼女もここにいます。いま豊年橋のたもとの公衆電話から掛けているんです」

「え……まだそんなところにいたのか」

「実はスカイラインで霧にまかれまして」

「だからもうひと晩泊って行けと言ったろう。引き返して来たのか」

「それが、途中で脇道へ迷いこみまして」

「脇道……ああ、青葉ガ原の手前だな」

「その突き当りの新藤研究所という建物の中で、大変な事件が起っていたんです」

駒田嘉平の声が跡切れた。

「三人死んでいるんです」

「なんだって……」

伊島は思わず受話器を耳から離した。痛いほど高い声であった。

「三人死んでいます。僕らの見たところでは、どうやら三人とも自殺らしいんですが……」

「三人自殺……」

嘉平は呻くように言った。

「ええ。これから警察へ報《しら》せに行きますが、その前にちょっとご連絡しておこうと思いまして」

「間違いないな」

嘉平は念を押した。

「ええ。それから、あそこで豹を飼っていませんでしたか」

「豹……うん。たしか飼っていたはずだ」

「やっぱりそうですか。その豹が逃げだしましたよ。途中で僕らの車がそいつに襲われたんです」

襲われた、と口に出したとたん、伊島は敬子の顔を見た。豹のことは軽く考えていたが、たしかに襲われたに違いなかった。これは大変な事件だ、とあらためて実感した。

「僕に教えてくれたのが最初か」

嘉平の声は低く早口になった。

「ええ」

「ゆっくり警察へ行ってくれ。こっちからすぐ署長に連絡して置く」

「市の入口で車をとめられましたから、歩いているんです。十分やそこらはかかるでしょう」

「そうか。そうだったな。途中で誰にも喋らんでおいてくれないか。余計な混乱が起ると困る。何しろ祭りの最中だし」

「判っています」

「儂《わし》もすぐに行く。警察で会おう」

電話は嘉平が先に切った。受話器をかけた伊島は何か敬子に言いかけ、若い娘がボックスの外に立っているのに気づくと、黙ってドアをあけた。

「やっぱり駒田さんに連絡してよかったよ」

また腕を組んで歩きだしながら、伊島はささやくように言った。

「どうして」

「やっぱり立場があるんだ。お祭りをブチこわしたくないんだろうな」

「大騒ぎになるわね」

「そうだ。それに豹のことがある。死人はもう何もしないが、豹はそうはいかない。山狩りしなければならないだろうしな」

湖畔広場に突き当るメイン・ストリートを、無灯火の自転車が勝手気儘《きまま》に走りまわっていた。祭りの期間中、市内は自転車だけが幅をきかしているのだ。

二人はその自転車をよけながら通りを横切り、反対側の歩道へ渡った。まだどの商店も道に煌々《こうこう》と光を投げかけて営業しており、小ざっぱりとした町の中を、観光客たちがぞろぞろと歩いていた。

市庁舎の前にはテントがふたつ張られ、そのまん中に西尾神社の大きな神輿《みこし》が据えてあって、土地の子供らしいのが二十人ばかり、順番にその傍の太鼓を打ち鳴らしている。

「のん気なものね」

その前を通り抜けた時、敬子は甘えるような言い方をした。大事件の情報を自分だけが握っているという優越感に駆られたらしかった。

たしかに町中がのんびりとお祭り気分にひたっているようであった。市庁舎と消防署にはさまれた警察の建物へ入って行っても、二人に特に注意する警官はいないようだった。

どの警官に声をかけようかと伊島が物色していると、急に警官たちの態度があらたまった。気がつくと奥の階段から、袖口に太い金筋のついた制服のボタンをとめながら、初老の男が降りて来るところであった。

「署長さんよ」

敬子は顔を知っているらしく、小声で伊島にそう告げると、署長のほうへ微笑しながら軽く頭をさげた。

「やあ、いらっしゃい」

署長はとほうもなく快活な声で言った。

「嘉平さんからいま電話がありましてな」

伊島も軽く頭をさげたが、署長が快活さを装っているのがよく判った。瞳《め》が伊島を刺すようにとらえていた。

「さあ、どうぞ、どうぞ。どうぞこちらへ」

署長は一階の警官全員に聞えるように、わざと大声をだしているようであった。

「お嬢さんはここがはじめてでしたな。どうも若いご婦人には殺風景すぎるでしょうが、まあとにかく、一度は署長室などという場所も見学しておいてくださいよ」

署長はそう言ってわざとらしく笑い、二人をせきたてるように急ぎ足で階段を昇った。

署長室は二階で、正面玄関のまうえに当っていた。ドアをおさえて二人をその部屋にいれた署長は、うしろ手でしっかりとドアを閉めた。

三

「ガラスの破片が窓の外に散っていたのですな」

署長は制服の上着のボタンを幾つか外しかけ、またそれをはめ直しながら言った。伊島と敬子は祭りの灯りが縊れる湖畔広場の見える窓を背に、白いカバーのかかったソファーに並んで坐っていた。閉め切った窓を通して、市庁舎の前から太鼓の音が響いて来る。

「ええ。内部が滅茶苦茶に荒らされていました。あれは実験室か何か、そんなような部屋でしたが」

署長は黙って頷き、ちらりと腕時計を見た。

「で、僕はそのガラスの割れた窓から中へ入ったんです。何度も大声で呼んだのですが、返事はありませんでしたし」

「その状況なら無理はないです」

署長は慰めるように物判りのいい表情で言ったが、どこか上の空のような態度だった。

その時、ドアを叩く音がした。署長は待ちかねていたように立ち上がり、ドアをあけた。

先頭は渋い和服姿の駒田嘉平。次は三つ揃いの服をきちんと着た、背の高い細面《ほそおもて》の老人。

最後は茶のスーツに赤いネクタイをしめた、赭《あか》ら顔で太鼓腹のずんぐりした五十男であった。

「えらいことに捲き込まれたな」

嘉平は伊島にそう言うと、二人の前のソファーに体を沈めた。ほかの二人も、伊島と敬子をとりかこむように坐ると、署長は自分のデスクへ行って煙草に火をつけ、

「いま状況をお聞きしはじめたところだ」

と不機嫌な声で言って回転椅子に腰をおろした。

「研究所で三人死んだというが……たしかにあそこの人たちなんだろうな」

赭ら顔の肥《ふと》った男が言いかけると、嘉平が手をあげてそれを制止した。

「君と敬子のことは途中でみんなに話した。これは中原市の岡野《おかの》市長」

背の高い細面の老人が軽く頭をさげた。

「こっちは市教育委員長の村井《むらい》君だ」

「とにかくこれはえらいことですぞ」

村井はいちばん昂奮していて、早口でそう言った。

「慌《あわ》ててもはじまらん。騒ぎたてればそれだけ収拾がむずかしくなる」

嘉平は叱るように言い、

「大山《おおやま》さん。あんたのほうは、とりあえず豹の対策を考えておいてくださらんか」

と署長を見た。

「濁沢《にごりざわ》峡谷のあたりには、キャンプしている連中もいるはずだ。そっちへは一番に報せてやらなければならんだろうが……」

署長の大山は歯切れの悪い答え方で、回転椅子の背にもたれこんでいた。

「で、敬子と君と二人で中へ入ったのだね」

嘉平が伊島のほうへ向き直る。

「僕が裏の実験室の窓から入って、入口のドアを中からあけたのです。一階には誰もいないようだったし、二人で二階へあがって見たのです」

嘉平は頷いて見せた。

「最初、階段をあがってすぐにある、右側の部屋のドアをあけました。外からその部屋の灯りが見えていたものですから。その部屋にまず一人死んでいました」

「どんな男だ」

「白衣を着て机に突っ伏していました。だから顔はよく見ませんでしたが」

「老人かね」

市長の岡野が尋ねた。

「いいえ。老人は廊下の反対側の、寝室であおむけに……」

「順に聞こう」

嘉平は少しじれったそうであった。

「白衣を着た、老人でない男だね」

「ええ。多分服毒死だと思います。机の上に薬鉢かがあって、その中に毒物らしいものが入っていました」

「三十七、八の男だろう。色の浅黒い、痩せた……」

教育委員長の村井がたまりかねたように早口で言った。

「さあ、うつぶせでしたから」

「間違いない。それは崎山《さきやま》だ。二階のとっつきの右側というと、彼の部屋だからな」

嘉平も市長も署長も、それには同意したようであった。

「その次に寝室へ入ったのかね」

「ええ。廊下の反対側のドアをあけると、そこは居間か応接間といった様子でしたが、誰もいませんでした。奥にもうひとつドアがあって、そのドアをあけて見ると、老人が血まみれになってあおむけに倒れていました。猟銃で喉を撃ったらしい様子でした」

すると署長が立ちあがり、市長の肩ごしに一枚の写真を差し出した。市長がそれを受取り、黙って伊島に渡す。

「老人というのはその人物かね」

署長はそう言い、咳《せき》ばらいをした。写真には、新藤龍泉博士の銅像と、その前に立つ一人の品のいい老人が写っていた。

「はっきりは憶えていませんが、多分この人物だと思います」

署長を除く三人は、言い合わせたように吐息を洩らした。

「それは、新藤慶太郎《けいたろう》先生と言って、あの新藤博士のいちばん末のお子さんだよ」

嘉平が言うと、肥った村井が立ちあがり、部屋の中を歩きだしながら言った。

「事故ですかなあ」

伊島はそのほうを見つめて強調した。

「事故じゃありません。あれはたしかに三人とも自殺です」

「村井君、少し落ちつきなさい」

市長がたしなめた。嘉平は歩きまわる村井をちらりと眺め、

「で、夫人はどこで……」

と尋ねた。

「夫人……」

伊島は眉をひそめた。

「女性がいたのですか、あそこに」

「そう言えば、あたし三面鏡があったような気がするわ」

敬子が伊島を見つめて言う。

「でも女性はいなかった」

四人の男たちは気色《けしき》ばんだようであった。

「じゃ、三人目も男か」

「ええ。しかし、そういうことなら、僕はもう一人どこかにいるのを見落したのかも知れませんね。何しろ、それでなくても霧に捲かれたり豹に襲われたり、不気味な感じでしたからね。建物の中には長くいませんでした」

「あたしが怕がったからですわ」

敬子が伊島をかばうように口をはさんだ。

「三人目の男は……」

署長はふたつのソファーの背に両手をついて、嘉平と市長の間から首を突きだすようにして尋ねる。

「一階の廊下の突き当りに、裏口のドアがあって、その横に地下へ降りる小さな階段がついていました。その地下室で、天井に通ったパイプにロープをかけて、若い男が首を吊って死んでいました」

「若い男か」

「ええ。髪を長く伸ばして、ジャンパーを着た……」

「久野《くの》だ。久野健次《けんじ》だ」

嘉平が首を曲げて署長に言った。署長は伊島と敬子を半々に見つめ、何度も頷いている。

「夫人はどうなんだ。無事か」

市長が嘉平に言う。

「判らんね。行って見なければ」

嘉平は深刻な表情で首を左右に振った。

四

伊島がひと通り現場の状況を説明しおえると、署長室に集まった中原市の有力者たちは、急にテキパキと動きだした。

「とにかくわたしは滝沢《たきざわ》先生に連絡する。大山さん、この署長室を借りていいかな。何なら市庁舎へ戻ってもいいが」

「かまわんですよ」

署長は何か考え込みながら岡野市長に答えた。

「市長はここを動かんほうがいい」

嘉平は和服のたもとからピースの罐《かん》をとり出し、テーブルの上へ置いて言った。

「今夜のところはここを対策本部に使おう。市長室とここでいちいち連絡を取るのは面倒だ」

そう言って罐から煙草を抜きだし、黙って伊島の前へ押して寄越した。伊島は首を振ってそれを断わり、ポケットからセブンスターをとりだして咥《くわ》えた。敬子が大型の卓上ライターを両手でとりあげ、二人の煙草に火をつける。

市長は署長の回転椅子に坐り、大きなデスクの電話機を引き寄せると、上着の内ポケットから厚い手帖をとりだして、そのページを受話器を摑んだ左手で押えながら、ダイヤルを廻しはじめた。

「わたしはこれから現場へ行かねばならん」

署長は曖昧《あいまい》な言い方をした。ピースを咥えた嘉平が振り向いてその顔を見た。二人はしばらくみつめ合っていた。

「あんた、すまんが湖畔広場のステージにいる杉本《すぎもと》のところへ行ってくれんか」

嘉平は署長から視線を村井に移して言う。

「状況を呑《の》み込ませた上で、ここへすぐ来るように言ってくれ。儂《わし》らがここへ全部集まってしまっては具合が悪かろう。九時近くまで、祭りのほうをうまくやっておいてくれんか。儂らは決着がつくまで今夜はここを動かんつもりだ」

教育委員長の村井は、嘉平にそう言われるとほっとしたような表情になり、

「とにかく大変な目にお会いでしたなあ、今夜は」

と伊島たちに言って、そそくさと部屋を出て行った。

「はい。中原市長の岡野善兵衛《ぜんべえ》です。どうしても今夜中に、いや、今すぐに先生と直接お話がしたいのですが。非常に緊急な用件なのです。……はあ、そうですか。それでは十分後にこちらからもう一度ご連絡いたしますから、くれぐれもよろしくお願いいたします」

嘉平は市長の電話に聞き耳をたてていた。署長はそのうしろで、所在なげに突っ立っている。

伊島は署長の行動の鈍さが不思議で、無意識にとがめるような視線を送っていたようであった。

「それで、ちょっと聞きたいんだが」

市長の電話がおわると、嘉平は大きなガラスの灰皿のふちでピースの灰を叩きながら、軽い口調で言いだした。

「豹が車の上へとび乗って来た時は怕《こわ》かったろう」

敬子に向けて、微笑を泛《うか》べながら言った。

「それはもう……」

ねえ、と同意を求めるように、敬子は伊島を見て答える。

「霧の中からいきなり豹が湧きだしたんですもの、びっくりしないほうが不思議よ」

「その辺りで道を間違えたのかなあ」

「いや……」

伊島が言った。

「路肩の草をたよりに走らせたのですから、左折路があれば自然にそっちへ行ってしまいますよ。もちろん豹にも度胆を抜かれましたがね……」

「建物の裏手へまわったら、実験室の窓ガラスが割れていたと言ったね」

「ええ」

「破片が外の土に散らばっていたのなら、豹の奴、そこから外へとびだしたんだな。暴れて、ガラスを突き破ったんだろう」

「そうだと思います。今考えれば、足跡ぐらいたしかめて置けばよかったんですが、何しろあの時はそんなゆとりなんかありませんでしたし……」

「いや、君はよく観察しているよ。仲々それだけ観察できる状況ではないからな。で、どうだったのかね。研究所へ近づいて行った時の印象などは」

「霧の晴れ間から灯りが見えた時は、まったく地獄で仏と言う気分でした」

「そうだろう。しかし、車が二台停めてあって、灯りがついていて、そのくせ呼んでも答がない。嫌な気分ではなかったかね」

するとと敬子がひと膝乗りだしたように坐り直した。

「今だから言うけど、あたしとってても嫌な感じだったわ。幽霊屋敷みたいな感じで……」

「それは、中で三人も揃って自殺していたんだからな……」

嘉平はかすかにからかうような言い方をした。

「いや、実は僕もそんな感じでした。建物の裏手へ行って見るのでも、本当はびくびくものだったんです」

「やはり、そういう死の館《やかた》だから、妖気のようなものがたちこめていたかな」

伊島は嘉平の言葉に答えようとして、ふと目をあげた。その視線が署長の瞳と真正面からぶつかった。署長は食い入るような目付きで伊島をみつめていた。

「そんな感じですねえ」

いったいこの署長は何で動かないのだ、と不審に思いながら目をそらし、伊島は部屋の中を見まわして言った。

「で、そのガラスの割れた窓から入ったのだったね」

「ええ」

「たしかあそこには妙なけものがいたはずだな」

嘉平は首をまわして署長をちらりと見た。署長が言う。

「のろまな猿みたいでしょう。一日じゅう木にぶらさがって、ユーカリの葉ばかり食っている奴ですな」

「そうそう。あのナマケモノを飼うため建物の近くにユーカリの林が作ってあるのだよ」

「何でナマケモノや豹などを飼っていたのです。モルモットの役をしていたんですか」

「さあ、儂《わし》らにはむずかしい学問のことなど判らんでな」

「とにかく実験動物でしょう。僕が入ったとき、あのナマケモノは頭に電線をつけられていましたからね」

嘉平は半分ほどになったピースを、ガラスの灰皿の底へ力を入れて押し潰した。

「可哀そうに。電線をつけっぱなしか」

乾いた声であった。

「僕も可哀そうになって、引っぱって外してやりました」

署長が急にせかせかと口をはさんだ。

「嘉平さん。わたしはとにかく行って来ます。遺体も収容せねばならんし」

市長がまたダイアルをまわしはじめた。

「検視の医者、鑑識班……大変だろうが、あまり大げさにならんようにな」

「また霧が出ておるでしょう。時間がかかるでしょうが、短波で連絡をとります。豹の始末のほうは、地域が広いし、とてもこっちでは無理です。県警本部と自衛隊にまかせるより仕方がないでしょう。滝沢先生のほうはおまかせしますから、よろしくたのみますよ」

署長はそう言い残すと、急にしゃっきりした姿勢になって、大股でドアの外へ出て行った。

「はい。……はい」

市長は電話番号を教えられたらしく、手帖に何やら書きつけると一度電話を切り、すぐまたダイヤルをまわした。

五

杉本という男は、伊島より四つか五つ上らしい年恰好で、俳句か和歌の同人誌でもやりそうな、色白のひよわな感じの人物であった。

市の広報課の手伝いをして、船で湖へ出ていたために来るのが遅れたと、くどいほど詫びていた。嘉平には絶対服従している様子である。

敬子は杉本と面識があるらしく、気軽な挨拶をした。伊島に差し出した名刺を見ると、中原CATV局の局長という肩書きが付いていて、嘉平は席を立って部屋の隅で何かしきりに打合わせをはじめた。

全市のテレビが有線受信をしており、CATV局はそれに市政ニュースなどを挿入すると聞いていたので、伊島は多分今夜の事件を、明日どういう形で流すかの相談だろうと思った。研究所で死んだ三人のうちの一人は、郷土の誇りである新藤龍泉博士の直系であるから当然ニュースで流さねばなるまいし、嘉平の経営するスーパー・マーケットの一部が

ＣＡＴＶ局のオフィス兼スタジオになっているのだから、嘉平がその有線テレビ局の実権を握っていても当然のように思えた。

「ねえ伯父さま。あたし、お腹《なか》がペコペコよ」

杉本とのひそひそ話がおわると、敬子は待ちかねたように嘉平に言った。

「そうか。まだ晩飯前か」

嘉平は物判りのいい伯父の顔に戻り、元のソファーに坐って言った。

「それは気づかなかった。それでは、敬子はひと足先に酒屋町へ帰りなさい」

「あら。あたしだけなの」

敬子は唇をとがらせた。

「伊島君にはまだ少しいてもらわねばならん……とにかくこの騒ぎだ。我慢しなさい」

「お送りしましょうか」

杉本が言う。

「いや、祭りの晩だ。道は明るいし人通りは多い。酒屋町までなら心配は要らんよ」

「それじゃ、あたし帰るわね」

敬子は立ちあがった。

「でもなるべく早く解放してあげてね。疲れてるんだし、お酒でも飲んであんなこと早く忘れてもらわなくては」

「ほう。案外世話女房型なんだな」

　嘉平は笑った。

「とにかく心配するな。儂がついている。それから、家へ帰ったらすぐ東京へ電話をして置きなさい。お母さんが心配するといかんからな」

「はい」

　敬子は伊島をみつめた。伊島が笑顔で頷いて見せると、

「車に着換えなんかを置きっ放しだけど、いいわ」

と言って帰って行った。

　それからかなりの時間、伊島は嘉平たちと無関係に放って置かれた。嘉平と市長は、山の研究所で死んだ三人の身寄りへの通知方法やら、葬儀のことやらを、地方都市特有の繁雑な人間関係を言葉の端々に覗かせながら、かなり要領よく処理して行っているようであった。

　死んだ新藤慶太郎という老人が、東京の城南大学の名誉教授であることや、冴子《さえこ》という名の夫人以外に近い親族が一人もいないことなどが、伊島の耳に聞えて来た。

「とにかく、新藤先生のことは、冴子夫人の生死が知れてからでないとどうにもならん」

　嘉平は何度もそう言っていた。

　崎山というのは、伊島があの二階で最初に発見した、服毒死したらしい男のことで、名

古屋の大学の助教授だということであった。どうやら新藤慶太郎の研究の、助手か協力者といった立場らしい。

首を吊った久野健次というのは、市内の食料品店の次男坊で、研究所のボイラーや発電機の面倒を見たり、豹やナマケモノの世話をしたりして、実質的には研究所員のような日常であったという。ただし、普段は市内の親の家から、研究所のライトバンを使って通っていたらしい。

市長や嘉平が口にする滝沢先生というのが、地元選出の衆議院議員で、保守党の実力者の一人である滝沢元三郎のことを指していることは、伊島にもはじめから判っていた。西尾湖を横断するフェリー・ボートで、対岸の国鉄遠谷線と接続するしか足の便がなかった中原市に、曙スカイラインという恩恵を与えたのが、その滝沢元三郎であることはかなり有名な事実であった。話を聞いている内に、伊島は妙なことに気がついた。

誰一人、あの奇妙な集団自殺の原因とか理由について、疑問を口にしようとはしないのである。ここの連中には、何かとほうもない欠落がある。……伊島ははじめそう感じた。三人が一度に自殺した。期待された実験に失敗し、絶望のあまり関係者全員が死ぬ気になった。……何かの研究所だということからすると、まず考えつく一番平凡な解答がそれであろう。

だが、そんなことがあり得るだろうかという反論も、同時に強く湧いて来る。第二、第三の仮説が、その反論から呼び起されねばなるまい。

議論はまずそこから始まって然るべきであるのに、この中原という土地では、その議論がまったく欠けて、いきなり善後策の相談になってしまっている。

想像力がないのだろうかと、伊島は首をひねった。そしてふと、あの肥った村井という教育委員長の言葉を思い出した。

「事故ですかなあ」

ちらりとそんなことを言っていた記憶があった。

人が事故で自殺をするものだろうか。あの見るからに打算的なタイプの村井に、そんな飛躍した思考ができるくらいならば、それよりはるかに知的な岡野市長や嘉平たちが、自殺の原因について語り合わぬのはおかしい。

ひとり窓辺のソファーに置き忘れられたように坐っているうち、伊島は自分が嘉平や市長や村井や署長たちから、だんだん遠のいて行くような気分になった。

嘉平たち中原市の男たちには何かの共通項があって、よそ者の自分にはそれが理解できない。伊島はそう思い、パーティーなどで時々感じる、あの気色《きしょく》の悪い疎外感に似たものを味わった。人を招いて置きながら、関係者だけにしか判らない隠語が横行する。目配せや独特のジョークで笑い合う。そんな時、伊島は逃げるようにパーティーを抜けだし、味気ない思いで飲み直しの店へ辿《たど》り着くのであった。

ここにもそれに似た嫌なものがあると思った。

六

ＣＡＴＶ局の杉本が運転する車で、伊島はきのうの昼通った道を、高嶺温泉へ逆戻りしていた。署長室では、近くの喫茶店から取り寄せたコーヒーとサンドイッチが出ただけで、それもかきいれの祭りの晩とあっては、声をかけてから小一時間も待たされた挙句であった。

「おなかがお空きになったでしょう」

運転しながら、杉本は気の毒そうに言った。署長室で、伊島がサンドイッチをふたきれくらいしか口に運ばなかったことを知っているのである。

「明日も晴れますかね」

伊島は夜空を眺めてそう言った。杉本に気をつかわせたくなかったのだが、実のところを言えば、いささか中っ腹ではあった。

あれから二十人近くの人間が署長室へ出入りした。それぞれ中原市で然るべき役割を果している人物たちらしかったが、部屋へ顔をだすとまず第一に山の研究所における不思議な事件についての感想を述べるのであった。その都度、市長か嘉平かが呆《あき》れるほど根気よく、似たような会話の相手をしてやる。それが地方都市の儀礼と言うものなのかも知れぬが、伊島にはもどかしく、とてもついて行けぬ感じであった。際限もないどうどうめぐりに思えるのである。

その間、伊島は必ず一度だけ会話に組みこまれて、挨拶させられた。事件の発見者であることと、駒田敬子の婚約者であることが説明され、訪問者たちは大変なことに捲き込まれたという同情と、いい結婚が出来てしあわせだという祝いを、いっしょくたに言うのであった。そのたびに伊島はソファーから腰を浮かし、頭をさげさせられるのである。

東京生まれの伊島は、こうした地方都市の糸を引くように粘っこい人間関係をはじめて目《ま》のあたりに見て、肩のすくむ思いであった。それは、日頃自分たちが東京のくらしで用いている儀礼が、きわめて粗雑に簡略化されていることへの反省であったが、それ以上に、とてもこんなところでは暮して行けそうもないという、一種のおぞましさを感じたからであった。

「陶明館のほうへは、お食事のことも申して置きましたから」

文学青年めいた風貌の杉本は、また済まなそうに言った。馬鹿丁寧に筋を通すくせに鈍感な厚かましさを持った人々の中で、杉本のような幾分都会的な人間は、いつもそんな風に肩をすくめていなければならないのかも知れなかった。

「お酒は召しあがられるのでしょう」

だいぶ前に湖畔の道からそれ、両側に木の生い茂った山道へ入っていた。伊島は杉本の少々無理な敬語づかいを聞き、相手がこの道をもう一度一人で下ることに気づいて気の毒になった。

「あんな事件にぶつかりましたからね。酒でも飲まねば睡れませんよ」

そう答えると、杉本はうれしそうな声で、

「お好みを存じあげなかったのですが、日本酒の用意をするように言って置きました」

と言った。

「それは有難いですね。こういう夜は日本酒に限ります。熱燗でね」

「このあたりの地酒では、シュコウというのが一番です。珠《たま》の光と書きます。辛口で軽くて、珠光だけは東京からいらっしゃった先生がたもお褒めになります」

伊島は自分が杉本にその先生がたと一緒にされていることに気づいた。……そう言えば、たしかに伊島はインテリア・デザイナーで、まれに先生と呼ばれることがないでもない。

「お見うけしたところ、杉本さんは芸術家タイプで……何かおやりになっている方だと思うんですがねえ」

体を右へ半身にして相手の横顔を見ながら伊島が言うと、杉本はハンドルから片手をはなし、頭を掻いた。

「さすがお目が高いですね。そうですか、判ってしまいますか」

そう言い、

「長いこと詩の同人誌を出しているのです。以前一時、女学校で絵を教えたこともあるのですが、どうも教師というのはわたしの性に合いませんで」

と笑った。詩の傾向を聞くと、伊島も知っている中央の詩の雑誌の名が出て来た。話題は急に詩のことに移り、杉本は多弁になった。

伊島は適当に相槌を打ちながら、嘉平の顔を思い出していた。

今夜高嶺温泉へ泊ることになったのは、署長室へ一人の若い警官が駆け込んで来たあとであった。

「只今大山署長から連絡が入りました」

警官はそう言って、市長と嘉平を半々に見ていた。

「研究所の建物内には夫人の姿がないそうです。現在念のため建物の周辺を捜索中ですが、霧が相当濃いということでした」

警官はそう告げて帰った。

「案外市内かも知れんぞ」

市長が言った。

「祭りだからな」

嘉平は考え込むように言ってから伊島の傍へ来た。

「どうやら夫人は無事のようだ。もう遅いし、君にはそろそろ引きあげてもらおう。長い間引きとめて申しわけなかった」

そして大声で杉本に高嶺温泉へ宿をとるように言いつけたのである。宿は一昨夜泊った陶明館らしかった。

伊島が中っ腹になったのは、その宿のことが釈然としなかったからである。昼間駒田邸を出る時は、あれほどもうひと晩泊って行けと言ったくせに、なぜ今になって遠い高嶺温泉へ追いやろうとするのか、理由が摑めなかった。早く酒屋町の駒田邸へ行って敬子に迎えられたいと思い続けていただけに、一層腹が立った。

「すると、中原CATV局のニュースの構成などは、杉本さんがおやりになるのですか」

伊島は探りを入れる気になった。

「それは、読ませる文章と放送のコメントではだいぶ違いますからね。大筋は市の広報課で言って寄越すのですが、結局わたしが全部面倒を見ることになります。やはり餅は餅屋ですから」

杉本は詩や小説について語っている内に、伊島に対してだいぶ気楽になったらしかった。

「それは大変ですね。今度の事件も、明日のニュースで流さねばならないのでしょう」

「ええ。帰ったらさっそく準備しませんと」

「亡くなった新藤慶太郎という方は、中原市と具体的にどういう関係がおありだったのです。市長や駒田さんたちとはかなりお親しかったようですが」

　すると、杉本は急に夜道を注意深く見つめ、いかにも運転に気をとられていると言った態度で沈黙した。

「いったい、あんな山の中で何の研究をなさっていたんですかね」

「動物の習性についてです」

　杉本はハンドルを切って右に大きく曲りながら言った。左側が深い谷になっていて、谷底に白い霧があった。

「よく存じませんが、お若い頃からずっとその研究に打ち込んでおられるそうです。動物の習性などということは、あまりお金には縁のないことでしょうし、財産もあらかた使い尽してしまわれたそうですよ」

　言葉づかいが、微妙に元の堅苦しさに戻っていた。

「それにしては、あの建物は新しかったですよ。鉄筋の二階だてで……」

「何しろ新藤龍泉博士のたった一人残ったお身内ですし、市の有力者たちが見かねて援助したようです」

　一応筋は通っていた。

「冴子夫人というのはどういう方ですか」

　すると杉本はほっとしたようだった。

「美人ですよ」

無意識のようにハンドルを柔かく握りなおして答える。

「でも、もうお年でしょう」

「とんでもない」

杉本は笑った。

「正確には知りませんが、三十五……そのくらいではないでしょうか」

「そんなに若いんですか」

伊島は驚いた。

「美人は若く見えますから、もしかするともっと上かも知れませんが、とにかくご主人とは随分年が違うのです」

伊島は、ダブル・ベッドの傍であお向けになっていた、血まみれの老人を思い泛べた。

杉本の言う若く美しい女とあの老人が、どうしてもうまくつながらなかった。

七

高嶺温泉は、本来中原市の対岸にある遠谷に依存して成り立っていたが、曙スカイラインの開通以後、中原市に依存する度合が強まっていた。

旅館は四軒で、その内の三軒までが比較的新しい。昔は陶明館という宿が一軒あるだけであったという。それが戦後徐々にひらけはじめ、曙スカイラインと中原市の観光都市化以後、一挙にあと何軒か増えそうな情勢にあるらしい。

そんな中で、しにせの陶明館はその地位を確保すべく、ホテルの新築に踏み切ったのであった。鉄筋五階だての建物がほぼできあがり、間もなく伊島たち内装業者の出番になっていた。

東側が狭隘《きょうあい》な谷で、山腹を危うげな細い道がうねうねと這いあがって行く。四軒の旅館はいずれもその山腹にへばりつくように建っていて、温度はかなり高いが硫黄《いおう》分の強い湯を、ひとつの湯元から分け合っていた。

取り柄は湧出量が豊かであることと、昔の素朴だが頑丈な石だたみの道がよく保存されていていて、いかにも山の湯と言った趣があることであった。

近年になって中原市が積極的に介入するようになってから、ちょっと過剰なくらい古めかしさを強調するようになり、縁もゆかりもない遠い土地の石地蔵が運ばれて、いわくありげに路傍を飾ったり、電線を地下方式に変えて現代臭を消して見たりしている。

だが、そんな試みも結局は生存競争の激しさに押し流され、本家本元の陶明館が、五階だてのホテルを出現させてしまったのだ。

要するに、高嶺温泉をひとことで言えば、崖の温泉である。どこをどう変えようと、危っかしい崖の上に乗った温泉宿の一群であることは変えようがない。その意味で、陶明館の着眼点は正しいようである。古い旅館が道の山側に建てられているのに、そのホテルは切り立った崖側に作られた。全戸南向き、というのは市街地マンションのうたい文句だが、そこでは全室崖向きが売り物になるはずであった。

「自殺の名所にならんだろうか」

陶明館の当主の心配はそのことで、伊島も何度か意見を求められた。たしかに客室の窓をあければ、目の下は深い谷で、岩の間を流れる細い谷川が白く見えることになる。そこからとび降りれば、まず即死することは間違いない。ことに、五階の宴会場は崖へテラスが張り出していて、酔った客が転落する心配は大いにあったが、そこへは高い金網を張ることになっていた。

陶明館の主人は、設計家に強引に押し切られたようであった。転落事故の心配さえなければ、それ以上に地形を生かした設計はないはずであった。現に陶明館の主人でさえ、

「最上階の展望風呂などというのを売り物にするくらいなら、うちなどは全室展望風呂ですな。谷底からの高さで言えば、日本一高い風呂でしょうが……」

と自慢し、いずれ儲かったら谷底までエレベーターを特設して、谷川でバーベキューをさせると張り切っている。

その危っかしい崖の道をたどって伊島が陶明館に入ったのは、もう十時近かった。

「お忙しいのに、どうも有難うございました」

伊島は陶明館の玄関で杉本に礼を言った。

「どういたしまして。……あ、そうだ。車のキーを頂いて戻らなければ」

杉本はせかせかと言った。伊島がキーを渡すと、靴を脱いで上へあがり、ガラガラと右側の帳場の戸をあけ、

「伊島さんがお着きだ。判ってるね」

と言った。玄関の正面に階段があり、帳場の前の廊下を通って行くと、途中に調理場や女中部屋が並び、その突き当りが銭湯ほどの広さの男湯になっていて、となりにそれより小さいらしい女湯の入口があるのだ。

「もうお帰りになったと思っていましたのに」

おのぶさんという名の中年の女中が、愛想よく腰をかがめて出て来た。

「もうひと晩泊ることになってしまったよ」

伊島は彼女に笑いかけ、

「とにかく腹ペコだ。たのむよ」

と言った。

その時、パタリ、パタリとスリッパの音がして、黒光りする古い階段を、宿の浴衣《ゆかた》と茶羽織を着た女が降りて来た。ものうげにタオルをぶらさげているところを見ると、これか

ら湯に入るつもりらしかった。

伊島はちらりとそれを眺め、驚いてもう一度見直した。ドキリとするほどの美人であった。すでに一度湯に入ったあとらしく、洗い髪を無造作に束ねている。呆気にとられたような顔の伊島を、おのぶさんが悪戯《いたずら》っぽい目でみつめていた。

「それではお会計のほうは……」

杉本が帳場からそう言いながら現われ、伊島の視線に気づいて女のほうを見たとたん、

「奥さん……」

と大声で言って息をのんだ。

伊島はあっと思った。

「こんな所にいらしたんですか」

杉本は悲鳴をあげるように言い、その美女に駆け寄った。美女は心持ち頤《あご》を引いて、謎めいた瞳で杉本をみつめている。

伊島の背筋を痺《しび》れのような感覚が走り抜けた。新藤夫人に違いなかった。

「大変です、奥さん」

「何が……」

低いがなめらかな声であった。視線をちらりと伊島に走らせ、すぐ杉本にそれを戻して、眩《まぶ》しがるような眉の寄せかたをする。

「研究所で……」

杉本は言いかけ、伊島を振り返ると意味不明にペコリと頭をさげた。

「困ったな、どうしよう」

うろたえているのだ。

「とにかく電話で報《しら》せたらどうですか」

伊島が助言した。

「そうそう」

杉本は帳場へとってかえし、

「奥さん、ちょっとお待ちください」

と懇願《こんがん》するように言った。

「どうしたのでしょう」

美女はおのぶさんに微笑を向けた。杉本は電話をかけはじめていた。

「新藤さんでいらっしゃいますか」

伊島が言うと、

「はい」

と答える。ふり向いて杉本を見ると、彼は伊島のほうへ片手拝みをして見せた。たのむ、ということらしかった。

「町では大騒ぎであなたを探しています」

「あら」

夫人は瞳を大きくして首をかしげた。

「申しあげにくいんですが、ご主人がおなくなりになったそうです」

「ほんとですか、伊島さん」

おのぶさんが黄色い声で言った。伊島は夫人から目をそらし、また杉本を振り返って見た。杉本はおかげで助かったというようなジェスチュアをして見せた。

「それ、いつのことですの」

夫人の表情が堅くなり、血の色が引いたようであった。

「さあ、よく判りません。くわしいことは彼にお聞きください。とにかく、お帰りの仕度をなさったほうがいいでしょう」

夫人はくるりと背を見せ、今度はスリッパの音もさせず、二階へ戻りはじめた。伊島は階段を昇って行く白い足首をみつめていた。

八

「仏さまやら豹やら、おそろしいことでございましたわねえ」

床の間を背にして浴衣に着換え、あぐらをかいた伊島に、おのぶさんが徳利を差し出しながら言った。そのとなりに、もう一人似たような年輩の女が坐って、さっきから伊島の話を聞いていた。

「健次さんまで……ほんとにおかみさん、世の中って判らないもんですねえ」

おのぶさんはとなりの女に言った。陶明館のおかみさんは大きく頷き、

「今ごろどんな気持で車に乗っていらっしゃるのか」

と憐れっぽい声をだした。

「きのう、その久野健次という若い子に送られてお見えになったんですよ」

おのぶさんの言葉に、伊島は盃を持った手をとめて顔をあげた。

「久野健次に」

「ええ。研究所のライトバンで……ねえ、おかみさん」

「あの久野という若い子は、それはよく奥さまにお仕えしていたんですよ。もっとも、あお綺麗なんだから、無理もないでしょうけれど」

伊島は盃を乾し、おかみさんに差し出した。おかみさんがそれを受け、おのぶさんが酌をする。

「きのうもあの子は、奥さまをお送りして来て、とてもはしゃいでいましたよ」

おかみさんが言うと、おのぶさんも、

「よほどうれしいんでしょうね。僅かな道のりでも奥さまと二人きりで車に乗れることが」

と言った。

「惚《ほ》れてたのかね」

「そりゃそうですよ。伊島さんだって、さっき玄関でうっとりと見とれていらしたじゃありませんか」

おのぶさんが笑った。

「男のかたなら、誰だってあの奥さまには……ねえ」

「つまり憧れていたってわけか」

「ええ。でも奥さまのほうも、随分可愛がっておいでだったようですよ」

「ほんとかい」

「以前からうちへはよくお見えでしたけど、近頃はかなり頻繁《ひんぱん》においでででした。いつもあの子が運転して……。この山の裏側まで遊歩道を作ってあるんですが、この間なども半日近く二人きりで、あそこを歩きまわったりなさって」

おのぶさんが言うと、おかみさんはそれを打ち消すように首を振る。

「何しろ崖ばかりの土地ですからね。遊歩道と言っても碌《ろく》な道じゃないんです。お一人では危くてとても……」

「ご主人とは随分年が違うんだね」

「ええ。でもお仲はとてもよろしいそうでしたよ」

おのぶさんが腰を浮かせた。

「お銚子を……」

「いや、もういいよ。いくらなんでも明日は東京へ帰らなければ、運転するのに二日酔いではな」

「あら、でもお車が」

「明日の朝、誰かが届けてくれることになっている」

「それに駒田のお嬢さまが乗って見えるんですね」

「ああ」

「それは結構なこと」

おかみさんはそう言い、

「じゃおのぶさん」

と目配せして立ちあがった。

「お邪魔さまでした。どうぞごゆっくり」

おかみさんは廊下へ出て行った。伊島は食事をはじめた。

「さすがに宿のおかみだな」

「あら、どうしてです」

「おのぶさんはどうやら目で叱られてたじゃないか」

「奥さまのことですか」

「そうだよ」

「だって、伊島さんはこの土地の方じゃないし、第一本当なんですの。言ったっていいじゃないですか」

おのぶさんは首をすくめて見せた。

「新藤慶太郎という人は、もう男の役をおえた年齢だ。あんな美しい女性が……気の毒だよなあ」

「そうですよ」

おのぶさんは乗って来た。

「あたしは絶対にあの子と何かあったのだと思いますよ。あたしだって女ですからね。見れば判りますよ。奥さまは冷たそうな態度をつくろっていても、若い子のほうはそうは行きません。お部屋へ伺った時など、二人がさっと離れる気配が判るんです」

「しかし、そうなると研究所の事件は理由がはっきりするな」

「そうでしょうか」

「おのぶさんはどう思うんだ」

「新藤先生と健次さんが揉《も》めた挙句ということは、ひょっとしたらあるかも知れませんけど、それで自殺なんて、とても……」

「そうかね」

「きのうあの子が帰るとき、奥さまに何度も何度も、あした迎えに来る。必ず迎えに来ますって……くどいほどそう言っていましたからね。それが自殺するなんて」

「ちょっと待ってくれ。そいつは妙だな」

「変でしょう……だから」

「いや、あした迎えに来る。きのう久野健次はそう言っていたのかい」

「ええ」

「あした、というと今日のことだぜ」

「そうですよ」

　おのぶさんは、何が不思議だというような顔で伊島をみつめた。

　伊島は黙って飯を食った。

　迎えに来るはずの久野健次が夜になっても来なければ、連絡しようとするはずではないだろうか。研究所に電話がなくても、少くとも中原市のどこかへは連絡するはずだ。それを研究所へとり次ぐ方法は、そこで暮している以上ないほうがおかしい。

「夫人は今日どんな様子だったね」

「さあ……ほとんど一日中お部屋にいらっしゃったし」

「電話をするとかなんとか……」

「いいえ。そう言えば、少し沈んでいらしたようでしたわ。虫が知らせたんですかねえ」

「そうか、沈んでいたかね」

「ええ。お昼ご飯の時、どこかお加減がお悪いのかってお聞きしたら、なんでもないとはおっしゃってましたけど」

「そんなことをおのぶさんが尋ねるようでは、少しどころか随分陰気だったんじゃないのかい」

「ええ、まあ……でも、お一人の時はいつもとてもお静かですし」

おのぶさんの表情は不確かでとらえどころがなかった。

食事をすませると、伊島はすぐひと風呂浴びて床に入った。

想像でしかなかったが、久野健次と冴子夫人の間に何かあったことは確実だと思った。そうなれば、新藤慶太郎とのもつれた関係が浮びあがる。しかし、それではもう一人の自殺者である崎山という人物の存在が判らなくなる。冴子夫人は、崎山という男とも何かの関係があったのだろうか。

伊島はあれこれ考えて仲々寝つかれなかった。とにかく、あの美人を見て以後、今度の件に愛情関係がからんでいることは間違いないと確信していた。しかし、それでは嘉平たちの妙な態度はどうなる。彼らは三人が自殺した理由を知り抜いているようだったではないか。理由の詮索などそっちのけで、夢中になって善後策を講じていた。いったい、彼らが無条件で思い当てた三人の自殺の理由は何なのだろう。なぜ自分はこの崖の温泉へ追いやられたのか。伊島は考え続けた。

妙なことはいくらでもあった。

今年の湖上祭の成功のために事件を拡大させない……嘉平の態度はそれで一貫しているようだったが、果してその通りなのだろうか。祭りでなくても事件を秘匿したかったのではなかろうか。逆に祭りであることがその口実にされているのではないだろうか。

事故ではないかという、教育委員長の村井の発言も不可解であったし、署長が仲々行動を起さなかったのも妙な感じだ。

嘉平はなぜ研究所の雰囲気のことなどを、のんびりと尋ねたのだ。そう言えば、たしかその説明をした直後、急に署長は活動をはじめたようだった。

明け方伊島は眠り、ナマケモノの夢を見た。

第三章

一

六十近い年輩の男が、初冬の陽ざしの中で縁側に書物を二十冊ばかり積みあげ、一冊ずつ丹念にはたきをかけていた。背が高く、骨っぽい体つきで、額のあたりはかなり禿げあがり、それに白髪がだいぶ目立つが、背も腰もまだしっかりしていて、老人という感じはなかった。

建物は古びた和風の平屋で、建坪の倍ほどの広さの庭に手入れの行き届いた松や楓《かえで》や柘榴《ざくろ》などの庭木が並んでいる。

「見ろ、お前にまかせて置くとこの通りだ」

男はそう言って光の中に舞う埃《ほこり》を、はたきの先で掻《か》きまわすように示した。

座卓の上に置いたふたつのカップに紅茶を注《つ》いでいた伊島は、

「そんな押入れの奥の本の面倒までは見きれないよ。庭の手入れだって、お父さんに対する義務感だけでやっているようなもんなんだからね」

　と笑った。

「この本だけは、俺が死んでも自分の蔵書として、ずっと保存して置いてもらいたい。これは俺の学生時代の愛読書なんだ。そして、お前が今の俺の年になったら、今度はお前の子供に譲る……この本が先祖代々の家の宝になる。いいことだぞ、こういうことは」

「紅茶がさめるよ」

　伊島は自分のカップに砂糖をほんの少し落して言った。

「それより、この家を改築しようよ」

「またその話か」

「だいたいお父さんはずるいよ。俺にこんな古臭いすまいをまかせて、自分はちゃっかりマンションぐらしなんだから」

「何を言ってる」

　父親ははたきを本の山の上へ置き、下駄を脱いで家へあがった。

「家賃なしだぞ。贅沢を言うな」

「改築は俺のほうでやるよ。そのくらいの金はなんとかなるんだ。そうしたら一緒に住めるじゃないか。敬子のことなら心配ない。彼女はそういうことは苦にしないよ。そのつもりで敬子を選んだんだから」

「苦にされてたまるか」

父親は苦笑しながら坐った。

「だいたいお袋が早くに死にすぎたんだよ。だから夫婦に子供一人のスタイルのまんまになってしまったんだ。新婚夫婦に父親という組合わせは、この家ではどうにも納まらない。でも今どきこんな庭もあるんだし、改築は自由自在じゃないか」

父親は目を細めて紅茶を啜《すす》った。

「夫婦に子供一人のままか……そうだな。俺たちは変わったが、この家は母さんが死んだ時のままで年をとってしまった」

そしてにやりと笑う。

「子供というのはどんどん育つものだ。お前はいま、新婚夫婦に父親では、この家は都合が悪いと言ったが、たしかにその通りだ。実を言えば俺も一、二度は、この家の改築や増築を考えたことがあった」

「え……」

伊島は意表をつかれたように目を丸くした。

「まあいいさ。結局この家は母さんが死んだ時のままで残ったんだからな」

伊島は目を伏せた。

「そうか……」

「馬鹿、気にするやつがあるか。俺は喜んで言ったのだ。お前も俺と同じようにこの家を作りかえることを考えはじめた。しかも自分の金でやると言う……結構なことだ」

父親に再婚してもいい相手ができた時、伊島はもうかなり育っていたらしい。中学生か、高校生か。だが父親はとうとうこの家を作りかえず、最初のままで通して来てしまったのだ。

「俺は今、マンションぐらしをたのしんでいる。まるで学生の昔に返ったようだ。その気になればまだ浮気だってできる」

「まさか」

「疑うのか。この間お前が中原市でぶつかった事件の、なんとかいう老人だって、若い美人の嫁さんを持っていたそうじゃないか。俺はまだそんな年じゃない」

「でも、急に病気になったりしたら」

「心配するな。それに、俺は別に改築に反対しているんじゃない。この家ももうボロになった」

父親はそう言って家の中を見まわす。

「だが新婚ホヤホヤの夫婦の傍にいるのはごめんだよ。そのかわり、孫ができたら一緒に暮そう。家の設計などはお手のものだろうが、見くびるものではないぞ。子供が生まれる前と、生まれて顔を見てからとでは、親として夢の持ちようがまるで違うものだ。自然、家に対する考えも違って来るはずだ。だから、この家を建てかえるのなら、子供ができてからにしろ。そうなれば俺だってマンションの一人暮しなんかごめんだ。一日中孫と遊んでいたい。その時は俺も自分の住む分ぐらいは出すさ」

「判ったよ。そういうことならお父さんの言う通りにしよう。今度機会を見て、敬子や駒田さんのほうにもそう言って置くよ」

「駒田さんは元気か」

「うん。相変わらずボスぶりを発揮して……あんなに力のある人だとは思わなかったなあ」

「どうだ、材木の手配などはあの人に頼んで見ては。どうせ改築するのなら、今度は床柱などもうんと奢《おご》りたいもんだ」

「そうだね。……でも、おかしな事件だったなあ」

「あの時自衛隊に射殺された豹の剝製が、中原市のどこかに飾ってあるそうだな」

「うん。図書館にあるらしいよ。でも、中央の新聞に出たのは豹の騒ぎのことばかりだ」

「ニュースというのはそういうものさ。派手なほうへかたよる。それに、お前が発見したという三人の死体は解剖されたわけだろう。その処理に手間どっている間、ずっとあの豹の山狩り騒ぎだったのだから……」

「それなんだけど、考えように依っては実に巧妙じゃないか。三人一度に自殺したというショッキングなニュースを伏せるために、わざと死因の判定を遅らせたかもしれないだろう」

「そう勘ぐるものじゃない。事態が異常なだけに、自殺に見せかけた他殺というケースを特に念入りにチェックしたんだろう。それで判定のタイミングが遅れた。正式に発表された時は多少ニュースとして価値が減っていた……それだけのことさ。その証拠に、中央紙はのせなかったが、地元ではやはり大々的に報道しただろう」

「うん」

「筋は通ってる。警察はよくやったよ」

「老人がまず猟銃を暴発させて死ぬ。その愛弟子《まなでし》は恩師が死んで研究の前途を絶たれたのを悲観して毒を呷《あお》る。一方、その騒ぎで豹をとり逃した飼育係は責任を感じて縊死。……話がうますぎると思うんだよ」

　父親はたしなめるように伊島を睨んだ。

「それは、死んでしまった以上、仮りに遺書があったとしても自殺した当人の本当の気持など判りっこない」

「遺書があっても……」

「そうさ。書いたものが本心通りとは限らんだろう。単純な厭世自殺だって、人のために死んだというような恰好をつけることもある。あの警察の発表は事実をできるだけよく調べた結果だが、事実ではない。それに近いものだ。推定だよ。逆に言うと推定だが非常に事実に近いということだ。少くとも他殺、謀殺の線はない。その点はお前だって、はじめから自殺だと考えていたじゃないか」

「それはそうだが、高嶺温泉であの夫人に会ったとき」

「馬鹿な……単なる宿の女中の噂じゃないか。その夫人というのが、お前にそんな疑惑を抱かせるほど妖艶な美人だったということはよく判るがね。とにかく、そんなこととはもう縁を切れ。中原市の駒田家は、いわば敬子さんの実家ではないか。その駒田さんが郷土の名誉にかけて一生懸命なさったことを、お前がどうこう言うのは筋違いだろう。第一お前は事件の発見者というだけで、何の利害関係もないじゃないか。他人のことだ」

「まあ、済んでしまった事だからもうどうでもいいけどね」

「それより、高嶺温泉のホテルの仕事はどうなった。うまく進んでいるか」

「それが、だいぶ遅れてしまっているんだよ。予定より三カ月遅れる見込みなんだ。こういう時には内装関係に全部シワ寄せが来てしまう。オープンの日にまだトンカチやってなければならない。うんざりするよ」

「そう言わずにしっかりやれ。駒田さんの世話でもらった仕事だろう」

父親は諭《さと》すように言った。

二

伊島は家を出た。その家は両側を生垣にはさまれた細い私道の奥にあり、土の上に一直線に踏み石を敷いた突き当りに門があった。建物は門を入った右側に寄せて建ててあり、門から庭木の間を抜けて敷地を突っ切ると、隣家とひと続きになった生垣の外は、いきなり原宿・渋谷間の国電の線路へ落ちこんでいる。

私道は外の舗装した道路と直角に交差している。道路は何度か曲りくねって明治神宮の表参道へ出る。伊島インテリア設計という小さな会社のオフィスは、その表参道に面して並ぶマンションの六階にあった。

丁度昼飯どきで、派手な装いの男女がぞろぞろと並木のある通りを歩いていた。伊島はその間を足早に縫ってマンションへ入り、エレベーターで六階へ昇った。

オフィスのドアをあけると、すぐに応接間で、濃いグリーンのソファーに二人の男が深々と体を沈めて煙草を吸っていた。一人は真っ赤なセーターに膝のあたりが白っぽくなったブルージンをはき、ちぢれた顎ひげを伸ばしていた。

「何だ岩永《いわなが》さん。来てたの」

赤いセーターの男は坐ったまま見あげ、うん、と優しい声で答える。

「門前仲町のほうがおわったから挨拶に来たんだよ」

するともう一人の男が立ちあがり、軽く頭をさげた。このほうはきちんとスーツを着て、物堅い様子であった。

「おかげさまで」

「どうです。お気に召していただけましたか」

すると岩永が口をはさんだ。

「思ったよりだいぶよくなりましたよ。ねえ……」

「ええ。やかましいことばかり言って、岩永さんには随分ご迷惑をかけてしまいましたが、おかげで立派になりました。来月の十日に開店する予定ですが、おひまな時はぜひ来て見てください」

「ええ、ぜひ。……あれ、まだお茶もお出ししてないんですか」

伊島がとなりの部屋をのぞこうとすると、岩永が笑った。

「昼飯に行っちゃったよ。留守番してたんだ」

「ひでえ奴らだな」

伊島は苦笑した。岩永はフリーのインテリア・デザイナーで、伊島の会社の助っ人のような存在であった。

「僕はこれで失礼しますから」

スーツの男は丁寧にまた頭をさげた。

「新宿に用があると言うんで、僕の車で一緒に来たんだよ」

「そうですか。開店準備で何かとおいそがしいでしょうからお引きとめしませんが」

伊島は廊下へ客を送って出て、しばらく見送ってからドアをしめた。

「家へおやじさんが来てるんだって」

岩永が尋ねた。

「うん。休みらしい」

「郵政省をやめてからもうだいぶたつねえ」

「役人はいいよ。定年のあともなんとか外廓団体へもぐり込めるんだから」

「どういう所だっけ」

「日本電波教育会」

「そうか。郵政省と文部省でやってる奴だな」

「よく知ってるな」

「うん。ちょっとね」

伊島はさっきまで客が坐っていたソファーに腰をおろした。

「気に入ったらしいね」

「門前仲町か」

「でも、あんな所であんなに凝った店作って、やって行けるのかねえ」

「そこまで知るか。こっちは注文どおりにやっただけだ」

「敬子さんと同じ年だそうじゃないか。若いのによく金があるなあ」

「中原市というのは、わりと金持が多いんだ。どうせ親の金さ」

「でも、臑《すね》かじりにしてはしっかりしてるぞ。こっちの仕事だって、敬子さんの伝《つて》で仲間相場でやらせたんだしな」

「敬子の伯父さんの紹介だから断われなかったんだ」

「金持が多いって言うけど、あまり住みいい土地でもないらしいじゃないか」

「そうかな。小ざっぱりしていい所だぜ」

「でも彼が言ってたよ。東京へ来るとなんだかほっとするって。自分をとり戻したような気分だってさ」

「向うで親に頭をおさえられてるからだろう」

伊島は軽く笑った。

「そんないい所なら、俺も来年の秋、湖上祭とか言うのに行って見ようかな。豹が出たらとっつかまえてやる……豹ってのは食えるのかね」

「豹を食う気でいやがる」

今度は二人で笑った。その時ドアがあいて、一人の青年がおずおずと顔をのぞかせた。

「あ、入れよ」

岩永が手招きした。

「紹介しよう。これ、当分僕の助手をやってくれる津川《つがわ》君だ」

その男もよれよれのブルージンをはいていた。

「津川です。よろしく」

「バイトなんだ。本職は革命家さ」

岩永が冗談のように言った。

「自分だって一見バイト風じゃないか。あんたもそろそろオフィスを持ったらどうなんだ」

「いずれね。とにかく近頃は駐車できないし、一人じゃ車も不便でいけないよ」

岩永はそう言って新しい助手と帰って行った。

三

その夜、伊島は渋谷の喫茶店で敬子と会った。敬子の家は世田谷にあり、彼女はもう日本橋の商事会社もやめて、伊島との結婚を待つだけの生活に入っている。

伊島はその喫茶店で、昼間父親の話したことをそのまま告げた。

「すてきなお父さまね」

敬子はそう言っていくらか瞳を潤ませたようであった。

「それで気がついたんだが、君のお母さんのほうはどうなるんだい」

「それは心配ないわ。母は世田谷の家をもう売りに出してるの」

「え……あの家、売るのか」

「中原で暮したいんですって。東京は空気が汚いし。でも、おうちを新しくしたら、母が来て泊れるお部屋もひとつ作ってもらえないかしら。やっぱりうちの母も孫のことを言ってたわ。生まれたら中原と東京を行ったり来たりしたいらしいの。そうすれば大好きな遠谷線にも乗れるし」

「そうか。おばあちゃんの部屋も作らなければいけないんだな。でも、おやじと君のお母さんと、みんな揃ったらにぎやかになるな」

「二人とも長い間片親だったから……。両方足して一人前ね」

「いっそのこと、親同士も結婚しちまえばいい」

「そうは行かないわよ」

敬子は笑った。

「こうなると、人のことより自分のことだな。俺はプロなんだから、皆さまのお好みに応じて、ひと部屋ずつ内装を変えなければならないな。お母さんの部屋のことは大丈夫だ。まかしとけよ」

「そうそう。今日丸山《まるやま》君から電話があったわ。お店がちゃんと出来あがりましたって」

「丁寧な奴だな。君の所へもちゃんと挨拶したのか」

「中原の人って、みんな礼儀正しいのよ」

「そうかな。今日岩永さんが言ってたけど、丸山という奴は中原市が嫌いなんだそうだ。東京へ来ると自由でほっとするってさ」

「あら、あたしは逆だわ。中原へ行くとなんとなく気分が落ちつくの。ことに伯父さまの家でテレビなんか見てると、一家団欒《だんらん》ってこういうのだなあ、なんて……みんないい人ばかりだし」

「中原まで行ってテレビ見てることはないじゃないか」

伊島は失笑した。

「湖の水も綺麗だし、星もよく見えるし、東京で見られないものはいくらでもあるじゃないか」

「伯父さまから、結婚祝いに何が欲しいか早くきめろと言って来てるんだけど、何がいいかしら」

「そんなもの俺に聞いたって知るか」

「でも結局二人の物になるのよ」

「それなら材木でももらうか」

伊島は父親の提案を思い出していた。

「やだ。そんなものもらって何に使うの」

「家を新しくするのさ」

すると敬子は目を丸くして言った。

「あ……それいいわね。材木がタダになれば、家を建てる費用が随分安くなるんでしょう」

「全部もらう気でいやがる」

伊島は笑った。

「床の間の柱とか板とか、そういうのを少し、安く分けてもらうんだよ」

「それっぽっちじゃつまんないわ」

敬子は鼻を鳴らした。

「銘木というのは高いんだよ。それに本当にいい物を見分けるのはむずかしいんだ、その点駒田さんが奨めてくれる木なら間違いない」

二人はそれから原宿寄りにあるレストランで食事をし、その間も新しい家について語り合って、結局伊島のオフィスで本格的に相談することになった。二人は体を寄せ合って、冷たい風の中を表参道まで歩いた。ワインの酔いが寒さを感じさせなかった。

四

エレベーターで六階へあがって、伊島は「おや……」と言って足を早めた。

「誰か来ているらしいな」

オフィスのスチール・ドアの下から、廊下へ僅かに光が洩れていたのだ。二人の靴音がコンクリートの壁に響く。

ドアに近寄り、伊島がノブに手を差しのべたとたん、その光が急に消えた。伊島はそれに気づくと、ノブに手をかけたままじっと中の様子をうかがっている。

「どうしたの」

敬子がささやいた。同時に伊島は一気にノブをまわしてドアを大きく開いた。中は暗かった。

「誰だ……」

伊島は大声で言い、左側の壁のスイッチを素早く押した。一、二度短く点滅して螢光灯の白い光がともり、濃いグリーンのソファーが鮮やかに浮びあがったが、入口の部屋に人影はなかった。

「誰もいないじゃないの」

敬子がほっとしたような声で言うと、伊島は彼女を廊下へ押し戻すようにして、そっと中へ入って行った。

「誰なんだ。出て来いよ」

今度は静かに言った。すると、隣りの部屋でカチリと微《かす》かな音がして、厚毛のハーフ・コートを着た長髪の男が、のそりと応接間へ出て来た。同時にその男の背後で、暗かった部屋にパッと灯りがつく。

「君は……」

伊島がその顔を見て呆れたように言った。

「津川です」

男はふてくされた表情で名乗り、

「今帰るとこだったんだ」

とつぶやいた。

「何の用だい。どうやって入った」

伊島が尋ねると、津川はハーフ・コートのポケットに手を突っ込み、拇指《おやゆび》と人差指で白く光るキーをつまみあげて見せた。

「岩永さんに借りたんだ」

たしかに、岩永には社員なみにドアのキーを預けてあった。

「岩永さんの用事で来たのか」

二人の男が睨み合うように立っていて、それを入口で敬子が寒そうに肩をすくめて見ている。

「そうじゃない」

「でも君にキーを渡したんだろ」

「無断で拝借したのさ」

「何のために」

「いいじゃないか。もう帰るから」

「とにかくキーを返してもらおう」

男は指でつまんでいたキーを持ち直し、ゆるく投げた。キーは伊島の掌《て》へ移る。

「帰っていいかな」

「いや。坐ってくれ」

「そうだろうな」

津川は肩をすくめ、ソファーへ腰をおろした。伊島は膝を折ってガス・ストーブに点火した。

「あの人も中へ入れたほうがいいよ。別に撲《なぐ》り合いがはじまるわけじゃないんだから」

津川は依然として籠《こも》ったような喋り方で言う。

「入れよ」

伊島は立ちあがり、敬子に顎をしゃくって見せた。ドアを閉めて敬子が入って来る。

「火の傍にいるといい」

そういうと、敬子は隣りの部屋から車輪つきの椅子を引っぱって来てストーブの前へ置き、それに腰をおろしながら伊島に目で合図をした。伊島がすぐ部屋をのぞきに行く。

スチール・デスクが四つほど並んだ部屋の書類キャビネットの抽斗《ひきだし》が、全部あけたままになっていた。

「断わって置くが、俺は泥棒じゃない」

津川が言った。

「どちらにせよ、ここには金目の物など置いていないよ」

「そうでもないさ。カメラのいいのがある」

「居直るなよ。いつから岩永さんの助手になったんだ」

「あしたで一週間になる」

伊島は壁を背にした津川の真正面のソファーに坐った。

「説明してもらおうか、ここで何をしてたんだ」

「実害はないよ。安心してくれ」

「でも不法侵入だろう」

「たまたまあんたが帰って来てしまったからそうなっただけさ」

「警察沙汰にしてもいいぜ」

「ナンセンスだよ、そんなの」

「学生かい」

「まあね」

「岩永さんとはどういう関係だ」

「後輩さ。城南大の……」

津川はそう言ってから急に首を横に振り、ポケットからいこいの袋をとりだして一本咥《くわ》えた。

「説明するよ」

火をつけてから言う。

「教えてくれ」

「俺はあんたに興味を持っている。だからちょっと調べさせてもらったんだ」

「何を調べた」

「その……いろんなことさ」

「なぜ俺に関心を持つんだ。なぜこんな風にこっそり調べる必要があるんだ」

「あんたのおやじさんは、日本電波教育会の常任理事だろう」

「そうだ。それがどうした。おやじはおやじ、俺は俺だ。俺はただのインテリア・デザイナーだよ」

「でも、中原市の上層部とも親しいだろ」

「それとおやじとどういう関係がある」

津川はニヤリとした。伊島にはそれがひどく卑屈な笑い方に思えた。

「じゃ、なぜあんたは新藤研究所のあの事故に関係したんだ」

少し得意そうに上体を伸ばした。伊島はふり返って敬子を見た。

「霧に捲かれてたまたまあの事件にぶつかった。しかし、なぜあれを君は事故だというんだ。自殺は事故か」

「事故で自殺したのさ。きまってるじゃないか」

そう言うと津川はよれよれのズボンの膝に両手を突いて立ちあがった。

「あんたがそんなでは、いくら話し合っても無駄らしい」

「待てよ」

伊島は強く言った。

「実はあの事件の直後、中原市でも事故という言葉を口にした人間がいた。事故だと言ったのは君で二人目だ」

　すると津川は鋭い目で伊島を見おろした。

「誰が言ったんだい。駒田嘉平か」

「君は駒田さんを知っているのか」

「まだ会ったことは一度もない。……あんた、本当に関係ないのか」

「何の関係だ。俺が中原市の何に関係していると思っているんだ」

　津川は真顔で首をひねった。

「信じられないな」

「実は、あの事件については俺も少し疑問を感じている。妙なことがたくさんあるんだ。今夜のことは岩永さんには伏せて置くから、そのかわり教えてくれないか。君は中原市の何を知っているんだ」

　津川は肩をすくめた。

「滝沢たちがやりそうなことさ」

「滝沢と言うと、保守党の……」

「あんた、その人と結婚するんだろ」

　津川は敬子のほうを顎でしゃくって見せ、

「無関係ならそのほうがいい。でも、俺は今夜トチったよ。事もあろうに、駒田嘉平の親戚の人に見られちゃったんだからな。バイトがパアになった上に、またどこかへもぐりこまなきゃならない」

と言ってドアへ向った。伊島は急いで追いすがり、

「教えろよ。いったい何があるんだ」

とドアをおさえた。

「悪いことは言わない。知れば碌《ろく》なことにならないよ」

津川は強引にドアを引いて廊下へ出ると、

「岩永さんはいい人だ。しばらくあの人の助手をして、のんびり暮したかったよ」

と言い残して、走るように去って行った。

「誰なの」

敬子が待ちかねたように尋ねる。

「昼間はじめて会った奴だ」

伊島は憮然《ぶぜん》として敬子の傍へ戻った。

五

体育館のような、天井の高い巨大な建物の中で、釘を打つ音があちこちから響いていた。

赤いセーターを着てデニムのズボンのポケットに両手を突っ込んだ岩永が、ベニア板とプ

ラスチックで小綺麗に仕上げた仮設ショー・ルームを点検していた。

「よし。スイッチをいれて見ろ」

岩永が傍にいた作業服の男に言うと、小さな仮設ショー・ルームの中央に置いたピラミッド形の台が、ゆっくり回転しはじめる。

「少し早くないかな」

「商品が乗っていないからですよ。商品が並べば丁度いい早さになります」

「そうだな。ダイカストは重いからな。でも、そうすると今度は動かなくなるんじゃねえかな」

岩永はそう言って、ちぢれた顎ひげのある顔を綻《ほころ》ばせた。

巨大な屋根の下に、似たような仮設の小部屋が四、五十も並んでいて、ちょっとした市が立ったような具合である。どの小部屋も、照明のとりつけやショーケースの搬入で、男たちが忙しく動きまわっている。

その間を縫って、模擬店めいた小部屋の会社名をたよりに、伊島が岩永のほうへ近づいていた。

「やあ……」

岩永の赤いセーターに気づくと、伊島は手をあげた。

「あれ。……君のとこもここの仕事を受けてたのかい」

「違う。ちょっと岩永さんに用があってね」

「俺に」

岩永はポケットから手を出し、背を丸くして自分の鼻先を指でさした。伊島はその顔の前へ、オフィスのキーを差しだした。

「あ……」

岩永は慌ててポケットから革ケースつきのキーホルダーをとりだす。

「いけねえ。いつ落したんだろう。君のオフィスにあったのかい」

受取ってホルダーのリングにキーの穴を通しながら言う。

「新しい助手は来てないのかい」

「うん。今日は休みらしい。もっとも、一週間ぶっ続けにこき使ったからね。明日は出て来るだろ」

伊島は岩永の仕事を同業者の目付きで眺めながら、

「城南大だそうだね」

と言った。

「過激派というほどではないんだが、どこかの組織にかなり深入りしてるらしいよ。出来る男なんだそうだが」

「学部は」

「理科だろ。俺も昔は暴れたからね。罪ほろぼしさ。俺の関係の下請業者のところには、ああいうのがたくさん行ってるよ。電気も塗装もカーペットも、みんな人手が足りなくて困っているから丁度いいんだ。こっちは卒業したら学生運動なんかとはすぐサヨナラだろ。幾分気がとがめてるのさ」

「それで片っ端から面倒見てるわけか」

「まあね」

「あんたは、俺のおやじがいる日本電波教育会のことで、きのう何か知ってると言ってたね」

　すると岩永は伊島の顔を正面からみつめ、

「そのことか」

と言った。

「うん」

　伊島は曖昧に頷く。

「俺もよくは知らない。第一、日本電波教育会がどこにあるのかも知らないんだ。でも、俺の所へ出入りする学生たちの一部が、時々日本電波教育会のことを口にしてる。連中はマークしてるらしい」

「なぜ……」

「知らない。多分、保守党の滝沢元三郎と関係があるからだろう。滝沢は連中に憎まれてるからな。いったい、君のおやじさんの所は何をやってるんだ。滝沢の資金源か何かになっているんじゃないのか」

「まさか。金には縁のない所だそうだ。で、津川という奴に、俺のことを何か言ったかい」

「別に……きのう君のオフィスの帰り、車の中で世間話をした程度だよ。そう、君が例の中原市の豹の事件の発見者だということを喋ったな。ほかには何も……」

「そうか。あの事件で死んだ新藤慶太郎は、城南大の名誉教授だったな。城南大と中原市は、そういうことでつながっているのか」

「そうそう。津川を紹介してくれたのは、城南大の電波研究所の関係者で、富田という奴だよ。変な奴でね。犬でも猫でもすぐ手なずけちまう。生き物が好きなんだな」

「やはり理科系か」

「いや、彼はたしか文学部だ」

「なぜそれが電波などに……」

「動物好きだからさ。あそこの服部《はっとり》という助教授にたのまれて、ナマケモノの面倒を見ていたらしい」

「ナマケモノ……」

「うん。ミツユビ・ナマケモノを飼っているんだと言ってたな」

伊島は唸った。彼の頭の中で、駒田嘉平と津川と、そうして父親の顔がひとつに重なったようであった。

「何かあの事件がまだ尾を引いているようだな」

「うん」

伊島は思い切って、昨夜津川にオフィスへ忍びこまれたことを話した。律義な岩永は済まながって何度も詫びた。

「そんなことはいいんだ。それより城南大のことを少し調べてもらえないかな。特に中原市とのつながりを。その電波研究所で飼っているミツユビ・ナマケモノという動物を、俺はあの事件の時、新藤研究所という建物の中で見ているんだ。死んだ新藤慶太郎という人は動物が専門で、電波には関係なかったはずだ。だが城南大で同じ奴を飼ってるとなれば話は違って来る。それに、俺のおやじも電波に関係している」

「判った。調べてみるよ。しかし、そうなると津川はもう出て来ないな」

岩永はがっかりしているようであった。

「自分でも言ってたが、たしかに実害は何もない。俺もあいつを責める気はないんだ。出て来たら今迄どおり使ってやってくれないか。悪い奴ではなさそうだよ」

「有難う」

岩永は頭をさげた。それはまるで津川の兄のような態度であった。後輩たちが彼に慕い寄って来るのは、そういう人柄のせいらしかった。

その時、いやにきちんとしたスーツを着た男が、二人のほうへ近寄って来た。

六

勝鬨橋《かちどきばし》を渡って築地から日比谷へ抜ける通りは、相変わらず車がひしめき合っていた。

その混雑の中に、伊島のステーション・ワゴンが、最新型のスポーツ・カーのうしろにぴたりとつけて信号待ちをしていた。

前のスポーツ・カーには、いまや人気タレントなみの若手建築家、漆山唯明が乗っている。漆山は明日から始まる工業見本市の会場で伊島を見つけると、ひどく親しげに話しかけて来て、たまには青山のオフィスへ寄って行けと、強引に伊島を誘ったのである。

漆山は伊島とそう違わない年齢だが、建築関係のトップスターで、伊島にして見れば、ドサ廻りの芸人が檜舞台《ひのき》しか知らない名門の役者に声をかけられたという感じであった。

もっとも、職種としては似たようなものだから、共通の友人は何人もいて、パーティーなどで何度も顔を合わせてはいた。

漆山のオフィスが青山のどこかにあることは知っていても、正確な場所をまだ知らない伊島は、派手なスポーツ・カーから離れまいと、緊張してハンドルを握っていた。信号が変わると漆山のスポーツ・カーは跳ねるような勢いでとび出して行く。車間距離がぐっとあき、左側のタクシーが割り込む気配を見せる。伊島は割り込ませまいと常にない乱暴な運転になった。タクシーは伊島が邪魔する気なのを覚って意地になり、次の機会を狙っているようだ。銀座を抜け、地下道を通って桜田門へ向っても、客を乗せた足立ナンバーのタクシーは、しつっこく競《せ》り合って来る。

伊島はだんだん嫌な気分になって来た。

花形役者に声をかけられ、夢中になってその尻を追いまわしている形なのだ。競り合って来るタクシーが、その感じをいっそう具体的にしてくれる。

車の性能の差なのだとは判っていても、自分勝手に行く漆山の走りようが憎らしい。他人のことなどお構いなしに、機敏に突っ走る漆山の態度が、人生のレースそのもののように思えて仕方なかった。いっそのこと、車に紛《まぎ》れたふりをして原宿へ帰ってしまおうかと思いはじめたが、三宅坂で左折するとそのタクシーの姿が消え、結局南青山の豪勢なオフィスまでついて行くことになった。

さすが、と思わずにはいられなかった。個人のオフィスにしては馬鹿馬鹿しいくらいゆったりしたスペースに、デンマーク製の家具類が、かなり気負った感じで並べてあった。

しかし、当の漆山の態度はいかにも同年輩の仕事仲間といった砕けた様子で、驕《おご》りたかぶった所はなかった。そしてそのソツのなさが、伊島をいっそう萎縮《いしゅく》させ、妙にこじれた反感をつのらせている。

「僕の先生を知っているでしょう」

漆山はデンマーク製のソファーに坐り、脚を組んで伊島をみつめた。ミディのスカートをはいた知性的な美人が、二人の前へ紅茶を運んで来た。

「亡くなった今井潤造先生でしょう」

「中原の都市計画は先生が中心になってやったんですよ。あの時はたのしかったなあ」

「あなたも参加していたのですか」

「そう、部分的には僕の意見がまるまるとりあげられたところもあるんですよ」

ミディの女は静かに部屋を出て行った。伊島は彼女がただのスタッフの一人なのかどうか、そんなことが気になった。

「高嶺温泉の新しいホテルの仕事を引受けたんでしょう」

「ええ。でも今になって遅れが出て」

「まだそちらの仕事にはならない……」

「そうなんです」

「困るなあ、そういうのは。もっとも、ああいう山の中だから下請けのかけ持ちがきかない。近頃はそういうケースが増えて来ているんですよ。そのしわ寄せが結局内装関係へまわってしまう。大変ですね」

「僕らだって、何もオープン披露のレセプションのうしろで、シートを張ってごそごそやりたいわけじゃないんですがね」

「どうです。その内一緒に仕事をしましょうよ。関西と九州にホテルを二つ三つ受けてるんですが、一度是非あなたにフィニッシュをまかせて見たいな。あなたの仕事を、僕はわりと注意して見てるんです」

そう言って、漆山は伊島の手がけた現場を幾つかとりあげ、的確な批評を加えた。

本気で組みたいような気配であった。もしそれが実現すれば、伊島にとっては名も実もとれ、願ってもないことになる。

「それでは近頃よく中原市へ行っているんですね」

「ええ」

「岡野市長はお元気ですか」

「市長とはその後お会いしていないのです」

「その後というと」

「妙な事件がありましてね」

「ああ」

漆山は三度ほど頷いて見せる。

「新藤研究所の事件ですね。あれは大事件だった。あの時のお連れは、たしか駒田嘉平さんの姪御さんでしたか……」

「ええ」

「あなたのフィアンセ……」

「そうです」

「あなたはとにかく、その女性は驚いたでしょう。一度に三人も自殺しているんですからね」

伊島は、はてな、と思った。警察の見解では、その内の一人は猟銃の暴発事故で死んだことになっているはずである。

漆山は立ちあがると、

「ちょっと失礼」

と言って女が去ったのとは別のドアへ消え、すぐ図面を持って戻って来た。

「僕じゃないんですが、あの研究所はうちのスタッフの一人がやった仕事でしてね」

そう言うと、テーブルの上へ図面をひろげた。

「どんな雰囲気でした」

伊島は落着こうと努力していた。漆山は雰囲気のことを尋ねたのだ。あの晩、署長や嘉平が示した関心と同じである。

「霧の中で研究所へ近づいた時のことですか」

「もちろん」

図面に見入るふりをして、伊島は驚きをかくした。漆山唯明があの事件についての何かを、よく知っているのは明白であった。

「ここに崎山さん。こっち側の寝室に新藤先生。そして地下の……この機械室に久野健次の奴が死んでいたんですね」

伊島は漆山の顔をみつめた。久野健次の奴……その言い方が何か大きな謎の答を浮びあがらせようとしている。

漆山が顔をあげた。伊島の言葉を待つように、じっと目を見返す。

「異様な雰囲気でした。ドラキュラでもとびだして来そうな……」

伊島は相手が期待しているらしい言葉に見当をつけ、少しオーバーに言った。それが正解だったのかどうか、漆山は微笑した。伊島は敵地へ踏み込むような気分で、図面を指さした。

「この窓から入ったんですが、檻の中でナマケモノが僕をじっと睨んでいましてね。その目を見たら急に可哀そうになって、それで頭につけたままになっていた電線を、二本とも引き抜いてやったんです」

電線を引き抜いたことにどんな意味があるのか知らないが、中原市警察の署長が、それを聞いて唐突に行動を起した事実があるのだ。

「そうでしょう。そうでしょう」

伊島は相手がその答を待っていたのだと知った。漆山はそうでしょうと二度繰り返し、深く頷いた。

「しかし、考えて見れば、人間という動物も堕落したもんですね」

「どうしてです」

伊島は漆山をみつめた。

「だってそうじゃないですか。豹はナマケモノの危険から脱出したが、人間は逃げられなかった」

伊島は生唾《なまつば》を呑みこんだ。ナマケモノの危険……。

「動物としては、それは明らかに退化ですよ。本能の脆弱化《ぜいじゃくか》です。豹のほうが余程立派だな」

漆山は嘆くように言った。

「久野などという八百屋の馬鹿息子がいなければ、あんなことにはならなかったんだ。いや、久野は利用されただけで、本当は……」

漆山はそこまで言うと、急に醒《さ》めた顔になって、

「いや、よしましょう。我々は何も知らないことになっているんでしたね」

と言い、照れたように笑った。

「とにかく三人死んだわけです」

伊島はなんとか話を続けさせようとした。

「でも服部さんがまだ残っています。新藤先生は原理を発見したにすぎないし、崎山助教授は服部さんの協力者ということで、たしかに損失は大きいが、今後のことは服部さんがいる限り大勢に影響ないわけでしょう。そんなことより、例の中原から出て来た人物はどうしていますす」

「例の、というと……」

伊島は考えるふりをした。

「ほら、あんたが内装をやったという、ノイローゼの……」

「丸山君ですか」

「名前までは聞いていなかったが、僕には彼のほうが興味深いな。テレビ中毒でノイローゼになる人間がいるとはね。やはり何にでも例外はあるんですね」

漆山は声をたてて笑った。

第四章

一

深川門前仲町の丸山のレストランが開店して一週間ほどした日、伊島はその店へ行って見た。

そういう業種には、昔から年末に開業する店が多い。クリスマス前の浮き立った雰囲気の中でオープンし、歳末までを新しい店の試運転期間と考えて、部分的な手直しを年末年始の休業期に行なえるからであろう。

だが、行って見ると表通りに面した新しいビルは、まだ内部が完全には整っておらず、上の階に入居するオフィスのスチール・デスクなどが、入口から歩道に溢れんばかりに積みあげてあったりした。

丸山のレストランは、一階の角に〈クレッセント〉という凝った看板を掲げ、いかにも庶民的な町の中で、ひどく場違いな威厳を保っていた。

伊島はその前に立ちどまって唇を噛んだ。いいかげんな仕事をした、という悔いがあった。無論それはそれなりに知恵をしぼり、苦心したデザインには違いないが、土地柄からはまったく遊離していたのである。丸山がいくらそれを望んだにせよ、もう少し強硬に反対し、場合によっては仕事をオリるくらいの態度でいるべきだったようだ。

もともと、フランス料理をやるのなら、オープン・キッチンの小ぢんまりとした店で、味本位腕本位で行くべき土地なのだ。そうでなくて〈クレッセント〉級のスペースを使うのなら、焼肉の店あたりが適当なのだが、何せフランス料理に凝りかたまった丸山には、いくら土地柄と合わぬ危険性を言っても、逆に説得される始末であった。

今考えてみると、中原という地方の小都市で育った丸山には、深川、とか、門前仲町とかいう名の土地に自分勝手な独特のイメージがあったようである。〈クレッセント〉はそのイメージの中で開店した店であって、だから実際の門前仲町からは遊離してしまっているのだ。

伊島はがっかりしてドアをあけた。静かに迎える蝶ネクタイの店員の姿がそらぞらしかった。

だが、丸山は活気のある表情で元気一杯に伊島を歓迎した。開店祝いに贈った品の礼を言い、おかげさまでと、オープンの日の盛況を得々と語った。すぐ目の前に迫った悲観的局面にはまったく気づいておらず、それだけに瞳の色にも自信が溢れ、伊島はひょっとするとこのままうまくやって行ってしまいそうな気さえした。

「それはよかった。そんなに喜んでもらえると僕も嬉しくなりますよ」

「さすがは駒田敬子さんのご主人になる方だけあってセンスが違う……父がそう言って驚いていました。こんな店は銀座にもないだろうと……」

だからいけないのだ、と危うく言いかけて、伊島は丸山から目をそらせた。

「ところで、お体のほうはいかがです。お店も大切ですが、オープン前後は何かと無理しやすいですからね。敬子君も、無理しなければいいがと言っていました」

勝手に敬子の名を引合いに出して言うと、丸山はひどく子供っぽい仕草で頭を掻き、

「ちぇっ、お喋りだなあ……」

と照れ笑いをした。

「あんまり名誉な病気じゃないですからねえ。でも、ノイローゼと言っても、僕のは大したことはないんです。中原という土地がいけないんですかねえ」

「お嫌いですか。中原は」

丸山は首を左右に振る。

「いい所だと思いますよ。でも、どういうんですか、あそこにいると覿面《てきめん》に具合が悪くなるんです」

「でも、子供のころからではないのでしょう」

「昔はそんなことはなかったんです。考えて見ると、僕にはテレビが合わないのかも知れない。何かこう、テレビの傍にいると電波が体を突き抜けて行くような気がして来るんです」

「今でもですか」

「それが、転地するとピタリと納まってしまったんです。もっとも、乱視だったのに気づかず、眼鏡をかけないでいたからかも知れません。東京へ来てすぐ眼鏡をかけるようになったから……」

「今はもう、中原へ行っても大丈夫なんでしょう」

するとと丸山は億劫《おっくう》そうに、

「どうですか」

と答えた。

「やはり具合が悪い……」

「一、二度帰って見たんですがなんとなく嫌な気分で、両親も元に戻られては困るものだからなるべく東京で暮せというし。それでまあ、こういうことになったわけです」

丸山は店の中を見まわして言った。

「お医者さんはどう言っておられるのです」

「やはり眼のせいだったのだろうと言っています。乱視の上に少しテレビだの本だのを見すぎたんでしょう。眼鏡でそれも治ったわけですが、中原へ戻ると嫌な記憶が無意幟によみがえって来るのだそうです。亡くなった新藤先生に紹介していただいた、城南大の中村博士ですから間違いありませんよ」

丸山はそう言ってウェイターを呼び寄せ、伊島にメニューをひろげさせた。

「とにかく、今日は何がなんでも試食して行ってくださいよ」

「そのつもりで来ました」

伊島はそう言って二、三品注文し、丸山が注いでくれたワインを味わった。

「そう言えば、おたくの珠光《しゅこう》を思い出します。あれはいい酒だ」

丸山の生家は何代も続いた造り酒屋なのであった。

二

「城南大の電波研究所の実権は、服部哲郎という助教授が握っているよ」

伊島のオフィスの濃いグリーンのソファーに坐って、岩永が真剣な表情で言った。今日はブルージンの上に、襟に茶色い毛のついたジャンパーを着ている。

「それに名古屋の大学に籍を持っていた崎山実男という科学者とは、とても親しかったそうだ。君の言う通りだった」

「何の研究をしている」

「サブ・ミリ波だそうだ」

岩永はそう言ってジャンパーのポケットから、銀行の名が入ったメモ帖をとりだし、表紙をめくった。

「波長一メートルは三百メガヘルツ……十の六乗」

岩永は首をすくめ、ちらりと伊島を見て笑った。

「こんなことからはじめても意味ないね」

伊島も微笑を返した。津川の件で、律義な岩永はあの事を本格的に調べてくれたのだろう。と言って、だから津川の行為を責めてもいないのだ。困るなあ、あんなことしては……もし津川とあれから会っているにしても、ぼやくように言うのが関の山なのだ。万事にそういう穏やかな人柄なのである。

「中波とか短波とかはラジオでおなじみだ。ＶＨＦ、ＵＨＦと来るとテレビだな。僕らの生活は、だんだんそういう風に波長の短い電波を使う方向へ進んで来たわけだ。長いのが旧式、短いのが新式という恰好だね」

岩永は伊島に説明するというより、自分で納得するように、右手にメモを持って両手をひろげ、間隔を何回かに分けてつめて見せた。

「ミリ波というのは、電波の中でもうんと短い奴で、十ミリから一ミリの長さの波長をそう呼ぶらしい。そのくらいの波長の電波のことは、最近の研究で比較的よく判って来たらしい。使い道についてもいろいろ考えられているそうだよ。ところで、可視光線の波長がどれくらいの長さだったか、憶えているかね」

インテリア関係には照明や色彩の問題がついてまわるから、学んだことがあるのはたしかであった。しかし、そんな基礎的なことは伊島もとうに忘れている。

「憶えてないだろう。俺も忘れたよ」

岩永は笑い、

「〇・〇〇一ミリから〇・〇〇〇四ミリさ」

とメモを見た。

「下が紫、上が赤だ。そして、この可視光線とミリ波、つまり上が一センチから下が一ミリのミリ波領域から、可視光線の赤、つまり〇・〇〇一ミリの間が、サブ・ミリ波と呼ばれる領域なんだそうだ。長波と中波や、中波と短波の間にはサブ波なんていうのはないくせに、ここまで短くなると、中間領域が問題になるらしい。まるで東京の土地みたいだ」

岩永はまた笑った。

「境の塀の杭が半径分だけ隣りの敷地へ入ってると言って弁護士が乗りだすんだから嫌になるよ」

「サブ・ミリ波か」

伊島は何か不吉な予感がした。

「サブ・ミリ波って言うのは変な電波だよ。それよりひとまわり長いのは、今言ったとおりミリ波で、いろんなことがどんどん判って来ているし、そのすぐ下の、もっと短い奴は、電波なんていうのを人間が知らなかった昔から、性質がよく判っていた。何しろ目で見えるんだから。赤・橙・黄・緑・青・藍・紫。子供でさえ順番を知ってる。ところが、サブ・ミリ波と来たら、まるで何も判ってはいない。そのくらいの波長は、発振させることもむずかしいし、受信もうまくできないというんだ。受信も発信もできないんでは当分利用なんかできっこない」

「可視光線の下は紫外線やX線になるわけだろう。となると、いわゆる電波という奴の中では、最後に残された未知の領域だな」

「うん。そういうことになる。……ま、ここまでは一般論だ。ここで城南大の電波研究所や中原市の新藤研究所がでてくるわけだ。死んだ生物学者の新藤慶太郎という人は、若い頃からだいぶ変わった人物だったらしい。次から次へ変てこな研究ばかりして一生を台なしにしてしまったのだが、最後に少しまともな奴にぶつかったらしいね。動物の体内には……ことに脳だけど、I・CとかL・S・Iと言ったような高度な半導体が備わっていて、ある種の電波を生理的に感知したり、発振させたりできると言いだしたんだね。ちょっと聞くと眉唾もののようだが、早くからサブ・ミリ波という難物にとりついていた服部とか崎山とかいう若手の科学者が、新藤慶太郎と組んで急に威勢よく研究を進めだしたというわけさ。……信号は周波数変調によって可能とされる。このメモに自分でそう書いたんだけど、専門家の喋ったのをそのままだから、何のことかよく判らないや」

「周波数変調と言うと、ＦＭと同じだよ」

「そうかい」

岩永は関心なさそうに答えた。

「で、ナマケモノは……」

「うん。やはり実験動物で、サブ・ミリ波に対しては、いろいろな動物の中で一番敏感らしいね。見て来たけど、何だか退化した動物みたいで気色の悪い奴だ」

「すると、新藤研究所と城南大の電波研究所は同じ研究を進めていたわけだ」

「津川たちがマークするわけだよ。中原市のほうはよく判らないが、城南大のほうへは防衛庁からかなり大きな研究費が流れてる」

「当然だろうよ。未知の領域の電波となれば、軍事的にとほうもない価値があるだろうからな」

「滝沢元三郎みたいな政治家が、それでからんで来ているんだな。平和利用の面だけでも、新しい放送、新しい電話……利権の種はいくらでもあるものね」

嘉平たちはそれに一枚噛んでいるのか。伊島は宙を睨んでそう思った。

「白状すると、今のことは主にあの津川から聞いたんだ。君が腹を立てるのは当り前だって、済まながっていた。勘弁してやってくれよ。悪い奴じゃないんだから」

「もう気にしてないさ。それよりあいつ、どこへ行ったんだい」

「知り合いのカーテン屋へ入れたよ。お咎《とが》めなしじゃ君に悪いからな」

「そんなにしなくてもいいのに」

伊島は岩永の義理堅さに呆れた。

「いい助手だったじゃないか。使ってやってくれよ」

「その内ね。……そうだ、あいつに君へ言づけをたのまれてたっけ」

「何だい」

「そこまで調べるなら、滝沢元三郎の選挙を調べろってさ」

「不正でもあるんだろうか」

「よく判らない。あいつは時々謎めいたことを言うんで困るよ」

「判った。どうも有難う。津川にも礼を言って置いてくれないか」

岩永は、さて仕事だ、と言って急に気ぜわしく立ちあがり、足早に帰った。もう年の瀬で、お互いに暇のない体であった。

三

年末のひと騒ぎのあと、新年の付合い酒で、何やかやと日のたつのが早かった。ことに年が改まると、それまでまだだいぶ先のことだと思っていた敬子との結婚が、すぐそこへ近づいているのに気付かされた。一月は夢の間に過ぎてしまうだろうし、二月には本式に準備をはじめなければなるまい。そして三月に入ればすぐ挙式である。式の前後に仕事であたふたするのは、自分も嫌だし敬子にも済まないと思う。半日分でも一日分でもやれる仕事は早目に片付けて置かねばならなかった。

その飛び去るような日々の中で、伊島はときどきナマケモノの姿を思い泛べていた。漆山唯明が言った、ナマケモノの危険とはいったいどういうことなのかが、気になって仕方なかった。

そのナマケモノの危険から、豹は逃げだしたが、人間は三人とも逃げそこなってしまった。……漆山ははっきりそう言ったのである。いったい漆山のような建築家が、新しい電波領域とどういう関係があるのだろうか。中原市のどこかに、軍事的な構築物が隠されているのだろうか。

その漆山は、正月の新聞に相変わらず派手な書きぶりで新しい都市論を発表していた。

伊島は父親と新春の酒を汲《く》み交しながら、日本電波教育会の実態について尋ね渋っていた。もしそれが、政界の汚濁につながっていたら、息子に告白することは辛かろうと感じたからであった。

その父親も早ばやと自分の生活に戻り、伊島の仕事も始まってしまう。忙しい日々が戻り、伊島はナマケモノを気にしながら、次第にそれから遠のいて行くようであった。

ナマケモノの姿が大きく伊島の心に戻って来たのは、二月に入って一人の友人に会った時であった。

銀座の並木通りの喫茶店で客に会い、話がおわって出ようとすると、

「おい、伊島じゃないか」

と、陽焼けした顔の男が呼びとめた。

「おう、久しぶりだな」

学生時代の友人は若い女を連れていて、

「女房だよ」

と言って紹介した。伊島は挨拶し、そのテーブルへ坐った。

「社会党の景気はどうだい」

「馬鹿言え。政党に景気なんかあるか」

友人は快活に笑った。政治家志望で、今はさる国会議員の秘書をしているはずだった。

「そうだ、お前に聞けば判るな」

「何だ」

「滝沢元三郎の悪い噂が知りたいのさ」

するとと友人は大笑いした。

「どの方面だか言ってもらわねばありすぎて困る」

「選挙関係だ」

「そいつはだめだ」

友人は右手を横に振った。

「素人だな。あいつの選挙は今迄数え切れないくらいの人間がアタックした。でも何も摑めない。どうしたっておかしいんだが、絶対にしっぽがつかめないようになってやがる」

「どういうことなんだ。買収か」

「何も知らないのか」

友人は真顔になった。

「滝沢の選挙に何があるんだ」

「とにかく異常なのさ。毎回毎回な」

「勿体ぶらずに教えろ」

「保守党内部じゃ、滝沢は選挙の名人で通っている。奴の地盤は中原市が中心だ……それぐらいは知っているな」

「うん」

「じゃ、中原市の投票率は」

「知らない」

「いつでも全国一だ。毎回八十パーセントをこえる」

「高いな」

「高いなんてもんじゃない。奇蹟だ。八十をこえるということは、全員ということに等しいんだからな、重病人もいればよんどころなく旅に出た者もいる。つまり、その日投票所へ行ける人間は、百パーセント投票するということだ。東京が六十台くらいでまずまずなんだから、八十というのは驚異的さ」

「昔からか」

「そう昔ということもないが、だいぶ前からそうなった」

「それと滝沢の関係は」

「大ありさ。衆議院のときは、その八十があらかた奴に行っちまう」

「ほんとか、おい」

「中原というのは、余程気が揃うんだな。みんな滝沢先生を郷土の誇りにして愛しご尊敬申し上げてるのさ」

友人は苦そうに煙草を吐き、

「でなければ徹底した買収か、不当な投票管理だ。反対票は村八分とかな」

「そんなことがあるのか」

「言ったろう。野党にトップ屋、政治ゴロ……みんなで寄ってたかって調べ抜いた。でも埃《ほこり》も立たない」

「本当に公正な選挙なのか」

「いや。埃は立たないが匂いはする。何か仕掛があるはずなんだが、それがどうにも判らないのさ」

「滝沢以外の場合は」

「似たようなもんだ。滝沢系でなければ絶対入らない。あそこだけはどうにも手がつけられないのさ。もうみんな諦めてるよ。滝沢先生がお亡くなりにならない限り、どうしようもないってね」

「滝沢と電波関係の結びつきは」

「おい、よせよ。素人のくせに」

友人は驚いて見せた。

「滝沢の放送道楽と言えば有名だが、あいつは本気でかかっているらしい。電波を使って……つまりテレビやラジオを徹底的に管理して世論を操作するのが奴の夢らしい。とんだゲッベルスだが、何かこそこそやっていることはたしかだ。言論統制には若い連中が一番敏感だから、今や滝沢元三郎は全学生運動家共通の敵ってわけさ」

「防衛関係は」

「保守党であの地位までたどりついた奴はみんなつながってしまうから、その点では普通だろう。ところで、お前はまだ独身か」

友人は話題を変えた。

それからあと、伊島は適当に相槌を打つばかりで、うわの空であった。相手が誰でそこがどこなのかさえ、どうでもいいような気分に陥っていた。

……動物の体内には、ある種の電波を感知するメカニズムが備わっている。ある周波数の電波を発振し、それを受信もできる。

……ミリ波領域と可視光線の間にサブ・ミリ波という未知の領域がある。

……中原市の世論が極端に操作されている。

……保守党および防衛庁関係の一部がサブ・ミリ波の開発に関心を示している。

……ナマケモノの頭に電極がつないであり、二本のコードが何かの電子装置に接続してあった。

……豹はその部屋からガラスに体当りして脱出した。ドアには錠がかかっていた。

……豹は逃げたが三人の男は自殺した。

……ナマケモノに見つめられて自分はなんとなく電極を外してやった。

……嘉平や市長や署長たちは、三人の自殺が事故だと考えたらしい。

……ナマケモノはある種の電波に敏感である。

「テレパシー……」

「え……なんだい」

友人は伊島のつぶやきを聞き咎めた。それまで続けていた同窓生たちの噂ばなしと、まるで関係がなかったからだ。

「テレパシーだ。サブ・ミリ波はテレパシーなんだ」

伊島はうつろな目付きで立ちあがった。

「何だい。変な奴だな」

友人は呆気《あっけ》にとられて伊島を見送った。

……丸山はサブ・ミリ波に特に敏感な体質だったのだ。だからテレビ電波のノイローゼになった。

……敬子は中原市へ行くと気分が落着くと言う。テレビを見ていると団欒の気分になると言っている。

……中原市の西尾神社の上にCATVの受信塔がそびえている。

……中原市の全家庭はCATVによってテレビを見ている。

……中原CATV局のセンターは嘉平が経営するスーパー・ストアーの中にある。

……局長の杉本が嘉平たちと秘密を共有しているらしい。

……中原市の整然とした都市計画には、市民の積極的な協力が必要だったはずである。

……都市計画立案に参加した漆山唯明が、中原市のナマケモノの秘密を知っている。

……署長と嘉平、そして漆山が、霧の夜の研究所の雰囲気に強い興味を示した。

「テレパシーだ。サブ・ミリ波は意志や思考の搬送波なのだ」

伊島は殆ど無意識に、以前よく行ったビアホールへ入って坐り、大ジョッキのビールを飲んだ。酒が欲しくてたまらなくなっていた。

四

二杯目の大ジョッキに口をつけたとき、伊島はふとナマケモノという動物の不思議さを思った。

貧歯目の動物で、猿に似て一産一子のはずであった。

特徴は、きわだって動作が鈍いということである。ミツユビ・ナマケモノの場合、その三本の鉤《かぎ》状の爪は強力で、全体重を楽々とそれで支える。そうやって生涯樹枝にぶらさがって過すのだ。

そのために体毛が他の動物と逆になり、腹部から背へ向って生えているほどだ。生活範囲は極めて限定されている。餌はユーカリの葉だけなのである。鉤状の爪は、一度相手を捉《とら》えたら決して離すことがないだろうが、彼らの棲むジャングルで、その爪につかまる生物がいようなどとは思えない。運動性では例外的に遅鈍なのである。おまけに貧歯目の名のとおり、歯も防禦の道具にはならない。牙などないのである。いったい、長い進化の過程で、どんな動物がこれ程無防備のまま生き続けたであろうか。餓《う》えたけものが、枝にぶらさがる彼らのむきだしの頸動脈に、鋭い爪を立てればそれでおわりではないか。素早く逃げることさえできないのだ。

たとえば餓えた豹が、肉の選り好みをするだろうか。すまい。豹は最も捕えやすい肉を食うだろう。ナマケモノは、木になる果実同様で、最も捕えやすい肉塊ではないのか。自然界で、そういう弱者が見のがされるはずは絶対にない。ナマケモノだけを食って生きる種族がいても不思議はないほどである。

たとえば、水中の魚卵がそうであるように、他の餌にされやすいものは、防衛手段として極端に多産である。ところが、ナマケモノにはその防衛手段すらない。一産一子である。しかも、現在彼らは厳然として生きのびており、南米大陸では珍獣扱いすら受けていない。他の動物と同じように、生存競争を生きのびているのだ。

果して本当に無防備なのだろうか。未知の防衛手段を持っているのではないだろうか。

その特殊な武器を持つために、運動性を棄てたのではなかろうか。

檻の中にナマケモノがいた……。

伊島はテーブルの上へ、ビールのしずくで小さな円を描いた。マッチの棒をその中へ一本入れた。

檻のある部屋へ豹をはなす……。

円のそばへマッチの箱を近づけた。円の中のマッチ棒は、ナマケモノのように動かなかった。

だがナマケモノは豹をこわがる……。

伊島はマッチ箱をいっそう近づけた。いま彼の心の中で、マッチ箱は一匹の獰猛《どうもう》な豹であった。豹はナマケモノに襲いかかろうとした。

ナマケモノが身を守ろうとする……。

ナマケモノは死の恐怖に駆られ、相手を憎悪した。相手の消滅を願った。消滅……すなわち、死。

伊島はマッチ箱を人差指で弾きとばした。マッチ箱はテーブルから飛びだして床に落ちた。通りがかったウェイトレスが、怪訝《けげん》な表情でそれを拾い、テーブルの上へ戻してくれた。

ナマケモノの憎悪で豹は逃げだした。ガラスに体当りし、窓から霧の濃い高原へ走り去った。

逃げなければどうなる……。

ナマケモノは今相手の死を願っていた。サブ・ミリ波が相手の脳を支配するのだ。

伊島は円の中のマッチ棒から、半分ほどに減った大ジョッキへ、また指を濡らして線を二本引いた。二本の線はマッチ棒の頭へつながった。

服部と崎山という二人の電波の専門家が作った、サブ・ミリ波の増幅器が大ジョッキだった。マッチ棒の頭はナマケモノの頭だった。

豹は逃げた……。

伊島はまたマッチ箱を指で弾きとばした。今度は拾ってくれるウェイトレスはいなかった。

そして三人死んだ……。

伊島はテーブルから顔をあげ、あの三人の死にざまを思いだした。喉を銃で撃ち抜き、毒を服《の》み、首を括《くく》っていた。増幅されたナマケモノの意志が三人を自殺へ追いやったのであろう。

ナマケモノの危険……。まさにその通りであった。研究者にとって、ナマケモノが敵に死を命ずる意志を発したことは、予期せぬ事故であるはずだった。豹の生存本能は、その危険から自己を脱出させた。もともと豹には自殺能力などないのかもしれない。しかし人間はそれを持っていた。野性の本能も減衰していた。

ナマケモノにさまざま状況を体験させ、その時々の意志や思考を、電気的な信号として保存したらどうなる。

喜び、憂い、期待、不安……。我を愛せ、我を信じよ、我に協力せよ……。

ＣＡＴＶへの加入を口実に、すべてのテレビにサブ・ミリ波の発信機をとりつけたらどうなる。ＣＡＴＶ局のセンターで、適当に選択されたナマケモノの意志の信号を、その発信機へ送りつけたらどうなる。

すばらしい都市計画が、何の抵抗もなく実現できるではないか。新しい祭りを全市民が受容し、参加するではないか。一人の候補者に全市民が投票するではないか。

いったいそれで、何が生まれるのだ。ユートピアか。地獄か。誰にそれを操る権利を与えるのだ。滝沢元三郎たちか。津川たちか。

伊島はふと敬子の顔を思い出した。この愛も、他人の手で作りだすことができるようになる。それでいいのか。

「いけない」

伊島はつぶやき、残りのビールを飲みほした。席を立ち、その店を出た。

「いけない。そんなことはできない。俺たちにはまだ触れられないのだ」

伊島はぶらぶらと歩きはじめた。不安で人ごみから出る気になれなかった。

「その領域に触れてはいけない。俺たちにはまだ触れられないのだ」

伊島はつぶやきつづけた。

銀座通りは相変わらず華やかだった。みんながそれぞれに装い、どこかへ向っていた。

少し酔いがまわったようであった。

「どこへ行くんだろう。みんな、本当に自分の行きたい所へ向っているんだろうか。本当に自分の好きな服を着ているんだろうか」

ガラスばりのショー・ルームの中に、無数のテレビが同じ画像を写しだしていた。伊島はその前を大きく避け、足早に抜けた。

第五章

一

　敬子は和服を着て来た。夏の暑いさかりに訪ねて来た時は、門からいきなり庭へまわり、縁側からあがりこんだものであったが、その日は土産の風呂敷包みを左胸にかかえ、玄関の戸をそろそろとあけて、

「ごめんください」

　と案内を乞うた。玄関の脇の八ツ手の木に白くコロコロとつながった花が咲き、陽の当らぬ側の葉が、生茹《なまう》でにされたようにしおれている、ひどく寒い日曜日であった。

　もう使わなくなって久しい学生時代の木の机が置いてある三畳間の障子をあけて、

「寒かったろう」

　と伊島がいたわるように言った。

「そこまで車だったから」

敬子はそう答え、草履《ぞうり》をきちんと揃えて家へあがると、コートをたたんで薄暗い三畳の隅へ置き、次の茶の間へ入って襖《ふすま》を閉めた。

「ほう……」

八畳のまん中に置いた炬燵《こたつ》へ戻った伊島は、そう言って目を細めた。敬子の好みにしてはだいぶ華やかな柄の装いであったからだ。

「ねえ、そうでしょう」

敬子は羞《は》じらいを示し、

「娘時代の最後だから今の内に着ておけと言って母が頑張るのよ」

と弁解するように言った。

「娘時代か……」

伊島は溜め息まじりに言う。

「おかしいの」

「いや。ただ、なにか凄く責任を感じさせられるよ」

「嫌な人。今まで無責任だったの」

敬子は炬燵に膝を入れて楽な姿勢になった。

「そういうわけではないが、娘時代の最後と言われるとドキリとするな。自分がそれをおわらせる嫌な奴に思えて来る」

　敬子は笑った。

「自分だって独身時代の最後のくせに。あたしは責任なんて感じないわよ。おわらせるのはあたしだけど」

「こいつ」

　伊島も笑いだした。

「なんだい、その風呂敷包みは。どうせ俺に持って来てくれたものだろう。寒くてお茶菓子を買いに出そこなったんだ。蜜柑と煎餅ぐらいしかない」

　そう言うと敬子は首を横にふる。

「残念でした。晩ご飯の時のものよ」

「晩飯の」

「今日は寒いから、出歩かないでこのおうちで晩ご飯にしなさいって、母が出がけに大騒ぎで作ったの。言われちゃった……」

「なんだって」

「お酒も一、二本つけて、お酌をしてあげなさいって。新婚ごっこして遊んで来いって言うのよ」

「あのお母さんがか」

「いいえ、母が言いっこないでしょ。伯父さまよ」

「駒田さんが来てるのか」

「ええ。二、三日東京にいたらしいの。三時すぎに帰るそうよ。あたしがこっちへ来ちゃったあと、お母さんは中原で暮すようになるわけでしょう。その相談に寄ったんだと思うわ」

伊島はポットをとりあげて茶をいれようとした。敬子が手をだしてそれをとりあげ、急須と湯呑みを並べる。

「君は駒田さんのことを、どの程度知っているんだ」

「どの程度って……」

「中原市のCATV局のことや、選挙のことなどだ」

「選挙……」

「君はあそこの選挙に何か変なことがあるのを知っているかい」

「変なことって」

「たとえば投票率さ」

「伯父さまは選挙のたびに自慢してるわ。日本一なんですってね」

伊島の前へ湯気のたつ湯呑みを置いて言った。

「八十パーセントこえるんだ。選挙のたびにね」

「そういう土地柄なんでしょう。中原ってところは、よく気が揃うのよ。みんなで協力し合う気風が昔からあるんじゃないかしら」

「昔のことをよく知っているのかい」

「江戸時代から材木の産地で……」

「そんな昔のことでなくていい。君の小さい頃のことでいい」

「よく憶えてないわ」

「その頃からみんなが今みたいに気を揃える土地だったのかね」

敬子は小首をかしげ、両手で湯呑みを包みこむように持った。

「そう言えば、昔は気が荒くてよく喧嘩《けんか》が起ったそうよ。山から大きな木を切りだして、西尾湖で筏《いかだ》に組んで、それで川を下ったわけでしょう。荒っぽい仕事だから……」

「それがここ十年から十五年の間に、どんなことにでも反対しない、丸く納まる土地柄になってしまった。変だとは思わないかい」

「材木だけではやって行けないし、仕方なかったんじゃないの」

敬子は自信なさそうであった。

「駒田さんのやっているスーパーの中へ入ったことはあるかい」

「あるわよ。どうして……」

「ＣＡＴＶ局のスタジオがあるだろう」

「ええ。小さな部屋だけど、テレビ・カメラも本式だし、ガラス窓のついた調整室もちゃんと揃ってるわ」

「君は以前、中原の伯父さんの家でテレビを見ていると、これが本当の家族の団欒というものだと感じると言ったね」

「ええ、そうよ。気分が落着くの。私だけじゃなくて、母もそう言っているわ」

伊島は立ちあがり、部屋の隅のカラー・テレビのスイッチを入れて炬燵へ戻った。すぐ音が聞え、やがて映像が出た。中年の女性タレントが俳優の一家を並べてインタービューをしていた。

「東京のテレビはどうだい。番組は変わらないはずだが」

敬子は怪訝《けげん》な表情でテレビを眺め、曖昧に笑いながら答えた。

「やっぱり中原でなくてはね。東京じゃ駄目よ、ガサガサしていて」

「土地のせいかな」

敬子は何かに勘付いて急に真顔になった。

「どういう意味」

「テレビのせいじゃないかと思うんだよ」

「どうしてなの」

「どうも中原市のテレビには、とほうもない秘密があるらしい」

「嫌だわ。ＣＡＴＶのことね」

「うん」

「伯父さまが関係しているのよ。秘密って、悪いことなの」

「その答は一概に言えない。駒田さんはいいと思っているかも知れない。しかし俺はその反対だ」

「ねえ、教えて。どういうことなの」

「特殊な電波が、人間の意志や思考に関係しているらしい。その電波を使えば、こういうテレビなどよりもっと進んだ通信方法が可能になるかわり、大勢の人間の考えを思い通りに操ることもできるのさ」

　敬子は黙って伊島の口もとを見つめている。

「たとえばこのテレビでは、音声と映像が電波で送られて来ている。それによって子供は超人と怪獣の格闘に昂奮し、主婦はメロドラマの主人公に同情するわけだ。しかし考えて見れば、これはまだ不完全だよ。科学の粋みたいに言うが、随分幼稚な道具だ」

「どうして。色だってついてるし……」

「怪獣の出現に緊張するのは小さな子供たちだけだ。大人がそれで手に汗を握るかい。それどころか、少し生意気になると、子供でさえ鼻の先で笑ったりする。スポンサーも制作者も、その点はあきらめているが、本当は全部の子供を熱中させたいだろう。午後の安っぽいメロドラマで君は泣けるか。泣けないだろう。ところが、作る側は全女性を泣かせたいのだ。でもそれはできない」

「無理よ。人間には好みというものがあるし、泣きやすい人や泣くのが嫌いな人もいるんですもの」

「そうだ。コマーシャルで、これをどうぞ、と言われても、その気になる奴と逆に反感を持つ奴がいる。それを克服しようと、集中スポットをやったり、高いゴールデン・アワーを買ったりするんだ。つまり、テレビはまだ送り出す側の意志を、視聴者に完全に送り届けてはいないわけだ。だが、テレビやラジオがもう一歩進んで、意志をじかに相手の脳へ送れるようになったらどうなる」

「そんなこと、できっこないわ」

「どうやら中原市ではそれをやっている」

「嘘……」

「滝沢元三郎に対する反対票がほとんどないのはどういうことだい」

「偶然よ。人気があるから、長い間にはそういうこともあるわ」

「毎回だぜ。最初からあの男に対する反対票は全体の二割以下だった。それがだんだん零に近づいている。あり得ないことが起っているんだ。それに、君の知っている丸山君……門前仲町にレストランを開いた……彼は中原にいると、どうして電波ノイローゼになるんだ」

「でも、ほかの人は電波ノイローゼになんかならないわよ」

「薬やたべ物と同じで、その特殊な電波にアレルギー反応を示す人間もいるんだ。それが丸山君さ。ただ、丸山君の家は昔からの造り酒屋で、あそこでは指折りの資産家だ。恐らく市政の内幕に関与していて、丸山君のノイローゼの原因を両親はよく知っているんだろう。だからあんな立派な店を買い与えて、中原以外の土地で身の立つようにはからったのさ。君が中原市で団欒の気分を味わうのは、恐らくテレビのせいなのだ。多分、普段は他人と協調した平和な気分にさせる信号が流されているのだろう」

「そう言えば、伯父さまの家では口喧嘩ひとつ聞いたことがないし……」

敬子は半信半疑の表情であった。

「あたしとあなたのことについて、最初とても母は反対してたでしょう。それが伯父さまのところから帰って来て、ころっと態度が変わったのよ」

「一度きりでそんな効果があるのかどうか知らないが、とにかくテレビに住民の意志を統一する仕掛がかくされているのはたしかのようだ」

「夫婦喧嘩をしたら俺のところへ連れて来い。必ず仲直りさせてやるって……」

「駒田さんがか」

「自信満々だったわ」

敬子は笑った。

「でも、なぜそんなことに気付いたの」

「例の研究所の事件だ」

敬子はおぞましげな表情になった。

「あれは事故だったらしい。あそこでは、意志や思考を電波で送る研究を続けていたんだ。実験動物はナマケモノだ。ナマケモノの脳と増幅装置をつないであった時、どういうはずみか豹が部屋の中へとびこんだ。ナマケモノは敵を追い払うために、強い意志を豹に送った」

「あ……」

敬子は手を口にあてた。

「テレパシーね」

「そうだ。豹は自殺できない。それで窓ガラスを突き破って霧の中へ逃げだしたわけだ。多分自然界ではそれでいいのだろう。豹に死んでしまえというテレパシーを送り、豹は閉口して遠くへ去る。それがナマケモノの唯一の武器で、それ以上のことはできない。もしそれ以上の効果を持てば、ナマケモノは地球の王者になってしまっただろうからね。だが、あの三人……つまり人類には自殺するという妙な能力が備わっている。ナマケモノの増幅された命令に生きる意志を失い、本当に自殺してしまったんだよ。だからあれは事故さ」

「じゃ、研究はそこでもうとまってしまったわけ……」

「いや。城南大学の電波研究所で同じ研究を続けている学者がいる」

「あ……」

「知っているのか」

「服部という人じゃないの」

伊島は気色ばんだ。

「新藤未亡人……冴子夫人は、いずれその人と再婚するそうよ。伯父さまが母に言っていたわ」

伊島は考え込んだ。敬子がその深刻な表情を見て心配そうに言う。

「あなた、そのことで伯父さまと喧嘩しないでね」

「判らん。するかも知れない。とにかくあさって高嶺温泉へ行かねばならないし……会って話そうと思っているんだ。人々の意志をひと握りの人間が操作するなんて……」

敬子は眉をひそめ、悲しげな表情をした。

二

陶明館の新ホテルがいよいよ完成に近づいていた。遅れに遅れたが、どうやら結婚式の寸前には伊島の手を離れることになりそうであった。

オープンの披露パーティーには伊島も当然招かれていた。予定どおりに行けば、新婚旅行の帰りに高嶺温泉へ寄り、パーティーに出席してその晩新ホテルに一泊し、翌日駒田邸へ挨拶して帰京することにしてあった。

だから伊島の気持では、その前になんとしても、サブ・ミリ波のことで嘉平と話し合って置きたかった。

場合に依っては、対決といった具合になるのもやむを得ないと思っている。

嘉平にはっきりしたことを問い質してから、父親とも話し合うつもりであった。本音を言えば、父親と話し合うふんぎりをつけるために、まず嘉平に会おうとしていた。

親一人子一人。男手ひとつで子供を育てるのがどんなに苦しかったか判る年齢になって、伊島としては今度の件で父親と話し合うことが、ひどく重い荷に感じられるのである。

音響機器や照明器具を満載した下請会社のトラックに便乗して高嶺温泉へ向う間、伊島は父親が今度の件に深入りしていないことを祈るように思っていた。

幌《ほろ》つきのトラックは国道十七号線から妻引峠へそれ、曙スカイラインを抜けて中原市へ入り、そのまま湖岸の道から高嶺温泉へ向っている。トラックには運転手のほかに五人ほど乗っており、給油や食事のたびに、楽な運転台のシートへ順番に入れ替わって、コースの終わりの山道へさしかかった時には、伊島は荷台の幌の中で、ラジオ局で使うような大型のテープ・レコーダーによりかかって揺られていた。

「そろそろ高嶺温泉だ」

小さな段ボールの函《はこ》に腰かけたままそう言うと、胸に下請会社のマークが入った作業衣を着た若い男が、

「やっと終点か」

と言って立ちあがり、揺れる荷台のうしろへ行って、幌をあけた。

「見ろよ。こいつは凄《すげ》えや」

奇声をあげて仲間を呼ぶ。もう一人も覗きに行った。もう道の右側は切り立った崖になっていて、トラックは山腹の道をうねうね曲りながら登っているのだ。

「ちょっとハンドルを切り損ったただけで、完全にお陀仏《だぶつ》だな」

そう言いながら戻って来て伊島に尋ねる。

「こんな山の中で商売になるんですかね」

伊島は頷いた。

「今はこういう所のほうがいいらしい。どこもここも少し開けすぎたからな。もう夏場は六割がた予約でふさがっているというよ」

「大したもんですね」

「今のところは企業の研修会や新婚旅行などが多いらしいが、来年までにはここから北へ

新しい登山コースをひらくそうだ。大して高い山はないが、沢あり岩場ありで結構面白いらしい」

「でも、それ以外には何もない所でしょう」

「名物は崖と山彦だけさ」

男たちは笑った。今度は伊島が立ちあがり、幌の柱につかまって前を覗いた。丁度車は左にカーブしたところで、進行方向の右寄りに、崖の上へ白い壁を立てたような感じで、新しいホテルが見えていた。

東京をまだ暗い内に出発したので、今日は積んで来た荷を解き、照明器具などを必要な場所へ運び込むだけで終わる予定であった。荷台の男たちはこの崖の温泉場が気に入ったらしく、急に活気づいて車が停らぬ内から荷をおろす準備をはじめた。

やがて車が旅館を二軒ばかり通りすぎ、陶明館の前にさしかかった時、伊島は大声で、

「停めろ」

と怒鳴った。荷台にいた一人が素早く運転席との境のガラスを叩いたので、トラックは陶明館のはずれでブレーキをかけた。

伊島は幌をめくってひらりと飛び降り、

「先に行って予定どおり進めていてくれ、俺はここに用がある」

と手をあげた。トラックはすぐ新しいホテルへ登って行った。

車を送ってふり返ると、陶明館の入口の前に、駒田嘉平が立っていた。珍しく暖かそうに茶色のツイードの服を着ていた。

「来ていらっしゃったのですか」

そう声をかけると、嘉平は黙って頷く。伊島は相手の堅い表情に気付いた。嘉平は近寄って行く伊島を、じっと観察するような態度であった。

「間もなく出来上がるというので見に来たのだよ。車を遠谷まで使いにやったので、帰りを待っていた所だ」

「今の車は電気関係の分です。あれのあとすぐに、家具、敷物、カーテンなどが来て、それで終わりです」

「どうやら式に間に合ったようだな」

「ええ。おかげさまで」

「今夜は儂の所へ泊らんか。車が戻って来たら一緒に帰ろう。君にちょっと話もしたいし」

「僕も駒田さんに是非お伺いしたいことがあります。しかし、今着いた荷のこともありますし、できればここのほうが都合がいいんですが」

伊島は緊張した声で言った。

「やはり若いのだなあ」

嘉平の言い方は老獪《ろうかい》で、伊島の精神年齢を言ったのか肉体年齢を言ったのかよく判らなかった。

「そうだな。今は一時間でも早く仕事を終わらせねばならんのだな。手間を取らせては敬子に叱られる……」

嘉平は微笑して陶明館へ入った。帳場に言って二階の空部屋を借り、茶を運ばせた。

「はやばやと飯場をとり壊してしまったのだな。来て見たら跡形もないので驚いたよ」

「あれは建設会社の物ですから、彼らの仕事が終われば持って帰ってしまいます。今のはみんなユニットですから」

「君のほうの連中はみなここへ寝泊りしているそうだ。若い連中ばかりだから、新藤の未亡人もびっくりして別の宿へ行ったよ」

「来ているんですか」

「今日来た。この下の宿をとったそうだ」

伊島は花柄のついた自動栓のポットを傾けて急須に湯をいれた。

「で、僕にお話って、何ですか」

「君のほうのことから聞こう。ひょっとすると同じことかも知れない」

嘉平は薄笑いを泛《うか》べていた。

「そうですね」

伊島は茶をひと口啜《すす》ってから言った。

「僕の用件はサブ・ミリ波のことです」

嘉平は頷く。

「敬子が心配して電話をして来た。喧嘩をしてくれるなと言う。儂と君の間に争いの種などありはせん」

「中原市では、サブ・ミリ波を実際に使っているのですか」

「使っている」

嘉平は突き放すような言い方をした。

「市民はそれを知っているのですか」

「知らん。まだ知らせる必要はないと思うがね」

「なぜです」

「文句を言うに決っている。みすみす反対されるものを公表するのか」

「判っていらっしゃるのですか。サブ・ミリ波は個人の判断に生理的な影響を与えるのですよ。明らかに基本的人権を侵害しています」

嘉平は急に親しげな暖かい表情になった。

「よく知っているよ。基本的人権が何かも、民主主義が何かも」

「自分が人を裁《さば》ける人間だとは決して思っていませんが、サブ・ミリ波の件は憲法違反です。犯罪ですよ」

「たしかに、君ら戦後の教育を受けた若者にはそう思えるだろう。民主主義にもたしかにいい所はある。自由ということを君らがこの上もなく尊いものに感じているのもよく判る。しかし、ここに大きな道を一本通したほうがいい、町の区画をこういうように作り変えたほうがいい……そうしたほうがみんなの為になると判り切っているような時、デモクラシーだの自由だのの名のもとに、個人の我儘勝手が許されるのはどういうものかな。一人の反対のために道が曲げられるのは全体の損失だ」

「その問題とこれとは……」

「まあ聞きなさい」

嘉平はおしかぶせるように言った。嘉平の声ではなく、彼の人生の厚味が伊島の口を閉じさせた。

「西の町のゴミを東の町へ持って行って棄てる。東の町は迷惑だと言い、西の町もそれは認める。しかし西の町にもゴミ棄て場を作ろうとすると反対が起る。この場合、東の町のことはさて置こう。そこで、西の町のデモクラシーとはいったいどういうことなのだね。反対する権利を行使しているだけではないか。自分たちが出すゴミについての責任はどうなるのかね。これは特殊なことではないのだ。戦後の民主主義社会に共通した現象だ。次々に新しい生活資材が生まれて、みんな重宝した。それで豊かになった。プラスチック会社の株を買って儲けもしたし、石油化学の関連産業に職を得てボーナスももらった。それで車を買い、休日には家族でハイウェイのドライブをたのしんだ。車を買う者がなければ誰も作りはせん。広告で煽《あお》って買わせたとは言わせんよ。大気汚染がこんなになるのをなぜ見通せなかった。公害が出ることを見通せなかったのが罪と言うなら、企業ばかりが裁かれるのは片手落ちだ。民主主義の社会では、市民だけが常に正しいのか。そうだとすれば、東の町にゴミを押しつける西の町もまた正しいと言わねばならん。では、ゴミの責任はどこへ行く。政治か……。どこかへゴミは棄てなければならん。たしかに、ゴミ棄て場を探すのが政治というものかも知れん。西の町はご免だという。南も北もきっと同じことを言うだろう。政治は手品ではないのだよ。どこかにゴミ棄て場を作らねばならない。本当の政治とは、新しいゴミ棄て場をどこにするかきめることだ。きめたら一刻も早くそれを作ることだ。そのためには一部の反対を素早く排除せねばならん。もちろん、まず説得だ。しかし、それでだめなら法を行使する。政治はそのために法の力を背景に持っているのだ……だがな、伊島君」

嘉平はいたわるように伊島をみつめた。

「儂らはその一部の反対者に対して、例の電波を使おうというのではないのだよ。そこのところをよく考えて欲しい。もちろん、公害はいかん。水銀中毒患者など二度と出してはいかん。しかし、そのための対策は対策として、どこかにコンビナートは必要だし、原子力発電所ももっと数多く作らねばならない。高速道路網も整備せねばならんし、新幹線も増やさねばならん。市街地の日照権問題をなんとかしなければ、増えて行く人口を収容する方法がないだろう。いいかね。儂らが夢に描いているのは、この日本という国全体の心をひとつにまとめあげることだ。新幹線の通過で騒音が出るなら、騒音対策に全力を挙げようではないか。それでも解決し切れなければ、沿線の一部住民に別の所へ移ってもらおう。そのための土地も手当てしよう。住宅も建設しよう。新幹線というが、もはや新の字は要らん時代になっている。あれはこの時代に即した必要不可欠の交通機関なのだ。だが現実はどうだ。自分たちの町に駅ができぬなら必要ない、反対だと言い出すだろう。それではは何もできん。そのくせ、反対している人間が休みの日にはすでに出来ている新幹線に乗って楽しんでいる。儂らは個人の問題について何をどうせいと言うのではない。国民全体がお互いに譲り合い、協力し合う気風を作りあげるために、あの電波を利用したいのだ」

嘉平は伊島を説得している内に、ふと酔ったような表情をのぞかせた。伊島はそれを見て、言いたいだけ言わせる気に変わった。

「みんながそういうようになれれば、たしかに日本は今より住みやすい国になるでしょうね」

「そうだよ」

嘉平は胸を張って頷いた。

「今は勝手なことが言えすぎる。たしかに特高や憲兵がのさばった時代より、今のほうがずっといい。しかし、戦前だって、特高や憲兵が怕《こわ》かっただけではない。そんなもの抜きでも、今よりずっと国民の気持が揃っていた。隣組で防空演習をやるのも、自分たちのためにそれが必要だと思ったからしたのだ。ここらあたりでも、松の根をよく掘らされた。松根油をとるためだ。女たちには大変な労働だったが、それが自分たちの国のためになると思ってみんなが気を揃えたのだ。どこか一点に、みんなの気が揃っていた。戦後になって、儂らの世代の者でさえ天皇陛下のことをとやかく言う奴がおるが、あの時代に天皇陛下の悪口を言う奴は気違いだった。あのお方をみんなが信じていた。国民全体の気持が、あのお方一点にしぼられていた。制度として問題もあろう。学問としてそれを研究するのは結構だ。だが、今のように気持がバラバラでは、いったい日本という国はどうなる。せめて祝日には、すべての家の軒に自分の国の旗が掲げられるようになりたいではないか」

伊島は頷いて見せた。すると嘉平は嬉しそうに頷き返した。

「だが、天皇陛下を認めない人間もいる。儂はそういう人間がいることも認めるよ。天皇陛下を否定する人間はみな死んでしまえとは言わん。それが民主主義というものだろう。断わって置くが、儂が天皇陛下というのは、何もあのお方お一人のことではないのだぞ。日本という国のまとまりのことだ。天皇陛下はその象徴であらせられるわけだ。ところで、あの学生たち……天皇陛下を頭から否定し、日本を新しくするとか言ってゲバ棒とかをふりまわす連中にしたところで、それならそれで仲間がみんな同じ気持になることを望んでいるのではないだろうかね。似たような考えの者同士が、少しの違いで殺し合う無駄を考えぬわけには行くまい。立場こそ違え、気を揃えなければいけない点では同じだ。同じ悩みを持っているのだ。儂ら、あの電波を私利私欲に使おうというのではない。まず日本中の人間の気持をひとつにする。その上で、自分たちが何をするべきか、どう進むべきか、みんなで考えるのだ。それでこそ民主主義というものだろうが」

伊島はうつむいて煙草の先で灰皿のふちをなぞっていた。

「おっしゃることは判ります。でも質問させてください」

「いいとも。何でも答えよう」

「サブ・ミリ波を滝沢元三郎氏の選挙に利用している理由です」

嘉平は鷹揚《おうよう》に笑った。

「簡単だ。滝沢先生は儂が今言ったようなことを実現させようと努力しておられる。この運動の中心なのだ。是が非でも国会にいてもらわねば困る」

「中原市民の意志を操作していることにはなりませんか」

「まだ判っておらんのか」

嘉平の声が強くなった。あぐらを組み直し、膝に拳をあてがって肩をいからせた。

「みなの気が揃えば、これが必要だったことは明々白々だ。だがこういう世の中だ。基本的人権だの、プライバシーだのと、もっともらしい理屈にかくれて、好き勝手をし合っている時代ではないか。儂らがあの電波を正しいことに使っても、不正だの憲法違反だのと騒ぎたてる連中はいくらでもいる。もしそうなって、誰もがあの電波を使えるようになったら、いったいどういうことになる。ゲバ棒の連中も使うぞ。菓子屋も石鹸屋もみんな使いたがるぞ。あれを悪用すれば、要らん物でも買わせることができるし、人を殺せと命令もできる。まさか君は、儂があれを自分のスーパーへ客を呼ぶために使うと思っているのではあるまいな」

「そこまで疑ってはいませんよ」

「当り前だ」

嘉平はそう吐き棄て、気がついてなだめるような態度になった。

「敬子にも言って置いたが、もし夫婦喧嘩をしたら中原市へ来い。人間同士のいがみ合いなど、ちょっと譲り合えば簡単に解決することばかりだ。君はもうすぐ儂の身内になる。ひとつ、儂らに力を貸してくれ。新しい日本を作ろうではないか。ひとつにまとまった美しい日本をな」

三

その日、嘉平は遠谷から自分を乗せて帰る車が着いても、それを待たせて長々と喋りまくった。伊島は時々疑問や反論をさしはさみながら熱心に聞いた。おかげで日が暮れるまで仕事の現場には行けず、すべて下請けまかせになってしまった。

嘉平が帰ったあとすぐ夕食になり、下請けの連中の酒に少しばかり付合ってから、硫黄分の強い湯に入ってはやばやと床についた。

ホテルの内装がはじまってから完全に客を断わり、作業員たちの宿舎がわりにされた陶明館の内部は、建物が古すぎるだけにひどく荒れ果てた感じになった。

伊島は妖怪でも出そうな薄暗い部屋の中で、じっと天井を見つめていた。

迂闊《うかつ》だったと反省している。サブ・ミリ波、すなわちテレパシーによる大衆の意志操作という問題に直面して、充分に気負いもしたし、事の大きさも認識しているつもりであったが、実際に駒田嘉平から話を聞くと、根の深さ範囲の広さが、自分の考えていたよりずっと大きいことを思い知らされた。

たしかに嘉平が指摘したとおり、今の社会には重大な混乱がある。ひょっとすると、それは日本だけの問題ではなく、全人類が直面している危機なのかも知れなかった。サブ・

ミリ波は、その人類の危機を乗り越えるために必要な道具のひとつなのかも知れないとさえ思える。

しかし、だからと言ってサブ・ミリ波を滝沢元三郎や駒田嘉平らの手にゆだねてよい理由はどこにもないと思うのである。誰がそれを公正に活用し得るのか。そう考えた時、伊島は我ながら答に窮した。

同時に、いち早くサブ・ミリ波の秘密に接した嘉平たちの気持も理解できるのである。たとえば伊島は、母校の学園紛争について、彼なりの理想論を持っている。その通りになれば素晴しい学びの園が復活すると信じている。滝沢元三郎が全中原市民の支持を得たように、自分の意見が母校の全員に支持されたら、どんなに素晴しいだろうと夢想してしまうのだ。そのために、母校をサブ・ミリ波で満たすことは、天地に慚《は》じぬ公正なことであるように思えて仕方がない。いつ果てるともない悪循環を誰も解決できぬ以上、サブ・ミリ波の行使は正義であるかも知れないと思う。

国鉄の駅員も、郵便局員も、職場を愛するなら誰でもサブ・ミリ波を用いた紛争の理想的解決を夢見てしまうだろう。

嘉平たちも同じように正義の夢を見ているに違いない。ひょっとすると、嘉平たちのグループの中でも、天皇中心の精神的統一を考えているのはごく少数で、大勢《たいせい》はもっと伊島らの感覚に近い所にあるのかも知れない。

だが、それにしても危険な道具である。情報伝達の道具として、次第に波長の短いほうへ発達して来た電波が、可視光線ギリギリの部分に、このような危険なものを秘めていようとは、なんという皮肉なことであろうか。

伊島は、サブ・ミリ波が解決してくれるはずの、人間同士のあらゆる衝突、社会の歪《ゆがみ》を数えあげている内に、いつしか睡ったようであった。

使わねば滅びる。使えば地獄に堕《お》ちる……睡りに入る寸前、伊島はそう思った。

あくる日、伊島は照明関係の手順を指示するとすぐ、車を借りて崖の道を下った。よく晴れた山道を走りながら、きのう嘉平に強く反論しなかったのは成功だったと思った。嘉平らの立場を支持するように思わせて、今しばらく内情を探るべきだと考えたのである。

中原市へ入るとまっすぐ嘉平のスーパー・マーケットへ向った。その建物の一部にあるCATV局のセンターへ顔をだすと、局長の杉本が胡散臭《うさんくさ》そうな表情で迎えた。

「きのう駒田さんとじっくり話し合いましたよ」

そう言うと杉本はニヤリとした。

「そうですか、それはよかった。実は敬子さんのご主人が敵にまわったらどういうことになるのかと心配していたのですよ」

「ひとつ、ゆっくり中を見せていただけませんか。サブ・ミリ波のことを教えてもらいたいし……ご心配でしたら、嘉平さんに電話して見てください」

伊島はわざと、嘉平さんという呼び方をした。杉本は、一応念のため、と済まなそうに言いながら駒田邸へ電話で問合わせたようであった。

「どうでした」

電話が終わるとすぐ、伊島は笑顔で尋ねた。

「もちろんオーケーですよ」

杉本は嬉しそうに言い、

「ではこの仕事はあとまわしにして……」

と、デスクの上のLPレコードの山を片付けはじめた。

「すみませんね。お仕事の邪魔をして」

「いや、ほんのアルバイトですよ」

「アルバイト……」

「僕個人のではありませんよ。局のアルバイトです」

「というと」

杉本はレコードを棚にしまいながら言った。

「陶明館の新しいホテルで使う奴です。こう見えてもうちにはかなりのレコードが揃っていましてね。僕が選曲してテープに入れてやるんです。一カ月か二カ月に一回ずつ、選曲を変えてホテルに届ける約束が出来ているんですよ。大した金にはなりませんが、それでもこの局の雑収入で……」

「ああ、それですか」

新しいホテルには、一応すべてホテルなみの設備が整っていた。一日中テープをまわしっ放しにして、オーバナイターのプッシュ・ボタンを押せば、いつでもムード・ミュージックが流れる仕掛になっている。エレベーター・ホールでエレベーターのボタンを押しても低く音楽が流れるし、エレベーターの中やロビー、ラウンジその他のパブリック・スペースにも流れるようになっている。

「きのう僕らはそれに使うテープ・レコーダーを運んで来たのですよ」

「そうだったんですか。それでは今日中に仕あげてお届けしたほうがいいですね」

「そう急ぐこともないでしょう。まだ今日一杯は照明関係にかかりきりのはずですから」

伊島の声を聞きながら、杉本は部屋の隅にある頑丈な金庫のダイアルを合わせはじめた。

「これを見てください」

重い扉をあけて杉本が振り返った。意味ありげに微笑していた。

金庫の中には茶色い環が積んであった。

「ビデオ・テープのようですね」

伊島が覗くと、杉本はその中のひとつをとりだして封のテープをはがした。ベークライトのような茶色をした、幅四センチほどの帯を捲いたものであった。

「これにナマケモノのテレパシーが記録されているのです」

伊島はギョッとした。その表情を杉本は優越感のこもった瞳でみつめている。

「ナマケモノが異常に強いテレパシーを持っていることを発見したのは、亡くなった新藤先生の功績です。そして、それが電波の一種であることを解明なさったのが、城南大の服部さんなのです。服部さんは立派な方です。テレパシーが電波の一領域であることを発表すれば、学者として世界的な地位に登れたでしょう。それがいまだに助教授ですからね。サブ・ミリ波の正しい利用のために、ご自分を犠牲になさったのです」

「テレパシーは人間にもあるのですか」

「もちろん。だが、ナマケモノにくらべるとはるかに微弱なのだそうです。最初はもっと強かったのでしょうが、言葉は使う文字は使うで、だんだん能力が弱まったらしいのです。もっとも服部さんは今、人間から直接信号を採取しようと研究を続けていらっしゃいます。テレパシーはあっても、ケマナモノの知能は人間とは較《くら》べ物になりませんからね」

「なぜだろう。以心伝心で精神面は人間より豊かになりそうなものなのに」

「それは、要するに生物の能力とは、根本的には生存のためのものだからです。ナマケモノはテレパシーで他の肉食獣から殆ど完全に保護されています。病気、餓え、怪我、老衰……それ以外の、ジャングルの動物たちにとって最も大きな、外敵からの危険をまぬがれているのです。したがって、それ以上の能力は発達しようがないのです。ただ念力が強いというだけの下等な動物ですよ。彼らのテレパシー能力はギリギリ必要な所でしか発動されません。その証拠に、猿たちがよくナマケモノを苛《いじ》めるんだそうです。木の枝をゆすって落したり……でも、ナマケモノの生命には危険がないのです。だからナマケモノは憐れにも猿のおもちゃにされて苛められ放題なんだそうです」

「するとナマケモノは無抵抗主義の平和を一生楽しんで暮すわけですか」

「いや、やはり天敵は豹らしいですよ」

「でも、テレパシーで追い払うのでしょう」

「テレパシー、というか、サブ・ミリ波というのが、現在なお一般には正体がよく判っていない理由がそこら辺にあるわけです。発振させにくいし、第一とても捉えにくいのです。ラジオはアンテナなしでよく聞えるが、テレビでは少くとも室内アンテナが要りますね。UHFとなると、もうアンテナなしではどうにもならない……波長が短くなるにつれ、キャッチすることがだんだん困難になるのです。そのいちばん短いのがサブ・ミリ波ですからね。ちょっとした障害物があるとすぐ消えてしまうのです。雨滴とか霧の粒子に当っても減衰してしまいます。赤が〇・〇〇一ミリの波長だそうですから。その上から一ミリまでというと、本当に短い波なのですね。ということは、雨や霧の日はいつものようには威力を発揮できないということです。どうも豹はその辺のことを知っているらしいのです。時々他のけものに食い殺されたナマケモノの死骸が見つかるのは、雨や霧にさえぎられて、うまくテレパシーを使えなかったせいなのでしょう」

「するとあの事件の夜のことは……」

「ええ、大変な霧でしたね。二匹のけものは、お互いに野性の感覚で外の気象を知っていたのでしょう。豹はチャンスだと思い、ナマケモノは死にものぐるいでテレパシーを発した。つまり大声で叫んだことになりますね。運悪くそれが増幅されていたのです。テレパシーの増幅方式は服部さんと死んだ崎山さんの協力で開発されたものです。ナマケモノの奴が放ったテレパシーの絶叫で、同じ建物内にいた三人は自殺してしまいました」

「なぜそんな危険な日に豹を放ったのだろう。外から鍵をかけて、まるでわざとナマケモノに死の命令を絶叫させたようではないですか」

「事故ですよ」

杉本は伊島の顔へ通り抜けてしまうような視線を送って言った。

「ところで」

伊島は疑問の核心に踏み込んだ。

「ナマケモノは人間より遥かに知能が劣るわけですね」

「ええ」

「それなのに、なぜ特定の人物を支持するようなテレパシーが採取できるのです」

「滝沢先生のことですか」

杉本は擽《くすぐ》ったそうに言い、うしろのモニター・テレビを振り返った。

「ええ。ナマケモノは滝沢元三郎氏をよく知っているのですか」

「いいえ」

杉本は指を三本立てた。

「三次元放送をするんです」

「三次元……立体テレビですか」

「そうではないんですが……つまり」

杉本はモニター・テレビを指さした。

「こいつは今、音を消していますが」

そう言って音声ツマミをまわした。モーニング・ショーの司会者の声が聞えだした。

「テレビは視聴率と言いますね。ラジオの場合は聴取率です。つまりテレビは視と聴の二次元ですよ。そこへもうひとつサブ・ミリ波をいれます。視、聴、心で三次元になるでしょう。僕はよくは知りませんが、何でもナマケモノを餓えさせて置いて、餌の木の葉を持って檻のまわりをうろうろして見せるんだそうです。するとナマケモノは、呉《く》れ、と言うらしいんですね。我に与えよ、ですか。いや、僕も何度も体験しましたが、その脳へ直接働きかける信号は、急に好感を持たせてしまうんです。我に与えよ、というより、我を愛せ、という感じですね」

「そうか。その時画面には滝沢元三郎氏が映っているんだな」

「その通りです。顔が映って、喋っているのです。政見放送の時間が主ですが、その前後から、この局で流す市政ニュースでもさかんに滝沢先生の写真を出しますし、ご当人も中央でニュースにされやすい行動をおとりになります。テレビ・ニュースにそれが出るような時は、あらかじめ時間の連絡が入りますから、こっちはサブ・ミリ波の発信を手ぐすね引いて待っているわけです。何しろ全市有線テレビですから操作はかんたんです。全員協調せよ、というナマケモノ同士でいつも交換しているテレパシーは、以前何匹も飼っていた時代に採取してありますし、その信号はしょっちゅう流していますから、たまたま滝沢先生のテレビを見ない人間がいても、市民の四、五割が滝沢先生支持となればもうしめたもので、いつとはなしにその影響が及んで、結果としては驚異的な支持率になるわけです」

　恐るべき世論操作であった。伊島は目の前にいる幾分頼りなげな杉本が、ほとんど一人でそのような恐るべき操作をやってのけられることに、いっそう恐怖を覚えた。

四

　それから数日間、伊島は仕事に追われた。内部の壁面処理や装飾物の配置、照明のテストなどで、結婚式までの残り時間と追いかけっこをしているようであった。

そして伊島が東京へ引きあげる前日、高嶺温泉へ城南大の服部哲郎が姿を見せた。服部は嘉平や市長らと共にホテルの内部を見てまわり、伊島にも挨拶した。

例の事件の発見者だということで、何度も噂を聞いていたらしく、初対面にしてはひどく親しげな口をきいた。

市長や嘉平らと一緒に、冴子夫人の美しい顔があった。事件のあった日に見た謎めいた陰気さは消え、心なしか頬のあたりも艶々としているようであった。

伊島は彼女が恋をしていると直感した。もちろん相手は服部哲郎であろう。男を愛し、愛することで充《み》ち足りている女の顔であった。

服部について来た学生が二人、物珍しそうに伊島たちの仕事を見てまわっていた。彼らは多分服部と冴子夫人のダシに使われているのだろうと、伊島はその二人を皮肉な目で眺めていた。学生と服部たちは冴子夫人と同じ宿に泊るということであった。

午後遅くなって、伊島が来た時のように、岩永がトラックでやって来た。トラックは大型と中型の二台で、パブリック・スペース用の絨緞を満載していた。

「まだいたのかい」

岩永は驚いたように言った。

「明日の朝帰るよ」

「大変だな。結婚式はあさってだろう」

「男の仕度は簡単だからな」

「可哀そうに。新婚旅行は二日きりか。だって三日目にはここのパーティーへ来るわけだろ」

「こっちへ向けて、のんびりドライブしてまわるよ。そのために無理してポルシェを買った。中古だがいい車だよ」

「俺のワーゲンはそろそろ寿命らしい。そうそう、明日津川が来るぜ」

「津川が……」

伊島は眉を寄せた。

「心配することはない。カーテン屋の仕事で来るだけさ」

「あの時は、これで追われる身だなんて深刻そうなことを言っていたが、何でもないんだろう」

「何もあるもんか。奴はおとなしいよ」

岩永は笑った。

「伝えてくれ。俺はどこへも喋っていないって……敬子もそんなお喋りじゃないとね」

「判った。ところで、さっきここのパーティーの案内状を見たが、例に依って俺たちが最後までガタガタすることになりそうだよ。まだカーテンや絨緞の来てない分があるし、どう急いでもパーティーまでに終わりそうもないね」

「済まないな。俺だけ逃げだして」

「婚礼じゃ仕方ないさ。津川たちとなんとか始末するよ」

岩永は伊島の肩を叩いた。

「そのかわり、俺は結婚式の料理を食いそこなうわけだから、あとで埋め合わせてくれよ。何なら新婚家庭へひやかしに行ってもいいぜ」

「来てくれ。どんな料理を食わせるか知らないが、水割りだったらどこで飲んだって同じ味だろう」

「何言ってる。敬子さんはちゃんと料理学校を出てるそうじゃないか」

「だから余計油断できないのさ」

伊島はそう言って笑った。ホテルの前の道を、服部と冴子夫人が遊歩道へ向っているのが見えた。

五

伊島は氷をつまんで父親のグラスに入れた。大きなグラスに角氷が鳴り、父親はそれへウィスキーを注いだ。

父と子の、ささやかな酒宴が始まっていた。座卓に並べた肴《さかな》類も冷えたものばかりで、いかにも男世帯の侘《わび》しさが漂っている。

「余り飲むなよ。明日は新郎の身だ」

父親は珍しい物を眺めるように伊島をみつめて言った。

「結婚式は腹が減るっていうけど、本当かな」

「それは花嫁のことだろう。男はどうかな。しかし近頃は男と女が入れ替わってしまったようだからな」

「お父さんも昔が懐かしい組……」

「そりゃ、今より昔のほうがいいな。昔のほうが秩序があったよ」

「でも、褌《ふんどし》一丁の労働者が通りがかる女を片はしからからかったと言うし、道路には馬や牛の糞でしょう」

「そう言えばそうだ。俺はここ二十年ばかり馬糞を見てないぞ」

父親はおかしそうに言った。

「昔のほうが秩序があったというのはどうかな。お父さんたちの世代のノスタルジアじゃないのかなあ」

「何とも言えんな。でも、こういうことは言えるんじゃないか。昔の人間もなんとかして立身出世しようと考えていたが、それはルール違反などしなくてもすむような暮しを求めてのことだったと思うんだ。ところが今は逆だ。ルール違反をしても追及されにくい階層に入らなければ損だと思っている。新聞だって、大企業の出す公害には慎重に筆をとるが、町の小さなメッキ工場のたれ流しには、潰してしまえというような勢いで、いきなり四段抜き五段抜きをくらわせる。みんながその仕組を知ってしまったんだな」

伊島は坐り直した。

「別に嫁に行くんじゃないから、明日結婚式だって改まるわけじゃないが、少くとも今夜は俺の人生の区切りだ。だからお父さんに聞きたい」

父親は黙って伊島を眺め、目を伏せてウィスキーを飲んだ。

「お前が何を尋ねたいか判っているよ」

「お父さんはどの程度深入りしてるんだ」

父親は苦笑した。

「東海道新幹線で言えば、ひかりに乗って静岡の先を走っているところかな。名古屋まで降してはもらえん」

「日本電波教育会の内情を知りたいな」

「それより、お前こそ深入りするな。駒田さんのほうから、とっくに連絡をもらっている。さいわい理解してくれたそうだからよかったが、さもないととんでもないことになるはずだったのだぞ」

「とんでもないことって……」

「あの事件を忘れたわけではないだろう」

「すると……」

伊島は顔色を少し変えた。

「サブ・ミリ波は大変な代物だ。あれで世界が変わる。新しい文明が興るはずだ。それだけに、今下手に世間へ洩らせばえらいことになる。あの事件ははっきり言って、たしかに事故でもあるが一種の処刑でもあった」

「どういうこと」

「警告の意味で教えよう。新藤慶太郎という老人は、偏屈な人間だった。名誉欲が強く、そのくせ正統的でないことしか好まなかった。若い頃から妙な研究ばかりやって、一生それで終わるかと思った時、偶然ナマケモノのテレパシーにぶつかったのだ。人の行かぬ道ばかりを歩いて最後に金目のものを拾ったというところだ。だが、それがサブ・ミリ波という電波の未知の領域だったなどということは、あの老人一人では死ぬ迄解明できなかっただろう。当時丁度服部哲郎が、サブ・ミリ波とテレパシーをつなげて考えていた。すぐ服部はあの老人と連絡をとり、それで研究が進んだ。だが、老人はあくまで自分が研究の主体でいたがった。そのため一時公表を避け、中原市の有力者たちに資金を仰いだ。滝沢元三郎がその中にいた。あとは知っての通りだ。服部という男は、研究一本槍の本物の学究タイプだ。名目がどうだろうと、研究が進めばそれでよかった。しかし老人のほうはそうは行かない。適当な所で華々しく成果を学会にぶち撒《ま》けたがった。名誉が欲しかったのだ。ところが滝沢たちはそうさせなかった。問題の大きさを知り抜いていたのだ。中原市が実験場に使われ、都市計画が理想的な形で実現し、滝沢は保守党内での地位を築きあげた。与党なら、サブ・ミリ波にとびつかぬわけがない。その上公表するわけもない。滝沢はサブ・ミリ波の秘密を武器に、保守党の大物や黒幕たちに引き立てられたのさ。一方、服部は誠実に研究を進める。政治性などまるでない男だ。だからだんだんにあの老人は浮きあがり、内心服部に対して反撥するようになったらしい。そこへからんだのが、服部の恋人の冴子という美人だ。なんとあの爺さんは、ナマケモノのテレパシー再生装置を用いて、冴子を自分のものにしてしまったのだ。まさかあの齢《とし》でと、服部さえ油断していたのが悪かった。老人は冴子と結婚し、ベッド・ルームに発情したナマケモノのテレパシーを再生して、冴子を思いのままに操ったということだ。服部は古巣の城南大へ去り、老人は秘密の保持をたねに滝沢たちから際限もなく金をしぼりあげた。新しい研究所もそれでできたのさ。服部の後輩の崎山がかわりに老人と組まされたが、この崎山がまた厄介だった。サブ・ミリ波の利用について本気で思い悩むタイプの男だったのだ。次第に滝沢たちのやりかたに批判的となり、情報の一部を革新勢力に流したりしたらしい」

伊島は父親の話に聞き入りながら、ふと今高嶺温泉にいるはずの津川を思い出した。

「新藤という爺さんもさすがに年は年で、冴子の若さを持て余すようになったらしい。自由に外へ遊びに行かせることが多くなった。サブ・ミリ波から解放されて見れば、やはり冴子にとって恋しいのは服部という男だ。サブ・ミリ波で服部からひき離されたのだからな。冴子は逃げだすことを考えはじめた。そうなると女は恐しい。出入りの若い男をたぶらかして、霧の夜、豹を実験室へ追い込ませた。自分は安全な高嶺温泉にいて、その若い奴を操ったのだ。あとはお前たちが見たとおりだ。豹だけが逃げのびて、老人も崎山も、その若い奴も、ナマケモノのテレパシーにやられた」

「それじゃ殺人だ」

「ミツユビ・ナマケモノは、学名をブラディプス・トリダクリルスという。動きの鈍い三本指という意味だ。ブラディプス・トリダクリルスの殺人さ。だが真犯人は高嶺温泉にいた冴子だ」

「罪に問われなかったんですか」

「当り前だ。サブ・ミリ波が秘密である以上、冴子の犯罪は完全犯罪だ。それに、こちら側にとっても、老人と崎山は消えたほうが望ましい存在になっていた。関係者は冴子に同情しただけだった。その内冴子と服部は晴れて夫婦になるだろう。多分媒酌人は滝沢元三郎あたりだよ」

「それで、お父さんはどうなの。どういう立場なの」

「役人だ。俺のような役人は死ぬ迄役人なんだ。それでなければ生きて行けなくなっている。公共放送があの地域に中継局を作って、難視聴エリアをひとつ減らそうとした時、当時の首相じきじきのお声がかりで、その中継局の計画が潰れた。山かげのままにして、CATV局を存続させる必要があったのだ。俺が関係したのはそれ以来だ。日本電波教育会の表向きのことはとにかく、本当の仕事は日本に中原方式を普及させることなのさ。最初の内は適当な土地の有力代議士の地盤を単位にやって行く。学校教育への転用は簡単だ。そのために俺たちの所へ文部省からも来ている。暴動の中心になりやすい都心部にも、ビルかげ受信解消の名目で、もう一部実施されている。休日の歩行者天国はそれと同調させてある。少しずつ、日本人はサブ・ミリ波で足並みを揃えはじめるのだ。満員の通勤電車、公会堂、劇場……徐々に普及している。公共放送の人気番組は、だいぶ以前から、国民が自分たちの国家に関心を向けるような方向で企画され続けている。民間放送の無事平穏なホーム・ドラマや歌番組が高率で視聴されるのも、サブ・ミリ波の普及と無関係ではない。サブ・ミリ波の中原方式が普及した地域では、常時協調性を高めるための信号が流されている。順法ストの時、我々は故意に駅や車内のサブ・ミリ波をとめた。その結果何が起ったか、お前は知っているだろう。駅が不満を爆発させた乗客の手で破壊され、車輛が焼かれた。サブ・ミリ波はすでに現代社会の必需品となりかけているのだよ。もうサブ・ミリ波は社会に浸透しはじめている。その秘密を公表しようとする者は、多分死ぬしかない。

今のところ、サブ・ミリ波の技術はまだ未熟で、操作を誤ると一部に悪い結果をもたらす。協調性が悪いほうへ動いて、石油危機などと大声で言うと、一斉にその気になり、買占めや便乗値上げが起ることもある。協調する信号のかわりに、楽観する信号を送ればよかったのだが、はじめてのことでそれが判らなかった。当局側の発表より、巷《ちまた》の声に協調してしまったのだな。まあそういう試行錯誤も多少は起るだろうが、いずれ日本中にサブ・ミリ波が流れ、コンピューターがそれを自動的に管理する時代が来るだろう。いま各地の公共放送局は、毎日何十人という数で、電波障害を訴えるノイローゼ患者の抗議を受けている。この問題にも早く対策を講じなければならない」

「ひどい話じゃないか、お父さん」

伊島はその時、憤りでも涙が湧くことをはじめて知った。

六

父と子は声高《こわだか》に夜ふけまで議論を続けた。ウィスキーの酔いが、その声をいっそう荒くさせた。

「駒田さんもそういうことを言っていた。日本人の心が一点にしぼられることこそ理想なのだと……たしかにそうなればすばらしいと思う。でも、その一点というのはどこなんだい。たしかに今はバラバラだ。だが、バラバラの底には自由という宝石が光っている」

「自由を奪おうというんじゃない。だがこのままでは日本はどうにもならない。ゴミひとつ始末できない。道一本作れない」

「待ってくれよ。駒田さんと同じ理屈を言うね。ひょっとするとお父さんもサブ・ミリ波で洗脳されちまったんじゃないのか」

「冗談いうな」

「判らんぜ……じゃ聞くけど、ひょっとして、その国民の心を集中させる一点というのは、千代田区のまん中にあるんじゃないのか」

「断言したくないが、仮りにそうだとしたらどうなんだ。それ以外にもっといい所があるのか。その一点を北京に置くか、モスクワへ置きたいか」

「そうじゃないが、少しおかしいよ。何かをわざと落してるぜ」

「何のことだ」

「敗戦さ。敗戦という歴史的事実さ。俺たちは……日本は、サブ・ミリ波こそ使わなかったが、以前同じように気を揃えたはずじゃないか。揃えて向けたその一点も、今の話に出たのと同じ場所だ。そうじゃないか。それが間違っていたんじゃないか。間違っていたから敗けたんだ。いや、戦争を始めたこと自体が、間違っていた証拠さ。それで間違いは水に流したはずだ。みじめな焼跡で、みんながひとつずつ自由を拾ってポケットへいれたんじゃないか。憲法はマッカーサーのおしきせだ、教育も占領政策の申し子だ……だから昔にかえす。おかしいよ。マッカーサーを呼び込んだのは誰だ。なぜ進駐軍がここへ来た。そうだろう。敗戦は或ることの結果だ。原因じゃない。その証拠に敗戦以来日本は戦争をしたかい。敗けたかい。敗戦を境にどっちが正しいかって言えば、こっちのほうが正しいにきまっている。今こっち側が少々混乱してるからって、だから向う側へ戻りましょうというのは短絡もいいところだよ。サブ・ミリ波はもっと別な使い方があるはずだ。新しい技術の実用化をやみくもに急ぎすぎた結果がどうなっているか、見れば判るだろう。薬が毒だった。畸形児が生まれてしまった。物は作ったが魚が食えなくなった。……そういうことは、ひと息待ってもう少しよく研究すればすぐ判ったことじゃないのかい。お父さんたちがやりかけてるのは、それと同じことだ。メリットだけを考えてる。民衆の意志操作はたしかに便利だろうぜ。でも、その体制をひっくり返すのには、サブ・ミリ波を一日だけ反対勢力が握るだけでよくなる。お父さんたちは、そうはさせまいと考えるだろうね。で、どうなる。警察国家の誕生かい。だったら何のためのサブ・ミリ波だい。そしてその内戦争を始めるさ。サブ・ミリ波で死を恐れぬ若者が生まれるのさ。石油の輸入が減ると聞いただけでパニックに陥《おちい》る国が、また世界を相手に戦争をはじめるさ。敗戦、マッカーサー、進駐軍、そして今度こそなんにもなくなるさ。とにかく俺は明日結婚する。でも覚悟しといてくれないか。中原方式とやらはぶっ潰す。自分の頭で判断しない子供なんて、俺は絶対に持ちたくない。お父さんだって本当はそうなんだろう。子供を鉛の兵隊みたいな心のないおもちゃにしたくはないんだろう。俺をそういう風には育てたくなかったんだろう。俺はお父さんに感謝してる。嘘じゃない、この通りだよ」

伊島は酔って、畳に手をついた。

「中原方式に反対する自分を誇りに思う。こういう俺に育ててくれて有難いと思う。だから頼むよ。お父さんも俺を誇りにしてくれ。今の仕事から手を引いてくれないか」

父親は憮然《ぶぜん》として飲んでいた。

「酔ってるよ、お前は。明日は大事な結婚式だ。もうそれ以上飲んじゃいかん。お前の言い分もよく判った。俺も少し考えてみる。しかし、いずれにせよもう俺にとっては手遅れなんだがなあ」

父親の声は淋しそうであった。

第六章

結婚式は終わった。敬子は伊島の妻になった。世間の習慣どおり、その祝いの席では、すべての行き違いが、すべての争いが一時棚あげにされ、伊島も敬子も伊島の父親も嘉平も、みなが円満な笑顔で頷き合った。

そして、伊島が手に入れた中古のポルシェが、爆音を響かせて東京の明治記念館をあとに、新婚の旅へ出発した。

二人にとって、旅はたのしかった。新ホテルの披露パーティーさえなかったら、二人は車ではなく、のんびり飛行機や列車のシートに坐っていたはずであったが、いずれにせよ、それは甘ったるい新婚の旅であった。そして三日目の朝もやをついて、二人は高嶺温泉へ向った。披露パーティーは十一時からで、招かれた客の中には、すでに前の晩から新ホテルに泊った者もいるようであった。

着いて見ると、それは奇妙な披露パーティーであった。ホテルの営業サイドによる本当の催しは翌日で、それに先立って開かれた今日のパーティーは、正しくは新ホテル落成のためのものではなかった。

滝沢元三郎をはじめ、政界の大物が集まっていた。日本電波教育会の理事連中も顔を揃え、その中には当然伊島の父親も姿を見せていた。そのほかに、公共放送の関係者もいたし、郵政省や文部省、通産省、防衛庁、それに公安関係者も招かれていた。

伊島と敬子がホテルの部屋へ入って着換えをし、パーティーの会場へ行くと、まず建築家の漆山唯明が握手を求めて来た。

「やあ、おめでとう。結婚式には行けなかったけれど……」

伊島は少し照れて新妻を紹介した。

「いや、あのあとで少し肝を冷やしたんだよ」

「あのあとと言いますと……」

漆山は声をひそめて頭を掻いた。

「ほら、いつか見本市で会ったじゃないか」

「ああ……」

伊島は苦笑した。

「駒田さんのお身内と結婚するって聞いてたし、てっきりもうこっちの陣営に入っているとばかり思い込んでた。さいわいここで会えるくらいだから問題はないが、もし君が敵に走っていたら、こっちはペラペラ喋ったおかげで、これが飛ぶところだったよ」

漆山はそう言って平手で自分の首を叩いた。伊島は適当に微笑しながら、この処世術の名人を新しい敵として観察していた。その近くで、冴子夫人と服部哲郎の二人が、保守党の代議士に大声で冷やかされていた。

似たような態度で、嘉平と滝沢元三郎が敬子をからかいに来た。敬子は恥ずかしがって伊島の背にかくれ、中原市長と警察署長の大山が伊島に祝いを言った。

パーティーがはじまり、滝沢元三郎が壇上に立ってマイクを使った。彼は、このホテルから新しい日本が始まると、誇らしげに宣言した。滝沢の説明に依ると、まず財界首脳がこのホテルへたびたび招かれて、サブ・ミリ波による意見の調整を行なう予定だという。やがてそれはピラミッドの下へ拡がり、各産業間の利害の不一致が修正されることになる。更にそれは、労組、教育界、学界、言論界の指導的人物たちに及び、大衆への中原方式の浸透と並行して、指導者層の意志統一が行なわれるのだ。このホテルのようなサブ・ミリ波の拠点が、これから各地に誕生するのだろう。

伊島はふとあたりを見まわした。最上階の五階にあるバルコニーつきの宴会場のそここに、サブ・ミリ波の発信機が隠されているのだ。伊島は敬子の手を引くようにして父親の傍へ近寄った。

「お父さん」

「なんだ」

二人はささやきあった。

「もう使っているの……」

「あれか……」

父親はそう言うと顔をそむけ、

「まだだろう」

と確信なさそうに首を横に振った。伊島は敬子と一緒に父親の傍を離れ、壁ぎわへ行った。

「そうか。俺が東京へ帰る日に服部哲郎がここへやって来た。冴子夫人に会う口実だとばかり思っていたが、学生を二人連れていたよ。あいつらが服部と一緒に、サブ・ミリ波の発信機をホテル中にセットしてまわったんだな、きっと」

「やだわ。あたし、気持悪い」

敬子は気のせいで本当に蒼《あお》い顔になった。

「風に当るといい」

伊島は宴会場の外のバルコニーへ出た。そこは名物の崖へ大きく張り出していて、下をのぞくと千仭《せんじん》の谷底が見えるはずであった。

「あれ……」

伊島は職業意識をとり戻してバルコニーを眺めまわした。

「なんだ、岩永さん、まだ金網を張ってないのか」

陶明館の主人がいちばん気に病んでいた、転落防止用の金網がまだとりつけてなかった。腰ほどの高さの防護壁があるだけであった。

「駄目だなあ」

危いので敬子をバルコニーの端には行かせず、伊島はそうつぶやいて舌打ちをした。宴会場ではサブ・ミリ波の秘密を一手に握った連中が、かわるがわる立って気勢をあげている。拍手が響いてくる。

その時、ボーイが大きなガラスをあけて伊島を呼んだ。

「工事の方がお呼びですが」

岩永らしかった。

「よし、すぐ行く」

そう答え、敬子の背を押すようにして宴会場へ戻ると、人々のうしろを抜けて廊下へ出た。

「一階のロビーでお待ちです」

ボーイはエレベーターのドアを押えて言った。二人は一階へおりた。

津川が待っていた。

「岩永さんが怪我したんです」

「なんだって」

「いま陶明館へ運びました。行ってやってください」

伊島は敬子と顔を見合わせ、小走りにロビーを出て、石畳みの道を駆けおりた。

「岩永さんの部屋は」

「は、はい」

顔馴染みのおのぶさんが出て来てうろたえ気味に言った。

「二階の右から三番目のお部屋です」

伊島は靴を脱ぎながら尋ねた。

「どんな様子だ。医者は呼んだのかい」

「それが、電話が不通になっているんです」

伊島は舌打ちをして二階へあがった。岩永は蒲団をかぶって寝ていた。

「どうしたんだ」

こもった声が答える。

「大したことはないよ」

「怪我だって」

「いや……」

「なんだ、違うのか」

「パーティーはどうだ。盛会か」

「気勢をあげてる。勝手な熱を吹いてやがる。今に見てろ。あいつらぶっ潰してやる」

するとと岩永は急に蒲団をはねのけ、むっくりと起きあがった。

敬子があわてた。

「大丈夫なの、岩永さん」

「そうか。やはり君は反対だったのか」

よれよれのブルージンに赤いセーター。いつものスタイルであった。

「いったいどういうことだ」

「あいつらを叩き潰すのさ」

「いつ」

「今だよ」

岩永は立ちあがった。

「あれから、服部哲郎が学生たちを使って発信機をセットした。知ってるだろう。サブ・ミリ波のだよ」

「知ってる」

「もう津川たちが一階の増幅器のある場所を占拠したはずだ」

「どうする気だ」

伊島は大声をだした。

「津川たちの仲間が、今頃中原市のCATV局を叩き壊している頃さ。電話線を切って向うから緊急報告が入らないようにしてある」

「そんなことじゃない。あのホテルをどうする気なんだ」

伊島は崖の上のホテルが、土台を爆破されて崩れ落ちる光景を想像した。

「津川は忍び込みの天才だそうだよ。君のところでは簡単すぎて失敗したがね」

「教えてくれ。ホテルを爆破するのか」

「そんなことするかい。苦労して仕上げたばかりじゃないか」

「ではどうする」

「津川が服部のところから、ナマケモノの信号テープをひとつ盗みだしたのさ。似たのをかわりに置いて来たから、判りっこない」

「それでどうする」

「その信号テープは、君らがぶつかった霧の晩のものらしい。君がナマケモノの檻の前へ行った時、ナマケモノの頭にコードが二本つないであったそうじゃないか」

「霧の晩のテープか」

「霧の晩豹に襲われたときのナマケモノのテレパシーを記録したテープさ」

「それを今使う気か」

伊島は悲鳴をあげるように言った。

「セットしてすぐ、津川たちは逃げだす気だが、間に合うかどうか……決死隊だよ」

「待ってくれ、おやじがいる」

「伯父さまがいるわ」

「君らを助けたのが精一杯だ。気の毒だが、サブ・ミリ波を不当に使う連中をこのままにはして置けん。関係者の殆ど全員が集まっているチャンスなんて、これを逃がしたらもうないだろう」

敬子は畳の上にペタンと坐って泣きだした。伊島は急いで窓に近寄り、身をのりだしてホテルのほうを見た。

「危いよ。ここまで影響があるかもしれん。とび降りたくなったらどうする」

岩永が言うと、敬子は突然泣きやみ、狂ったように伊島にしがみついて部屋へ引き戻した。

「何か感じるわ。嫌な気分よ」

敬子が叫んだ。

「ほんとだ。感じるぞ」

伊島は敬子の肩をしっかりとだき、岩永に向って叫んだ。

「逃げろ。ホテルからもっと離れるんだ」

三人はどやどやと階段をかけおり、はだしのまま道にとびだすと、夢中で坂道を下った。走って走って走り抜いた。道が右にカーブし、山腹のかげになってホテルも旅館も見えなくなったとき、三人はやっと足をとめた。

「津川たちは助かったかな」

岩永が息を切らせて言った。

「お、俺はだな、五十になっても、ろ、六十になっても、おんぼろのジーパンに赤いセーターを着ていたいんだ。乞食みたいなひげをはやしてな。制服なんてまっぴらだ」

伊島は敬子をかかえ、うらめしげな目で岩永をみつめていた。

三人が山かげから出て、恐る恐るホテルへの道を引き返したとき、その崖の上にへばりついた小さな温泉町には、だれひとりいなくなっていた。そして、深い谷の底には、叩き潰されたような死体が折り重なっていた。

（「別冊文藝春秋」１９７４年３月号）

賭賂のききめ

HANMURA
RYO
21st Century Selection

基本的に長編作家として知られる半村良だが、短編小説では、抜群の切れ味の良さ、文芸的側面から見た本領はこちらではないかと思わせるほど卓越した「語り」の妙が発揮される。『となりの宇宙人』『H氏のSF』『農閑期大作戦』『めぬけのからしじょうゆあえ』などのナンセンスなSF諸作や『夢の底から来た男』『赤い斜線』『箪笥』などの怪談系の作——ともに落語に通じる会話の妙、人の縁が織りなす関係性をスパッと切り抜く洞察眼の鋭さに支えられており、運良く本シリーズが支持を集めるようなら、また別趣向の編纂でご紹介していきたい。

さてここに収録したのは、半村良には珍しいSS（ショートショート）。

半村と同時代に活躍した星新一・都筑道夫・眉村卓・阿刀田高ら卓越したショートショート作家たちがシーンを牽引《けんいん》した1960年代〜1970年代、超短編の需要はうなぎ上りであった。コクのある大長編を身上とする半村も、作家キャリアの草創期にいくつかの作を試みているが、単独のSS集が編めるほどの分量には至らなかった。

短編を落語に模すなら、SSは噺家《はなしか》の語り口と軽さを楽しむ「小咄《こばなし》」あるいは「マクラ」にあたる。その中でもあえて本編をピックアップしたのは、半村の「公《おおやけ》」に対する疑念を端的に、そしてユーモラスに描き出した切り口の鋭さ故だ。人間の強欲さや浅ましさを、数枚の掌編の中に描く、その一筆書きの如《ごと》き筆致《ひっち》の冴えをお楽しみいただきたい。

　元日の昼少し前、屠蘇《とそ》の酔いさましに私はベランダへ出た。私の家は公団住宅の四階で、ベランダと言ってもほんのちょっとした出っぱりに過ぎないが、それでもないよりはましだった。一年の最初の日ともなると、そこからの見あきたながめも、なんとなく新鮮に見えるから不思議だ。

「手すりがぐらぐらしているから気をつけてね」

　女房もそう言いながら出てきた。

「とうとう去年は修理してもらえなかったな」

　私は錆びの浮いた手すりのパイプを指で押しながら言った。軽くそう言っただけで手すりは揺れ動いている。

「大丈夫よ、ことしはすぐ来てくれるわ」

　女房は妙に自信たっぷりな言い方だった。

「わかるもんか、相手は役所だものな」

「だって私たち、ちゃんと手を打ったじゃないの。ことしはすぐ直してくれるわよ」

「手を打った……俺たちがか」

「ほら、十二月に贈り物したじゃないの」

女房は声をひそめて言った。「十万円も商品券を贈ればすぐに直してくれるでしょ」

「十万円……商品券を」

私は悲鳴をあげて家の中へとび込んだ。あわててデパートの伝票を捜した。

「どうしたのよ」

「こん畜生、間違えやがったな」

女房のヤツ、送り先を見事に間違えていた。十万円の商品券は某官庁の部長に届けるはずのものだった。それが公団の管理課の窓口をしている平社員への贈り物と入れ替わっていた。女房もさすがに青い顔になっている。

「冗談じゃないぞ。あれは会社から役所の偉い人に贈るものだったんだぞ」

「そんな大事なことなら私なんかにまかせなければいいのに」

「だいたい女が賄賂《わいろ》なんか考えるからだ。管理下のヤツにつけ届けすればすぐ修理してくれるなんて、どこで仕入れた知恵か知らんけど」

「賄賂のききめはてきめんだって、いつも自慢しているのはあなたじゃないの」

「バカ、それは会社の仕事のことだ」

「会社だって個人だってききめはおんなじでしょ。きけばいいんじゃない」

「これをみろ。紳士靴下セット、ポリエステルウール三足。本省の部長に三足千円の靴下だぞ。大変なことになった……」

　赤かった私の顔が青ざめ、青かった女房の顔が反対に赤くなりはじめた。

「なによ、ケチ。私が弁償すればいいんでしょ。十万円ぐらいのへそくりはあるわよ」

「返せばいいという問題じゃないッ」

　私はどなりつけた。こんな女に大切な贈り物をまかせた自分に腹が立ったし、十万円もへそくっている女房が、化け物みたいに思えた。だが何と言ってもきょうは元日だ。私は怒りをしずめようと、またベランダへ出た。しかし大分興奮していた。うっかり手すりに両手をかけた瞬間、手すりはいとも簡単に前へくずれ、私は四階のベランダの外側の空間に宙ぶらりんに浮かんでいた。

「おおい……」

　私は必死で女房を呼んだ。女房はベランダから物干しザオを突出して、おぼれた人間を救い上げるように私を引っぱりあげた。

「どうなっているんだ、これは」

　すると女房は勝ち誇って言った。

「きいたのよ、賄賂が。そうにきまっているじゃないの」

　私は恐る恐るうしろをふりかえった。たしかにそれしか考えられなかった。役人というのはその気になればなんでもできるらしい。


（「毎日新聞」１９７２年１月１日）

PART 2

闇の中の戦争

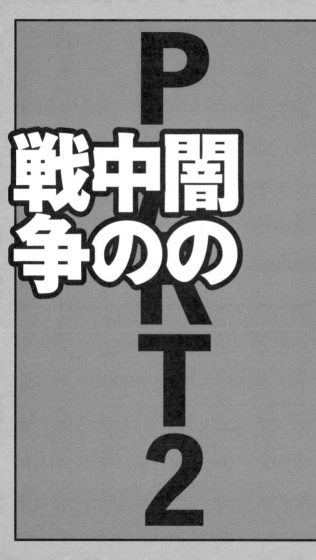

凡人五衰

Essay

HANMURA
RYO
21st Century Selection

エッセイ
凡人五衰

人間、変なとき変な風に腹が立つもんで、文藝春秋のあの記事みたら、なんだか急に腹が立って来ちゃった。

総理大臣のこと書いた、あの記事ですよ。

やですねえ。

ありそうなことだし、以前なんとなく耳に入っていたことも多いから、田中さんに腹なんか立てやしません。政治家ってのは、昔っからそういうもんで、田中さんなんて人は少し派手にやりすぎてるんじゃないかというくらいの気しかしないんです。

腹を立てるのは、あれを文藝春秋がやるまで、どこもやらなかったってことです。

まったく、日本の大きな新聞というのは、公正な立場をよく守っているんですね。その後の新聞見てると、文春のあの記事をひとつの事件として、その波紋を社会現象みたいに扱ってる。

へえ、そんなことがござんしたか、ってな調子に見えるんです。今まで何も知らなかったみたい。一人の市民としてはですよ、政治家が何かごちゃごちゃやってるに違いないと思えるのと同じように、大新聞なら、そういう裏のことだって知ってるに違いないと思っちゃうもんです。

だから、文春が書いてから、大新聞が何だかだ言ってるのを見ると、核持ち込みの問題と同じように思えちゃう。

アメリカが、持ち込んでないというから、日本には核は来ていないのだ。

政府はずっとそういう態度でしょう。それと似てますね。

総理大臣が、過去にも現在にもそういう不正はしていないというから、総理大臣は不正をしていないんだ。

どうもそんな風に見えてしかたがない。

で、文春が書いた。

文春が総理大臣のことをこんな風に言って、それがこういう反響を起した。

新聞の書きかたはそんな具合です。

やはり、新聞は公器だからなんでしょうね。

また、田中さんの言い草がいいや。

アメリカと違って、日本では政治家の個人資産公開の習慣はない。いずれそうなったほうがいいかも知れないが、まだそういう時期ではない、って。……だいたいそういう意味のことをおっしゃってる。

いいですね。

「俺のあとの奴から」

そういうことでしょう。

でも、そういうの、このごろ多すぎますね。

「排ガス規制はまだ早い。できないよ」

自動車会社の人はそうおっしゃる。

「じゃ、いつから」

「儲《もう》かる態勢がととのってから」

「ごもっともで」

で、お役所は引きさがっちゃう。

人間より法人が大事なんだからやんなっちゃう。

むかし、天は人の上に人を作らずって言った人があるけど、ありゃ間違いですね。

天はちゃんと人の上に法人を作っていらっしゃる。幽霊でも法人のほうが人間より強いんだから困る。

田中さんなんか、さしずめ人垣じゃなくて、法人垣にとりかこまれているわけですね。

でも、政治家がだんだん信用できなくなっているのはたしかで、今にそのうち、

「人を見たら政治家と思え」

なんてことになりかねない。

それでも儲かるもんだから、政治家になる人はあとをたたないんだけど、政治家になっても、そうなったら他人に政治家って呼ばれたくないんじゃないかな。

今だってそうですものね。

「ああ、あいつは政治家だよ」

会社で誰かのことをそう言ってごらんなさい。言われた奴はきっと気を悪くするから。

「どうしたのよ。やけ酒なの……」

晩に赤提灯《あかちょうちん》でおかみにそんなこと言われる。

「どうもこうもねえよ。俺のこと、政治家だなんて言いやがって」

「まあ。そんなひどいこと言われて、黙ってることないじゃないの。いくじなし。きらい」

「………」

なんて、そのおかみとデキてたりして。

……まあ、これは余分だけど。

そうなるってえと、政治家なんてのも、言いかえないといけなくなっちゃうかも知れない。漁夫《ぎょふ》の利、の漁夫がいけないご時勢ですからね。

当選人、かな。金権当選人だなんちゃって。被支持者、なんてのも悪くないですね。それだと被害者みたいに、なんだか押されていやいやなったみたいで。

圧倒的被支持者。これは内閣総理大臣のこと。

まったく、使えない呼称が多くなっちゃって困りますよ。以前そそっかしい奴が韓国へ行って、朝鮮人参くれと言っておこられたって話を聞いたけど、悪気がなくてもつい使っちゃうから面倒です。

そのうち、泥棒なんてのも、文部省のほうから制限して来るんじゃないかな。

夜中にゴトゴト音がしてる。

「誰だっ」

起きて電気をつけると、知らない奴が立ってる。

「あっ、泥……」

そこで待ったがかかる。相手は逃げちゃう。

「待て、未逮捕犯罪人……。おおい、その未逮捕犯罪人をつかまえてくれ」

ジュゲムですな。

「なに、未逮捕犯罪人だって。どいつが未逮捕犯罪人だ」

ってんで、とっつかまえたとたん、こいつは容疑者に早がわり。警察へ連れて行ってブタ箱へ入ると拘禁人てんで。そのあとが未決拘禁人。有罪拘禁人。……囚の字を使っちゃいけないからなんで。

死刑囚なんてのも困る。

未死亡有罪人。

なんだか寒くなって来ちゃった。

「女みてえな野郎だな」

こいつもいけなくなる。

でも、女って言えなくなったらどうしよう。婦人か……。

「婦人の腐ったような奴」

てんで、これもいけなくなる。

女性。女がつくからいけない。で、いろいろ知恵をしぼったあげく、

「第二種人類」

なんてことになっちゃって。もちろん第一種が男。

第二種って言うと、運転免許みたいで、一種より格が上みたいでいいや。

子供は軽人類。杖ついてる老人は原動機つき人類。

そんな具合で、何でも言いかえさせるくせに、お役所は平気で、寝たきり老人、なんて新語を作ってる。

寝たきり老人なんて、いやな言葉ですよ。もっとも、老人のことばかりお役所は心配してるわけじゃなくて、青少年問題についても頭をいためてるわけだから、今にそっちにも新語が出てくるかも知れない。

「立ったきり青少年問題についてご意見をうかがいたい」

「はい。いまや、立ったきり青少年の問題は、抜本的な対策を考えねばならぬところへ来ています。その最も効果的な解決方法として、当局ではただ今、赤線の復活を……」

バンザーイ、なんて。

団地作って道も学校の手配もできないお役所は、建てたきり公団。

公約を実行しないのが、言ったきり議員。結婚サギは、したきり男。欺《だま》されてくやしがった女が執念に燃えて、

「したきり男、お宿はどこだ」

なんて。古いね。

この「凡人午睡」も今回でおわりだもんだから、勝手なことを言ってる。

でも、いくら凡人でも昼寝ばかりしてらんなくなっちゃいそうです。

こいつは今にひどいことになりますよ。世の中、たしかに悪いほうへ悪いほうへまわっ

ている。

文春のああいう仕事なんかも、今にきっとできなくなるに違いないんです。そのために刑法を改正する準備をすすめてるんですし、そうそう庶民をのさばらせておいてたまるかって声が、どこかから聞えてくるようです。

公害、値上げ、政治不信、テロ、そして核戦争への不安……。

凡人午睡じゃなくて、やっぱり五衰のほうですかね。

やだやだ。だんだん寒くなるし、また石油でいじめられる季節になるんです。うどん食って寝ちゃおう。

（「新評」一九七四年十二月）

本編は『げたばき物語』（1981年2月刊／講談社）、「半自叙伝的戯文　凡人午睡」から最終回の「凡人五衰」のみ採録しました。

軍靴の響き

HANMURA
RYO
21st Century Selection

人類の歴史には、常に戦争という不条理がつきまとう。集団が攻撃的になり、殺戮《さつりく》を自己目的化していくプロセスを、歴史作家でもある半村は「幾度も繰り返されるパターン」として描いてきたように思う。

第二次大戦後、いったんは戦争放棄を謳《うた》って平和憲法を制定した我が国のありようも、所詮は須臾《しゅゆ》の瞬《まばた》きに過ぎず、集団の闇雲な生存欲求に押し流されて、再び戦雲に巻きこまれるであろうという予感を、巨視的な視点から描き出している。

この作品の描かれた１９７４年当時は、前佐藤内閣の防衛庁長官・中曽根康弘の意向を強く反映した自衛隊増強計画／「四次防」（第4次防衛力整備計画）の是非――日本の自主防衛力の増強を巡って世論が沸騰《ふっとう》していた時期でもある。にもかかわらず政府が着々と「アジア最強の軍備」を備えていった背景には、ドルショックや第4次中東戦争、ＯＰＥＣの原油価格引き上げなど、エネルギー危機とそれに伴う〝次の世界大戦勃発《ぼっぱつ》〟を懸念《けねん》する空気があった。

いわば本書に描かれた光景は、１９７０年代、冷戦下の日本の不安を、巧妙にフィクションへと換骨奪胎《かんこつだったい》してみせた離れ業であり、いつ現実化しても不思議はないと思わせる迫真性を備えた物語であったわけだ。

そして２０２３年。本作は、ロシア‐ウクライナ紛争や台中緊張など「次の戦争」へのカウントダウンが聞こえ始めた世相を背景に――「幾度も繰り返されるパターン」として、ふたたび現実に垣根《かきね》一枚の距離で迫りつつある。

朝の靴

1

小さな白いテーブルをはさんで、九谷《くたに》は陽焼《ひ》けした顔をあげ、侑子《ゆうこ》の瞳《ひとみ》をまともにとらえると、落ちついた声で言った。

「俺と結婚してくれ」

咄嗟《とっさ》には返事のしようもなく、侑子は思わず大きなガラス窓の外へ目をそらせた。窓の外は夜の銀座の裏通りで、五十メートルほど向こうにクラブ都《みやこ》の青い看板が光っていた。

ホステスが自分の店の近くの喫茶店で客に求婚されている。よくありそうで案外珍しい光景なのではないだろうか……侑子は他人事《ひとごと》のような気分でそう思うと、視線を戻し、あらためて九谷の顔を見た。

照れもためらいも、その顔には見当たらない。もちろんうぬ惚《ぼ》れた様子もない。ただ、預けた物を受け取りに来たような、自分の主張に対する自信が漲《みなぎ》っている。

「いいの、そんなこと言って。私は新藤《しんどう》を待っている女よ」

九谷と新藤は学生時代からの友人だった。だが新藤は西イリアン石油の現地責任者として、三年ほど前からインドネシアにいる。

「新藤は一度結婚したが、俺はこの歳《とし》までずっと独身だ。いつまでも侑子に待っていられると結婚しそこなう」

九谷は笑いながら言った。

「私のせいみたいね」

侑子が苦笑してみせると、九谷は真面目《まじめ》な表情に戻り、

「すぐ返事をしろとは言わん」

と言った。コーヒーが来て、侑子は九谷のカップに砂糖をいれてやる。

「実はジャカルタへ行って来た」

侑子は驚いて顔をあげた。

「いつ」

「一週間ほど……ゆうべ帰って来た」

「新藤に会ったの……」

侑子は急に不安になって早口で尋《たず》ねた。スプーンの先から砂糖が少しこぼれ、白いテーブルの上に細《こま》かな粒が踊った。

「いや。着いてすぐ奴のオフィスに電話をしてみたが、イリアンへ行っていて当分帰らないということだった」

「連絡とれなかったの、せっかく行ったのに」

「莫迦《ばか》言うな」

九谷は不服気にすぼめた侑子の形のいい唇のあたりを、眩《まぶ》しそうにみつめて言う。

「インドネシアというのは一万何千という島が集まってできている国だ。日本のように電話一本でどこへでも通じる所とはわけが違うよ」

「そう、会えなかったの……」

侑子はほっとしたようにつぶやいた。

九谷が自分に好意を寄せていることは以前から感じていた。その九谷がジャカルタから戻っていきなりプロポーズするということは、現地で新藤が何か言ったせいではないかと思ったのだ。

「新藤から手紙は来るのか」

「たまにね。近いうちに帰って来るとは言っているけれど」

「当分奴は戻れんかもしれない」

九谷は冷淡な言い方をした。

「すっかり現地に根をおろしてしまったようだ」

「どういう意味……」

「現地でひどく人望があるらしい。もっとも、向こうへ行っている連中はみなやりすぎているからな。はっきり言って日本人はこのところあまり評判がよくない。できるだけ成績をあげて、一日も早く東京のいいポストへ戻りたいというサラリーマンばかりだからな。その点、昔から新藤は上に逆《さか》らって下によい性分だった」

「いいじゃないの。そういう人間がいたほうが」

「たしかにそうだ。しかし行ってる場所が場所だ。あれだけ仕事ができて、その上現地の人望が厚いとなると、彼の会社が予定どおり東京へ呼び返すかな。今のインドネシアのことは君だって知ってるだろう」

「新聞に出ているから毎日読んではいるけれど。そんなに大変なの……」

侑子は頼りなさそうな顔になって、ハンドバッグからショートホープの箱をとりだした。

「日本がイリアン湾の油田を開発してから、インドネシアは日本にとって非常に重要な意味をもつようになっている。フィリピン海を経由して東経百四十度の線をそのまま北上すれば、いきなり東京湾に着いてしまうんだ。タンカーのトン数制限があるマラッカ海峡を通らなくてもすむし、中近東よりずっと手近にある低硫黄《いおう》の大油田だ。だがベトナム戦争が終わってから、インドネシアには新しい民族主義が興《おこ》って、反政府運動が活発になってきた。北の勢力がもうひとつ南へ駒《こま》を進めたとも言える。……こんなことははじめから判《わか》っていたことなんだ」

九谷は歯がゆそうに言った。侑子は相手の上着の胸ポケットにのぞいている青いハンカチーフをみつめながら、

「それであなたのような人がジャカルタへ出かけたわけね」

「我々もいそがしくなった」

九谷は精悍《せいかん》な表情を泛《うか》べて言った。

「もしインドネシアに動乱が起きれば、日本はイリアンの石油を守るため何かしなければならない」

「何かするってどういうこと……」

九谷の顔に苦《にが》っぽい微笑が泛んで消えた。

「アメリカがベトナムでやったみたいなこと……」

「イリアンの石油だけではない。あそこにはすでに厖大《ぼうだい》な投資が行なわれている。自分の財産を守るのは当たり前のことだ」

九谷は憤《いきどお》ったように言った。

「そんなことより、本当に新藤は帰ってこられそうもないの」

九谷が示したむずかしい表情を見て、侑子は反射的に話題を変えた。

「あそこへ奴の会社が突っ込んだ厖大な投資額を考えれば、今が新藤の正念場《しょうねんば》だといえる。約束どおりにはとても帰してもらえまい。俺は男同士だから新藤の気持はよく判る。これ以上君を放っておかねばならないのなら、きっと何らかの結論を出すはずだ」

「とにかく私は待つだけ。今まで待たされたんですものね」

「待つのはいい。さっきも言ったように俺はすぐ返事をくれとは言っていない。だが俺も新藤とこうして同列に並んだ以上、君に対して提案がある」

「提案……」

「もうやめろ」

九谷は顎をしゃくって窓の外に見えているクラブ都の青い看板を示した。

「食べて行けないじゃないの」

「知ってる」

九谷はついぞ見せたことのない表情で言った。哀しそうで、子供っぽくて、ひどく真剣な表情だった。

「新藤が戻るまで、あるいは奴が態度をはっきりさせるまで、俺のプロポーズは単なる意思表示にとどめておく。だがやめてくれれば出来るだけのことはするつもりだ。それは新藤も反対するまい」

侑子は時計を見た。

「もうこんな時間になっちゃって……そろそろお店へ入らなきゃ」

そう言って腰を浮かせた。

「考えておけ」

九谷も立ちあがると、いつもの強気な表情に戻って命令するように言った。

「はいはい、判りました」

侑子はそう答え、九谷とつれだってレジの所まで行くと、彼が伝票をさしだしている横で急にホステスの顔になり、

「今日は寄って行かないの」と尋ねた。

「これからまだ人に逢う約束がある」

九谷はそう言うと侑子の肩を軽く叩いた。店へ行けという意味らしかった。侑子は入口の青い敷物を踏んで自動ドアからひと足先に外へ出たが、ふと思い直して九谷が出るのを待った。

「ねえ、ちょっと教えてもらいたいんだけれど」

「………」

九谷は無言で侑子をみつめた。太い眉の下の瞳にこまやかな思い入れの色があった。

「あなたたち、何かあったらすぐにインドネシアへ行く気なの」

九谷は奇妙な戸惑いを示し、しばらく考えてからかすかに顎を引いてみせた。

「男って大変ね」

侑子は長いホステス暮らしの間に身につけた。どうにでもとれるあいまいな言い方をした。九谷はくるりと背を向け、大股に遠ざかって行く。侑子はそれをしばらく見送ってから、クラブ都の入口へ歩きはじめた。

2

数日後の昼ちょっと過ぎ、侑子は南青山《みなみあおやま》にあるマンションの部屋で、少しうろたえ気味に中泉脩一郎《なかいずみしゅういちろう》を迎える仕度をしていた。

突然中泉から電話があり、立ち寄るという連絡があったのだ。近頃では、まったく珍しいことだった。侑子は手早く部屋の中を整頓し、冷蔵庫の扉をあけて中をのぞきこんだり、衣裳だんすにつるしっぱなしになっていた中泉の部屋着をハンガーに掛け直したりした。部屋着にはナフタリンの香が強くしみ込んでいて、丹念に香水を吹きつけねばならなかった。

そんなことをしていると、侑子はみるみる自分が甘ったれた若い女に逆戻りして行くのを感じた。演技なのか、習性になっているのか、自分でもよくは判らなかったが、愛情というのとは別の次元で発生する、男に対する期待の感情が、自分をそわそわさせていることだけは判った。そして中泉が見事な銀髪を揺らせて部屋に入って来た時には、ほとんど涙ぐまんばかりにさえなっていた。

「元気そうだな」

中泉はそう言うと、いつもの椅子に深々と身を沈めた。

「なによ、こんなに放りっぱなしにして」

侑子はつかえ気味にゆっくり言い、床にひざまずいて中泉の両膝を抱いた。うなじに乾いた指が這《は》うのを感じた。

「そうだな。八か月ぶりだったかな」

「おいそがしいのは承知してるけど、長すぎるわ」

「川奈《かわな》ではお前はバーディーを二度やった。腕をあげたので驚いたよ」

「もう駄目よ。全然やってないんですもの」

「やればいい。あそこまで行っておきながら勿体《もったい》ないじゃないか」

侑子は立ちあがり、ミディの白いスカートをひるがえしてキッチンへ行った。

「パパが連れて行ってくれるんじゃなきゃ、張り合いがないんですもの」

氷の音をさせながらそう言う。

「年寄りの相手ばかりしていてはだめだ。イキのいい若い連中とつき合わなければな。侑子はまだ若いんだから」

「若いって、もう三十二よ」

「若いさ。まだまだだ」

中泉は立ちあがって上着を脱ぎはじめた。侑子がとんで来てそのうしろへまわる。

「ゆっくりしていらっしゃれるのね」

「川崎《かわさき》などという所へ久しぶりで行って来た。少し汗をかいたらしく体がべとついてかなわん」

上着を手に、中泉の背中で侑子は下唇を噛んだ。彼女の胸のあたりに、感動に似た拡がり方をするものがあった。

「お風呂、沸《わ》いてます」はじらうように細い声で言った。

「そうか。入るか」

中泉は背を向けたまま言う。侑子は手早く上着をハンガーに掛けると、前へまわってネクタイを外《はず》しはじめた。

中泉の脱衣を手伝う間じゅう、侑子は九谷の声を思い出していた。

「考えておけ……」

九谷はこのことを言ったに違いない。もうやめろと言ったのは、このことも含めたホステス暮らしを意味しているのだ。食べて行けないと侑子はあの時答えたが、それに対して九谷は、「知ってる」と言った。このことを知っているというのだろう。知られて当然だ。それだけの年月はたっている。しかし、男たちは自分と中泉の関係の意味を、どれほど理解しているのだろうか。恐らく少しも判っていないに違いない。侑子はそう確信していた。

男には判るはずがない。いや女にだって、バーやクラブの暮らしを知らない女には、判るわけがない。無数のサラリーマンの上に、ほんのひとにぎりの成功した男たちがいるように、数多くのホステスの中で、中泉のような大物を摑《つか》んだ女はほんのひとにぎりの成功者なのだ。ホステスになるのが生活のためだけだというなら、サラリーマンだって暮らして行ければそれでいいはずではないか。九谷や新藤たちが仕事で味わう喜びと同じようなものを、侑子は中泉を摑んだことで味わうのだ。それは幸福とか不幸とかいうものとはまるで別な次元のことだ。部長の不幸があり平社員の幸福があるのと同じことだ。そうした自分たちを蔑視する団地夫人の多くは、物事をすりかえ、いわば平社員の幸福でみずからをなぐさめているにすぎない。……侑子は強くそう感じた。新藤を侑子はたしかに愛している。新藤の妻になりたいと思っている。しかしそれとこれとは別なのだ。どこかで矛盾しているようにも思えるが、その食い違いはいずれ誰かが、時がたてば、きっぱりと奇麗に割り切ってみせてくれるに違いない。侑子は中泉を浴室へ送り込みながらそう考えていた。

中泉の脱いだ衣類を整理し、ベッドカバーを外し、カーテンを引いたあと、侑子は中泉が水音をたてている浴室へ入った。そうするのがきまりだった。そういう手順に馴《な》らされた侑子の体にとって、久しぶりの中泉との入浴は、前戯を加えられたに等しかった。浴室の中で侑子はどうしようもなく昂《たかぶ》り、紳士的な中泉に焦《じ》れて、頬のあたりに胸をこすりつけたりした。一度だけ中泉がお義理のように乳首に唇をつけてくれると、下半身が夏の海につかるような感じになり、ふらついて桃色のタイルに手をついてしまうのだった。

中泉は機嫌よく浴室を出て行った。テーブルの上には冷えたジンジャーエールが用意してあり、彼はその傍に腰をおろしてオールドスプレンダーをくゆらせているはずだった。

侑子はいつもこの状況の中で、言い知れぬゆたかさを味わうのだった。

いつもどおり、浴室の中で侑子は深い安堵《あんど》感に浸《ひた》っていたが、今日はそのほかに奇妙な焦《あせ》りのようなものが混じっていた。意外すぎた中泉の訪れに、異常なほど体が昂っていた。そっと指でたしかめると、自分でも信じられないほど潤《うる》んでいた。中泉がこの炎を鎮《しず》めてくれるだろうかという心配があった。いつかのようにまた不能だったら、と思うとそれだけでヒステリーになりそうな気がした。濡れた肌をバスタオルで拭いていると、このところ二、三度続けて会っている若い男の体を思い出した。それはこの春大学を出たばかりの新入社員だった。どうやら有力者の倅《せがれ》ででもあるのか、クラブ都の常連である、化粧品メーカーの課長が連れて来た客だった。ひどく酔ってどうしようもなかったのを、侑子はなんとなくホテルへ送りこみ、朝まで面倒を見てしまった。またその若い男に会いたくなるのでは困ると思った。困るというより、むしろ情けないという感じだった。

バスルームから出ると、自分でも眼の色が普通でないのが判った。全裸にバスタオルをまきつけて壁にもたれてしまった。

「パパ」

泣き声で言うと、本当に涙が溢《あふ》れた。

「どうしたんだ、侑子」

中泉が慌《あわ》てて近寄って来た。

「気分が悪いのか」

「ごめんなさい」

泣きながら言うと、膝の力が抜けて中泉の腕にもたれ込んだ。左腋《わき》にさしこんで留めたバスタオルが外れた。

「急にどうしようもなくなっちゃったの」

「どうしたんだ」

もう一度中泉はそう言い、やっと気がついたらしく愉《たの》しそうに笑った。

「これは男冥利《みょうり》に尽きるな。ええ侑子ちゃん」

「パパのせい。放っておくから」

演技だと思われたら恥ずかしくて死んでしまう……侑子はそう思いながらベッドへ運ばれていた。だが中泉は珍しく侑子を翻弄《ほんろう》しはじめた。侑子は何度も息をつまらせ、しまいには今泉の技巧を恐ろしいと思うようになった。

それは中泉が示したはじめての執拗《しつよう》さだった。最初の頃、侑子は中泉の性技があまりにも素《そ》っ気《け》ないので意外に思った時期があった。さんざん遊び尽くした人物なのに判らないものだと思ったりした。しかし時がたつにつれ、それは年齢が違いすぎることから来る、中泉の一種の騎士道的な態度らしいと気がついた。恐らく中泉には侑子よりもっとずっと年上の女がいるに違いない。そしてその女になら、中泉はそのキャリアにふさわしいテクニックを駆使するのだろう。だが中泉にとって侑子は可憐な小娘といったところだったのだ。

ところが今日は違っていた。侑子の思いあがりを叩《たた》きつぶすように、中泉の指と唇はすさまじいほどの執拗さで侑子を責めさいなんだ。無駄のない、心得切った中泉の責めに、侑子は本当に死ぬかと思いはじめていた。そしてゆっくりと、たくましく押し入って来た時には、自分でもびっくりするほどの声をあげてのけぞっていた。

終わったとき侑子は枕に顔を埋めていた。そのままの姿勢でけだるい陶酔の余韻を味わいながら、これが中泉との最後なのだということを、なんとなく納得していた。はじめて中泉が対等の女として扱ったことは、彼がこの関係を打ち切ろうとしているということなのだ。

とうとうお店が持てる……侑子はそう思っていた。別れる時は店を持たせる。それは中泉との最初からの約束だった。

「何年になるかな」

案《あん》の定《じょう》中泉がそう言った。

「七年よ。たのしかったわ。とってもしあわせだったわ」

すると中泉はうれしそうに笑った。

「侑子は賢い。判ってくれたのだね」

「判りすぎて死にそうなくらいよ」

侑子は中泉の左腕をかかえ、まだ熱い茂みのあたりへさそって言った。

「白状しよう。歯がいかんのだ」

「歯……」

「総いれ歯になるのだよ」

侑子は啞然《あぜん》とした。その次にはおかしさがこみあげて来た。彼女は笑い、中途半端でその笑いがやみ、声をあげて泣いた。いま一頭の強いけものが老いて群れを去って行く……そう思った。となりに裸で横たわっている老人に、はじめて新藤に対するよりもっと深い愛情を感じた。中泉は泣きじゃくる侑子の背中を、あやすようにゆっくりと撫《な》ぜていた。

「好きよ。尊敬するわ。パパはやっぱり世界一のおしゃれよ」

「そう言ってくれるのは侑子ぐらいなもんだろう」

かすかな自嘲を見せて中泉は答えた。

「だが仕事はまだやめられんぞ。また戦争が近づいているようだ。総いれ歯の歳になったら女は口説けんが、仕事はまだまだ出来る。侑子も頑張るんだな」

「ほんとにまた戦争が起こるのかしらねえ」

「判らんな、どうなるか」

「パパに教えようと思ってたんだけど、このあいだお客さんが言ってたわよ」

侑子は裸のまま上体を起こし、中泉をのぞきこむようにして言った。

「インドネシアに何か起こったら、すぐに自衛隊が行くんですって」

「誰に聞いた」

中泉は静かに眼をとじて言った。

「防衛庁の人」

中泉は急にベッドから降り、部屋着を羽織《はお》って煙草に火をつけた。

「防衛庁のどういう人物だ。なぜそんなことをお前に聞かせた」

侑子は中泉の緊張ぶりにうろたえながら答えた。

「もうかなり偉くなってるはずよ。階級はうっかりしてたけど、幕僚監部とか……」

「名は」

訊問《じんもん》されているようだった。

「九谷栄介《えいすけ》」

「陸上幕僚監部の九谷か。それなら儂《わし》も知っている。本当なら侑子に礼をせんといかんな」

「間違いないわ」

中泉は九谷がどういう状況で侑子にその話をしたか、くどいほどたしかめた。侑子も真面目に答えた。新藤とのこともこの際洗いざらい喋《しゃべ》った。隠しておくよりそのほうが利口だと判断したからだった。

「なるほど間違いなさそうだな」

中泉は沈んだ声でそう言った。

ベトナムからアメリカが手を引いたあと、東南アジアの焦点はインドネシアに移っていた。開発途上国に対する援助と投資の形で各国の資本が流れ込んだ国々では、それに反発する民族主義が流入外貨の量に正比例して高まって来る。スカルノ時代以来、深く食い込んだインドネシアにおける日本資本は、民衆の間に根強い政治不信と反日感情を育てていた。一時絶えたかに見えた反政府運動が再び活発化し、地域によっては内乱の様相さえ示しはじめている。

だがベトナムで懲《こ》りたアメリカは、すでに厖大なドルをつぎ込んでいたにもかかわらず、その危険な状態を静観している。日本が資源問題からその紛争にまき込まれることを期待しているのは明白だった。そのことによって日中関係を悪化させ、大陸市場における差をひろげようとしているらしい。

東洋《とうよう》重機の取締役として、陸上幕僚監部の九谷栄介の名を知っていた中泉は、侑子からその情報を得ると、慌《あわただ》しく着かえて帰って行った。

3

侑子は翌《あく》る日、本所《ほんじょ》の母を訪ねた。

母の澄江《すみえ》は錦糸町《きんしちょう》にほど近い、小さな鉄筋四階だての建物の二階を借りて住んでいた。通りに面した一階は桝本《ますもと》という酒屋で、その酒屋が数年前に建てかえたものだった。

階段を昇って団地風の青いスチールドアをあけると、糠味噌《ぬかみそ》の匂いが強く鼻についた。

「こんちは。母さんいる……」

右がバス、トイレ、左が台所。細く短い板の間があって、その突き当たりのあけ放した草履《ぞうり》を脱いだ。

襖《ふすま》から澄江の顔がのぞいた。

「おや来たね。珍しいじゃないか」

侑子は大きな音を響かせて鉄のドアをうしろ手で閉め、

「どう、元気……」

「うん。そっちこそどうなんだい。うまく行ってんのかい」

「なんだ、今どきまだ内職みたいなことやってるの……。やめちゃいなさいよ」

侑子は山のように積まれた色とりどりのビニール片に、眉をひそめながら言った。

「断われないいんだよ。大家の紹介でね」

「桝本さんの」

「いくらにもなりゃしないんだけど、近頃内職やる家なんて珍しいのさ。どうしてもって無理やり置いてっちゃうんだよ。こういうのはこの頃じゃみんな外国で造らせるんだろ。手間が安いから運賃払ってもそのほうが安上がりだって聞いたよ」

「はい、これお土産」

侑子は四角い包み紙を澄江の前に置いた。

「いいねえ、お前は。何しろ中泉さんがついてるんだからねえ。粗末に思っちゃいけないよ」

澄江もかつてはホステスだった。随分昔のことだから、正しくは女給だったと言うべきかもしれない。何しろ彼女が銀座にいたのは、朝鮮事変の頃のことなのだ。

「いい着物じゃないか。高かったろ」

澄江はビニールの切れっぱしをどけ、体をのりだして侑子の着物の袖《そで》に触れた。

「去年買ったのよ。もう、一度水に通ってるわ」

「ものがいいから新品に見えるよ」

澄江は立ちあがり台所へ行く。

「いいのよ、お茶なんて」

「私が飲みたいんだよ。ところで何だい、今日は」

「うん、ちょっとね」

「まさか中泉さんと別れたなんて言うんじゃあるまいね。やだよ、そんな話は」

侑子は先まわりされて鼻を鳴らした。

「なによ、中泉さん中泉さんて……母さんにかかるとまるであの人、神様みたい」

「神様に違いないさ」

澄江は部屋へ戻って来ると、そう言って侑子の横に坐った。台所でガスの音がしている。

「もしかすると戦争がはじまるそうよ」

「またかい……やだねえ」

澄江は無意識のように窓の外を見た。この前の戦争で焼野原になった本所の町が、その窓の外にひろがっていた。

「平気よ、ベトナム戦争みたいなやつだから」

「でも日本がやるんだろ」

「それはそうだけど。でもこれまだ内緒よ。中泉が人に言うなって……」

「あの人がかい。それじゃ本当なんだね。大変だ、またはじまるのかねえ」

中泉と聞いて、澄江は一も二もなく信じ込んだようだった。「私はね、お前をつれてこらを逃げまわったんだよ。海の外でだって日本がやれば同じことさ。この前の戦争だってはじめは外国だったんだ。それがだんだん近くなって……嫌だよ、私は」

澄江は心底おぞましげだった。

「それを教えに来てくれたのかい」

煙草をくわえ、侑子のガスライターで火をつけながら言う。

「それもあるけど」

「何なのさ、気になるじゃないか」

「きのう中泉が来たのよ」

「ふうん」

澄江は胡散臭《うさんくさ》そうな顔になった。

「当たり前じゃないか、あの人がお前の所へ帰って来るのは」

「言いにくいわよ、そんな顔で見ちゃ」

侑子がそう言うと澄江はいきなり高い声で、

「やだ、お前別れたね」

と顔色を変えた。

「莫迦、あんないい人を」

「待ってよ」

侑子も不機嫌な顔になった。

「いいかげんにしてよ。それじゃ話にならないじゃない」

「知らないよ、私は。莫迦……」

「そうじゃないったら。歯なのよ」

「え……」

「中泉がね、もう歯が駄目になっちゃったんですって」

「歯が」

澄江は妙な表情で侑子をみつめている。

「近いうちに総いれ歯になっちゃうんですって」

「まあ嫌だ。あんな人でもそうかねえ。歳には勝てないねえ」

「だからもうおしまいにするって」

「…………」

澄江は黙っていた。しばらく母子はそうやって向き合っていたが、やがて澄江は立ちあがって茶だんすの抽斗《ひきだし》をかきまわしはじめた。古いブルージンにTシャツを着た澄江のうしろ姿は、とても五十過ぎとは思えないすらりとしたプロポーションだった。

「ちゃんと中泉さんの写真をとってあるんだよ」

澄江は雑誌の切抜きらしい写真を手にして戻って来た。

「……そうかい。そうなのかい。いいねえ。色っぽい人なんだねえ、やっぱり。なんで歳とっちゃうんだろう、人間ってのは」

そう言って首をもちあげ、古びた鏡台の方へ首を伸ばして自分の顔を映《うつ》した。

「だから時間切れよ。判ったでしょ」

「じゃあ、お店が持てるんだ、お前も」

「はっきりまだきまっちゃいないけど」

「しっかりおしよ。いよいよこれからだよ。今までは人さまに頼ってればよかったけど、これからは自分で切りひらいて行かなきゃならないんだからね。中泉さんじゃそんなことはないだろうけど、間違ってももらいはぐるんじゃないよ」

「大丈夫よ、その点なら。あの人は約束を破るような人じゃないわ」

「お前、浮気は……」

澄江は何気ないふうに言った。「あるんだろ」

侑子はそう言われて何人かの顔を思い泛べた。しかしその中に新藤は入っていなかった。

「ないと言っても、相手が母さんじゃ通りっこないわね」

「そうだよ。男ってのは相当物判りがよくっても、いよいよになるとつまらないことで気を変えるからね」

侑子は自信たっぷりに微笑した。

「全然……心配なしよ」

「ふうん……」

澄江は侑子の言い方に毒気を抜かれたらしく、侑子の喉もとから膨《ふく》らんだ胸乳《むなぢ》のあたりをみつめていた。

「やあね。何考えてんのよ」

侑子は乱れに乱れたきのうのバスルームからのことを思い出していた。あれでよかった、あれ以上のことは最初から考えていても出来はしなかったろうと思った。

「やっぱり銀座かね。新しいお前の店は」

「そうなるでしょうね」

「やっと銀座に店が出るか……」

澄江はテーブルに肘をつき、口のあたりを圧《おさ》えるようにして言った。侑子にはその気持がよく判るような気がした。澄江は最初向島《むこうじま》の小さな料亭の仲居だった。それが亀戸《かめいど》のバーへ勤めて、すぐに銀座へ移った。幼い侑子をかかえ、それこそ金に追われて少しでも多く収入のある所を選んだからだった。だが彼女がとび込んだのは進駐軍相手のクラブだった。ドリンク制の、小さなセルロイドの札と引き換えになる色つきの水を飲んで、澄江は侑子や祖母の生活を保って来たのだ。パングリッシュと言われた怪しげな英会話をあやつり、時には米兵と寝るようなこともあったらしい。朝鮮事変が終わると次第に米兵の姿が銀座から減り、澄江は立川《たちかわ》へ移らねばならなかった。そんな彼女の唯一の夢は、日本人だけを相手にする、いわば高級な店の女になることだった。何度も日本人の店に戻ろうとし、その都度《つど》みじめな思いで立川へ舞い戻った。そして歳月が過ぎ、娘の侑子が働きはじめたのだった。侑子はいきなり銀座へ出、中泉のようなパトロンを摑んだ。美貌という点では、澄江のほうが少し上だったようだが、時代が悪かったのだ。いま澄江は、近くの精《せい》工舎《こうしゃ》に勤める真面目一点張りの、だがそれだけにしがないサラリーマンの妻に納まっている。だから侑子が遂に銀座に店を持つということは、一生をかけた夢が叶《かな》ったような気がしているに相違なかった。

「それでね、母さんに後見してもらわなくちゃと思って」

侑子がそう言うと、澄江は驚いたように声を高くした。

「莫迦言っちゃいけない。今さらそんなとこへしゃしゃり出た日にゃ、とんだ遣《や》り手婆あじゃないか」

「そんなことないわよ」

「私しゃね、お前と違って進駐軍相手にわたり歩いたパン助同様の女だよ」

澄江は投げ出すような言い方をした。

「そんなことないわよ。奇麗だし、時々顔出してレジの辺でも坐っててくれればいいのよ。それだけで頼りになるんだから」

「ま、それはその時のことにしましょ……」

澄江はそれでも嬉しそうに笑顔を見せ、

「だけど、戦争のやつがお前のしあわせを潰《つぶ》しちまわないといいんだがねえ」

と言った。

4

侑子が店を持つ話は、いつの間にかクラブ都の中に知れ渡っていた。侑子も知らなかったのだが、中泉が銀座の不動産屋に声をかけたからしかった。常連の中にもホステスの誰かから教えられ、気の早いお祝いを言ってくれる者がかなりいた。知らせずに、着々と約束を実行していてくれる中泉に、侑子はあらためて愛情を覚えた。

あの見事な銀髪が懐《なつ》かしかった。最後の日のように、もう一度思いきり乱れさせて欲しいと思ったりした。しかし二、三度例の若い男から誘いの電話があっても、それには応じる気はなかった。何もかもさっぱりとかたづいて、生まれたてのような清潔な気分に浸っているのだ。

自分は幸運だった……しみじみそう思い、新しい店のことばかり考えていた。

そんなある日、クラブ都へ新藤の同僚の一人から電話がかかって来た。

「おい、新藤があした羽田《はねだ》へ着くぞ」

電話の声はそう知らせた。侑子は背筋が痺《しび》れるような感動を味わった。幸運が次々に重なって来ている。生きているということはなんとすばらしいことだろう……そう思った。

「何時ですか」

震《ふる》える声で言うと、相手は便名と到着時刻を読みあげてくれた。受話器を置くと、それが涙に滲《にじ》んでよく見えなかった。

侑子は小走りにトイレへ逃げ込み、鏡の前に立ってじっと自分をみつめていた。

だが新藤恒雄《つねお》は、小さなスーツケースをひとつぶらさげただけで羽田へ着いた。到着ロビーに現われたその軽装を見ると、侑子は暗い気分になった。

侑子の想像どおり、新藤は東京へ打合わせに舞い戻っただけらしかった。忙しくとびまわっているらしく、二日ほどは電話もくれなかった。その間、侑子はマンションの部屋から店へも出ず、ひたすら連絡を待ちわびていた。

「俺だ。遅くなってすまん」

そう言う新藤の声が聞けたのは、三日目の朝だった。

「お帰りなさい、あなた」

あなた、という言葉に侑子は三年間の思いをこめたつもりだった。

「来てくれるんでしょう」

「そこへか」

「ええ。もう中泉とは別れたのよ。もうここは私ひとりの部屋」

「そうか、別れたのか」

「いつ来てくれる」

「そうだな、君には大事な話もあるし、十一時頃には行けるだろう」

「何か召しあがりたいものはない。用意するから」

「そうか。それじゃ熱い味噌汁と鱈子《たらこ》の塩が効いたやつをたのむよ」

「カリカリに焼いとくのね」

侑子は電話口で微笑しながら言った。

「うん」

「きっと来てね。遅れちゃ嫌よ」

もう待たされるのはたくさんだった。

「判った」

そう言って電話は切れた。侑子はいそいそと買物籠《かご》を持って外へ出かけた。

味噌汁の実は豆腐だった。飯は少しこわめに炊《た》くとよかった。鱈子をこんがりと焼き、茄子《なす》の漬物をたっぷり刻《きざ》んだ。新藤の好みは変わっていないはずだった。

侑子はしあわせだった。自分は幸運な女だと思った。中泉との関係が理想的な形で終わったとたん、新藤が帰って来てくれたのだ。たとえ、一時帰っただけにせよ、これですべてははっきりするはずだった。店を出す話がとんとん拍子《びょうし》に進んでいる最中で、母の澄江にもしあわせのおすそわけをしてやれる状態だった。もし新藤が三年も外地へ行っていなかったら、店のことも中泉との別れ方も、こんなうまい具合に行ったかどうか判らないと思った。また、新藤という男が、たとえ遠くにでもいてくれたからこそ、中泉との関係をうまく保持できたのだし、これが新藤以外の男とだったら、何もかもぶちこわしになっていたかもしれないのだ。世の中のすべてが自分に向かってほほえんでくれているような気分だった。

十一時五分前から、侑子はドアに背をもたれて待っていた。まるで小娘のようではないかと思い、それでもいいと思った。それはまるで新藤を迎えるというよりは、待ち通した三年の歳月にむくわれるための姿勢だったようだ。

そして十一時一分前に、チャイムが鳴った。侑子は膝頭《がしら》が震えるのを感じながら、ドアをあけた。たくましく陽焼けはしているが、以前よりかなり痩せた男の顔がそこにあった。男はドアの内側に入り、ゆっくりと靴を脱いだ。

新藤は白い歯を見せて侑子の手を握った。侑子はスリッパをはいた男にとびつくように、握られていない左手を首にまきつけた。ジャカルタの匂いなのだろうか、新藤の肌からはかなり田舎臭い匂いが漂《ただよ》い出していた。

侑子は唇を求めてしゃにむに顔を寄せて行った。新藤はしばらくためらったあと、侑子の情熱にひきこまれるように、握った手を放すと胴にまわした。唇が重なり、侑子の震える舌がうごめいた。

「飯を食いたい。向こうにいる間、ずっと君の炊いた飯が食いたかった」

唇をはなして新藤が言った。侑子はこくりとうなずき、二度ほど唾《つば》をのみこみながら彼の手を引いてテーブルへ誘って行った。

「まずお茶。ちょうど新茶の季節でよかったわ」

侑子はそう言って、何年か前に二人で冗談のように買った揃いの湯呑みに急須を傾けた。

「東京は平和だ。帰って来て毎日そう思っているんだ。日本は気味が悪いくらい平和だよ」

新藤は眼を細めて茶を啜《すす》ったあと、そう言った。

「あちらは大変なんですって」

「ああ、日本人はみな引揚げを考えはじめてる」

「危険なの」

「そりゃ、向こうの反日感情は大変なものだ。何もかも、いっぺんに火がついたようになってしまっているよ」

「どうしてなのかしら」

するとと新藤は急に憤ったような表情になった。

「日本人がいけないんだ。向こうへ行ってみろ。日本人であることが嫌になるくらいだ。猫もしゃくしも海外投資、海外投資と言ってどかどかと乗り込んで行った。安い労働力を求めて、いろんな産業が向こうで工場をもった。だが、短期間で回収することばかり考えて、性急に現地から利益を吸いあげた。まるで日本的だ。いやらしいくらいの性急さだ。森林資源ひとつにしたって、赤はだかの土地をやたらに増やすだけで、一度渡した円をどんどんとり戻してしまった。ええ、あの国の連中が憤るのは無理ないだろう。結局土地をはだかにされるだけなんだからな。君は本所の生まれだから、東京の東側の下請地帯のみじめさはよく承知しているはずだ。立派な工場がいくらできたって、結局は下請でしかない。安い労働力を使って製品を作らせる一方で、かたっぱしから彼らの金を吸いあげるんだから。モーターバイク、トランジスタラジオ、繊維製品、薬、化粧品、プレハブ住宅……。まるで彼らは砂に水をやっているようなもんさ。ところが日本人はそんなことにおかまいなしに、自分たちの間の競争に夢中なんだ。二社も三社も同じ業種がのり込んで、一円でも相手を追い越さなきゃ、すぐに左遷だ。サラリーマンとしてはよその国のことなんかにかまってはいられない。競争で根こそぎやるしかないんだ。ワンウェイ・フリートレードなんていう考え方など、気ちがいの寝言でしかありゃしない。接待だ、リベートだ、腹芸だ……そういうやり方がああいう遅れた体質の国にはまだまだいちばん通用しやすい。それで政治が腐る。腐らせたのは日本人さ。そして不満が起こる。そうすると東京は他人の土地にあずけた資産が減るのを恐れて、裏からこっそりテコ入れだ。恐らく日本は現地の動きにまき込まれたふりをして、半分は喜び勇んで海外派兵に踏み切るだろうよ。アメリカは当分の間東南アジアには手を出すまい。日本にやらせて自分たちは中国や朝鮮との関係をうまくやるつもりなんだ。それが同時に経済大国日本の追い落としにもなるんだからな。馬鹿だよ日本人は。資本のメカニズムに追いまわされて、同じことを二度くり返そうとしているんだ。だが誰もとめる奴はいない。金の亡者《もうじゃ》になりさがってる。俺は九谷にもきのう会って来た。防衛庁の本音が知りたかったからだ。どうだい、九谷たちはやる気だぜ。日本という国の進路の先頭に立ちたくてうずうずしてるんだ。行先が地獄だって先頭に立てればいいと思ってるらしい。本番もやりたいんだ。長い間日蔭者扱いをされたのも、この日のためとばかり気負いたっているじゃないか。俺はあの国の連中に申しわけなくて仕方ない。もし日本軍が……そうさ日本軍だよ。日本軍がこの上あそこを荒しまわるとしたら、まるで踏んだり蹴ったりだ。だが俺の力じゃ九谷たちをとめさせられることなんか出来やしないんだ。だから俺はまたすぐジャカルタへ帰る。君には済まないが、万一あそこで死ぬようなことになっても、一人ぐらいはそういう日本人がいたということで、いくらかは判ってもらえると思うんだ」

新藤はそう言うと、厳粛な表情で胸のポケットから一葉の写真をとり出した。そこに白い服を着た現地人の女が、乳のみ児をかかえて写っていた。侑子は虚《うつ》ろな瞳で新藤を見返した。

「その赤ん坊のこともあって帰って来たんだ。こっちに滞在中に籍のこともちゃんとしようと思ってね」

「滞在中に……」

侑子は鸚鵡《おうむ》がえしに言った。捨てられたと思った。新藤は見事に侑子を捨てたのだ。いや、もしかすると日本という国を……。新藤は黙々と食事をはじめた。その素早い箸の動きが侑子にはまるで外国人のもののように見えていた。

5

半年後、侑子は経営者になっていた。店の名は「泉《いずみ》」と付けられていた。流石《さすが》に素性のいい客筋が集まり、結構繁盛していた。

だが澄江は結局店に出ることを承知しなかった。進駐軍相手の頃のことが知れて、侑子の瑕《きず》になることを惧《おそ》れたようだった。

新聞は連日東南アジア情勢を書きたてている。その地域一帯に拡がった排日運動の裏には、米、中、ソなど各国の思惑《おもわく》がうごめいているということだった。

だが日本の在外民間投資は、すでに二百億ドルを超えており、官民ともに抜きさしならぬ泥沼にはまり込んでいた。それらの厖大な金で、日本はみずから難局を買うはめに陥《おちい》っていたのだった。

中泉はそんな情勢の中で多忙を極めながら、陰に陽に「泉」を強力に支援してくれている。自分の人生の中で最も愛すべき女だったと言いふらしていることが財界人たちの興味をそそるらしく、今をときめく実力者たちがさかんに顔をみせ、新興ながら銀座の超一流という評判さえ立ちはじめていた。

九谷も応援していた。防衛庁関係の客がめっきり増え、それは時代のひとつの曲がり角を象徴しているように見えた。戦後はじめて、軍人がそうした高級クラブへ堂々と出入りしはじめたのだ。

軍人。軍の人……「泉」のホステスたちは、財界の客が多少のニュアンスをこめてそう呼ぶのを受けて、何のためらいもなく彼らをそう呼んだ。海軍、陸軍という呼び名も、「泉」の内部では当然復活していた。

そんなある日、侑子は再び新藤の同僚からの電話を受けた。「新藤がジャカルタで死んだ。暴動にまき込まれ、オフィスにいるところを襲われたんだ。奴は連中の味方だったのにな……」

侑子は呆然《ぼうぜん》と突っ立っていた。なぜかあの写真に写っていた赤ん坊の顔だけが、しつこく泛んで消えなかった。夜の九時過ぎにその報《しら》せを聞いたが、彼女が涙をこぼしはじめたのは、十二時を過ぎ、店が完全に閉まってからだった。

電話が烈《はげ》しく鳴った。

「誰……なんだ侑子かい」

澄江はねむたそうな声で受話器を耳にあて、そう言った。

「死んじゃったわ」

「やだねこの夜ふけに。誰のことさ」

「あの人よ。あいつが死んじゃったの」

「だから誰さ」

「戦争がはじまるわよ。みんな男は戦争へ行けばいいのよ。そして死んじゃえばいいんだわ」

「随分酔ってるわね」

「そう、酔っぱらって……私も死んじゃうわ」

「馬鹿はおよし。せっかくこれからだっていうのに」

「誰が死んだか教えてあげようか」

「うん」

「新藤よ」

「え、何だって」

「新藤のばかやろがジャカルタで殺されたの。赤ん坊がどうなったか、私の知ったこっちゃないわね」

「それ、本当かい」

「こんな娘でも人の生き死にの冗談は言わないわ」

「気の毒だねえ」

「平気よ。別れた男ですもの」

「とにかくあした行くよ。今はもう電車もないし」

「来て、たすけて。淋しいのよ」

「行くから今晩はおとなしく寝なさいよ」

「うん……」

電話は切れた。誰かが傍にいるようだったが、澄江は心配で寝られなかった。次の朝、はやばやと起き、錦糸町から国電に乗った。何度か乗り換えて侑子のマンションへ着いた時も、まだ朝の町は睡《ねむ》っているようだった。

長い間チャイムのボタンを押しつづけ、さんざん気をもませた挙句《あげく》、ドアがあいた。

寝乱れ髪の侑子を見て、澄江はほっとしたように中へ入った。侑子はまだ酔っているらしく、ひとことも喋らず、幽霊のようにふらふらと白く長いガウンを引きずりながら、ベッドルームへ戻って行った。

澄江は靴を脱いであがろうとし、そのまま凍《い》てついたように動きをとめた。入口に立ちつくしたまま、娘の消えたベッドルームのあたりをみつめ、やがておぞましいものを見るように、恐る恐る視線を入口に脱いである男物の頑丈な靴に移した。

澄江の顔からは、母親の色が消えていた。

時代に押し流され、しいたげられた女の一生が、その横顔にふかぶかと刻みつけられていた。瞳は、乾き切った色でその靴をみつめている。

それはゆうべ制服のまま、酔った侑子を抱きかかえて来た、九谷栄介のものだった。澄江にはその靴をはく男の身分がすぐに判ったのだ。

軍靴だった。ゆうべ寝室で侑子を抱いて寝た男は軍靴をはく男なのだ。澄江は何度も何度も頭の中でそのことをくり返し、やがて泣くような表情でドアをあけると、外へ出て行った。うすら寒い朝のことだった。

マーチ風に

1

　室井《むろい》は近頃なんとなく元気がなかった。

　周囲の者に元気がないなどと言われることこそなかったが、つい一年ほど前まではたしかにあったはずの精気のようなものが、急速に自分の体から脱け落ちて、心の中にけだるい静けさがひろがって来たように感じている。

　歳《とし》は三十五になる。まだそんな年齢ではないとも思うが、中年のはじまりとはこんなものかという気もしないではない。広告代理店の仕事というのは、時計の秒針に追いまわされているようで、おまけにのべつどこかしらでトラブルが発生している。媒体《メディア》と広告主《クライアント》の間にはさまって、一年中ハラハラしどおしなのだ。

　が、室井はそうしたトラブルにも大して気が揉《も》めなくなってしまった。十何年もやって来たのだから、慣れだといえばそれまでだが、かなりの事態にぶつかっても平静でいられるというのは、我ながらさすが年の功と思ったりもする。

しかし、それが物事に没入できなくなったというか、仕事に乗れなくなったというか、燃えあがる情熱のようなものの欠落によることもたしかなのだ。これまで人一倍かっかと燃え、そのことが少しは人に自慢のできる仕事をして来られた原動力にもなっていたのだから、物事に動じない冷静さをかち得たと言っても、そう安心ばかりもしていられないようだった。

青春が去って、その去ったあとを補うべき何かがまだ入りきらず、心の中にポッカリと大きな空洞ができたままになっている……。室井はそんなふうにも思ってみる。とにかく毎日が味気ない静けさで過ぎて行き、そんな中で彼は多少焦《じ》れていたと言える。

その本当の原因らしいものに思い当たったのは、金曜日の午後にかかって来た電話を受けたすぐあとだった。

電話は女からだった。

「もしもし、室井さん……」

「ええ、室井ですが」

「お久しぶり……何年ぶりだか覚えてる」

女の声はひどく馴々《なれなれ》しかった。室井は一瞬絶句し、すぐ大声で言った。

「君か。なんだ君か。びっくりさせるなよ」

大きなケント紙をかかえて室井のデスクの前を通りがかった若いデザイナーが、びっくりしたように顔をみつめた。室井は笑いながら右手を振ってみせる。デザイナーは何のことか判らぬまま、愛想笑いを泛《うか》べて自分のデスクへ去って行く。

「その会社、随分長いのね」

女の声にはからかうような響きがあった。

「ああ、すっかり居《い》ついちまったよ」

「いいかげんに辞めて、デザイン・プロダクションをやるんだって言ってたじゃないの」

「そんな夢をみたこともあった」

「もしやと思って電話してみたんだけど、次長さんですって……」

「まあな」

「懐《なつ》かしいわ。電話なんかしなきゃよかったわ」

「なぜだい」

「声を聞いたら顔みたくなっちゃった」

「いいじゃないか。久しぶりに会おう」

女の声に媚《こび》があるのを感じ、室井は思わず早口でそう言う。

「私、変わったわよ」

「そりゃいくらか変わるだろうさ……。二十九、いや、三十かな」

女は含み笑いを聞かせ、

「そうよ、もうおばあちゃん」

と言った。

「どう変わったのか見せてくれ」

室井は声の調子を変え、低くしんみりした言い方をした。女は夕方六時頃からなら一時間ほど都合がつくのだと言い、Oホテルのバーを待合わせ場所に指定して電話を切った。

室井は椅子にもたれて背筋を伸ばし、「そうか」とひとりごとを言った。

女の名は沢美子《さわよしこ》……現在の姓はたしか宗近《むねちか》というはずだった。以前はオリンピア・レコードの専属で、二、三曲のヒットもあり、ひところは毎日のようにテレビに顔を出していた流行歌手だが、落ち目になりかけるとあっさり結婚し、それっきり引退してしまっていた。

室井とは最初のヒット曲を出す前からの仲だった。

そうか……と室井がひとりごとを言ったのは、忘れかけていた女が突然電話をかけて来た理由に対してより、自分が近頃しきりに感じている活気のなさの原因を悟ったからだった。

結婚して、借金をして家を買って、子供が生まれて……そういう状況の中でみずからはまりこんだ、保身第一の無気力な罠《わな》だったのだ。美子は電話で一時間ほどなら都合がつくと言っていたが、それは女のポーズにすぎない。Oホテルは美子が人気歌手時代、室井としのび逢うのに用いた思い出の場所なのだ。

美子の声だと知ったとたん、室井には浮気の誘いだということが判った。

それなりの理由がある。

美子は若いくせに何もかも心得たところのある女だった。まだ独身だった室井との恋にいつわりはないようだったが、最初のヒット曲が出そうになったと見ると、それをただの遊びということにきめてしまった。人気にさわるのを警戒し、デートの回数も二か月に一度程度に減らしてしまった。会う時はOホテルを使って室井に別の一部屋をとらせ、巧妙に立ちまわって決してマスコミに尻っぽをつかまえさせなかった。そしてヒットがとまり、自分の限界だと悟ると、さっさと見込みのありそうな男をつかまえ、結婚してしまったのだ。その間の身の処し方は呆《あき》れるほど要領がよく、すべてが冷静な計算にもとづいて、感情に溺《おぼ》れるということがなかった。

かと言って、打算ずくめの冷たい女かというとそうではなく、ひとつ部屋に二人きりでいれば、悪戯《いたずら》っぽく、好色で、別れが辛《つら》いと言って涙を見せるような女なのだ。

つまり、人生の仕切りといったようなものを、先天的にしっかりと持っていて、成り行きひとつで進路をきめてしまうというタイプではなかったのだ。

現に宗近という人物との結婚がきまった時も、

「本当はあなたと結婚したかったのに」

と嘘でない涙を流し、

「浮気をするようなことがあれば必ずあなたとする」

そう言って当たり前なら冗談になるような約束を本気でしたものだった。

電話を聞いたとたん、室井が浮気の誘いだと思ったのは、そうしたいつのことか、本気かどうかも判らないような約束があったからなのだ。

そして浮気の機会が訪れたと承知したとたん、室井は冒険というものと縁遠くなりかけていた自分を悟り、すべてを傍観者のように眺めるだけで、仕事に没入できなくなっていた理由を理解したのだった。

広告における表現技術者というのは、コピーライターにせよ、イラストレーターにせよ、カメラマンにせよ、いつも時代の流れの尖端《せんたん》に乗って、社会の動きに敏感に反応していかなければいけないのだ。それなのに自分は、単なる管理職に納まってしまうつもりになっていた。流行から遠のき、時代に対する本能的なものを鈍化させようとしていた。心の中に穴があいたような淋しさは、青春が去ったせいでもなく、年齢のせいでもない。郊外の建売り住宅と会社の間を往復し、住宅ローンの返済に汲々《きゅうきゅう》としているだけの、言ってみれば人生の終点を自分からきめてしまったようなサラリーマン化が原因なのだ。あの張りのあった頃の自分は、毎日にもっと手応えを感じていたはずだ。明日はどうなるか判らない紛れの中で生きていたのだ。それをとり戻せ。冒険をしろ。

室井はそう思い、あらためて美子の肢体を思い泛べた。白く、しなやかで、滅多に汗をかかない肌をまざまざと思い出していた。

2

ホテルのバーで落ち合って、昔の好みどおりジンライムとブランデーで乾杯し、何かのはずみに、

「部屋取っておいたぜ……」

と笑いながら言えばそれでよかった。もともとポーズにこだわっていつまでも遠まわりな駆け引きをさせるような女ではなかったし、ちょっと、吹き出すような笑い方をしてみせ、

「約束ですものね」

と軽い調子で言っただけだった。昔のように人目をはばかることもなく、キーをぶらさげ腕を組んでエレベーターへ向かっても、それが数年前の人気歌手だと気づく者もいない様子だった。

細おもてがだいぶふっくらとし、長かった髪が思い切ったショートカットに変わってい
る。肥ったせいか、並んで歩くと背丈までいくらか昔より高いような気がした。

部屋に着いてドアをあけると美子はさきに中へ入り、入口を塞《ふさ》ぐようにして室井が入る
のを待った。ドアを閉めると落ちついた態度で顔を寄せて来た。室井はドアに倚《よ》りかかっ
てその唇を受けた。

「変わったでしょ、私……」

下のバーで二度ほど言った言葉をまた言った。

「変わったよ。キスの仕方まで変わりやがった」

室井が言うと美子は肩をすくめて体を離した。

「私たちこのホテルでツインの部屋なんてはじめてじゃない」

たのしそうに窓際へ進みながら言う。

「そう言えばそうかな」

「昔は辛かったのよ。あなたのシングルの部屋からこそこそ夜中にぬけ出すの、とっても
嫌だったわ」

「面白《おもしろ》がってたみたいだがな」

「そういうふうに見えるのよ、私って」

美子はそう言い、

「泊まるわよ、今日は」

と瞳《ひとみ》をまともに室井へ向けた。

「旦那さんは……」

「仕事」

「船乗りだったな」

「船長よ」

「そいつは知らなかった。どんな船に乗ってるんだい」

「タンカー……東亜《とうあ》丸よ」

「東亜丸……」

するとと美子は不服そうな顔をして、

「知らないの。三十万トン級よ」

と言った。

「そりゃでけえや。でも海の上なら俺もいくらか気が楽だ」

「しょっちゅう待ってるの。待つのが仕事みたい。たまには謀叛《むほん》気も起きるわ」

「お嫌いなほうではないしね」

「からかわないで」

美子は甘えたように言い、背中を向けた。室井がジッパーをひらく。

「今日、ふっと気がついたの。待つことに慣らされて、ちっとも夫を待っていない自分を……倦怠期《けんたい》なのね。そう思ったからすぐあなたに電話したのよ。でもまだあの会社にいるなんて思わなかったわ」

ドレスがするりと床に落ちた。

「肥ったな」

「前よりセクシーになったでしょう。見て」

美子は床に落ちたドレスの輪の中でくるりと正面を向き、両腕をうしろへまわしてブラジャーを外《はず》した。

たしかにふたまわりほどバストが大きくなった感じだった。

「子供をつくらないのか」

室井は柔らかくその双丘に指を伸ばしながら言った。昔どおり桃色の実がついていた。

「できないのよ。コントロールしてるわけじゃないんだけれど」

美子はそう言い、「いや……」と言って体をくねらせるとバスルームへ向かった。

シャワーを浴びて出て来た美子は、室井の腕に抱かれると急に体を堅くし、それまでののうのうとした快活さを失った。

「何度電話しようと思ったか判《わか》りゃしない」

そう言って室井の裸の肩を嚙みかけ、

「あ、奥さんがいるのね」と慌《あわ》てて痕《あと》がつかなかったか、たしかめた。

「本当のところ、結婚生活はうまく行ってるのかい」

室井の指はまるで知らない家へ迷い込んだ猫のように、自信なくこそこそと美子の肌を這《は》いまわっている。肥って脂《あぶら》がのって、別人のようだった。

「うまく行ってるわよ」

美子は鼻声で言った。

「でも駄目。何だか知らないけど張り合いがなくって」

「どういう具合に……」

「気持に穴があいちゃったみたいなのよ。時々何かしなくちゃいられない気分になるの。夫は優しいし、お金にも不自由しやしないけど……人間って勝手なものね」

室井は美子を抱きしめていた。

「似たようなことがある。無事平穏じゃ爪先から腐っちまうような気がする奴も案外多いのさ」

美子は目をとじ眉を寄せていた。自分から肌を押しつけ、迎える仕草をした。昔の美子にそんな動作はなかった。

「奥さん……」

室井はそう囁《ささや》いてみた。すると人妻を抱いているという実感が急に湧き出して来た。美子にもその呼び方の意味が伝わったのか、ぽっと火がついたようにうねり方が変わった。

「今どの辺にいるんだ」

終わってから並んでじっと天井を眺め、室井が静かに言った。

「主人のこと……気になるのね」

「そりゃそうさ」

「きっと向こうの港にいるわ。ニューギニアに石油が出てから、ずっとあそこばかりなの」

「イリアン湾か」

「ええ。だから今までよりずっと帰りが早いの」

「でかい船なんだろうなあ」

室井はしみじみそう言った。

「でもクルーは四十人足らずだそうよ」

「あっちは今物騒なんだろ。ゲリラなんかが出没するっていうし」

「でもうちは船だし、それに向こうには日本のガードマンがたくさん行ってるそうよ。みんな自動小銃持ってて、まるで軍隊みたいなんですって」

「ガードマンがか」

なるほどと思った。石油の大部分を中近東に頼っていた日本にとって、イリアン湾で大油田を掘り当てたことは僥倖《ぎょうこう》といえた。それだけに権益を守ることにも必死にならざるを得ない。一説によれば、イリアン湾油田の回収可能埋蔵量は、アラスカのノース・スロープやテキサス東部の大油田に匹敵するとも言われ、国際石油資本があの手この手で目の色を変え、割り込もうと画策しているらしい。インドネシアに発生した排日運動や反政府運動の一部には、国際石油資本の黒い影が動いているとも言われ、たびたび小さな襲撃を受ける現地では、日本政府が何らかの防衛措置を取らない限り、明日にでも不測事態が起こりかねないとしていた。

だが日本の現状では、いかに重要な権益であっても、自衛隊を出してそれを保護するというわけには行かないのだ。自然、自衛隊にかかわる民間人が、ある程度の武装をして現地を守らねばならない。それをガードマンの形でやっているのだろう。

そんな情勢の所へ行っている男の留守に、こうしてその妻と乳くり合っている……そう思うと生酢《なまず》っぱい感情がこみあげてくる。

「これで俺たちの間はまた復活したわけか」

さり気なく尋《たず》ねた。美子は敏感に悟り、くるりと向きを変えて片肘をベッドの上に突くと、

「嫌なの」

と真剣な表情で言った。

「いや……」

室井は圧《おさ》えつけるような低い声で答える。

「嫌なものか。本音を言うと、滅びない程度の悪を持ちたいんだ。それで俺はもう少し生きられる」

「広告の制作者としてでしょう」

美子はずばりと言って室井の鼻の頭を指先で押した。

「よく判るな」

「私だってまだ歌に未練があるのよ。というより、いつまでも元歌手でいたいの。まだそれを清算するには若すぎるわ。あなたは私が元歌手であることのおまじないみたいなものね。だからもし夫が死んでひとりで生きて行かなければならなくなったとしたら、私はきっとまた歌の道に戻るでしょうし、そうなればあなたとはお別れよ」

「相変わらず割り切ってやがる」

室井は苦笑しながら言った。

3

マンモスタンカー東亜丸撃沈さる。

――海上ゲリラ魚雷艇で奇襲――

翌朝ロビーへ煙草を買いに降りた室井は、何気なく売店の脇にある新聞を見てあっと思った。新聞を買い、慌てて拡げると、第一面に東亜丸の写真がでかでかと載《の》り、船長以下の主《おも》だったクルーの顔写真が並んでいた。

室井は自分の顔から血の気が引くのが判った。エレベーターへ駆け、エレベーターから出てまた駆けた。

じれったい思いでチャイムを押す。閉まれば必ず錠がおりてしまうホテルのドアは、中から美子があけるまで開きはしないのだ。

「どうしたの」

まだ全裸で、しどけなくバスタオルを胸にあてがった美子は、異様な室井の表情に気づいて眉をひそめた。

「とにかく早く着かえろ」

「どうしたのよ」

勘のいい美子は素早くベッドへ戻り、下着を手早くつけながら言った。

「東亜丸が沈んだよ」

「まさか……」

「これをみろ」

下着をつけ終わったのをみて室井は新聞をほうり出した。

美子は声もなくむさぼり読んだ。室井はテレビのスイッチを入れた。どこのチャンネルも、土曜の朝のいつもの番組を流しており、ニュースはなかった。室井は絵を出したまま音だけ消し、美子の顔をみた。

「助からないわね、これじゃ」

美子は新聞から顔をあげて頭をふり、力ない声で言った。

「早く帰ったほうがいい。新聞の様子だと、ゆうべ遅くにテレビやラジオではこのニュースが流れたはずだ。今頃君の家は記者でとりかこまれてるぜ」

「そうね」

美子は醒《さ》めた表情になっていた。

「煙草ちょうだい。少し考えるわ」

室井が買ったばかりの箱の封を切って一本抜きとり、服を着はじめている美子にくわえさせてライターを鳴らした。

「よくゲリラが魚雷艇なんか持ってるわね」

美子にそう言われ、室井はうろたえ気味に答える。

「どうせ米軍のお古さ。それも第二次大戦中の半分腐りかけたやつだろうな。ＰＴボートどころかもっと大きい船が、アメリカのどこかにはずらっと並べてあって、アメリカ国籍のある人間にはどんどん払い下げてるって話をいつか聞いたことがあるな」

「とにかくそいつでドカンと一発やられたわけよ。あの人は」

と乾いた声で言った美子は、

「ごめんなさい。ゆうべ縁起の悪いこと言っちゃって」

と上目《うわめ》づかいで室井をみた。眼尻にうっすらと涙が滲《にじ》んで来ていた。

「君が謝ることはない。これは偶然のことだよ」

室井が肩に手を置いて励ますと、

「でも、あなたとは一度きりになっちゃうわね」

と言って目を伏せた。涙の粒がめっきり豊かになった頰へころがり落ちた。

「とにかく早く行けよ」

「叔父《おじ》の所へ行くわ」

「家へは帰らないのか」

「朝帰りでございますと、新聞記者のいる所へ看板さげて行くようなものよ」

美子は涙声だが、しっかりした言い方だった。

「送って行こうか」

「よかったらそうして……」

室井は慌ててネクタイをしめると部屋を出た。美子を連れてロビーへ出、ホテルの支払いをすませてタクシーに乗ると、彼女は中目黒《なかめぐろ》と運転手に告げ、実は叔父というのはイリアン湾の油田にガードマンを派遣している警備保障会社の社長なのだと告げた。

その中目黒が近づくにつれ、室井は急に自分の家のことが気になりはじめた。無断で家をあけたし、美子と別れてしまえば、そのあと妻への言い訳が残っているだけなのだ。

「よし、俺はここで降りよう」

東横《とうよこ》線の駅の近くで室井は車を停《と》め、外へ出てから開いた車の窓の中へ、

「とにかくあとで一応連絡してくれ」と言った。

4

室井は京橋《きょうばし》にあるT石油の本社へ現われた。T石油は室井が籍を置く広告代理店の大手スポンサーのひとつだったし、土曜は社が休みで、担当の営業マンが見舞いに来ているかどうか怪しかった。東亜丸の積んでいた原油はT石油のものなのだ。

Ｔ石油も週休二日制で、本来は休みの日なのだが、案《あん》の定《じょう》、広報課長はじめ主だった社員は顔を揃えていて、室井の会社の営業部員は誰も姿を見せていなかった。

「どうもこのたびは……」

室井は広報課長に近寄るとそう言って頭をさげた。

「ああ、やっと来たか」

課長は渋い顔で言った。

「とにかく謹告を出す。明日の全紙にだ。すぐ原稿を作ってくれ。いや、コピーは総務が寄越すだろう。版下の手配だ」

室井はほっとした。これで妻への言い訳もできるし、気のきかない営業の先手もとれて幾分は恩に着せられる。それにこうした大事件の場合の臨時広告は、代理店が版下製作をしなくても各媒体側で適当に処理してくれる。

「万一の用心にコピーを書きましょうか」

それが本職だけに、室井は抜け目なく言い、そこらに置いてあるレポート用紙をもらうと、よく広報課が使う応接室へ入りこんだ。休日なので別にことわる必要もなかった。

だが、タンカー事故と言っても、ゲリラの魚雷攻撃ということになると、文案の前例がなかった。だいぶ苦吟《くぎん》していると、ガタンと音がしてとなりの応接室に人が入った様子だった。ボソボソと低い話声が聞こえ、それが時々高い声になった。

「何だ、横須賀《よこすか》の第一護衛隊群だけか」

聞き覚えのない声だった。

「充分だろう」

相手はむっとしたような声音《こわね》だった。

「とにかく昨夜のうちに艦隊は出てる」

「陸上はいつ行ってくれるのだ」

「それはこっちでもまだ判らん」

「とにかく船を一隻沈めているのだ。内調の言うなりに踊ったと、あとでうしろ指さされんようにしてもらいたい」

声はまた低くなり、すぐドアを出る足音がして静かになった。室井はコピーを書きはじめ、それから二十分ほどして一応の体裁《ていさい》が整うとその応接室を出た。

広報課長にそのコピーを読ませていると、廊下を通りすがりにのぞいてみたという様子で、五十がらみの精悍《せいかん》な顔つきの男が、ニコニコと笑いながら近づいて来た。

「あ、どうも。これはこれは」気がついた広報課長は、さっと立ちあがって丁寧《ていねい》に頭を下げた。室井もさり気なく立ち、社員といったふうに続いて一礼した。

「災難だなあ。これは」

男は鷹揚《おうよう》に言い、

「ご苦労だが何とか頑張ってくれ」

と言ってうなずきながら立ち去って行った。

「どなたです」

室井が課長に尋ねると、

「なあに、政治ゴロみたいな先生さ。アジア政経通信という誰も読みもしない新聞を出しているんだ。時々広告をせがまれてね」

「業界紙ですか」

「うん。だがどうも政治臭い。内閣のどこかにつながってるという噂だ。ああいうのは徹底的に持ちあげておくに限るさ」

そう言って室井の作った文章に眼を戻し、ボールペンで書き込みをした。

昼頃になるとやっと営業部員が二人顔を出し、室井のでない総務課から出たコピーが決まって、彼は自由になった。ビルを出て京橋の通りへ出ると、土曜の午後の人出が銀座の方に派手に動いており、風もなくのどかな日和《ひより》だった。

電車に一時間ちょっと揺られてわが家に戻ると、案の定顔をみるなり妻の敬子《けいこ》が、

「電話ぐらいしてくださいよ。そのために引いたんですからね」

と言った。それを無視して、ああ疲れたと上着を抛《ほう》り出し、歩行器に坐って指をしゃぶっている娘の礼子《れいこ》の顔をのぞいた。

「お食事は」

「朝から食ってない」

「いいかげんにしてよ、めちゃくちゃも……」

敬子のとがった声が背中で聞こえる。

「テレビも新聞も見ないのか」

「何かあったの」

妻の声が幾分柔らかくなる。

「東亜丸がやられたじゃないか」

「ああ、あれ……」

「あの船はT石油の油を積んでたんだ。T石油が俺んとこのスポンサーだってのは、お前もよく知ってるだろう」

「だって」

敬子は不服そうだった。

「あんな凄い事件にあんたの出る幕なんかあるの」

「莫迦《ばか》野郎。あれでT石油はいくら損をすると思ってるんだ。下手《へた》すりゃ潰《つぶ》れるぞ」

室井は大げさに言った。

「出る幕はなくても関係あるんだ。あそこがいかれりゃ、こっちも潰れる。おまけに東亜丸の船長は内外《ないがい》警備保障っていうガードマンの会社の社長の親類だ」

「まあ、ガードマンの会社の広告までやってるの」

敬子が驚いたように言ったので、室井は思わず首をすくめた。その会社とは何の関係もない。ただ美子の連想から無意識に言ってしまったことだった。

「とにかく電話をください。無断外泊なんて許せないわ」

敬子はそう言い、それで終わりになった。幼い娘を中心にしたいつもの土曜の午後がはじまり、夜になった。

七時半のクイズ番組を見ていた時、室井は突然画面下に流れだしたロールテロップを見て、大急ぎでチャンネルをNHKに変えた。

特別番組をやっているかと思ったのだ。しかしNHKの画面にはテロップも出ていなくて、いつもの番組がのんびりと映《うつ》っていた。

室井は各局へチャンネルをまわす。

――防衛庁の発表によれば、海上自衛隊の八隻からなる護衛艦隊群が、現在フィリピン海方面へ高速南下中……パラオ島南方のソンソロル諸島附近に待機中のタンカー、光洋《こうよう》丸をイリアン湾に護送する目的である――

コピーライターの室井には、である、という結びの句が異様に思えた。しかし各局とも、であるという結びを言い合わせたように使っている。多分防衛庁から出た文章どおりなのだろう。

「お前、これがどういう意味か判るか」

室井は敬子に尋ねてみた。

「戦争……」

妻はのんびりとした声で問い返す。

「戦後はじめて日本の軍艦が外国へ出動したんだ」

「だって、やられたんだから守りに行くのは当たり前でしょ」

「もし、またゲリラ魚雷艇が出て来たらどうする」

「やっつけるにきまってるわよ」

「そうだな」

室井はいかにも当然といった敬子の答え方に鼻白《はなじろ》んでやめた。だが、急に今日の昼間、T石油の応接室で聞いた話が気になって来ていた。今頃民放が慌ててテロップを出すなんて、少し発表が遅すぎやしないか。あの会話だと、護衛艦はゆうべのうちに横須賀を出ているのだ。それとも、こういう場合、T石油は被害者だから当然情報を先に入手する権利があるのだろうか。どうも会話の様子では、一人はT石油の上層部の誰かだったらしい。陸上自衛隊の出動もあてにしていたらしく、その点不満そうだった。相手は……多分あの政治ゴロとかいう五十がらみの男なのだろう。広報課長の言葉だと、内閣のどことかとつながりがあるらしいというではないか。

不審は次第に疑惑となり、床についてからも室井の頭に重苦しい圧迫感を与えていた。……とにかく船を一隻沈めている。たしかそう言った。だがあの東亜丸は報道ではＬ海運の持ち船ではないか。それに……内調の言うなりに踊ったということにならないようにしろとかなんとか言っていた。内調とは何だ。言うなりに踊るとはどういうことだ。

室井は明け方近くまで、浅いねむりをくり返しては、その合間にＴ石油での声をくり返し考えていた。

5

東亜丸事件がマスコミで本式に動きだすのに、二日の空白があった。事件は金曜の午後発生し、大略が入電したのがその夜から土曜の朝にかけて。護衛隊群の発進が防衛庁から正式に発表されたのは、土曜の夜になってからだが、実際には金曜の晩の第一報直後に発進してしまっている。

月曜の各紙は筆を揃えてこの点を衝《つ》いた。シビルコントロールが守られていない……。だが一方では、撃沈された東亜丸と同型の光洋丸が、その危険海域に接近中だったという事実があった。何をおいてもそれを守りに発進しなければ自衛隊の意味がない。そういう議論も、人々には素直に受けとれるようだった。攻撃ではない。自衛だ。防衛庁長官はくり返しそれを強調した。

周辺の島々に汚染が拡大しはじめていた。丹念な捜索にもかかわらず、三十万トンという巨船の沈没にまき込まれたクルーの遺体は数体しか発見できず、宗近船長はじめ全乗組員の生存が絶望視された。

だが、無数の島々からなるインドネシア海域において、海上ゲリラのPTボートを発見、捕捉することは不可能に近かった。事件の再発が憂慮され、第一護衛隊群はそのまま光洋丸の護衛につくとともに、一部が同海域に残留することとなった。

海上輸送路確保の声が湧きあがり、第一護衛隊群はまたたく間に国民の間に知れ渡って行く。

また、例によって乗組員の遺族がマスコミに登場し、人々の憤《いきどお》りと涙を誘っていた。

宗近美子は美人歌手として一時期人気を集めていただけに、意外な強さで大衆にアピールした。薄倖の美女……思い切りよく人気スターの座を棄《す》てて幸福な家庭の主婦となった女が、悲嘆にくれて泣きあかしている。……そして美子は、もののみごとにその役をこなし切っていた。またかと思うほどテレビのニュースショーに登場し、そのたびに艶《つや》やかな顔を憂《うれ》いにくもらせていた。

「知ってるか、沢……じゃなかった、あの宗近美子の叔父さんてのを」

ある昼休み、またもや登場した美子の顔をテレビで眺めながら、何気なく室井が同僚の一人に言うと、その男は意外なことを知っていた。

「知ってるさ。彼はもと内閣調査室にいた大物さ」

「え、内閣調査室」

「ああ。総理府の中にあるそうだ。できたのは昭和二十七年頃で、もう随分古いもんだ。外務省、通産省はじめ各庁から有能な連中が出向していて、丁度ＣＩＡに似た調査活動をやってる。もう宗近美子の叔父さんはとっくに辞めて、どこかの社長かなんかに納まってるらしいけど、内調と言えば、いわば日本のスパイの元締めみたいなもんだ」

「内調……」

　室井は愕然としていた。迂闊《うかつ》だったと思った。呑気《のんき》な広告屋暮らしに慣れて、ついそうした社会の鋭利な側面を忘れていたが、それならあの土曜日に感じた自分の疑惑も、まんざら理由のないことではなかったのだと思った。

　室井はその日から、ひそかにアジア政経通信社について調べはじめた。

　それとなく尋ねまわると、そうした方面の情報通を自称する者は案外多く、すぐにそれが、れっきとした内調の外郭団体であることが判った。内調二部という海外情勢専門の調査部門で、ベトナム、インドネシアでは特に活発に動いているという噂だった。しかしあくまで自称情報通の噂にすぎず、その実態は判然とする由《よし》もなかった。

室井の頭には、次第に東亜丸撃沈事件が、本当に現地のゲリラによるものなのかどうかという疑問が芽ぶいて来た。

その気になって見ると、現地におけるゲリラとか、排日運動とかには、一筋縄では行かぬ複雑な背景があるような気がして来た。

ある考え方をすれば、それは日本の権益、ことに西イリアンで独占に近い形をとりつづけている、石油利権からの追い出し策ということが考えられる。当然背景はイリアン湾石油によって巨大な日本の石油市場の半ばを失いかねない国際石油資本の暗躍である。

また、もっとオーソドックスな見方としては、南下して来た中国大陸の勢力の先端部が、インドネシアで強力な地下運動を展開しようとしているとも考えられる。ソ連が日中の摩擦を煽《あお》っているというのも、その考え方の部分にはあてはまる。

現地支配層の中で、親日派が主流を占めた今、その逆転を狙《ねら》い、主流の位置を奪おうとする勢力のあることも事実だろう。また、それを利用してソ連と同じ狙いをつけるアメリカの力も考えられる。

ひょっとすると、それが入り混じり合って、ごたごたと正体不明のもつれ方をしているのが実態かもしれない。

いずれにせよ、民間警備会社だけの手に陸上防衛がゆだねられているイリアン油田は、それを経営する者にとっても日本政府にとっても、不安の種でないことはない。陸上軍をくり出し、半永久的な防衛体制をとらなければ、複雑怪奇な情勢下ではいつ権益が危うくならないともかぎらないのだ。

とすれば、考えにくいことではあっても、日本みずからが貴重な巨船と原油を沈めて国民の目をこの問題に向け、とりあえず海上軍派遣の既成事実を、それも多くの国民の支持のもとに作ってしまったということも可能性としてはあり得るのだ。

時代が動きはじめた……。

室井は久しぶりにそれを直感した。ファッションが変わる時、室井はいつでもそれを肌で感じたものだった。今、ファッションどころか、もっと大きなものが変わろうとしている。時代の先どりこそ広告マンの生甲斐《いきがい》であり、それ故《ゆえ》にこそ一見軽薄な風体《ふうてい》で歩きまわっているのだ。

室井は仕事に積極性をとり戻していた。若いスタッフをみちびくべき進路を、確信をもって摑んでいるという思いだった。ポスターのデザインをいきなりミリタリー調に変えることはせぬまでも、微妙にその方向へ近づけていた。

である。すべし。なり。……キャッチフレーズの結びをそのようにすると、意味もなく大うけにうけ、模倣する者が続出した。

室井は自信をつけ、広告主から出される難題を次々に征服して行くのだった。

「おい、聞いたかい。宗近船長の女房がカムバックするんだってよ」

ある日、営業マンの一人が、レコード会社から帰って来てそんな情報を得意気に触れ歩いていた。

「やっぱりやるか……」

それを聞いた時、室井は思わずそうつぶやいていた。

6

「はい、室井ですが」

受話器を耳にあててそう言うと、クスクスという笑い声がした。

「あ、た、し……」

「やあ、君か」

声は美子だった。

「どう。元気……」

「うん。もう二度と電話では声が聞けないと思ってたよ」

「そうね。テレビばっかりだったでしょ」

「どういう風の吹きまわしだ」

「考え直したの。夫に死なれて歌手にカムバックすることになったのよ」

「そうだってな。おめでとうと言っていいのかどうか判らないけど」

「ねえ、私の考え方、少しおかしかったわね」

「なぜ。どこがだい」

「夫が死んでいなくなって、その上、元の歌い手になったら、以前とまるで同じじゃないの」

「そうかな」

「そうよ。だから私たちの間も以前とおんなじ……」

「なるほど。そういうわけか」

室井は苦笑した。それにそろそろあの白い体がうずきはじめている頃でもある。

「会わない」

「以前どおりにか」

「ええ。今夜あいてるの」

「Oホテルか。いいだろう」

「お部屋にいるのよ、もう」

美子はまた含み笑いをした。

「今度はツインというわけには行かんな。また別々だろう」

「もちろんよ」

室井には美子が大きな目で言っているのが見えるような気がした。

「よし……」

室井は言い、相手のルームナンバーをたしかめるとすぐ電話を切って、Oホテルの予約係へ掛け直した。このところ都心のホテルの部屋はずっとだぶついており、かんたんにシングルがとれた。

口実を作って妻に断わりの電話を入れて納得させ、室井は久しぶりに勇み立つ思いで退社時間を待った。

自分の部屋へ入ってシャワーを浴びていると、チャイムの音がした。半裸でドアをあけるとさっと美子がとびこんで来て、

「会いたかったの……」

と唇を吸った。それをむりやりに離し、体を拭いていると、美子はさっさと服を脱ぎ、ひとつきりのベッドへ音をたててとび乗った。

「ねえ、私の今度の唄、うけると思う……」

美子は毛布の間にもぐりこみながら言う。

「ああ。多分な。でも、俺まだ聞いてねえよ」

そう答えるとハミングで唄いだした。ブルース調のスローな曲だった。

「どお」

「さあな、君という素材はうけるだろうが、曲がズレてるな」

「だって仲根《なかね》先生の曲よ」

「いくらヒットメーカーでもそいつはミスだ。その曲はなっちゃないな」

「ひどいことを言うのね」

「今曲がり角なんだ。仲根先生には悪いが、これからは軍歌だよ」

「軍歌……私が、まさか」

「そこまではっきりしなくても、もっとパリッとしたマーチ風の曲がいいな。多分君があの船長の未亡人だからというんで、仲根さんはそんな曲をはめようとしたんだろうが、当たり前すぎるよ。別の曲にできないのかい」

「できないこともないけど」

「マーチ風にいこうよ。マーチ風に」

「そうかしら」

美子はしばらく真剣な表情で考えていた。

「ところで君の叔父さんての凄い人だな」

「あら、どうして」

「日本という国をマーチ風なところへ持ってっちまったじゃないか」

するとと美子は薄気味悪いほど無表情になって沈黙した。

「どうしたんだ。急に黙りこんじゃって」

「私、あなたに何か喋った……」

「いや。ただガードマンの会社の社長だって言っただけだよ」

室井はシングルベッドへすべりこむのに、美子の体を壁際へ押しつけた。美子は体を堅くしてそれを避ける様子を示した。

「もしそのひとことだけであなたが何かに気づいたとしたら、私あなたにお詫びするわ」

「なぜだい」

「知っちゃいけないことを知ったからよ」

「おいおい、おどかすなよ」

「誰にもそのこと喋《しゃべ》っていない」

「喋りゃしないさ。第一今言ったんだって八割方あてずっぽうだもの」

「きらい……」

美子はいきなり室井の首に両腕をまわし、のしかかるように唇を寄せた。

「引っかかっちゃったみたい」

唇を離すとそう言った。

「じゃいくらか当たったのか」

「ねえ、私聞かないことにする。だからあなたももうそのことは言わないで」

「君がそう言うんなら」

「そうして。でないとあなた死ぬわよ」

室井は思わず美子の顔をみた。凄んでもいなければ脅してもいず、ごく当たり前の顔で言っていた。

「ふうん」

室井は下から美子のバストに掌をあてがったまま言った。普通の顔だけに真実味があった。

ひょっとするとこの女は、普段こんなことを平気で喋り合う世界にいるのではないかと、そんな恐れのようなものさえ感じた。

「死ぬのこわい……」

「ああ。だから喋らんよ。今の美子の顔をみたら、本当に殺されかねない気分になっちまった」

室井は正直に言った。

「ずっとこうして会いつづけていたいわ」

「昔どおりにか」

「ええ。だってあなたとがいちばん長いんですもの」

そう言えば長かった。中途に切れ目があるし、時々しか会わないけれど、室井にしても美子ほど長く続いている女は他になかった。

美子は体をくねらせて合わせ、ゆっくりと自分で室井を迎えた。

「平気よ。戦争なんて起きっこないわ」

なぜか確信ありげにそう言うのだった。

美子はテレビのゴールデンタイムにまた登場するようになった。室井の予言に反して彼女の曲はヒットパレードの上位に食いこんでいる。

「おかしいな」

室井は夕食のあと、茶の間でそうつぶやいた。テレビでは美子が唄っていた。

「なにがおかしいの」

「この曲さ」

室井はテレビを顎で示し、擽《くすぐ》ったい快感を覚えた。自分の恋人を女房に見せている……ふとそう思ったからだ。

「いい歌じゃない」

「当たらないと思ったのさ」

「勘が外れたのね」

勘が外れちゃ飯の食いあげだ。……いつもこういう場合、それが室井のきまり文句だった。

「マーチ風がいいと思ったんだがな」

「マーチ風って、昔、水前寺清子《すいぜんじきよこ》が唄ってたみたいな」

「そうさ。これからはああいうのがいい」

そうにきまってるんだ……室井はしつっこくそう思った。

「いいじゃないの。流行歌はあなたの守備範囲じゃないでしょ」

反論もできず、室井は沈黙した。

だが数日後、久しぶりで彼の所へＣＭソングの試作依頼が営業から廻されて来た。

室井はしめたと思った。これは何がなんでもマーチ風に行ってみるチャンスだと思った。

「いいか、絶対マーチ風だぞ。それ以外に作っても無駄なんだ」

「そんなこと言ったって、これ化粧品ですよ」

「かまわん。女のほうがこういうことには敏感なんだ。女性向けマーチ風で行け」

室井はそう頑張り抜き、とうとうスタッフを説得して思いどおりの曲を作らせてしまった。併行してコマーシャルフィルムの制作も進み、スポンサー同席の上で試写会となった。

ダビングスタジオに附属した小さな試写室で、やがて作品の披露がはじまろうという寸前、室井は外から駆け込んで来て顔を揃えた一同の前へ立った。

「ただ今重大ニュースの発表がありました。防衛庁午後二時の発表によれば、わが陸上自衛隊二個大隊が、本日正午イリアン湾油田地帯防衛のため空輸されました」

室井はそう言い、じっと人々の反応を待った。しばらく沈黙があり、急に拍手が起こった。その拍手の中で、室井はキューを出した。

絵は出さず、音楽だけが聞こえはじめた。

「ほう……これはいい」

スポンサーが言い、ボリュームがあがった。狭い部屋いっぱいにマーチ風のメロディーが溢れ、室井が手拍子をとると、男たちがつられて手を打った。

「どうだい。ざまみやがれ」

最後まで室井の案に反対した男に、彼は低い声で言った。

「とうとう出かけたなあ……暑いぜ、向こうは」

男は手拍子を打ちながらそう言った。照明が消え、10、9、8、7、6、5、4、3、2、1と、リードフィルムの数字が明滅した。

スクリーンに女の顔がアップになり、それが室井には似てもいないのに美子に見えて仕方なかった。

東京大停電

1

暑い日だった。

その日の午後一時頃、虎《とら》ノ門《もん》の交差点にほど近い喫茶店へ、一人の老人が入って来て窓際に空席をみつけると、そこへ坐って、じっと人待ち顔に外の通りを眺めはじめた。

熱帯性低気圧が通りすぎた直後で、午前中いっぱい空は高く青かったが、いつの間にか、またいつもの鈍い色に濁りかけている。

注文したコーヒーが運ばれて来た時、老人は急に店内の冷房が効きすぎるほど効いているのに気づいたらしく、入るとき手に持って来た上着をとりあげて、坐ったまま袖《そで》を通した。

小柄で痩せがたの老人だった。テーブルはクリーム色、椅子は鮮やかなコバルトブルーといった若々しい配色の喫茶店の中で、老人は居心地《いごこち》悪そうにコーヒーカップを口に運んだ。

二十分近くもそうしていただろうか。やがて暑そうに額や首筋のあたりを白いハンカチでぬぐいながら、三十六、七の小肥りの男が入って来た。入口に向かって坐っていた老人は、教室の生徒のように行儀よく右手を挙《あ》げて合図した。

「どうもお待たせしてしまいまして」

男は汗をぬぐいながら老人の前に坐り、大きな声でウェイトレスにクリームソーダを注文した。

「先生もいかがですか」

老人はそう言われ、静かに首を振った。

「元気そうだね」

「はあ、おかげさまで」

「歳《とし》のせいか、なんとなく君たちがどうしているか知りたくなってね。暇にまかせて近頃あちこち邪魔をして歩いてるんだ。この間T石油の永山《ながやま》君に会った時、君の連絡先を教えてもらったので……」

「それはそれは……永山の奴とは時々会うんですよ。だいぶ景気がいいらしいが、こちらはもう仕事が増えるばかりでどうしようもありません」

「二流のJ大で、しかも国文学などをやっていたにしては、君や永山君などはうまい所へすべりこんだものだな。総理府官房というとどういうことをするんだね」

老人はポケットから古びた名刺入れをとり出し、その中の一枚を丁寧《ていねい》に抜き出すと、老眼特有の透《す》かすような眺め方をした。

「国防計画室というのは、ついさきごろ国防計画本部に昇格しているんです」

「参謀本部みたいなものかね、昔の……」

「とんでもない。まあ早い話が、国防省みたいなものを作るためのお膳だてをしているようなわけです」

「防衛庁だけじゃ足りんのかね」

「仮に日本が昔と同じようになったとしても、陸軍省とか海軍省とかいったようなものは作らんでしょう。今の軍事というのはそういう形ではやって行けんのです。あらゆる部門を有機的に組み合わせて行かねばならないのです。現に私の所にも、大蔵、通産など各省庁から腕っこきが出向して来ています」

「アメリカの国防省みたいなものを作るんだね」

「まあ、そっくりそのままではありませんが、だいたいそういうことです」

「そんな物騒なものが本当にできるのかね。無駄骨になるのじゃないかな、君たちの」

「そんなことはないんですよ、もう……」

男は快活に笑った。

「現に私の所は国防計画室から国防計画本部に昇格しています。日本の進路にとって、これはもう必要不可欠なものになっているんです」

「僕はだいぶ古いらしい」

老人は苦笑しながら言った。

「戦争放棄、再軍備反対といったような考え方が頭にしみついてしまっているよ」

「何も我々だって戦争をしようと言ってるわけじゃありません」

「それはそうだ」

老人は物判りのいい笑顔になった。

「だが防衛力の限界をきめておかないと、結局は戦争を呼び込んでしまうことになりはしないのかね」

「それは今までにもたびたび論議されて来ましたが、無理というものですよ。たとえば三千機の航空兵力があると言ったって、レシプロのポンコツが半分近く混じっているのと、最新鋭機ばかりとではまるで意味が違うでしょう。しかも防衛力という場合、他に必ず攻撃して来る力があってのことで、半永久的に、これだけの防衛力をもって限界とするなどとはきめられるはずがありません。あくまでも外からの力に見合うものがなくてはなりませんし、抑止力として考えた場合には、むしろそれを上回っていたほうが有効なのです」

「天井しらずだね、それじゃ」

「それなんですがね、どうも日本人というのは国際感覚が鈍いというのか……たとえば国連憲章にしたって、国連軍は守りに徹するということでしょう。何かが起これればその国連軍が処理し、自衛権もちゃんと認めている。日本の憲法と同じ趣旨ですし、国連軍は日本の自衛隊と同じ考え方を基盤になり立っているんです。ところがひとところの反戦思想なり自衛隊批判なりというものは、国連軍はしようがないが、自衛隊はいかんという……」

「世界に国連軍がひとつだけあるのだっていいじゃないか。そのほうが理想的だろう」

「違うんですねえ……」

男は歯がゆそうに言った。

「先生にこんな話をしてもはじまりませんが、世界中に牙《きば》をもった生き物がいて、この国だけ牙のないおとなしい生き物として繁栄して行こうと言ったって、それはできない相談です。日本が経済的な実りをつければつけるほど、それに見合った牙が抑止力として要求されるんです。日本が軍事的にまったく無力でいることのほうが、極東の平和にとって、かえって罪深くさえあるんです」

「でも日本が手を出さないという保証をどうやってとりつけるのかね」

「そんな莫迦《ばか》なことやりはしません。今のやり方……文民統制で充分限界は守れます。それに東亜丸事件とかジャカルタ暴動とか、海外において実際に日本の権益が侵《おか》される事件を体験してからは国民もやっと自衛隊が憲法違反ではなかったと信じてくれるようになっています」

「そう。たしかに国民の支持は増えたようだね。その点ではやりよくなったのだろう」

「おかげさまで、と言いたいところですが、まだまだです。我々の仕事の緊急の度合いについての認識がないんですね。これは省庁でさえそうなんです。防衛力というのはさっきも言いましたように、あるレベル以上に行っていないと、いくら金をかけてあると言ってもまるで意味がないんです。そりゃたしかに、今どこそこが攻めて来るから鉄砲をくれというのではありませんよ。しかし自衛力を持つ以上は早くそのレベルに達しておかないと、何のために持っているのだか訳が判らなくなる……我々はそれで急いでいるんです。古い装備のままそれを維持していたのでは、それこそ血税のむだづかいです。国防計画本部は産業界の体制と実際の自衛力……つまり軍ですか……そのふたつの歯車をぴしっと合わせ、運輸、通信から農林、水産、教育と、あらゆる分野を通じた総合力のレベルアップをはかろうとしているのです」

「そういう言い方をされると、どうも僕らには軍国主義が目の前に坐っているような気がして来てしまうのだよ」

「先生などは別ですが、世の中にはまだまだ判らず屋が多くて……でも、国際情勢が今以上に日本にとって厳しくなったら、結局は我々が頼られることになるんです。今じゃ大企業ばかりでなく、中小企業までが東南アジアの各地に工場や商店を持ち、さかんにやってるじゃありませんか。そうした工場が破壊されたり、または操業がとめられたりしたらどういうことになりますか。みんな日本の財産ですよ。それで生活している国民がたくさんいるんです。本土に敵が上陸して来るということはあり得ないとしても、海外で日本の資産が奪い取られるというケースは大いにあり得るんです。平和的に、合法的にやっていたものがですよ……」

「まあ、なかなか元気そうで何よりだ。みんなそれぞれうまくやっているんで安心だよ」

老人はそう言ってちらっと外を見た。

「先生は今何をなさっていらっしゃるんですか。J大へは時々いらっしゃるんでしょう」

「いや。もう随分行っていないな」

「気をつけて新刊案内なんかよく見てるんですが、あれから何かご本を出されましたか」

老人は照れたように顔を撫《な》でた。

「二冊出したきり、すっかり怠《なま》けてしまってね。近頃は絵を描《か》いてるよ」

「ほう……先生が絵を」

「それも油絵をね」

「悠々自適ってところですか。私も歳をとったらそうなりたいもんです」

「まあ元気でやってくれたまえ。しかし日本人をこの前の戦争と同じような場所へは連れて行かんようにな……今さら、師という言葉を持ち出すのは時代錯誤だろうが、これは君の先輩としての忠告であり願いでもある。よろしくたのむ」

老人は真剣な表情で頭を下げた。

「はい。それはもう肝《きも》に銘じております」

男は意外そうな顔で坐り直し、そう答えた。冷房の効いた店の中で、老人のカップに冷えたコーヒーが半分以上残っていた。

2

その夜、老人は旧式の小型クーラーが大きな音をたてている閉め切った八畳間で、十人ばかりの男たちを前に説明していた。

「くもの巣のように張りめぐらされた東京の電力供給網も、その源を辿《たど》って行くといくつかの大きな流れになります。まず鹿島《かしま》から来る鹿島線、次いで例の東海から来る原子力線、猪苗代《いなわしろ》湖から来る猪苗代新幹線および同旧幹線。次いで上越幹線、群馬《ぐんま》幹線、それに信濃《しなの》川、中津《なかつ》川方面から来る中東京幹線。黒部《くろべ》から千曲《ちくま》川方面の電力を集めて奥秩父《ちちぶ》を経由する黒部幹線。栃尾《とちお》、霞沢《かすみざわ》、安曇《あずみ》などの電力が集まる安曇幹線、そして東京西部へ入って来る甲信《こうしん》幹線。天竜《てんりゅう》東幹線や東富士《ふじ》幹線などはいったん東富士変電所を経由して東京のいちばん南側から入って来ています。結局鉄道の配置と非常に似た形で東京へ集まって来ますので、そのように覚えてくださって結構です。そしてそれとは別に、横須賀から房総《ぼうそう》にかけて、東京の外側をぐるりととりかこむ形で、やはり幹線級の超高圧線が走っています」

老人は襖《ふすま》に張った関東地方の略図の前に行き、指で示した。

「横須賀からここまでが東京南線。ここからさっきの中東京幹線の終点までが東京西線。北部は外側が新古河《こが》線、内側が東京中線、そして東京北線、東京東線。その外側が新古河につながる房総線という形になっています。以上が東京の電力供給網のあらましですが、このほかに只見《ただみ》川方面から電源開発公社の只見線と佐久間《さくま》ダムからの佐久間東幹線が入って来ています」

老人は静かな表情で男たちの顔を見まわした。男たちはじっと襖に張り出された送電系統図をみつめている。年齢もまちまちだし、みなりもばらばらだった。きちんとネクタイをしめた銀行員風の堅物《かたぶつ》そうな男もいれば、工員風の単車が似合いそうな青年もいた。

「全都の電力供給をたち切る今度の行動の場合、忘れてはならないのは国鉄が独自に持っている国鉄信濃川線です。これを潰《つぶ》さないと山手《やまのて》線だけは走っているという状態になるのだそうです。このほうは別の組織がやってくれます」

「どこの組織です」

商店主らしい五十がらみの丸顔の男が質問した。

「僕も教えられていません。最初に申しあげたとおり、行動本部ではこのような説明さえ歓迎してはおりませんが、僕はこの地区の責任者として、今の段階でそのような秘密主義は必要ないと思うのです。みなさんは僕同様、行動の全体像を把握しておきたいとお考えでしょう」

座敷の中に無言の同意が拡まったようだった。

「僕らはすべてを破壊しようという過激派ではない。ただ帝国主義に引きずって行く一部の勢力に対し、民衆の憤《いきどお》りが存在するのだということを示したいのです。それは同時に無反省に同調してしまっている人々の間に、事態を考え直すきっかけを与えるものだと信ずるからです。恐らくこれによって多くの人々が迷惑を受けるでしょう。僕らはその迷惑……被害の度合いもあらかじめ知っておかねばなりません。その上での行動でなければ、僕らは単なる盲信者になってしまうのです。この図で見れば判りますが、占拠される主な拠点は、西から順に見て行って、京浜《けいひん》、西東京、中東京、北東京、東東京、新京葉《けいよう》の各主要変電所および開閉所。それに大師《だいし》、南大田《おおた》、八重洲《やえす》、江東《こうとう》、新東京など、東京湾火力発電所からの供給を阻止する市街地の変電所でしょう。また東京駅近くにある電力タワーの機能も停止させなければなりません。あの塔は強力な送電司令塔で、東北、北陸、中部など、各電力会社から融通受給をするほか、各主要拠点との無線連絡を受け持っているのです」

「すると都心部では相当過激な行動を要求されますね」

　銀行マン風の男が臆したように言った。

「一部ではやむを得ないでしょう。しかしほとんどの変電所、開閉所は無防備ですし、内部に入るだけで目的は果たせます。占拠すると言っても、修復に少し時間を要する程度の破損を与えればいいので、実際にはすぐ立ち去ることになります。またニューヨークの例でも判るとおり、電力は大もとのいくつかが供給を絶てば、あとは将棋倒しに機能が麻痺してしまいますから、そう丹念にひとつひとつの変電所なり開閉所を占拠する必要もないのです」

「どうしても気になるんですが、僕らがこれをやって、警告の意思表示だということを民衆に理解してもらえるんでしょうか。マスコミが筆を揃えて非難したり、過激派の行動だときめつけられたりしたらどうなるんでしょう」

「そのために僕らは、変電所や開閉所しか占拠しないのです。もっと少数の人間で、安全にしかも効果的にできるのは、人里離れた山中の送電線なり塔なりを破壊すればいいのです。そこまではしないということの意味は、すぐに理解してもらえるはずです」

　工員風の青年がひとりごとのように言った。

「何だか手ぬるいな。やるんなら徹底的にやってしまえばいい」

「市民平和同盟というのはそういう性質の団体じゃない」

誰かが憤ったように言った。

3

がらんとした八畳の和室に、老人が二人向き合っている。大きな木の盆に灰皿やコップが積んであり、七十ぐらいの痩せ枯れた老人が、襖に張ってあった地図を、半ば無意識のように細《こま》かく引き裂《さ》きながら言った。

「とうとうあすということになった……。島田《しまだ》さんをここまで引きずり込んでしまったのは私だからねえ。今になって申し訳ないような気がして仕方がないのですよ」

「そんなことはないですよ」

島田老人はそう答えると、まだうす煙をあげている灰皿のひとつを取って丹念に火を消した。

「大学の先生までやった人を、こんな仲間に引き入れてしまって」

「妙な感じはしますね、たしかに」

島田は軽く笑ってみせた。

「大学紛争がさかんだった頃は、正直いって逃げまわっていましたよ。判らない奴らだと思いましてね……でも、大学をやめてから、飯岡《いいおか》さんのようなお歳の方がこういう運動に加わっておられるのをみて、随分考えさせられました。僕らは日本という国の動き方の裏も表も、いやというほど体験で知らされた人間です。僕など若い頃からずっとオポチュニストで通して来てしまったわけです。戦時中は国文学と言えば愛国心高揚とじかに結びついていたのですからね。学徒動員を無条件に認めましたし、特攻隊を賛美もしました。僕には子供はなかったが、飯岡さんのようにその年頃の息子がいたとしたら、戦争に行ってこいと……お国のために立派に死ねと尻をひっぱたいて送り出してしまったでしょう。無責任なものです。人さまの子供をそうして送り出していたんですからね」

飯岡老人は何度もうなずいた。

「悴《せがれ》が生きてればそろそろ五十近くになりますよ。なんだかんだ言っても、終戦からこっち、今日までの日本は、そりゃあなた、いい世の中でしたよ。平和で、物はあり余ってて、言いたいことは言えて……あの時死んでなけりゃ、そのぬくぬくとした世の中で、やれレジャーだ、やれ車だと、たのしい思いで過ごして来れたんです。私もね、以前は嫁の顔が見れたはずだ、孫が抱ける年頃だと、そんなふうに思ってたもんでした。でも、近頃になって、悴を一人の男として、自分のこと抜きに思えるようになったんですね……申し訳ないことです。あのあとに、こんな結構な世の中があるんだったら、親の私が片腕叩き落としてでも、兵隊にだけはやるんじゃなかったってね。そう思うんです。何で戦争が要《い》るんです。ことに今の日本はこの前の時より、物はある、食っては行ける……工夫次第じゃ相当ひどくなったってなんとかやって行けるんじゃありませんか。何が四次防です。何が五次防です。仮に共産党の世の中になったからって、それでどうだって言うんです。自分も死に、人さまも殺し……そんなのは真っ平《まっぴら》ですよ。若い連中は身に沁《し》みてないんですね。間違ってますよ。つまりは金とどっちが大事だ……金のほうが大事だ……そういうわけでしょう。愛国心って言ったってね、いざふたをあけてみたら昭和二十年この方、日本人はそう潔癖じゃなかったですよ。混血児がよくて、娘は毛まで赤く染めるじゃないですか。天皇だって、そう大事には思ってなかったじゃありませんか。外国のことが判らなきゃ立派なビジネスマンじゃないみたいな風潮で、今の自衛隊だって半分英語でやってるそうじゃありませんか。外国にある日本の財産がどうのこうのと言ったって、はじめからそこは人さまの土地じゃないですか。金払ったから当たり前だと思ってるんでしょうかね。金だけ出してその土地の人に商売を教え、あとはまかせるくらいの度量はなかったんですかね」

飯岡老人は淡々とした様子で言った。

「とにかく、僕らみたいな年寄りが動かなければならないのは、情けないことだという気もしますがね……でも僕は実はいくらか誇らしいんですよ。生まれてはじめて世の中の役に立てる……本当に正しいことをやれる。そんな気がしてるんです。気が若いんでしょうか。法律にそむくわけだし、停電になれば産院の赤ん坊や手術中の人間の命が危険にさらされるんです。決していいことじゃありませんよ。少なくとも教育者のやることじゃない……実は今日の昼、総理府の大臣官房にある国防計画本部という所の男と会って来たんです。昔の教え子です。そういう所にいる若い連中が、少しでも戦争とか軍備とかということについて、真剣に考えていてくれているようなら、まだやめるチャンスは残っていると思いましてね。未練がましいんですが、実際最後の祈りのような気分で会ったのです」

「駄目でしょう、そういう所の人は」

「ええ。日本の行く道は自分がつくるみたいに気負いたっていましたがね。抑止力とするなら他国の軍隊より強くなければ意味がないと言うんです」

「そんなことでしょうな」

「やらねばならんという覚悟が強まっただけでしたよ。人を教える身でいながら、僕はそういう人間ばかりを作り出してしまったような気がします」

「あなたのせいじゃありませんよ。みんなが悪かったんです」

飯岡老人は立ちあがると細かく切りきざんだ地図を新聞紙にくるみ、

「あとで燃やします」

と言った。

「僕もそろそろおいとましなければ」

島田幸造《こうぞう》はそう言い、灰皿やコップをのせた木の盆を両手に持って飯岡老人のあとにつづいて部屋を出た。ギシギシと軋《きし》む階段を降り、台所の流しの傍へ盆を置くと、

「じゃあ失礼します」

と言って靴をはいた。

スリッパやサンダル、下駄、長靴といった履物《はきもの》類が並んだ店のカーテンを細目にあけ、ガラス戸をあけて素早く通りへ出た。

「ご無事を祈ります」

送って出た飯岡老人が言い、島田幸造がふり向いて笑顔を見せた。

すぐ近くのパチンコ屋からは、まださかんに玉の出る音が聞こえ、電車の走る響きがつたわって来た。

4

「よく鳴いてるじゃないか」

島田は浴衣《ゆかた》に着かえながらそう言った。さっきから縁先に吊るした小さな籠《かご》の中で、鈴虫が鳴き続けていた。

「ねえ、どういうわけでしょう。きのうまでまるで鳴かなかったのに」

古めかしい卓袱《ちゃぶ》台の前に坐って、妻のまつ江が答える。

「下駄屋の飯岡さんだがな。お子さんが生きていれば五十近いそうだよ」

「うそ……五十ですか」

「そうなるよ。数えてみたんだが、十八、九で戦争に行ったとして、終戦の年からもうそんなにたってしまったんだなあ」

「へえ……」

まつ江はしなびた肌の指を折って勘定し、

「ほんとだわ。こわいみたいですねえ」

と言う。

「戦争で死んだ人というと、どうしても僕らにはまだ若いさかりのような気がしてしまうが、生きていればみんなそんな年頃にさしかかっている」

「変なものですわねえ。戦争中や、戦後すぐの物のなかった時代は、一所懸命頑張ってやってきたって感じがして、時々思い出したりしても、なんだかわが身がいとおしくなるみたいですけど、いつの頃からか豊かになりはじめてからは、ついうかうかと過ごしてしまったようで、なんだかこれでよかったのかしらという気になってしまいますよ」

島田は縁側へ行き、鈴虫の籠を眺めた。

「豊かになってからというのは皮肉に聞こえるな。とうとうわが家にはクーラーもなかったじゃないか」

「麦茶がぬるくなりますよ」

まつ江はそう言い、夫のうしろ姿をみた。

「あれは体に毒です。冷蔵庫だってちゃんとあるし、扇風機もあるし、網戸だって入ってます。ひとどおりのことはちゃんとしていただいてます」

「ま、そういうことだな」

島田は座敷に戻り、卓袱台の前へあぐらをかいた。

「明日は十五日だよ」

「そうですよ」

「終戦の日も鈴虫が鳴いていたのかなあ」

「変ですねえ、あなた。今夜は妙に戦争のことばかりおっしゃって」

島田は右手でつるりと顔を撫で、

「正木《まさき》が寄って行ったのか」

と言う。正木はまつ江の甥《おい》に当たり、大阪でかなり手広くメリヤス商を営んでいる。

「また、そうめんのお土産です。馬鹿のひとつ覚えみたいに、夏になるとそうめんばかり」

「僕が好きなのを知っているからさ。いい男だよ、悪気がなくて」

島田は冷えた麦茶を飲んでから答える。

「それから、出版社の新山《にいやま》さんからお電話がありましたよ。今度のご本が来月には出来上がるでしょうって……」

「そうか。それはよかった」

島田は嬉しそうに言い、家の中を見まわした。古い家で、あちこちいたみ放題になってはいるが、まつ江が余生を送るにはなんとか間に合うはずだと思った。それに退職金と次に出る本の印税と、大阪にいる生活力のある甥の存在と、それらを合わせるとこの老妻が万一の場合でも路頭に迷うことはないだろう。

「正木は張り切ってましたよ」

「なんでだ」

「今度東南アジアのどこかへ工場を持つんだそうです。向こうで作らせて向こうで売るんだと言ってました。近頃じゃあの程度のメリヤス屋さんまで、みんな海外へ進出するんですね」

島田はふうんと生返事をし、

「何も正木あたりまで出て行かなくてもよかろうに」

とつぶやいた。

「それで、岸本《きしもと》君にはお会いになれまして」

「ああ……」

「元気だったでしょう。あの岸本君ならどこにいてもうまくやっていけますわよ。今どんなお仕事ですの」

「総理大臣官房という所で国防省を作る準備をしているよ」

「国防省」

「そうだ。くだらん奴だ。あれはもっと無害な男だと思っていた。どいつもこいつも戦争屋ばかりじゃないか」

「あなたのお弟子さんだって、そうあなたの思いどおりの人にはなりませんよ」

「小説家になりたいと言った時、とめるんじゃなかった。そうすればあんな所へも行かなかったろうし」

まつ江は黙って立ちあがり、台所へ消えた。しばらく氷を出す音などが聞こえている。

「やっぱり変ですよ、今夜のあなたは。神経がたかぶっているみたい」

まつ江はそう言いながら戻って来ると、大きなグラスに清酒をオンザロックにして、島田の前へ置いた。

島田は口をとがらせてグラスをみつめ、しばらくしてから黙って飲みはじめた。

「明日はどうなさるんです。また絵を描きにいらっしゃいますか」

まつ江は遅い夕食をはじめながら尋《たず》ねた。チリチリンと氷の音をさせ、島田はグラスを置いた。

「ああ、行くつもりだ。天気もいいらしいし」

「暑いでしょうにねえ……何で今頃、急に絵なんかおはじめになったのか」

まつ江は白瓜《しろうり》の漬物に箸を伸ばしながら言う。

「好きにさせてくれ。とにかく明日も行くぞ。必ず行く。いつもどおりさ。そう、いつもどおりにな」

酒の弱い島田はもう赤い顔になって答えた。鈴虫が鳴いて、狭い庭にのしかかるように建った、真新しい二階だてのアパートから、威勢のいいマーチ風の歌が聞こえていた。

5

八月十五日午前十一時。

島田幸造は金網をめぐらせた変電所のすぐ傍で、キャンバスに向かっていた。あまりかぶったこともないベレーをかぶり、よく見ればさまにならない絵筆の持ち方で、しきりに変電所の入口あたりを眺めている。左手首につけた腕時計は、だんだん正午に近づいて行く。

十分前、畑の中の赤土の道に一台の車が入って来て島田の前を少し行きすぎてから停まった。男が四人降りて来て、島田と何か声を交《か》わした。島田はよろよろとよろけ、男たちがその体を両脇から、抱きかかえるようにすると、その中の一人が変電所の入口へ走った。

「通りがかった者なんですが、絵描きさんが病気らしいんです」

青い綿ズボンをはいた職員が顔を出すと、このところ何日も通って来ている画家が、車の男たちに抱かれてやって来るところだった。

「どうしたんです」

「さあ……とにかく、何とかしてやってくださいよ。お宅の方じゃないんですか」

「いや。しかしそれは大変だな。外じゃ日かげもないし、冷たい物くらいならここにもありますから」

一人が先に立ち、二人が島田をかかえ、もう一人が絵の道具を持って建物の中へはいりこんだ。

島田の役はそこまでだった。このために島田は幾日も絵描きの姿で変電所の前で時を過ごしていたのだ。もう一台別の車がやって来て、道をふさがれた恰好をする手筈《てはず》だった。あとは若い連中がやってくれる。

だが島田は本当に病気になってしまったような気がしていた。電力供給機構の将棋倒しを狙《ねら》うには、主要地点をタイミングよく一斉に切るのが効果的だった。時間は判りやすく、十二時ちょうどにきめられている。それに間に合うかどうか。無理をして、抵抗する職員を傷つけはすまいか……。

入口の傍の小さな事務室の椅子を並べた上に横にされ、白い天井を眺めていると、外で手筈どおりクラクションの音が二、三度連続して響いた。

「大丈夫ですか……」

仲間の一人がそれを無視していることを強調するため、ことさら心配そうに島田の顔をのぞきこんだ。かえって職員のほうが外を気にして出て行ったようだった。

ドカドカと足音が入り乱れ、

「それっ、奥だっ」

と鋭い声がした。

「何するんだ、お前ら……」

甲高《かんだか》い男の声が途中で急にやみ、ドサリと床に倒れる音がした。島田は慌《あわ》てて起きあがった。

「莫迦、やったのか」

「先生、早くこいつを縛って……」

若い男が細引きの束を島田に抛《ほう》りつけ、奥へ走り込んで行った。

「抵抗するな。抵抗すれば射殺するぞ」

明らかに脅しだった。しかし島田が思ってもいなかった強引さで事は運ばれているようだった。鈍器で撲られたらしい職員がかすかに呻《うめ》いて身動きすると、島田はこの場に自分しかいないことに気づき、恐怖に近い感情に襲われた。慌てて細引きの束をほぐし、震《ふる》える手で男の足を縛った。その残りでうしろ手に両腕を縛りはじめた時、はじめて強い罪悪感にとらわれた。

島田は吐いて戻したいような気分で建物の外へよろめき出た。殺風景なコンクリートと粗《あら》い砂利をしきつめたそのあたりの様子が、いっそう島田の不安をかきたてた。

「なんということだ」

島田は青い空に吐きつけるようにつぶやいた。国文学者。大学教授。善良な市民……人生をつらぬいていた穏健なものが、あっさりと、けしとんでしまい、おどおどと場慣れのしない犯罪者が一人ここに立っているのだ。

はじめから覚悟していたはずだ……そう思い直そうとすると、今度は自分のだらしなさ、うろたえぶりに腹が立って来る。

やらなければいかん。しなければならぬことをしているのだ……そう何度も何度も心の中でくり返し、そのくせ心のどこかで次に出版される書物の出来ばえなぞを思っていたりした。

「まるで俺は役に立たん」

最後に吐きすてるように言った時、ドーンと低くこもった爆発音が聞こえた。若い連中が島田の理想的、紳士的にすぎる方針を、はじめから無視していたのは明らかのようだった。老人をたててくれていたのだ。彼らはもっと実際的な方法を用意していたのだ。

「やったやった。先生やりましたぜ」

デニムのよれよれのズボンをはいた青年が長髪を揺らせてとび出して来ると、瞳《ひとみ》をうるませて島田の両手を握りしめた。

「先生、早く車へ……」

つづいて出て来た男がそうせきたてた。島田は雲を踏むような思いで車へ駆け戻った。バラバラと男たちが走り出て、二、三分すると全員が揃った。先の車が砂埃《ぼこり》をまきあげて畑の中の道を走り出し、島田の乗った車もそのあとにつづいた。

「ちっとやそっとじゃ復旧せんでしょうな」

銀行マン風の男が眼鏡を光らせながら落ちついた態度で言った。島田は変電所をふり返り、息をつめて眺めた。気のせいか、うすい煙が窓から立ちのぼっているように思えた。

「君らにはかなわん。はじめから僕のような人間がリーダーになるなど、無理なことだったんだ。たしかに、今のやり方でなければうまく行かなかったろうな。悠長にやっていれば向こうも手向かって来るだろうし、犠牲者が出たかもしれん。諸君にいさぎよく謝ろう。君らのやり方が正しい」

「先生……」

銀行マン風が感激したように声をつまらせ、島田の肩に腕をまわした。

「有難うございます。判っていただいて」

島田は意外そうにその顔をのぞきこんだ。

「そう何度も僕を驚かさんでくれ。事に臨んで僕は役に立たない存在だったんだから」

「叱られるのを覚悟でああやったんです。先生に褒《ほ》められるとは思いませんでした。だから嬉しいんです」

運転している商店主が前を向いたまま言った。

「先生や下駄屋の飯岡さんのようなご老人が、我々のグループにいるということは、我々みんなの心の支《ささ》えになっているんですよ。我々だってこんなことをおっぱじめて、間違ってるんじゃないかという不安につきまとわれているんです。でも、元大学教授の、それもおとなしいんで有名な先生が立ちあがったり、七十幾つの飯岡さんが立ちあがったりするんだから、絶対に間違ってはいないんだという信念が湧くんです。先生はどこまでも我々のリーダーですよ」

車は畑を抜け、家並《やなみ》の続いた簡易舗装の道へ入った。

「みろ、ほら……」

誰かが叫んだ。

「信号が消えてるぞ」

駅前から東京へ向かう通りの交差点の信号が消えていた。車はためらいがちに、それでもなんとかまだその交差点を越えている。前の車がそこを左折し、東京へ向かった。商工会議所の前に警察があり、白い腕章をまいた交通課の警官が六、七人、ひとかたまりになってとび出して行くところだった。

「ラジオをつけてみなさい」

島田はそう命令し、ふと変電所へ絵の道具を置いて来てしまったことに気がついた。

6

最初に国電が停まった。そして数分後に都内の全私鉄が、地下鉄全線を含め完全に停止した。

どうやら鉄道関係、特に国鉄に対しては、電源が独立しているだけに、最も有力な組織が動いて徹底的に電力の供給を断《た》ったらしい。

地下鉄内では閉じこめられた乗客たちが、予備灯のうすあかりの中でいらいらと復旧を待っていた。都の交通局は直《ただ》ちに他の変電所へ連絡して送電を求めたが、どこも送電不能に陥っていた。

それればかりか、約二十分後には電話までが沈黙してしまった。各駅とも連絡が絶え、その頃になると閉じこめられた乗客は恐慌状態に陥っていた。

それを知らぬ人々が停電した地下鉄の駅へ次々に降り、不安気な表情でまた地上へ戻って行く。

中央、山手、京浜などの各線路上は、あきらめて歩き出す人々で溢れた。高い土手をすべり降りて怪我をする者もいたし、いつまでも車内に残って泣き喚《わめ》く幼児をあやしつづける若い母親もいた。

交通信号はまったく死に絶えてしまった。

警察はこれが異常な大停電であることに気づくと、警官を動員して各主要交差点にくり出し、手信号による整理を試みたが、全信号が消えてしまっては焼け石に水で、電話が途絶する頃には自動車はすべて路上に釘《くぎ》づけにされてしまった。

車の人々は、この状態をそれぞれの行先に連絡しようにも、連絡のしようがなく、いらいらと炎天下の路上をうろつくばかりだった。

西から東から、北から、東京めざして流れ込んでくる各街道の車も次々につまりはじめ、千葉《ちば》、埼玉《さいたま》、神奈川《かながわ》など、周辺各県の道路もあおりを食って機能が麻痺しはじめていた。

都水道局の送水ポンプも完全に停止した。人々は突然の断水に問い合わせる手段もなく、主婦たちは水の手を断たれた台所で、クーラーも扇風機も動かぬ暑さにうだりながら、ひたすら蛇口をあけて待ちつづけていた。

ことに団地やマンションの住人にとって、この停電は最もこたえたようだった。どのビルでもエレベーターの前に人だかりがし、閉じこめられた人々の救出に必死だった。閉じこめられなかった人々も、大停電の情報を得ようと階段を昇り降りし、汗まみれになっている。冷蔵庫の氷がとけ、魚や肉が腐りはじめていた。数時間後には汗にまみれた人々に涼をもたらすものは、東京中探してもどこにもないことになった。

エレベーターに閉じこめられた人々の生命が問題になってきた。非常停止ボタンを使えばドアはあくが、階段の途中では無情な石の壁がのぞくだけなのだ。電気が通じるまで脱出不可能に近い。

デパートや劇場は約一時間後にどこもあっさりかぶとをぬいだ。冷房もなく照明もないのでは、客を待たせるにも限度があるのだ。

しかしそうした建物から吐き出された人々がどうやって帰るかとなると、答えは歩くよりなかった。八月中旬のむし暑い街路を、人々はぞろぞろと歩きはじめている。水もなく、情報もないまま……。

トランジスタラジオだけが都民の唯一の情報源だった。二、三のラジオ局だけが電波を辛《かろ》うじて送り出している。しかし、そこから流れ出す情報は至って不確実で、赤軍派の一斉蜂起とか、大規模なサボタージュとかといった刺激的な言葉が、終始「らしい」ということで語られている。

行動した組織の指導者たちは、すべてが治まって、市民が冷静になってから大停電の理由を説明するつもりでいるらしく、現在のところまったく沈黙を守っている。

金融機関の機能も、コンピュータのオンラインシステムに頼っていたので、ほとんど麻痺している。各銀行の計算センターは、コンピュータに無停電装置があり、停電と同時に内蔵された蓄電池が作動するから影響を受けはしなかったが、各支店の端末機は一発で死んでしまった。

都内の工場ももちろんほとんどが操業を止め、増加して行く不良品を前に工場長たちが呻《うめ》き声をあげつづけている。

自家発電装置を持たない多くの病院は、それこそ必死で深刻化する事態を喰いとめていた。最も深刻な被害を蒙《こうむ》ったのは、手術中だったり手術寸前だったりした患者たちと、保育器に入っていた未熟児たちだった。未熟児の何人かは保育器の中で酸素供給が止まったまま、処置が遅れて死んで行った。

ボーリング場も、映画館も、遊園地も、ありとあらゆる施設が機能を失い、パチンコ屋さえもが客を帰して入口を閉じた。

夕闇が近づくにつれ、東京は死んだ都市の様相を呈しはじめた。政府は機動隊や自衛隊の治安出動を決定し、夕方六時にはそれが各方面へ伝達されたが、車輛による移動は絶望的だった。ただ、首相官邸と国会周辺には、ヘリコプターによってかなりの陸上自衛隊員が送り込まれ、やがて彼らの手によって点じられた強力な投光器のあかりが、都心に閉じこめられた人々の心にいっそうの不安を煽《あお》りたてるのだった。

主婦たちは足を奪われて帰りつけぬ夫の身を案じながら、暗い家にこもって風に揺れる小さな赤い灯火のまわりに子供たちと身を寄せ合っていた。

あちこちで火災が発生し、消防車が出動せぬまま無情に燃えひろがっていた。消すに水もなく、人々は有毒ガスの渦をさけてにげまどった。

暑く長い終戦記念日の夜は、こうしてはじまった。多くの人々はいや応なしに、その日が終戦記念日であることを思い出し、母は子に、灯火管制の闇を物語り、火に追われた人々はあの年の春の大空襲を連想していた。

「昔はよかったよなあ」

街角の闇の中で、年輩らしい声がやけくそ気味に響いた。

「なんたって、町内のあっちこっちに井戸があったもんな」

その声の主は、錆《さ》びた音をたてる手動ポンプの便利さを、心の底から思い出し羨《うらや》んでいるようだった。

「たよりねえ町に住んじゃってるんだな、俺たちは」別な声がぼやいていた。

「いったん電気が停まりゃこのとおりのざまだ。マンションの六階なんかに入っていい気になってたけど、もうあそこへ昇って行くのも嫌だぜ。これで何回昇ったり降りたりしてると思う……ずっと電気が来なけりゃ、さしずめ疎開するしか手はねえな」

「疎開か……」

うつろな声がそう言った。

7

戦前からの古く小さな平屋だてである島田家の前に、ちょっとした行列ができていた。ポリバケツをぶらさげた男女が、その勝手口にある赤錆びたポンプを押す順番を待っているのだ。

「飲めませんよ、この水は」

まつ江は井戸の傍で、いちいちそう断わっていた。

「こんな所に井戸を持ってるおうちがあったんですねえ。毎日通っていてちっとも気がつきませんでしたわ」

暗がりの中で、もらい水に来た主婦がお世辞まじりに言った。

「以前はおとなりにもあったし、お向かいにもあったんですよ」

まつ江はそう答える。だがそのとなりは三階だての堂々たる鉄筋の邸宅に変わり、島田家の日照時間を三分の一以下に減らしてしまっている。お向かいさんはとうに引っ越してアパートをそのあとに建て、それもつい最近新しく建てかえて各戸浴室つきになっている。もちろん、井戸など、とうの昔になくなっていた。

「以前は飲めたんでしょ」

「ええ、昔この辺だって水道が来てませんでしたからねえ」

ギイコ、ギイコと人々は水を汲《く》んで去り、まつ江はいつまでも井戸の傍で「飲めませんよ」と注意をくり返していた。

やがてそのもらい水の列もとだえると、まつ江は家の中へ入った。注意深く、大きな西洋皿を出してそのまん中へ蠟燭《ろうそく》をたて、お茶漬をかきこむと、いつもどおり盛大な水音をたてて食器を洗った。

汲み置きにしてだいぶたった水だが、やはり井戸の水は冷たくて気持がよかった。

「どこかでおなかをこわす人が出なけりゃいいけど……」

もらい水をして行った人々のことがまだ気になる様子で、まつ江はそうひとりごとを言った。

そのあと、まつ江は押入れをあけ、半ば手さぐりで赤い十字のマークがついた古い木の箱をとり出して卓袱台の上に置いた。

包帯が幾巻かと、マーキュロ、メンソレータム、それとオキシフル……ガーゼ。

まつ江は丹念にそれを調べ、やがて納得が行ったようにうなずくと箱へ戻した。

「今晩は……」

男の声が縁側でした。懐中電灯の光の輪が狭い庭を流れ、下駄屋の飯岡老人が網戸をあけた。

「あら、飯岡さんですね。お入りください」

「いや、そうしてもいられないんですがね」

「主人はまだですよ。お入りになってお待ちくださいな。お茶でもいれましょう」

まつ江はにこやかに言った。飯岡老人は下駄を脱いで上がりこんだ。

「まっ暗ですねえ」

まつ江は言い、オホホ……と声に出して笑った。

「何がおかしいんです」

「まっ暗ですもの。電車も電話もテレビも……電気で動くものはみんな止まっちゃいましたよ。東京中まっ暗なんですって」

「そうだそうですな」

さっき縁の下から出した七輪《しちりん》で火をおこし、それでわかしてポットに入れてあった湯で、まつ江は老人のために濃い番茶をいれてやった。

「男の方って、いくつになっても子供みたいなところがあるんですね」

「いくつになってもって……この私もですか」

「ええ。七十いくつのおじいさんになっても」

「どういうわけです」

「電気のことですよ。私はずっと前から気がついていたんですよ」

飯岡老人は慌てて湯のみを置いた。

「気がついていたですと……」

「何かとんでもないことをあなた方がたくらんでいるのは判っていたんです」

「まさか島田先生が」

「言いやしません。でも、あの人が絵を描くなんて、見えすいてますよ」

「じゃあ停電のことも」

「いいえ、それは判りませんでした。でも今日の停電が東京中だって聞いてから、ははあ、これだなって、すぐピンと来たんです」

「………」

「おめでとうございます。うまく行って」

まつ江はからかうようにそう言って頭をさげてみせた。

「なるほど、さすが島田先生だ。いい奥さんを持っていらっしゃる」

「万一怪我でもして帰ってはと思って、こうしてこんなものを用意しました」

「ほほう、野戦看護婦ですな。奥さんがそれなら私などが心配することはない。それじゃ私は帰らせてもらいます」

「あら、いいじゃありませんか、主人が帰るまで」

「いや、実は私の所が連絡所になってましてな。本部から何か言って来るといけませんので」

「あ、それは大変……早くお戻りになっていなければ」

まつ江はそう言い、飯岡老人を庭の外まで送って出た。

「おとなしい先生をとんでもないことに引きこんでしまって、まったく申し訳もありません」

飯岡老人は低い声でまつ江に詫びた。

「とんでもない。主人だってしなければいけないことをやっているだけなんでしょうから」

まつ江はそう言って闇の中へ消えて行く老人を見送り、すぐ家に戻ると、島田の蔵書が並ぶ書斎へ入って、夫の椅子に腰をおろした。

かすかに揺れ動く蠟燭の光の中で、まつ江は古びた硯《すずり》箱をとり出し、蓋を払って墨をすりはじめた。ゆっくりと、背筋を伸ばし、硯の上に輪を描くように、作法どおりすっている。

国文学者の島田幸造が帰って来れば、当然一首詠《よ》むものときめてかかっているようだった。ひょっとすると、まつ江はそれが辞世かもしれないなどと考えている。

島田はその頃、自分たちが光を奪った夜の東京を、疲れ切った足どりで家に向かって歩きつづけていた。

青い柿

1

吉村晃一《よしむらこういち》はコンクリートの低い仕切りの上に腰かけて、眼の下を一直線に流れて行く車の列を眺めていた。車は六、七百メートルほど離れたある一点で、西側にそそりたつビルとビルのすき間からさしこむ鈍い太陽の光を反射し、断続的にキラリ、キラリと目ざわりな輝きを発している。

都心を走る高速道路のこの部分は、もともと川だった。したがって水のかわりに車が流れるようになっても、その上にところどころ橋がかけられている。吉村のいる位置はちょうどその橋のたもとに当たり、ベージュ色の石だたみを敷いた小さな公園のかたちになっていた。

朝晩はまだ肌寒い日があって、春先の一日は、すでに東の空に夜の色をみせはじめている。なんとなく気ぜわしいその夕暮れの街角で、吉村は退社する恋人でも待っているかのように、さっきからしきりに煙草をふかしつづけていた。

吉村はことしの八月で二十六になる。しかし大学卒業以来、これといった職についたことはない。半月、ひと月といった短期間のアルバイトならもう数え切れぬほど経験しているが、それも最近ではほとんどする機会もない状態だった。

先輩の尻うまにのってとびまわるだけだった……吉村は車の列を見おろしながらふと学生時代をふり返っていた。若く敏感な吉村の眼の前で、時代はたしかに逆流をはじめ、日本は軍事国家の方向に押し流されようとしていた。それをおしとどめようと夢中になって駆けまわっているうちに、なんとなく大学時代が終わってしまい、気がついた時には抵抗運動の渦中に首までつかっていた。

似たような事件が何度となくくり返された。そのたびに仲間は捕えられ、あるいは脱落して行った。

俺は要領が悪いのかもしれない……吉村はそう考えている。どこかに平凡なサラリーマンになる分かれ道が用意されていたはずだ。しかし彼はその分かれ道に気づかず、夢中になって非合法活動への道を突っ走って来た。我にかえってあたりを見まわした時、吉村は半ばプロフェッショナルな破壊活動家の一群の中に身を置いていた。

吉村は何本目かの煙草を投げすてて腕時計を見た。袖《そで》口にのぞいたワイシャツの白さが、彼にはいかにも変装めいた感じで落ちつけなかった。

警官が二人、高速道路の上にかかった橋をゆっくりと歩いて行った。彼らがこの時間にパトロールするコースは調べあげていた。次のビルの角を左に折れ、もうワンブロックほど行ってから昭和《しょうわ》通りへ出るはずだった。

吉村が警官の姿を見送っていると、そのずっと向こうから一人の男が自転車をころがして橋の方へ向かって来た。近づいて来る男はかなりの年配で、醬油《しょうゆ》会社のマークが入った青い前掛けにカーキ色の作業帽をかぶり、自転車の荷台につけた籠《かご》の中に一升瓶を七、八本つめこんで、ひっきりなしにガラスの触れ合う音をさせている。

吉村はそれを見るとさっと腰をあげ、あたりを見まわした。時々車が通りすぎるほかに、これと言って目立った人影は見当たらない。

どう見ても近くの酒屋の親爺《おやじ》といった風体《ふうてい》の自転車を引いた男は、橋のまん中あたりへ来るとひと息いれ、自転車を停めてスタンドを立てた。ガシャンとまた瓶の音がした。男はそのまま橋の側壁によりかかって下の高速道路を眺めた。側壁の外には幅一メートルほどの植込みがあり、その端に人間の背丈くらいの高さで金網が張りめぐらしてある。

吉村はさりげない様子で橋の上を横切り、コンクリートの側壁をとびこえて植込みの中へ入った。男は帽子と前掛けを外《はず》し、荷台の籠の中に入れてあった黒い皮鞄《かばん》をとり出すとその中へ入れた。

「気をつけろよ」

男はそう言い、籠を荷台から外すと、ウッと気合を入れて持ちあげた。吉村は外壁ごしにそれを受け取り、頭の上へさしあげながら金網の上から高速道路へ籠ごとぶちまけた。ぶちまける時、左手の親指と人差指の間にひやっとしたものが走り、すぐにそれは焼けつくような激痛に変わった。

醤油の瓶につめてあった濃硫酸《りゅうさん》が、はずみでひとしずく手にかかったのだ。

バシャンと盛大に瓶の割れる音が下でしたかと思うと、甲高《かんだか》いブレーキの音がそれにつづき、瓶が割れるのに似た音が聞こえた。外廻りの車線で追突事故が起こったはずだった。

吉村は側壁をとびこえて橋の上の歩道に戻った。自転車はそのままで、薄茶色のカーディガンを着た老人が、黒い鞄を持ってひょこひょこと高速道路ぞいの道へ消えるところだった。

ビルの窓から誰かが見ていると思え……出掛ける前、幹部からそういう注意があった。

吉村は足早に老人とは反対の方向へ歩きはじめ、さっきの警官のパトロールコースと同じ道筋へ進んだ。途中にあるビルの裏口へとびこめば、何の苦もなく昭和通りへ出られるはずだった。歩道橋を渡り、デパートの前から地下鉄へもぐりこむ。もし尾行者があっても利用者の少ない歩道橋の上で発見できる……吉村はあらかじめ教えられたコースを頭の中でくり返しながら、夕暮れの迫った道に靴音を響かせていた。

その頃、さっきまで吉村がいた場所に四十二、三歳の男が一人、体を伸ばして下の高速道路をのぞきこんでいた。急ブレーキをかけたところを追突され、橋を通り抜けて暴走したトラックが、車線いっぱいに斜め横を向いて停まっていた。橋の下からそこまで、ブレーキをかけたタイヤの跡がくろぐろと濡れ光っていた。

「硫酸……」

陽焼けした顔のその男は、複雑な表情でつぶやきながら体を起こした。靴の爪先が吉村のすてた吸殻を踏んでいる。

男はほんの一呼吸ほどそこに立ってあたりに物慣れた視線を走らせ、すぐに落ちついた足どりで立ち去りはじめた。

「こんなことをして何になるというのだ」

しばらく行ってから男はそうつぶやいていた。

2

それから約一時間後、京成押上《けいせいおしあげ》駅のホームで薄茶色のカーディガンを着た老人が背の高い男と立ち話をしていた。

「どうでした」

背の高い男が言った。

「別に。予定どおりですよ。ただ吉村がちょっと火傷《やけど》をしてしまいましてね」

老人はそう言うと、少し離れたベンチに腰掛けている吉村晃一の方をちらと見た。吉村は二人とはまるで関係ないそぶりで、しきりに左手に巻きつけたハンカチをいじっていた。

「まだ正確なことは判りませんが、どの班もぶじに散ったようです。視察団が車を並べて高速道路へ入ったのが四時四十五、六分頃でしたから、一時間近く立往生する計算です」

「いつもながら今村《いまむら》さんの情報は正確ですな。感服しますよ」

「ところで、こんな所で落ち合ったのはほかでもないんですが、島田さんは今のところ本当に安全なんでしょうな」

「と言いますと……」

「いや、ひょっとすると島田さんが本田《ほんだ》署にマークされているんじゃないかと思いましてね」

「そんな情報でもあるんですか」

島田と呼ばれた老人はきっとなって問い返した。今村は眉を寄せてその瞳《ひとみ》をみつめ、

「兆候はありませんね……」

とたしかめるように言った。面長《おもなが》の、どこか大会社の企画部長といった感じの今村がそんなふうに念を押すと、繊細な印象とはうらはらに、ひどく図太い威圧感のようなものが

漂《ただよ》い出す。


「まったくありませんな」

島田老人も外見はひよわだが、今日のようなことをくり返しているうちに居直ったふてぶてしさが身についていて、今村の威圧をはね返す気力があらわれている。


「それなら結構ですが……」

今村の表情から強さが消え、柔和で知的な笑顔になった。

「先生は我々の組織の長老ですし、できればもう少し安全な部署についていただきたいと思っているんです。執行部でもみんな心配してるんですよ」

「足手まといになるばかりで……」

老人は照れたように苦笑してみせた。

「でもこうなったら死ぬまで使ってもらいたいもんです。今夜発《た》つ産業視察団だって、結局は兵器産業の実態調査でしょう。国民のほとんどは民間のあの視察団が今後の日本にどんなものをもたらすか気づきはしないんです。しかし高速道路にとじ込められた車の中で、カーラジオのスイッチを入れれば、我々の行動の意味はあの連中には痛いほど判るはずでしょう。それで満足してるわけじゃない……僕はあんな程度のことしかできないのが残念でならないんです。できればもっとちゃんとしたことをやりたい。でもできんじゃないですか。今の僕にはあれが精いっぱいです。そして何でもいいからやらねばならんのですよ。

もう僕には選挙権もないんだ」

老人は淋しそうな顔であたりをみまわした。ホームにまた人影が増え、そろそろ次の電車がやって来る頃だった。

「とにかく充分に用心してください。ほかの者と違い、先生はもと大学の教授をなさっていらっしゃったわけですし、この東京に先生の顔を知っている目は多いんですからね……そろそろ奥さんのご命日も近いはずですが、墓参なども充分お気をつけになってくださいよ」

「墓参りですか」

老人は突き放すような言い方をした。

「墓参りはしません。この歳《とし》になって警察に追いまわされているんです。とてもそこまで手がまわらないのは、あれだって判ってくれるはずです」

電車が来て、老人の声が聞きとりにくくなった。

「じゃ私はこれで」

今村は急に無表情になって軽く頭をさげ、さっさと歩きはじめた。老人はホームの白線に近づき、ベンチに腰掛けていた吉村も立ちあがった。

ドアが閉まり、老人はいちばん隅の席に腰をおろした。次の車輛の連結器の傍にもたれて、ガラス越しに吉村が老人をみつめていた。すっかり暮れた早春の夜景の中を、電車は時々大きく揺れながら走って行く。白いハンカチを巻きつけた左手を胸のあたりに置いた吉村は、すがるような眼つきで老人をみつめつづける。

線路脇の家々から、平和な窓あかりが洩れている。老人はふとその窓の中に、自分と吉村が屈託のない夕餉《ゆうげ》の膳に向かっている場面を想像した。吉村は老人の孫にふさわしかった。そして老人は、抵抗運動の泥沼にはまりこんだ吉村をいたましいと思った。

ガラス越しに片頰で笑ってみせた。なんとなく、そうせずにはいられない想いだった。すると吉村の瞳がぱっと明るくなり、顔いっぱいに笑《え》みを泛《うか》べてこたえた。

この若者は親も兄弟も棄ててしまっている。老人はそう思いながら、恐らく生まれてはじめてするウインクを送った。吉村は嬉しそうにまた笑顔を返し、老人よりはるかに慣れた様子で片眼をつぶってみせた。二人の間に電車と共に揺れる春の闇があり、お互いの顔のほかに、ガラスに映《うつ》る自分の顔がぼんやりと見えていた。

やかましく荒《あら》川を渡った電車は、やがて下り気味の直線から立石《たていし》の町へ入った。老人は席を立ち、吉村も連結器の傍を離れた。

元J大教授の島田老人と吉村は、次第に刈り減らされて行く抵抗運動組織の中の一単位だった。弾圧が厳しく、二人ひと組の単位で、めいめいが潜伏先を探さねばならなかった。島田老人は京成立石駅の近くに吉村のための安アパートを借り、自分も古い友人の家にかくまわれていた。

電車を降りて改札口を出る時、老人はわざと吉村のすぐうしろにつき、先を急ぐようにして軽く吉村の肩に手を置いた。吉村はその手が島田のものであると承知して、心持ち肩をそびやかすようにしてこたえ、そのままふり向きもせずアパートの方へ去って行った。そのように注意深く仕込んだのは島田だった。抵抗運動はもう若さと度胸だけではすまない段階へ来ていたのだ。

公安調査庁、内閣調査室、一般の各警察、その上小平《こだいら》市の調査学校で特訓を受けた陸幕第二部管轄下の調査隊員までが、ほんの数年前ならまさかとしか思いようのない密度で、市民生活の中に網を張りめぐらせている。

だが今夜の島田はなぜかそういう警戒をいっさい棄てて、吉村といやというほどうまいものを食ってみたかった。あの青年に酒を飲ませ、したたかに酔わせて介抱してみたかった。橋の上で硫酸の入った瓶を籠ごと持ちあげた時のあのひたむきな表情。憂鬱そうに煙草をふかしていたあの時の姿……教育者として無数の若者を社会に送り出して来た島田にとって、ひょっとすると吉村は最後の教え子になるのかもしれないのだ。酒を飲みながら、万葉《まんよう》の何首かを講義してやりたかった。古今《こきん》を、新古今を、そして芭蕉《ばしょう》から山頭火《さんとうか》に至る日本の詩心を、じっくりと語りたかった。しかし、最後の門下生に島田が教えたのは、官憲の目をかすめる技術でしかないのだ。

島田は去って行く吉村の、はずむように若々しいうしろ姿を見送りながら、やり切れない憤《いきどお》りを感じていた。

日本人とは、なんと従うことに馴《な》れた人間だろうと思った。鬼畜米英と叫んだその口でマッカーサーの兵隊にチョコレートをねだり、原水禁のデモにつらなったその足で高度国防国家への道を歩んでいるのだ。権力が体制がと批判した学生たちも、ほとんどは従順なサラリーマンと化し、景気上昇のためには産軍共同体の一翼をになうことも辞さない心境になっている。それどころか、権力や体制を批判することでつちかった理論構成力を駆使し、積極的に新国家体制を口にする者さえ少なくないのだ。

島田は中《なか》川にかかる奥戸《おくど》橋の坂を登りながら、学園紛争華《はな》やかなりし頃、自分を無能、無気力と笑殺した若者たちの顔を思い泛べていた。

「召集令状なんて、そんなもの一枚でなぜ戦争へ行ったんです」

「俺なら平和になるまで逃げまわってるな」

……果たして彼らは今もそう思っていてくれるだろうか。万一徴兵制が復活した時、彼らは逃げ遂《おお》せるだろうか。それまで、戦争をする国家など自分たちには関係ないと思いつづけていてくれるだろうか。

何割かはきっと立ちあがってくれる。

……島田は祈るようにそう思った。だが、去って行く吉村のうしろ姿を思い出すと、なぜあの青年が孤独なのか、誰が孤独にさせているのかとも思わずにはいられなかった。

3

奥戸橋を渡った中川ぞいに、暗い家並がつづいている。

島田は黒い簡易舗装の道を何度か曲がり、やがて鉄パイプの両びらきの門の脇にあるくぐり戸の前で立ちどまると、人気《ひとけ》のない道をちらっとふり返ってからその中へ入った。

門柱のプレートには、山崎《やまざき》計測器工業株式会社と記してある。

白いスピッツが二匹、やかましく吠えながらとんで来た。島田はしゃがみこんで二匹の頭を撫《な》でてやり、ゆっくりと立ちあがった。急に疲労の色が滲《にじ》みだし、ひどく老人めいた足どりになった。

右手に細長く工場の建物がかたまっていて、突き当たりはオフィス……そのオフィスはひっそりと闇に沈んでいて、左手の植込みの間からあかりがもれている。

島田は工場の裏手に当たる中川の堤防ぞいの工員寮の一室を借りている。その方角からはかすかに下手糞《へたくそ》なギターの音が聞こえていて、老人はそこへ向かいかけ、急に思い直して左の植込みへ続く道を進んだ。

そこは経営者の山崎一家の私邸になっている。要するに小さな町工場で、地方から連れて来た若い工員たちを寮に住まわせ、自分たちも同じ敷地の中に住んでいるのだ。

スピッツの声を聞いたのか、庭に面したアルミサッシのガラス戸があき、若い女の声が、

「お父さん、島田先生よ」

と言った。島田は玄関への道をそれて庭へ入った。

明るい蛍光灯の光の中で、島田と同年輩の老人と四十近い男が顔を庭へ向けていた。

「今晩は」

島田はそう言いながら近づいて行った。

「やあ、おあがんなさい」

家の中の老人が言った。

「どうぞどうぞ」

若いほうの男はそう言うと新聞をテーブルの上に置いて立ちあがり、愛想のいい笑顔を見せながら部屋を出て行った。

「いいですかな」

島田はガラス戸に手をかけて立っている若い女に言う。

「遠慮することはない」

老人は山崎雄一郎《ゆういちろう》といい、島田の旧友だった。今は社長の座を長男の雄策《ゆうさく》に譲《ゆず》り、釣りの話さえしていれば機嫌がいいという、典型的な楽隠居だ。

「邪魔だったかな」

ひとりごとのように言って居間へ入ると、

「兄さんなら気にしないでください。お父さんたちの昔ばなしが苦手《にがて》なだけですから」

娘はそう言った。島田は部屋を出て行った雄策の椅子のとなりに腰を落ちつけると、思わず唸《うな》りながら背筋を伸ばした。

「先生、お疲れのようね」

「リエ、揉《も》んであげたらどうだ」

山崎はからかい気味に言う。リエと呼ばれた娘は、そうね、と気軽に島田のうしろへまわって肩を揉みはじめた。

「これは楽だ」

島田は眼を細めて山崎を見ながら言った。

「どこへ行った……」

山崎は煙草をくわえながら尋《たず》ねた。

「銀座の方に用事があって」

「毎日忙しそうだな。うらやましいよ」

「楽隠居が何を言うか」

「することのある奴がしあわせだ。俺をみろ。釣りしか用がなくなってしまった。……で、どうだった、今日は」

「何が」

「また過激派が動いたそうじゃないか。テレビのニュースでみたが、まだ高速道路は車がつまってるそうだよ」

「車が多すぎるのさ」

「それにしても巻き込まれないで帰ってこれてよかったな」

「有難う」

島田は肩を揉まれるまま、軽く眼をとじてそう答えた。

「いやねえ、二人とも探り合いをしてるみたいで」

リエは島田の肩を揉みながらずけずけと言った。

しばらく沈黙が続いたあと、島田はポツリと言った。

「その時間、産業視察団が高速道路で羽田へ向かっていたんだ」

「ほう……」

山崎はテーブルの上に体をのり出してその先をうながした。

「欧米の軍需産業を見てまわるんだが、フランスかスイスで何かかなり重要な取引をするらしい。どっちにしても死の商人だ」

「なるほど、そういうわけか……しかし君たちの、いや、あの連中の情報網もなかなか大したもんじゃないか。そこへピタリと狙《ねら》いを合わせるなんてな」

「直接行動には参加しなくても、まだまだ日本には本物の平和主義者が残っているのさ。このあたりにもいるらしい」

「どうかなそれは。平和主義者でも釣りばかりしていてははじまらんだろう」

「リエさん、もう結構。すっかり楽になりましたよ」

「じゃお茶をいれましょう」

リエはそう言うとサイドボードのガラス戸をあけ、紅茶のセットをテーブルの上に置いた。

「都民がそのたびに迷惑を蒙《こうむ》るのはたしかに困る。よくない一面もある。例の大停電だって、直接間接に何十人かの命が失われてしまった。しかし、明らかに軍事国家体制へ向かって走り出した自分の国を、内心悪いと知りつつ何の手も打たずに見過ごしているほうも責められるべきだ。俺はそう思う。自分も含めて恥ずかしい奴らだと思う。みんなが声を揃えれば一部の人間だけ過激派だとかそしられるようなこともなくて済むんだ」

「しかし過激派は過激派だ。明日の新聞じゃまた容赦なく叩かれるだろう。どうやら今回は一人の逮捕者も出なかったらしいから、余計やられそうだな。大新聞もいいかげんなもんさ。そっちは叩きたい放題でも、いつの間にか軍国主義復活反対の評論は消えてしまっている。東南アジアをはじめ、海外問題を大きく扱えば扱うほど、国民の間に国防意識が育って行くことは百も承知の上でな」

「そう、過激派はみんな無事だったのね」

「一人だけ手に怪我をした奴がいるがね」

島田は笑いながら言った。紅茶をいれていたリエの顔色がさっと曇り、すぐ無表情になった。

「輸出は伸びてくれなければ困る。資源も確保してもらわにゃ困る。だが戦争も嫌だ。軍事予算がでかくなるのも嫌だ。自衛隊などないほうがいい……。我ながら困ったもんだ。しかしその困ったもんだが庶民の実感だよ。困ったもんだ、困ったもんだ……そう言っているうちに軍がでかくなる。制服に政治がふりまわされる。そういうことだ。どこかでふん切りをつけるべきなんだ。貧乏しても軍隊は嫌だってな。困ったもんだと言うだけじゃどうにもならんのだ」

リエが席を立って部屋を出て行った。島田は紅茶の湯気をみつめながら、年甲斐《としがい》もなく胸が騒いだようだった。

急いで行ってやってくれ。吉村も今夜はこの春の闇の中で、きっとうらがなしい思いをしているに違いない。怪我をしたと聞かせれば、きっとリエは吉村の所へ飛んで行ってくれるに違いない。あの若者に今夜自分がしてやれることは、この部屋へ来てひとことそれをリエに告げることだけだったのだ……。

4

リエはついさっき島田が歩いた道を逆にたどっていた。吉村は青砥《あおと》駅寄りにある古いアパートの四畳半にいる。駅へ向かう道の途中から右に折れ、ごみごみした裏通りを彼女は小走りに急いだ。

途中で小さな薬局に寄り、包帯と消毒液と傷薬を買った。薬屋がくれたサービス券を左手にくしゃくしゃに握りしめ、右手に小さな紙袋を持ってリエは一心に歩いた。ことし二十七歳のリエは、今まで何人もの男と恋をして来た。セックスも世間なみよりやや多く知っているつもりでいる。しかし、島田老人のパートナーである吉村晃一ほど、さしせまった状況に置かれた男は一人もいなかった。ベッドでの会話も、愛についての甘ったるいものか、遊びや趣味についてのものだった。

だが吉村はまるで違っていた。今日の命を永らえることに全精力を傾けている男だった。組織についての詳しいこともほとんど語らず、理想や目的についても口は重かった。ジャングルの中で生きることで精いっぱいの原始人のように、たえずあたりに気を配り、女の入りこむすき間などまったくないようだった。

そんな吉村にリエという女が介入できるのは、一匹の雌《めす》として体をひらく時でしかなかった。吉村は餓《う》えたけもののようにリエの体をむさぼり、明日の分も、あさっての分も、体力の続くかぎりリエを求め続けるのだった。

そこには、愛の技巧など吹きとばしてしまうような、強烈な生命のいとなみそのものがあった。リエは吉村に与え、そのことでたとえようもない女の喜びにひたるのだった。

はじめリエはそれを被虐的な快楽ではないのかと疑った。そう思うほど吉村は荒々しく、一切の虚飾をとり去った簡潔さでリエにのしかかり、つかみあげ、そして注《そそ》ぎこむのだった。しかし今ではそれが真実の愛であると信じてしまっている。男としての責任がどうの、結婚の意志がどうの……それはひとつの儀礼にすぎないのだ。明日死ぬかもしれない。あさってはいないかもしれない。そんな中で、ひと組の男女が愛を感じたら、言葉も儀礼も要《い》りはしないのだ。

リエは吉村のアパートに近づくにつれ、自分の体が潤《うるお》いはじめているのを感じていた。そしてその野性的な雌の発情ぶりを、むしろ爽快だとさえ思っていた。

ガラスの割れた入口のドアを引き、リエは板張りの廊下へ入った。床油が厚くこびりついた廊下を、ほとんど忍び足のような歩き方で進み、階段のすぐ横のドアを二回ノックした。中で人の寄る気配もなく、かすかにドアが引かれた。

「君か……」

吉村はそう囁《ささや》いた。リエはドアに体を押しつけ、開いたすき間へすべりこんだ。男の匂いが鼻をつき、リエは閉まったドアの横で吉村の腕にすっぽりと抱かれていた。

男たちにたまらなく肉感的だと言わせた白くなめらかな頤《おとがい》をあげ、夢中で唇を求めた。舌が吸いこまれ、男の舌が固くとがってリエの味蕾《みらい》をこすった。薬局の紙袋が茶色の畳の上に落ち、無意識に握りしめていたサービス券が、いっそう左手の中で小さくなった。

「何かやる時くらい、先に教えといてもらいたいわ」

唇をはなした時、リエはそう言った。

「知ってどうなる」

吉村は不機嫌に答え、小さな窓の傍へ行って坐り込んだ。何もない部屋に、きちんとした背広とワイシャツがぶらさがっていた。

「これ着たの、今日」

「ああ」

リエはGパンにセーターをひっかぶったいつもどおりの吉村と、その妙に晴れがましい背広を交互に眺め、微笑しかけた。しかしその微笑は途中から泣き顔に変わり、ぺたりと吉村の前へ坐り込んだ。フリルのついたスカートがリエの体を中心に派手な円になった。

「これを着てるあなたを見たかったわ」

吉村は怪訝《けげん》な表情でそう言うリエをみつめ、その視線をうけとめているうちにリエの瞳に涙が湧きだしていた。

きちんとした背広とワイシャツにネクタイ……色も柄も、ついていさえすれば言うことはなかった。それを着た吉村は、今日一日平和な暮らしをする人物に見えたに違いない。

麻雀が上手でボーリングのアベが二百くらいで、週に一度は必ずゴルフの練習場へ行って、メカにうるさいドライバー、バーへ行けばジンの銘柄に注文をつける男……。そういう男がリエの好みだというのではない。しかし、この男に一度でもいいから、そうした愚にもつかない平和な思いをさせてやりたいと思ったのだ。

主義主張をぶちまけ合って、勇敢さを子供っぽく誇り合う仲間たちを奪われ、祖父のような老人と組んでこそこそとかくれ歩いている男……それが今の吉村なのだ。破壊活動以外に生きる目あてを失い、地獄への道を突っ走っているようなのだ。

「なにを泣く。リエが泣くことはない」

吉村は憤ったように言った。

「同情なんかしやがるとひっぱたいて追い出すぞ」

冗談で言っているのではない。沈んだ言い方だが充分本気そうだった。

「怪我したんでしょ。手当してあげる」

リエはそう言い、落ちていた紙袋を拾って中の品物をとり出した。

「島田先生が教えたのか」

「それとなくよ」

リエはそう答え、吉村の左手をとった。

ハンカチは薄汚れ、焦茶《こげちゃ》色のシミがついていた。

「まあ、どうしたの、これ……」

親指と人差指の間から手首にまでひろがる無残な傷を見てリエが低く叫んだ。

「火傷さ。硫酸をこぼしたんだ」

吉村も唇をとがらせて自分の傷を見入っている。

「やだ。私、切り傷の薬買って来ちゃった。火傷のを買い直してくるわ」

リエが立ちあがろうとすると、吉村は摑まれていた手を逆に摑み返し、

「いい、切り傷の薬で」

とリエをおしとどめた。

「だって」

「消毒してしまえば何の薬だって大差あるもんか。第一勿体《もったい》ない」

そう言ってリエの瞳をのぞきこむ。男の情欲が、吉村の瞳の中に青白い火花を散らしたようだった。

時間が惜《お》しい……吉村に言われ、リエは体の芯がかっと燃えあがるのを感じた。唇が乾き、彼女は短く舌を伸ばして舐《な》めた。包帯をちぎってガーゼがわりに消毒液にひたし、男の傷跡をおさえ、なぞった。ちぢれた皮膚をむしりとり、ペロリとむけた赤い肌へ、ポト

た。

リポトリと消毒液をたらした。液は傷口の端で白い泡をたて、吉村は眉を強く寄せて痛みに耐えていた。リエはふとその顔に目をやり、射精の瞬間の顔と同じだと思った。すると奇妙に男がねたましくなり、拗《す》ねたような気分になって、わざと手荒に傷薬を塗りはじめた。

油性のその薬は思うように傷口にのらず、リエはフライパンの上のバターを追うように傷口の上を撫ぜまわした。

「畜生、わざと痛くしやがる」

吉村が呻《うめ》いたあとでそう言った。リエは鮮やかな淡紅色の傷口をそうやっていじっているうちに、倒錯した思いに駆られ、包帯を巻きはじめる時には腰をくねらせていた。

「よこせ。俺が自分で巻く」

吉村は叱りつけるように言い、器用に自分で包帯を巻きはじめた。

「ほら、縛って」

そう言われ、リエは包帯の端をさいて手首で結びとめた。

「どうしたんだ、今夜は」

吉村はあざけるような言い方をした。リエは意味もなく首をふり、薬を袋の中へしまいはじめた。Gパンの膝が見えたと思った時、リエは袋を放りだして吉村の体に引き寄せられていた。咄嗟《とっさ》にスカートのファスナーを引いたリエは、片手を吉村の太腿にあてがって救いを求めるように顔をあげた。吉村は両膝を畳につけて体を伸ばすと天井からぶらさがった電灯の紐《ひも》を二度引いた。あかりはいったんうす暗くなり、すぐに消えた。小さな窓からわずかに光が入ってくる。

リエはその姿勢のまま、もぞもぞと動いてスカートを外した。そんなやり方は、吉村以外では絶対にしなかった。ぶざまで、動物的で、恥ずかしい動作だった。

吉村は素早くズボンを脱ぎ棄てていた。

「久しぶりに風呂へ行って来たんだ」

ほの暗い部屋の中で男の影が動きながらそう言った。リエはそれを要求だと思った。

「生きて……うんと生きてて」

かすれた声で言い、彼女は吉村の裸の腰を抱いた。目をとじると淡紅色の傷口が泛んで来た。リエはその幻影を口に含み、まつわりつく時間の流れをふりはらうように、髪を揺らせはじめた。遠くで吉村の呻きが聞こえはじめ、リエの髪はいっそう烈《はげ》しく揺れた。いつの間にか吉村は逆転していて、リエの股をザラザラとした男の顎がかすめた。充血した部分が強く引きあげられたように感じた時、リエは思いがけぬ呆気《あっけ》なさで自分が落ちこむのを覚《さと》った。息がつまり、リエはのけぞって吉村の体から唇を離した。その途端、吉村の下肢がリエの掌の中で硬直し、解き放たれたしるしがリエの細い眉から頰のあたりを熱く襲うのだった。

自分はいま戦士の血を浴びている……リエはぼんやりとなった意識の底でそう思い、手の甲を噛んですすり泣いていた。

吉村は最初の激情が治まるとすぐに体を移し、リエをさしつらぬいた。二人ははてもなく動き合い、耐えることを競い、叫びを殺し合った。

……アパートの外に夕方橋の上にいた男がたたずんでいて、となりの家とのせまいすき間をのぞきこんで、吉村の部屋のあかりがまだつかないのをたしかめると、かすかに照れたような表情を泛べて立ち去って行く。白い自転車に乗った警官が彼にすれちがい、あいまいに頭をさげて通りすぎて行った。

5

「たしかに風水害の被害が、この数年異常なほど増加している。多分原因は無茶苦茶な開発による自然破壊にあるのだろう。それはそれで別のことだ。各地に災害自衛団を作るのが流行しているのをどう思うね」

島田は旧友の山崎と二人きりになった居間でそう言った。

「特に考えたことはないが……」

「災害自衛団は自衛隊の協力団体に変身しやすいんだ。ためしにそういった自衛団で作っている非常災害応援規則というやつを読んでみるがいい。必ずその一項目に暴徒の鎮圧とか潜入の発見、捜索というのが入っているんだ。以前の赤軍派事件のようなケースには、こいつがモロに発効してくるわけだよ」

「反政府ゲリラの予防策か」

山崎は笑いながら言った。

「地震の予知技術が進んだという。そいつは大いに結構なことだ。だが災害出動のためと称して、この東京で大々的に行なわれている陸上幕僚監部の地震災害研究……あれはいったい何だ。国防研究の一環なんだよ。防空避難研究となぜ言わない。狙いははっきりしてる。しかも動かしがたい名分を立ててな」

「そこまで軍体制が進んでしまっているのかなあ」

山崎は半信半疑の様子だった。

「もしそこまで行ってるとすれば、君らのやってることも無理はないと思えてくるな」

「信じろよ。僕がこの件で君に嘘を言ってもはじまらんだろう。たとえば今、県によっては高校の定期検診資料が、そっくりコピーされてその地区の自衛隊へ廻されるようになっているんだ。一般からの突きあげが激しい免税措置その他、医者の特権を保全してやる代償に国が持ちかけたのさ。やがて日本中の高校生は、知らぬ間に健康状態や体力を自衛隊に握られてしまうんだ。学校のスポーツクラブもそう……運動部員名簿も自衛隊の資料として保管されるんだ」

「どういうことだい、そいつは」

「莫迦《ばか》だな。まだボケたわけじゃあるまい。徴兵適格者名簿になるのさ」

「まさか」

　山崎雄一郎は大声で叫んだ。

「終戦前は徴兵適齢届というのがあった」

「あった、あった」

「戸籍から職業、特技、学歴……そして、右徴兵適齢に達し候《そうろう》につき届出候なりという結びの文句だ。市町村役場には兵事係があって、満二十歳の倅《せがれ》を持った親は徴兵適齢届を出す義務を負わされていた。兵事係はその届をもとに兵籍簿を作っていたんだ。今の自衛隊員募集係は、住民登録台帳や税金台帳をもとに適格者名簿を作り、その上学校を通じて特技や体力、健康状態まで把握してしまうんだ。長い間、日本人は徴兵制など二度と復活しないとたかをくっていた。しかし若い連中はみんな一度自衛隊の入隊適格者名簿に載せられていたんだ。体験入隊というんだって、徴兵検査をパスして入営して来た時の、受入れ態勢研究の材料なんだ。笑い事じゃすまない。各地にある自衛隊協力会というのは、新規入隊者を呼んで新入隊壮行会をやっている。歓呼の声に送られてという、例の入営者壮行会とちっとも違いはしない。それどころか、今の若者がどうやったら、今ぞいでたつ父母の国、という感激にひたるか、そのやり方を開発しているとも言える」

「そりゃひどい。なぜみんなはそのことを知らないんだ」

「不思議だな、まったく。どこかで誰かが口をとじるんだろうな。言論の自由といったって、それは建て前でしかなかったようだ。町のメッキ工場のたれ流しはでかでかとニュースにできても、大企業の毒となるとつい慎重にならざるを得ない。それとおんなじで、汚職ゴシップのたぐいならいくらでも取りあげるが。深く静かに進んで行く徴兵体制は、思いだしたようなシリーズの枠の中で、一見こわもての読物風に扱うしかない」

「そうやって徐々に進んできてしまったわけか」

「本当のところ、もう勝手にしろと言いたいほど進んでしまっているよ」

「たとえば雄策の長男の健一《けんいち》だが」

山崎はサイドボードの上の写真を眺めた。サッカーのボールをかかえた彼の孫が写っている。

「もう中学生だよ。あれが兵隊にとられてしまうのかなあ」

「危ないな」

「ふうん」

山崎はため息をつき、考え込んだ。

「もし俺たちが力を揃えて反対に立ちあがったとしたら、どういうことになる。とめられるか、まだ……」

　島田は首を振った。

「無理だろう。第一今さら、そうたくさんの人間が急に立ち上がるとも思えない」

「仮にやったとしてだ」

「僕たちのしたことが邪魔になるだろうな」

　島田は悲しそうに言った。

「なぜだ。先頭に立てないのか」

「あの八・一五大停電以来、僕らはなんとか国民を覚醒させようと、手段を選ばずやって来た。だが期待した連鎖反応は起こらなかった。抵抗運動は尻すぼみにすぼんでしまったよ。それに逆比例して僕らの活動はエスカレートした。今じゃ、まるで僕らは鬼か蛇だ。過激派と呼んでくれるのは、おだやかなほうで、暴力狂とか暗殺組織とか言われるほどになってしまっている。たしかに僕らはからまわりしてるようだ。そして体制側はそこにうまくつけこんでいる。破壊活動対策を強化し、治安警備体制や調査網を戦前以上のレベルに引きあげはじめている。今やったら、連中はそれこそもみ手をしてとんで来るだろう。お客様だよ、こっちは。大っぴらに暴徒鎮圧訓練をはじめた自衛隊は、装甲車から戦車まで揃えて本番をはじめるだろう。戦後……二十七年の血のメーデーの時、すでに練馬《ねりま》部隊の一部が麻布《あざぶ》あたりへ出て来ていたんだ。それ以来、本番こそやらなかったが、自衛隊はことあるごとに騒ぎのまぢかで待機していたんだ。今度は正面切って顔を見せるだろうな。そうしてもいいという口実を与えてしまったのは僕らだ。その点何とも申しひらきのできない立場だ。なぜついて来てくれなかった……かえすがえすもそれを言いたい。残念だよ」

その時居間のドアがあいて、山崎雄策が顔をのぞかせた。

「お父さん、リエの奴どこへ行ったんですか」

「さあ、知らんな」

山崎雄一郎はソファーの上でそりかえるように首をねじまげて言った。雄策は大きな舌打ちをし、

「しようがない奴だ」

と言ってドアをしめた。

島田は吉村がいる薄汚いアパートを思い泛べ、うしろめたい気分になった。

「若いうちが花だな。僕も君も夜遊びとは縁のない歳になってしまった」

「いや島田は近頃若がえったよ。男はそういう立場になると野性に戻るのかな。たくましくなって、何となく気迫のようなものを感じる」

「学生時代から有名な青びょうたんで、気迫があるなんていうことははじめて言われた」

島田は自嘲気味に笑った。

6

五月も終わりに近い日の夜だった。

背の高い今村の前に、ずんぐりとした精悍《せいかん》な感じの男が椅子にかけている。

「例の教授はどうした」

そう言われて今村はニヤリとした。

「はい。葛飾《かつしか》の町工場にかくまわれています。中学時代からの友人が経営しているのだそうで」

「それもそろそろ始末するんだな。君の組織はもう必要ない」

「はい……」

男は椅子をくるりと回転させ、国会議事堂のとがった屋根が見える窓を眺めた。

「大変有効だった。あの組織はよくやったよ。素人《しろうと》の集団だけにやることが熱っぽかった。我々がコントロールしていなかったら、本物の市民運動に発展して行ったかもしれん」

「かなりきわどい局面もありましたから」

「うん。君の功績は大きい。おかげでもっと危険な専門家どもを根だやしにすることができた。これは実はソ連がポーランドで使った手だったのだ。コントロールされた組織をつくりあげ、実績をあげさせて他のもっととらえにくい組織と連携させる……潜行中の連中も信用できる味方ができたと、いずれこいつにも手をさしのべてくる。それをじっくりと潰《つぶ》して行くんだ。逮捕された連中も、まさかその組織と連絡を持ったせいだとは思ってもみないだろう。現に彼らは派手に活動しているんだからな。ソ連というのはこういうことはうまい……おかげでこっちもだいぶ楽になった」

「それで、組織はいつ潰しましょう」

「もういつでもいい。ただ最後の一人がかたづくまで、君は連中をしっかり握っていなければいかん」

「はい」

「特にその元大学教授という老人は、名物男になっているらしいからな。地下組織の間ではなかなか人気があるらしい。その老人が追い込まれれば、多分どこからか救いの手が伸びるだろう。うまく使えば別な連中がそれで泛んで来るかもしれん」

「判りました。そのようにとりはからいます」今村は生真面目《きまじめ》に答えている。


その頃、山崎雄策が父親につめ寄っていた。

「島田さんの影響だよ、それは。かぶれてるんだ、お父さんは」

「うちは当たり前のメーターを作ってればそれでいい。魚雷の部品などに手を出すことはない」

「山崎計測器という会社は永久にこのまま葛飾の町工場でいればいいんですか。これは企業ですよ、お父さん。僕はその社長だ。いま目の前に億という数字の仕事がぶらさがっているんです。しかも設備はほとんど今のままでいいんですよ」

「莫迦言え。軍需産業に手を出して何になる。健一が兵隊にとられるんだぞ」

「いいじゃないですか、みんながそうなるんなら。時の流れには逆《さか》らえませんよ」

「いかん」

老人が息子に怒鳴った。

「俺は許さん。島田がどんな苦労をしているか……もしそんなことをしたら俺はあいつに合わす顔がない」

「そうでしょうかね。お父さんはリエが妊娠してるのを知らないでしょう」

「なに……」山崎はぎょっとしたように声をつまらせた。

「相手も判ってます」

「誰だ」

「吉村という男です」

「リエもとうに結婚していい年頃だ。そういうことがあっても仕方がなかろう」

「吉村というのは島田さんの乾分《こぶん》みたいな奴ですよ。手に職もなく、爆弾投げるのだけが仕事のお尋ね者なんですよ」

「…………」山崎は青い顔で唇をかんでいる。

「島田さんにそこまで義理を立てることなんかありません。まるで明日というものを棄ててしまった男とうちのリエができるのをむしろ取り持ってやってたんですからね。あの人は結果的にこの山崎家を破壊しに来たんです。もしあの人が今つかまってごらんなさい。リエ一人じゃすみませんよ。僕もお父さんも破滅じゃないですか。前から言いたかったことだから、かためて言っちまいます。あれは疫病神《やくびょうがみ》です。僕はあいつをわが家から追い払います。かくまっていた罪をのがれるには、警察に届けるしかないんですよ」

「ま、待てよ雄策」山崎は息子の語気に押され、うろたえて手を振った。

「これだけは健一の将来のためにも聞いていただきますからね。お父さんはあの人がうちへ来るのを最初から断わるべきだったんだ。そうすれば友人を裏切らなくてもすんだんです。娘に父なし児を産ませなくてもすんだんです。……僕は今、会社が大きく飛躍するチャンスをつかみかけているんです。邪魔されたくありません。たとえお父さんでも」

雄策は激しく言い、言うだけ言うと、くるりと踵《きびす》を返して、庭から事務所の方へ戻って行った。

二週間後、月がかわって六月に入ったある日、島田は立石駅のホームで突然本田署員に逮捕された。むろん吉村も、ほとんど同時刻にアパートの部屋で逮捕状をつきつけられていた。しょぼしょぼと降る雨の中を、島田は連行され、取調室へ押しこまれた。

「元J大教授の島田幸造だね」

取調べに当たった係長は、なぜかそう言って島田から目をそらせた。それは高速道路にかかった橋の上でのことや、吉村のアパートへリエがしのび込むのを監視していたあの男だった。

刑事は気の進まない様子で最初の尋問を終え、夜になると逃げだすように署を出て行った。そして馴染《なじみ》の屋台へ首をつっこむと、苦しそうにコップ酒を呷《あお》った。

「どうせ俺は泥刑事さ」

泥棒専門の下っ端刑事、泥臭い田舎刑事。そういう自嘲をこめて、酔ったあとその男はつぶやいた。

「でもあの人の本はみんな読んだんだ。古い日本の歌を、俺みたいな泥刑事にも判るように説明してくれた……つかまえたくなかった。つかまってもらいたくなかった。畜生め、密告《サシ》たりなんぞしやがって。莫迦野郎、大莫迦野郎。刑事《デカ》でなきゃ俺だってあの先生の仲間に入りたかったんだぞ。ええ、おやじよ、そうだろうが。若い奴らを兵隊にしたいかよ。戦争に駆り出してえかよ。俺だって……畜生、俺だってやりてえんだぞ」

刑事は酔って、近くの暗い塀ぎわへ行ってしたたかに吐いた。

しょぼしょぼと雨の降る夜、留置場の固い床にすわった島田と吉村は、時折り窓の外に聞こえる、ポトリ、ポトリという音を気にしていた。

朝になって、高い窓から外を眺めた二人は、それが留置場の外に生《は》えた細い柿の枝から落ちる、青く小さな実の音だったらしいと覚った。事実青い柿はコンクリートの上に落ち、無残に割れ欠けていた。しかし二人がのぞいた高く小さな窓から、落ちて割れた青い柿を見ることはできなかった。

堤防決潰《けっかい》

1

　ウイークデーの午後七時過ぎなのに、銀座のクラブ泉は客を迎える準備をしていなかった。常連の誰かが今この店へふらっと入って来たとしたら、あまり明るいのでびっくりするに違いない。

　開店前と閉店したあと、この店の照明は極端に明るくされる。長いホステス生活のあと、念願が叶《かな》って自分の店を持ったマダムの侑子は、うす暗い照明が客席の手入れや掃除に悪い影響があるのを知り抜いていた。それに夕方の準備中、照明を煌々《こうこう》とつけておき、開店時間が来るとさっと明るさを落とすのは、ちょうど芝居の開幕時の雰囲気に似たものがあり、ホステスたちの心理に、さあはじまるぞという区切りをつけさせるのにも役立っている。同じように、だらだらと粘る客が明るい照明に変わると、とたんに浮き足だち、閉店のキリをよくさせるのにも都合がいい。

その明るい照明の中で、侑子はさっきから電話の前を離れないでいる。やや和風がかった調度で統一したかなりの広さの店の中に、ホステスが五、六人、落ちつかなそうにひとかたまりになって侑子の方を眺めていた。

また電話のベルが鳴り、侑子が素早く受話器をとりあげた。

「ああよかった、マサちゃんね。どう、そっちは……そう、それならいいけど、今日はいいわ。うん、欠勤扱いにはしない。この降り方は普通じゃないものね」

侑子はちらっとホステスたちをふり返り、

「六人ほど来てるの。どうしても連絡がとれなくてね。そうそう、あんた雪江《ゆきえ》ちゃんの新しい電話番号知ってるでしょ。すぐ連絡しといて。来ちゃうと可哀そうだから……うん、じゃあ、お願いね」

侑子は電話を切った。黒いズボンにゴム長をはいたマネージャーの柴野《しばの》が侑子のとなりのスツールに軽く尻をのせ、黒い表紙の従業員名簿をカウンターの上に置いた。

「今のマサ子ですね。彼女から雪江に連絡がつけばこれで全部です」

「看板は消えてるわね」

「ええ」

「ここはビルの二階だし、そう心配はないけど、看板ぐらいはやられるかもしれないわね」

　柴野はそれには答えず、

「どうしますか、あの子たち」

と出勤してしまったホステスたちを顎で示した。

「六人……あんたを入れて七人ね。無線車を二台呼んで、あんたも一緒に帰っちゃっていいわ」

「ママはどうします。タクシーはとても拾えそうもないし、下手をすれば電車もとまりますよ」

「何とかするわ。こういう時に限って面白《おもしろ》半分に顔を出すお客がいるものよ。喜ばすつもりで来るんだろうけど、そうしたら適当に喜んでから送ってもらう」

　侑子は悪戯《いたずら》っぽい笑顔で言った。

「なるほどね。そういうお客は当分逃げませんな」

　柴野はニヤリとし、ホステスたちの方を向いて、

「さあ、送って行くぞ。東と西、車は二台だ」

と言った。侑子はまた電話をとりあげ、タクシー会社のダイヤルを廻しはじめた。

　クラブ泉はそのタクシー会社では無理が通った。社長が常連だし、親会社の重役たちも侑子の後援会みたいなことになっている。すぐに配車の都合がついて、ホステスたちはマ

ネージャーの柴野と豪雨の街へ出て行った。

ほとんど入れ違いにがっしりした体つきの男が、ガランとした店の中へ入って来た。

「あら、どうしたの」

白い背広の肩やすそのあたりに黒っぽい濡れ跡を作っている男の体を見まわしながら、侑子は素早くカウンターの中へ入って乾いたタオルを差し出した。

「異常気象か……こいつは大ごとになりそうだな」

男は九谷栄介といい、陸上自衛隊の幹部将校だった。

「なんで……珍しいじゃないの、私服だなんて」

近頃では九谷たちはこの店へ来る時も堂々と制服姿で出入りしていた。九谷は黙って煙草をとりだす。侑子はカウンターの外へまわって形のいい指でマッチを擦《す》る。

「お前こそなんだ。中国の女挺身隊みたいな恰好をしやがって」

侑子は紺のスラックスに雨靴をはき、男物のような長袖《そで》のブラウスを着ている。

「いくらなんでもこのお天気じゃお客なんか来るわけがないし、お店の子たちだっていつもどおりに集まったら、帰すに帰せなくなっちゃうじゃないの……お休みよ、今日は」

「なんだ、今朝お前はそんなこと何も言わなかったから……」

「あら、誰かとここで待ち合わせなの」

「ああ」

「なんだつまらない」

「どうして」

「この降りだから心配して迎えに来てくれたのかと思ったのよ。いいとこあると思ったのに、損したわ」

佑子は拗《す》ねたように九谷の唇から煙草を奪《と》り、カウンターに両肘をついて吸いこむと、棚の洋酒瓶に向けて細い煙を吹きつけた。

「こっちはそれどころじゃない」

九谷はつぶやくように言う。

「何かあったの」佑子は前を向いたままさり気なく尋ねた。

九谷とは同棲している。近いうち正式に籍も入れる予定になっている。しかし、クラブ泉のマダムとしては、佑子は九谷を重要な情報源のひとつとして商売に役だてている。

佑子は以前、財界の大物、中泉脩一郎に囲われていた女である。そのために店を持てたし、有力な客筋にも事欠かないでいられる。……見返りとして、というわけでもないが、佑子は別れたあとも中泉にいろいろな情報を送りつづけていた。ことに防衛予算の拡大にともなう自衛隊情報は、中泉にとってもかなり貴重であるらしかった。

だがいくら夫婦同然の仲とは言え、九谷があからさまに喋《しゃべ》ってくれるはずもなく、自衛隊内部の機密に関してだけは、客とマダムの駆けひきで聞き出すよりない。

だが九谷は黙って考え込んでいる。横顔をうかがうとかなり深刻そうだった。

「誰が来るの」

侑子は話題を変えた。

「西村《にしむら》だ」

九谷はカウンターの木目をみつめながら答える。

「なんだ。それならうちへ帰ってお飲みになってもいいんじゃない」

「そうもいかないのさ」

「莫迦《ばか》みたわ。誰か物好きなお客が来て送ってくれると思ったのに」

侑子は本気でがっかりしていた。

「一杯くれ、飲めば客になる」

「冗談言わないで。あなたと西村さんじゃお勘定なんか取れっこないでしょ」

西村というのは九谷の同僚で、同じ陸上幕僚監部にいる。青山にある侑子のマンションへも、のべつ出入りしている間柄だ。

侑子はそれでも愉《たの》しそうな表情になってスツールをおり、カウンターへまわりかけた。するとと九谷が考え込んだ表情のまま左腕で侑子をかかえ寄せ、男物のワイシャツのようなブラウスの膨《ふく》らみに右掌をすっぽりとかぶせた。侑子はふと、ひとけのない休日の教室を歩きまわっているセーラー服姿の自分を思い出していた。見慣れた店の中がひどく新鮮に映《うつ》り、うきうきするような解放感があった。……で、唇を寄せる。九谷が吸い、侑子は眼をとじる。ごつい掌が左の乳房をシャツの上から押しあげ、ブラジャーをしていない乳首が、布の上からかなり強めに指でつまみあげられる。

「莫迦ね。西村さんが来るわよ」

侑子は邪慳《じゃけん》に九谷の手を払った。カウンターへ入りながら、一度この自分の店の中で抱かれてみたいと思った。

「何だ、休みか」

九谷にねっとりとした視線を送りながら、カティーサークのオンザロックをさしだした時、やはり珍しく私服を着た西村が入って来た。

「ちょうどいい。こっちへ来いよ。……侑子、もう入口を閉めてもいいんじゃないか」

侑子は「そうね」と答え、同じものを西村の前へ置いてからドアを閉めに向かった。ついでに階段を降りてビルの出口へ行ってみると、外は相かわらずのどしゃ降りで、通りの店々もほとんど看板をつけていなかった。もう三日もこの調子なのだ。

本所の母親の所へ電話をかけて様子を聞いてみよう……そう思いつきながら店に入り、ドアを内側からロックしてフロアーへ戻ると、二人が深刻な顔でウイスキーをなめていた。

「とにかくもう少し情勢が決まるまでここにいよう」

「護桜《ごおう》会の連中は思い上がっているんだ。それでなければこんな行動には出られんさ」

「実務家がいない。みんな夢想家ばかりだ。理想家というには間が抜けすぎているよ」
……護桜会。侑子には耳慣れない言葉だった。九谷と西村はその護桜会を徹底的にけなし合っている。そのくせひどく深刻な表情だ。……これはかなりのことに違いない。侑子はそう思いながら近づいて行った。

2

この数年来、日本のジャーナリズムには、異常気象という言葉が定着していた。暖冬異変で各地のスキー場が悲鳴をあげるのは例年のことになっていた。そのくせ西日本、九州などに時折りかなりの降雪があり、去年は大阪、名古屋《なごや》に気象庁はじまって以来という大雪が降って、数日間都市機能が麻痺した。

春あらしによる遭難も年中行事化している。救助隊の二重、三重遭難が度重《たび》なり、春山登山はまるで犯罪でもあるかのように批判されている。

そして冷夏、大旱魃《かんばつ》、集中豪雨……。この傾向は昭和四十六、七年頃から顕著になりはじめていた。

学者たちは異常気象の原因を、地球が変動期に入ったことに求めている。地球は一九四〇年代から冷えはじめたらしく、世界各地のデータがそれを裏付けていた。

第四小氷河期。……昭和四十七年頃、学者たちはすでにその言葉をマスコミに発表していたが、毎年の異常気象にそれが一気にひろまったのは、この二、三年のことだ。氷河期、氷河時代という言葉が流行し、この冬も氷河スタイルという新しい流行が、各デパートを中心に押しだされ、受けていた。

事実、異常気象は世界的な傾向だった。中近東、インドなどの猛暑は各地で毎年千人以上の犠牲者を出し、爽《さわ》やかなヨーロッパの五、六月は、異常な肌寒さに襲われるようになった。

そのくせモスクワなどでは六月に三十度を越す日があり、地球の大気循環のリズムは完全に狂いはじめたらしい。極辺の冷気と赤道附近の暖気が入りまじる今までの大気大循環では、暖気北上の道と冷気南下の道がかなり安定していたが、どういうわけか、この数年寒暖交流の道筋が逆転しがちなのだ。

そのように第四小氷河期へ入りかけている地球の自然の中で、極東地域も一九六〇年頃から寒冷化をはじめ、連鎖反応的に随所で従来の常識にない危険な気象現象を見せはじめている。

明治期には東京でもマイナス八、九度という寒い日が珍しくなかったという。その気候に戻ろうとし、そのために異常が頻発しているのだ。

寒冷化の原因はまだ解明されていない。

大気汚染による日射減少説も有力ではないし、太陽黒点説もまたかといった調子で、強い説得力に欠けている。

だがどちらにしても、この異常気象、特に気ちがいじみた豪雨の被害は深刻だった。四十七年七月に高知《こうち》県下で記録された七百四十二ミリは、豪雨による災害のベストテンの四位にランクされたが、それ以来似たような被害が続出して、今ではもう史上第何位という言い方すら、マスコミはしなくなってしまっている。それほど次々に悲惨な新記録が出ているのだ。

東京という都市がきわめて水に弱いことは以前から指摘されていた。冬は四、五十日も降らずに貯水池がひあがり、いったん降りだすと下町方面はすぐ水びたしになる。だがいつもギリギリのところで雨雲が動き、なんとか救われて来た。

関東の各河川の堤防が危ないという噂《けず》は、そうした異常気象の中でだんだん強まっていた。特に北関東の開発が進み、山を削り木を倒し続けている状態は、下流の東京その他の市街地にとって、致命的な結果になると警告されている。考えようによっては、人口の都市集中は大自然の営みの一部であったのかもしれない。そのため人間一人当たりの自然破壊量は最低に押さえられ過疎地では自然が復活して下流保護に役立っていた。人口の平均化は一人当たりの自然破壊量を一挙に増大させてしまう。人口をとり戻した過疎地では自然が大きく後退し、それだけ下流海岸部の都市が危険にさらされることになる。

今、日本の太平洋岸には三つの有力な熱帯性低気圧が居すわっていて、大陸側の高気圧と複雑な運動をくり返している。東京の豪雨は三日目に入っていて、人々は不安な表情で降りやまぬ空をみあげていた。

環状七号などの立体交差部分は、地下に掘りさげられた道路に水が流れ込んで、すでに分断状態にある。地下鉄の排水機能もフル回転で限界に近づいている。

しかも雨は降りつづけ、山ぞいでは千ミリを超えてまだやむ気配すら見せていない。銀座もまるで人通りが減り、長い地下道のあちこちで漏水《ろうすい》や溢水《いっすい》がはじまっている。車は水しぶきをあげて走り抜け、デパートのショーウインドーだけがうつろな華《はな》やかさで水溜まりに光を反射させていた。

今も自衛隊の車輛が不気味に明るいライトをつらねて、その銀座通りを一列に走り抜けて行く。

どの河川も、濁流が渦を巻いて堤防を噛《か》んでいた。水位は刻々と上がりつづけ、人々は橋脚にぶち当たる木材の音に怯《おび》えていた。

ことに利根《とね》川と江戸《えど》川が分岐する栗橋《くりはし》附近では、終戦直後に起こった危機が再現されようとしていた。たしかに堤防は充分に補強されていた。記録にあるどんな雨量に達しても充分支《ささ》え切れるだけの工事が施されていた。

しかし地球的な規模の異常気象による豪雨だった。山々は削られ、伐《き》られて、まるでざるのように水をたくわえなかった。予想もしない勢いで水嵩《みずかさ》がまし、消防団員たちが必死で土のうを運んでいた。

暗い堤防をサーチライトの光の輪がなめ、声も聞きとりかねる雨音の中で、男たちは夢中で働いていた。

黒いゴムの雨合羽《がっぱ》を着た男が、土のうをかかえて堤防の途中で足をすべらせた。男はただ転んだにしては異様に大きな叫び声をあげ、黒いかたまりとなって堤防の下へすべって行った。まわりの男たちがそれに気づいてふり返った時、男は白い水しぶきの中をどこまでも転がりながらもがいていた。

流されている……すべり落ちたのではなく押し流されているのだと気づいた時、男たちの足もとからゴオッという唸《うな》りが湧きあがった。さっきの男と似たような形で男たちが水しぶきの中に消え、サーチライトがその地点に戻った時は、激流が堤防の内側へ向かって叩きつけてくるところだった。

白いさけめが黒い堤防にひろがり、人影が白いさけめに追われて必死に走っていた。まったく同じことがはじまった。かつて物資の少ない餓《う》えた町を襲った水が、今度はものあり余る家々めがけてつき進んで行く。

雨は依然として横なぐりに降りつづけ、暗い空にも雨雲が渦を巻いて流れていた。堤防決潰《けっかい》の報《しら》せが揺れ動く電線を走り、二、三分後には非常態勢を敷いているラジオ局のスタジオへとび込んで行く。

「ラジオが聞けるのはこれだけか」

クラブ泉のカウンターの中へ入りこんだ九谷は、ダイヤルをまわしながら侑子にそう言った。いつもなら専属歌手のセクシーな唄声が聞こえてくるスピーカーから、空電音とアナウンサーの声がかわるがわる聞こえでいる。

「レコードだって滅多にかけないいんですもの」

侑子はカウンターに坐って眉をひそめた。

「車に一台トランジスタラジオを持って来ている。取ってこよう」

西村はそう言い、大股で出て行った。ドアのロックを外《はず》す音がした。

「ねえ、今夜何があるの……変だわ、あなたたちの様子」

「莫迦な奴らがいるのさ。憲法改正のクーデターを仕かけるつもりでいやがる」

「クーデター……」

侑子は低い声で言った。

「成功しっこない。どこにもおっちょこちょいがいるんだ。状況判断が甘いんだ」

「それが護桜会……」

「うん。中にはいい奴もいる。真面目《まじめ》だし、本気で掛かっている。だが今やって何になるというんだ。俺たちのやり方とはまるで違うんだ。迷惑するのはこっちだ」

西村が戻って来たらしく、ラジオの音が近づいてくる。

……十二分頃、国鉄栗橋駅近くの利根川にかかる鉄橋附近の堤防が決潰し……。

「おい、ひどいことになったぞ。利根川が切れた」

「うん、聞いた。こいつは例の……何だっけな。キティ台風か。あれと同じじゃないのか」

「キャスリン台風だろう。たしか昭和二十二年だ。俺はあの頃東京にいた。疎開から帰ったばかりで中学一年生だったな」

西村がそう言い、ラジオをカウンターの上へ置いた。九谷もカウンターの外へ出てスツールに戻る。二台のラジオが別々に洪水のニュースを読みあげている。

「どの車持って来たんだ」

九谷がそれを聞きながら尋ねた。

「CACの例のやつさ」

すると九谷は侑子の肩に手をのせ、

「どうだ侑子、おかげでお前を凄い車に乗せてやれるぞ」

「どんな車なの」

「ふつうのシボレーだ、外見はな」

西村も得意そうに侑子をのぞきこんだ。

「要人護送用の特別車だ。防弾ガラスに鋼鉄ボデー……装甲車なみだよ」

「アル・カポネね、まるで」

男たちは声をあげて笑った。

「しっ……」

侑子が手をあげ、男たちが凍《こお》りついたように動きをとめた。

……首相官邸へ陸上自衛隊の一部隊が乱入した模様です……。

アナウンサーが甲高《かんだか》い声で言った。

3

都庁。都知事室。

「何だって、本当かい、それは」

知事は大声で言い、立ちあがった。

「どうしましょう」

報せにとび込んで来た男は頼りない声で言った。

「どうしましょうと言ったって君……」

都知事は絶句し、窓の外を見た。叩きつける雨に外のあかりが、複雑に歪《ゆが》んで見えるだけだった。

「クーデターだよ。それで規模はどうなんだ、規模は。閣僚はどうなんだ。首相はどうしてる」

「何しろこの天候ですから」

「クーデターだよ、クーデター。雨がなんだ。しっかりしてくれよ」

電話が鳴った。男は救われたようにそれにとびつく。

「はい知事室です。……はい」

「誰からだ」

「今川先生からです」

「貸しなさい」

「もう切れました」

知事は一瞬肩を怒らせて唇を嚙んだ。

「それで」

「おたくが襲われたとか……そのひとことだけです」

知事はさっとデスクを離れドアへ大股で歩きだした。

「どちらへ」

「今川さんは、僕の自宅へ連中がやって来たと言っているんだよ」

そう言って知事はドアの前で立ちどまり、ふり返って急に気の毒そうな表情を泛《うか》べて男を見た。

「僕の自宅が襲われたということは、各閣僚の所にも行っているということだろう。たまたま今日は出先からここへ戻って来たので助かったらしい。……昭和史を勉強するんだね。もう少し」

知事はそう言い、さっとドアから消えた。

「水害対策はどうなるんです。対策は……」

男は走りながらそう叫んだ。

「知事室を臨時によそへ移すよ。こんな騒ぎの中で莫迦どもにかまっちゃいられない。まったくあのロクでなしどもが。とうとうはじめたんだ。決潰したんだ。はじめから平和憲法という土手を切ってしまう気だったんだ。自衛隊なんかはじめから作らせなければよかったんだ。何度同じことをやったら気がすむんだろう」

知事は廊下を小走りに進みながら、呪いのことばをつぶやいている。

侑子はレインコートを羽織《はお》ってクラブ泉のドアに鍵をかけていた。九谷と西村が階段の途中でそれを待っている。

「さて、お手並拝見と行くか」

侑子が階段を降りはじめると西村がそう言った。

「やあねえ、男って」

「どうしてだ」

「喧嘩っていうと嬉しがるの……いくつになっても子供みたい。アル・カポネみたいな車に乗って得意がるし」

西村は笑いながらひと足さきにビルの出口へ行き、雨が叩きつけている暗い道へ体をのり出して合図した。

「心配するほどのことはないんだ。護桜会というのはほんの少数のはねあがりグループで、クーデターってほどのことはできやしないのさ」

「じゃなぜとめないのよ。知ってたくせに」

「そこが男の義理ってもんさ」

九谷が大声で言った。雨音がその声さえかき消そうとする。

「義挙でございますよ、奥様」

バックして来る車を待ちながら西村は侑子の顔を近々とのぞきこんで言った。

黒いシボレーが停まり、九谷がドアをあけるとさっととびこんで、侑子に手をさしのべた。手を引かれて侑子も雨の中をひとくぐりし、車の中へ入った。西村がそれに続き、バタンとドアが閉まった。

「いや……」

侑子は両方の耳へ指をつっこんで叫んだ。

「ごめんごめん。窓を少しあけとかなくちゃな」

西村が運転席の若い男の肩を叩きながら言った。

「失礼しました。雨がひどいのでつい……」

「完全な気密室になっているんだ。有毒なガスの中でもしばらくの間なら平気で走れるのさ。こんな車に乗るなんて、滅多にできないことだ。耳が少しくらいどうかなったって我慢しろよ。そうだ、もっと唾《つば》をのみこんで」

九谷はなぜか上機嫌になっていて、侑子にいやに優しかった。

「あまりスピードは出せませんが、よろしいですか」

「いいよいいよ、ゆっくりやってくれ。重要人物をお乗せしているんだからな」

西村も幾分おどけ気味だった。侑子には男たちの真意が摑めなかった。

「永田《ながた》町へ行くなんて、危なくないの……」

「女連れだ、検問があっても黙って通すさ。でなけりゃ引っ返せと言われる程度だ」

「何だか知らないけど、あんたたちなれ合いで何かしてるみたい。ほんとにクーデターなの」

侑子は九谷の方へ体を寄せて低い声で言った。

「気にするな、そんなこと」

九谷は左手で侑子の腿のあたりを叩いた。位置が意外に高く、侑子の膝がスラックスの中でひくりと動いた。手はそのままの位置に置かれている。

「ラジオ……」

西村が命じた。車は銀座の裏通りを抜け出し、広い道を土橋《どばし》に向かっている。

カーラジオがついた。しかしそれは通常の放送を受信しているのではなかった。半分は英語だ。それも暗号のような略語が多い。侑子にはさっぱり意味が通じなかった。しかし、それが自衛隊の専用波長を受けていることだけは察しがついた。

「まるで駄目だな、これじゃ」

西村は失笑したようだった。

「命がけのクーデターごっこだ」

「義挙のたぐいはいつだってそうさ。観念的な意味だけだ。護桜会の連中は結局無駄に散るだろう。だが意味は大きい。すて石だ。大きなすて石だ」

「どういうことなの、それは」

侑子は中泉脩一郎のためにぜひともそれを聞き出したかった。甘えて、ブラジャーをしないバストを思いきり九谷の腕に押しつけ、脚を組んだ。九谷の手が柔らかい太腿にはさまれ、しかも西村の目から隠れてしまう。

「さっきも言ったろう。自衛隊はいつまでも自衛隊でいてはいかんのだ。はっきり軍と呼ばれるようにならなければいけないのだ。日本の将来がそれを必要としている。俺だって西村だってその点では焦《あせ》りを感じて来た。しかし、もっと気の短い連中がいる。連中は待ち切れなくなったんだ。かつて、沖縄《おきなわ》が戻らなければ戦後は終わらないといわれた。しかしあれは間違いだ。憲法改正が行なわれなければ戦後は終わったことにならない。敗戦国憲法からぬけ出さぬ限り、新しい日本はあり得ない。今度の防衛予算にからんで、そうしたことに火がついたのさ。護桜会は待ち切れなくて蹶起《けっき》したんだ。しかし残念ながら俺たちはそれに同調するわけにはいかんのさ。俺たちはもっとしっかりしたスケジュールに従って動いている。まだ時期は来ていないんだ」

「警察を入れてみろ」

西村が言い、ラジオの音が変わった。今度は侑子にもよく判る警察無線だった。

「今度のは失敗だけど、あなたたちがいずれ立ちあがる時のためにはなるというわけね」

侑子がそう言うと、九谷の指がかすかに動いて、男の微妙な心理を伝えて来た。

いとしい奴……指はそう語っているようだった。装甲を施した乗用車に乗って警察や自衛隊の電波を思いどおり捉《とら》えている。あたりが不気味な吹き降りだけに、九谷の頼もしさが侑子の心に沁《し》みわたった。

「睡《ねむ》くなったわ」

侑子はうずきはじめた女の官能を守り育てるように、そして押しかくすように、あからさまに九谷にすがりついて顔を埋めた。

「女ってのは図太いもんだな」

西村が大声で笑った。

「嵐で堤防が切れる、クーデターが起きる……そんな中で睡くなったと来た。いやもうまったく」

車は右折して国会議事堂へ一直線の道に入っている。

「ちょうどいい。しばらくこうしていろ。これならどう見たって銀座の帰りだ」

九谷は半分は西村に言いわけをしているようだった。運転をしている若い男が、ハンドルから片手を離して、白いカバーのついた帽子をかぶった。

「お前のその帽子似合うよ。海上自衛隊へ行けばよかったんだ」

西村は侑子と九谷に遠慮したらしく、前のシートに上体をあずけ、ハイヤーの運転手然とした白い帽子をみながらそう言った。侑子は右手で九谷の腕を抱き、左手を白いスーツの襟《えり》のあたりに動かしていた。

「あ……」

九谷にだけ聞こえる声で、侑子は左手の動きをとめた。侑子の手の下に重く堅い物があった。

「なに、これ」

そう言ったとたん、拳銃だと気づいた。

「やだ、西村さんも持ってるの」

侑子はさっと体を起こし、前のシートによりかかっている西村の上着の裏へ手をさしこんだ。ひんやりとつめたい物に触れた。二人とも要するに兵隊なのだと思った。

4

侑子を乗せた車は、その夜都心の主要な場所をぐるぐると走りまわった。九谷たちは車のラジオで状況を知るばかりでなく、あとになると時々送信するようになった。二人があらかじめ銀座あたりに待機していて、護桜会とやらの行動開始のあと、その動きを観察しに出たことは明らかだった。途中から装甲乗用車は移動司令車に似たものに変わり、護桜会の跡始末をはじめたらしい。

この男たちは何もかも計算しつくしていたのだ。……侑子がそう覚《さと》ったのは、車が丸《まる》の内《うち》のビル街へ入った時だった。巨大化する防衛予算を吸収し、兵器産業の中心となっている企業グループのメッカともいえるその一角のビルには、すでに深夜近いというのに煌々とあかりがともり、完全武装の兵士たちが豪雨を避けて待機していた。戦車がビルの谷間の道に並び、幌《ほろ》をかぶった軍用トラックが列を作っていた。

九谷たちはそのまん中に乗り入れ、ビルのひとつに駆け込んでしばらく出て来なかった。車にとり残された侑子のすぐ傍に、雨に濡れ光る戦車が停まっていた。

侑子は戦車というものをそれほどまぢかに見たのははじめてだった。そして、そのとほうもない逞《たくま》しさにうっとりとした。げんこつのように先にこぶのついた砲身を、言いようもなくエロティックなものに感じた。九谷の匂いがこもる閉め切った車の中で、侑子は九谷に抱かれたさまざまな夜を思い出していた。この圧倒的な強さに善悪をこえて身をまかし切る……それこそが女の本当のしあわせではないかと、侑子は戦車を凝視《ぎょうし》しながら考えていた。ずっと昔、若い男の操《あやつ》るオートバイのうしろに乗せられ、その腰にしがみつきながら味わったのと同じ、あの一種棄て身な陶酔が湧きあがって、侑子の体は浅ましいほど潤《うるお》っていた。

最近の若い男たちの間に、制服や兵器に対する人気が爆発的に高まっている理由が、なんとなく判るような気がしていた。セクシーなのだ。平和に飽きた人間の心をわき立たせる何かがあるのだ。絶対服従という軍隊のルールさえもが、禁欲的なかっこよさにつながっている。……戦車の横で、侑子はいつの間にか異常な豪雨を恐れなくなっていた。

しかし、現実にはそのとき雨量がいっそう増していた。江戸川と荒川放水路の間の土地へ押し寄せた濁流は、刻一刻と東京へ近づいていた。そして悪魔的な気象条件が、その洪水の上へさらに記録的な雨量を叩きつけている。

九谷と西村がビルの入口に現われた。二、三人の将校がそれを見送りに出て、さっと挙手の礼をした。敬礼を軽く受けて車に向かう二人は、私服姿だけにいっそうえらく見えた。西村も九谷も、雨の中を走ろうともせず悠然と近づいて来た。侑子は中からドアをあけてやった。

「何よ、貫禄つけちゃって……ずぶぬれになっちゃったじゃないの」

侑子はそう言いながらも、自分の男に満足し切っていた。以前のパトロンである中泉脩一郎では、絶対に味わえなかった充実感だった。侑子は九谷を鋭利な刀のように感じ、自分をその鞘《さや》だと思った。なんとかして西村を帰し、今夜は自分のベッドで九谷のその刀を心ゆくまで鞘に納めてしまいたかった……中泉の時は自分が暖かく柔らかなポケットへしまわれる感じだったのに。


その頃、クラブ泉のマネージャーの柴野は、総武《そうぶ》線新小岩《しんこいわ》駅の近くの温泉マークで、ホステスの君枝《きみえ》を抱いていた。

「莫迦野郎。そんな下らねえ男と別れちまえよ」

二度目だった。君枝は煌々と蛍光灯のともる部屋の中で、細いがバネのきいた柴野の体に釘《くぎ》づけにされて喘《あえ》いでいた。

「好きよ。好きなの」

君枝はうわごとのように言った。

「こんな田舎の店にいるコックの見習いのどこがいいんだ」

両手首を男に押さえられ、君枝は白いシーツの上に貼りついたようになって下半身をうごめかせている。

「めちゃくちゃにしちゃって……」

「聞いたふうなことを言うじゃねえか。そいつはどんなことをする。いつもやるのを言ってみろ」

柴野は動きをとめ、焦《じ》らすようにさしつらぬいたまま押さえつけて言った。顔をあげ、安っぽい室内に眉をひそめるだけのゆとりがあった。君枝は完全に男の体に酔っていて、目をとじたまま生唾をのみこんでいる。

「言わねえかよ。同じようにしてやるからさ。そんな野郎とどっちがいいか判らせてやる」

「こ……こ、し」

君枝はかすれ声で言い、押さえつけられた手をさげはじめる。

「なんだ、これか」

柴野は莫迦にしたように鼻を鳴らして君枝と胸を合わせた。体重がモロに女にかかり、男の両掌が柔らかいうしろの肉を歪《ゆが》ませる。

「ああ……」

女はこもった声で叫んだ。

「こうだろう」

男の体が烈《はげ》しく動きはじめた。

「別れちまえ、俺が責任をもつ」

柴野は動きながら囁《ささや》きかけ、女はすすり泣きをはじめた。

「お父さん、逃げてくださいよ」

中川の土手で男が叫んでいた。その男は土手のすぐ下にある山崎計測器工業の社長だった。土手の下の闇の中に懐中電灯のあかりが動き、やがて老人が一人あがって来るのが見えた。

「駄目か、どうしても……」

老人は土手の上へ這《は》いあがってそう言った。どしゃぶりの雨の中で、川の水が規則的に堤防の上を越えはじめていた。

「運です。こうなったら……この分じゃどこかが切れずにはいられないでしょう。向こう側が切れればこっちが助かるし」

「俺は二十二年の時のことをよく覚えている。栗橋の水は明日になるとこの辺まで来るんだ」

「ここだっていつ切れるか判らないんです。早く避難してください」

「なに、ここは大丈夫さ。下に俺の工場がある。ここがやられれば工場は全滅じゃないか。そんなことはあり得ない。そんなことはあり得ないさ」

「駄目ですったら。早く行ってくださいよ」

「いや、俺はここにいる。俺の築きあげたものがあるんだ。やられるなら最後を見届けてやる。畜生め、やれるもんならやってみろ」

老人は土手の上に仁王《におう》立ちになって川を睨《にら》んだ。しかし目の前の堤防を越える水の間隔はみるみるつまり、すぐ滝のように間断なく土手下へ流れはじめた。男は老人に組みついて叫んだ。

「駄目です。土が流されています。お父さん、逃げましょう」

堤防の上の土が、男の言うようにそぎ取られて下へ流れ落ちた。二人はもつれ合うようにして奥戸橋の方へしりぞいて行く。

「畜生、莫迦野郎。何だって今頃こんな目に会わなきゃならんのだ」

土手が揺れ、川が流れを変えたように見えた。濁流がひと息、ふた息、息をつくように休み奥戸の町に流れ込み、三度目からは一気に工場めがけて崩れ落ちて行った。

橋の方で、ウオーッというどよめきがした。土手の上の人々は両側を黒い流れにはさまれて、慌《あわ》てて対岸へ橋の上を走って行った。

都心は制服で溢れていた。自衛隊と機動隊が至る所にかたまっていて、ずぶぬれの隊員たちが時々走り抜けるジープや軍用トラックのはねあげる泥水を浴びている。風が強まり、あちこちで看板が音をたてて割れた。

そんな中で空が白《しら》みはじめ、やがて四日目の朝を迎えてやっと雨が小降りになって来たようだった。

「どうしよう。ねえ……どうしよう」

モルタル二階だての温泉マークの物干台の上で、ホステスの君枝はマネージャーの柴野が持っている傘の中へ身を寄せながら、また同じことを言った。

どういうわけかすぐ目の前の「旅荘」という看板の電気がつきっぱなしになっていて、二人の姿がそのあかりの中に浮き出している。

「お前がドジな所に住んでやがるからさ」

「でも助かったわ。私たち平屋のウチに間借りしてたのよ。きっと今頃は屋根まで水につかってるわ」

「どうでもいいけど、みっともねえっちゃありゃしねえや」

柴野がボヤいた。昨晩情事これあり候《そうろう》、と札をつけたような男女が、さかさくらげの屋根にとり残され、看板の光に照らし出されているのだ。

「平気よ。もうこれ以上は来ないでしょ」

「どうやって帰るんだい。水が引くまでここで傘さして立ちんぼか……糞っ」

「自衛隊かなんかが舟で助けに来るわよ。みんな屋根へあがってるんですもの」

「まったくこの辺にはビルもねえんだからな」

「財産みんな水につかっちゃったわ。ねえ、助かったらあなたのウチへ泊めてくれるわね」

「そうもいかねえよ」

「やだ……そんなのないわよ」

「なんとかするけどウチはまずいよ」

「誰かいるの、高円寺《こうえんじ》のアパートに」

「そんなことはないけど……参ったな、この雨じゃ」

柴野は空をみあげて憮然《ぶぜん》とした。

5

都知事室。

「いえ、僕は無事でした。ちょうど出先で決潰を知ったものですから、都庁へとんで帰ったところだったんです。自宅のほうを襲われましてね。……ハイ、大蔵大臣と首相が最後まで監禁されていたらしいんですが、他には大したことがなかったらしいんです。あまり規模の大きいものではなく、ごく一部の急進派が動いただけのようです。向こうの部内でも反対がかなりあって、結局自衛隊同士でけりをつけてしまいました。……さあ、護桜会、桜を護《まも》る会と書くんだそうですが、それについてはどうなったのですか、テレビやラジオのニュース以上には知らされていませんので……一部には自決したという噂もあるようですが、よく判りません」

　知事はそう言って額の汗をハンカチでぬぐった。雨はやんだが湿気を含んだ風がかなり強く吹いていて、部屋の中はひどくむし暑い。

「そういうわけでして、一時ここから避難したもので連絡をおとりになりにくかったと思いますが……そうですか。それではそのままで、ちょっとお待ちください。神奈川県知事を呼び出してみますから」

　都知事はそう言って傍の男たちに目くばせをした。淡いブルーの電話機のダイヤルがまわされ、電話がスピーカーに切り換えられた。

「神奈川県知事がお出になりました」

　職員の一人がそう言い、デスクの上のマイクを外して都知事に渡した。

「いま埼玉県知事から電話が入っていますので、一緒にご相談いたしたいのですが」

　二本の電話が都知事の前に集まって、三人の革新系知事が協議をはじめた。

本田署の刑事が京成立石駅から署へ行こうとはだしになって歩いていた。靴を透明なビニールの袋にいれ、下水からじわじわと湧きあがってくる泥水の中へ思い切って足をふみ入れた。

「こんちは。ひどいことになったもんだね」

顔見知りの商店主らしい男が自転車を押して行くのと一緒になると、ざぶざぶと水をかきわけながら言った。

「思い出すねえ、昔を……」

「昭和二十二年の九月だっけなあ」

「あのくらい来るかね」

商店主は左手で胸の辺へ線を引きながら言う。

「今度のほうがひどいって話だよ」

「参っちゃうな、まったく」

「今の若い連中はこの辺の低い高いが呑みこめてないだろうから、まごついてるんじゃないかなあ」

「そう言えばそうだな。俺たちは昔のを知ってるから。どの辺がいちばん深くなるかだいたいの見当はついてるな」

「小学校のあたりから急に深くなるんだ。あの辺がいちばん低いんだよ」

「それにしても昔はこんなに油がひどくなかった……」

「そりゃそうさ。ガソリンもろくになかった時代だ」

二人は油膜の張った水の中を、すでに膝のあたりまでつかりながら進んで行く。

「奥戸側で切れてくれたんでこっちは幾分たすかったよ」

「綾瀬《あやせ》川がやられたんじゃどっちにしたって同じこった」

「奥戸のは山崎というメーター工場の裏で切れたんだってね」

「ああ……」

刑事はぶすっとした顔でうなずいた。

「気の毒に、あそこのじいさんは釣りクラブの会長だっていうけど、てめえが水ン中へ入っちまっちゃったんじゃ、まるで魚に仇《あだ》うちされたみたいなもんだ」

二人は膝頭《がしら》をかすめる水を天災とあきらめ、被災者のわりにはのんきな会話を交《か》わしていた。だがその頃、荒川放水路の西岸、堀切《ほりきり》のあたりの堤防に危険な一団がうごめいていた。

都庁の一室。

「何だって……」

男たちが仕事もそっちのけで激昂《げっこう》した大声を交わしていた。

「自衛隊の出動要請だなんて、うちの知事がそんな莫迦な」

穏健な平和運動の拠点をもって自任し、革新系知事を先頭に機会あるたび、反戦、反軍国主義運動を展開して来た男たちは、蒼白な顔で知事の決定にうろたえていた。

「皆さん、これはまったくやむを得ない処置なのです。今、荒川以東の都内に、数十万の都民が救援の手を待っているのです。各区長からも自衛隊の出動を強く要請して来ています。都が要請しないなら独自に呼ばねばならぬと言って来ています。昨夜のクーデターは幸い自衛隊自身の手によって無事回避され、未遂に終わっています。埼玉、神奈川の各知事もすでにこの決定に従い、自衛隊の救援活動を要請している頃です。主義はどうあれ、まず都民の生命と財産を守ることが我々に与えられた義務です。この私の苦衷《くちゅう》をお汲《く》みいただき、この非常事態に全員一致して対処してくださることを望みます……」

スピーカーから流れ出る庁内放送の知事の声は、ひどく歯切れが悪かった。

「ああ……」

誰かが大きな声でわざとらしいため息をもらした。

「これで終わりだよ、何もかも」

「自衛隊さまさまだ、新国防軍誕生か。俺も防衛庁へ行ってりゃよかった」

「冗談じゃないぜ」

庁内のあちこちにそんな失望の声が聞こえた。

大量のダイナマイトが点火され、轟音とともに荒川の濁流が、それでなくてもゼロメートル地帯と呼ばれる江東地区へ流れ込んでいた。堤防を破壊した若者たちの姿は、すでに家並へまぎれ込んで影もない。

水はあっという間に墨田《すみだ》区北部から江東区へ向かってひろがって行く。寺島《てらしま》、向島、本所、亀戸、菊川《きくかわ》、猿江《さるえ》、大島《おおじま》……。あの絶望的な時代にも冠水をまぬがれた町々が、繁栄を世界に誇る今日、みるみる泥水に呑まれて行くのだ。横《よこ》川、竪《たて》川、十間《じっけん》川と、十文字に交差した下町の掘割があっという間に膨れあがり、ゼロメートル地帯を呑みこんでしまう。

「瓶なんかいいの、瓶なんか。濡れてダメになる物をさきにちょうだい」

錦糸町にほど近い小さな酒屋の奥で、侑子の母親の澄江がヒステリックに叫んでいた。彼女はこの酒屋の持ち家の昔からの店子《たなこ》で、酒屋がその土地を、一階が店舗の下駄ばき鉄筋ビルに建て替えてからは、その二階を借りて住んでいた。つき合いが古いから家族同様で、酒屋の二人の息子を叱りつけて必死に荷物を運びあげている。その間にも水は前の道路の側溝からしのび出し、今は歩道をひたしかけている。

青山のマンションで、侑子が脂《あぶら》の乗り切った素肌を惜《お》し気もなく九谷の目にさらしながら、甘えていた。

「ねえ、行かなくていいの……ほんとに」

「いいか侑子、俺はこんなことでとんで行かなきゃならんほど安っぽい軍人じゃないんだ。こんなことぐらいほかの若い連中が始末するさ」

「だって荒川が爆破されたんでしょ」

「もう水はひろがってしまってる。それにしても莫迦なことをする連中がいるもんだ。なんとお礼を言っていいか見当もつかんよ」

九谷はまた天井を向いて大笑いをした。

「護桜会といい、異常気象といい、そしてさっきの愚かな過激派といい……まったく天はみずから助くるものをたすくとはこのことじゃないか。ええ侑子、考えてもみろ。反戦知事が我々に助けを求めた上、何十万、何百万という日本人が水の中で反戦主義者を今頃は心の底から呪っているんだ。俺たちはやるぜ。大手を振って先頭を歩いてやる。日の丸の旗を持った連中に見送られてみせる」

「それでどこへ行くの」

九谷はギョッとしたようにベッドの上に腹ばいになった侑子の裸の背中を眺めた。

「もののたとえだよ」

侑子はだるそうに枕に顔を押しつけたまま、九谷が出かけたら中泉脩一郎に電話をしようと思っていた。……パパはきっとまた、この情報を喜んでくれる。侑子はそう思い、愉しそうな顔で寝返りをうった。

　酒屋のビルの屋上で、侑子の母の澄江は、みごとに、地表をおおいかくした泥水の色を眺めていた。薄日がさし、風もやんでいた。

「ここにいてもしようがないよ。侑子の家へでも置いてもらおうじゃないか」

　年下の夫に言われ、澄江は素《そ》っ気なく答えた。

「嫌だね、私は」

「なぜだい。お前だけでも行けばいい」

「兵隊の舟に乗って兵隊の亭主がいるウチへかい。嫌なこった」

「そんな好き嫌い言ってる時かよ」

「嫌なもんは嫌。私はね、そんな忘れっぽい女じゃないんだよ。兵隊はこりごりさ。顔を見るのも傍へ寄るのも嫌だよ」

　年下の夫は肩をすくめ、澄江と並んで泥水の町を眺めはじめた。

「お前はよっぽど兵隊に嫌な思い出があるんだな」

「当たり前さ。あいつら人殺しが商売だもの」

　明日は晴れという予報が出ていた。

クーデター

1

空の青く澄んだ、風の爽《さわ》やかな日だった。

「日本晴れっていうのはこういう天気のことを言うんだ」

ゴルフ場へ向かう、よく整備された道を行く車の中で、白い上着を着た中年の男が言った。

となりで運転しているのは二十四、五の若い男で、やはり白い上着を着ている。

「外国にはこんな天気はないんですかねぇ」

「どうして……どこの国にだって雨の日もあれば晴れの日もある。こういういい天気だってたまにはあるだろうさ」

中年の男が言うと若いほうは前を向いたままニヤリとした。

「じゃ、世界中に日本晴れがあるんだ」

「………」

「大したもんですねえ、日本ていう国は。世界中のいい天気はみんな日本晴れ」

「うるさいよ。人のあげ足ばかりとりやがって」

行く手にゴルフ場のクラブハウスの屋根が見えはじめ、その右に富士山がくっきりと姿をみせていた。

ゴルフ場の入口にはずらりと高級車が並んでいた。若い男はその前で急にスピードを落とすと、

「何だか知らないけど、今日は凄いお客が集まってるらしいですよ」

と並んだ車を見ながら言った。

「なるほどな。道理で注文がやかましかったわけだ」

中年の男はうなずきながら言い、ポケットから伝票をとりだすと、あらためてその符《ふ》牒《ちょう》のような品名と数字に目を通した。

車はクラブハウスの裏へまわる。車を停めると二人はうしろへまわって、ジュラルミン製の両びらきのドアをあけた。冷えた脂《あぶら》の匂いがあたりにひろがって行く。

調理場のドアがあいて、きつい目付きのコックが車の方へ近寄って来た。二人はそれに気づいて丁寧《ていねい》に挨拶した。コックは若い男がかかえた大きな肉のかたまりを指でつつき、

「大丈夫だろうな」

と言った。

「まかしといてくださいよ。東京の一流どこだって、急に言われてこれほどの肉をすぐ届けるなんて、そう簡単にできるもんですか。ウチは伊豆《いず》じゃあ一といって二とさがらない……」

「わかった、わかった。早く持ってってやってくれ」

コックはそう言い、若い男は肉のかたまりを両手にかかえて、調理場のドアへ、小走りに向かった。

「何だか凄いお客様のようですね」

「こっちもたまげてるのさ。どういうわけか財界のおえら方が全部集まっちゃったんだ。可哀そうなのはマネージャーさ。今日、明日のお客さんを全部断わらなきゃならないんで、電話にしがみついて泣き声出してる」

「へえ……そんな急に」

「そうなのさ。どういうんだかねえ」

「それにしてもえらいもんですね。お金持が遊ぶ時は天気までこのとおりだ」

肉屋のおやじは肥った腹をつき出して、抜けるような青空を眺めた。

コースにはすでに色とりどりのシャツが動きはじめている。家族づれで来た客もかなりいるらしく、クラブハウスのあたりからは女の笑い声も聞こえていた。

同じ頃、東京渋谷《しぶや》にほど近い玉川通りに面した牛乳屋の店先で、配達から帰って来た店主が、店番をしている妻に向かって言っていた。

「お前、今朝の新聞読んだか」

「まだですよ。そんなひまなんかあるもんですか」

「そうだろうな」

牛乳屋はつぶやくように言い、靴をはいたまま、店から座敷の中へ両膝をついて体を伸ばし、新聞を引き寄せた。

「何ですねえ、子供みたいに」

「おかしいんだよ。また大きなデモでもあるのかなあ」

「機動隊……」

「ああ、そうだよ。ここんところ、機動隊の出番もあまりないようだったけど」

牛乳屋は新聞をひろげ、バサバサと気ぜわしく音をたてながらページをめくる。

「書いてないな」

「夕刊でしょ、何かあるなら。……でも久しぶりねえ、そう言えば」

「そうさ。久しぶりだな、大橋《おおはし》の第三機動隊が出かけるのは」

その牛乳屋には長年の経験で機動隊が出動準備をはじめるとすぐ判るのだった。まず第一に牛乳の需要が急に増える。いつもの量の倍近くを運ぶことになるのだ。それに剣道や柔道などの稽古の声が急にしなくなる。独身隊員は全員寮に合宿しているが、出動の前には近所をぶらつく隊員の姿が一斉に消える。

機動隊には突発的にとび出して行くということがあまりない。たいていかなり前から出動の気配があり、ラジオを入れるとデモのための交通規制などの情報があるので、それでなのか……と納得できるのだ。

牛乳屋は朝刊を部屋の中に投げこみ、「判らねえ」と言って仕事に戻った。

何のための出動準備か判らないのは、その態勢に入ってからすでに十六時間以上を経過した隊員たちも同じことだった。平隊員はもちろんのこと、巡査部長の分隊長も、警部補である小隊長も目的を知らされていなかった。ひょっとすると、警部も警備部長もまだ知らされていないのかもしれない。

その日の昼近く、原宿《はらじゅく》のNHK放送センターでディレクターの一人が、技術部の黒板を見ながら首をひねっていた。

「どこへ行っちゃったんだろう」

その黒板には部員の行先が記入されているはずだった。しかし名前の下の記入欄はブランクで、「会議」と書いた札が誰のともつかぬ様子で、黒板の下のほうに斜めに貼りつけてあるだけだった。

「これじゃ打合わせもできやしない」

ディレクターは口をとがらせて言い、部屋を見まわしてそのセクションのチーフの姿を探した。だがチーフも見当たらなかった。

「朝たしかに来てたの見たんだけどなあ」

ディレクターはぼやきながら廊下へ出た。

「どうした、不景気な顔して」

エレベーターへ向かって歩きはじめると、向こうから仲間の一人がやって来て言った。

「技術に逃げられちゃったんだよ。どこ探しても居ないんだ」

すると相手は足をとめ、

「へえ、お前もやられたのか」

と言った。

「お前もって……似たような目に会ってるのか」

「いや、俺ん所はなんでもないが、美術が消えたり、アナウンサーが消えたり、ほうぼうで朝っから蒸発がはやってるんだ。何だか知らないが、そっちばかりじゃないんだから、安心して穴のあくのを眺めてたほうがいいぜ」

そう言って無責任に高笑いされ、ディレクターはいっそう、うんざりとした表情になった。秒を追う仕事をしていると妙に縁起をかつぎたくなるものだ。本番の時のアナウンサーのちょっとしたトチリ、キューのタイミングのズレ、大道具が立てる物音……ささいなキッカケで連鎖反応が起こり、思わぬ失敗に結びついて行く。だから現場の責任者としては、事前の手配や手順の中にあらわれる不吉な匂いに敏感にならざるを得ない。

だが彼がデスクへ戻ると、もっと嫌なことが待ち構えていた。

「大変だよ。スタジオ変更だ」

「まさか」

ディレクターは蒼くなった。それでなくても技術部員の行方不明でもたついているのに、いつものスタジオを外《はず》されて、急に不慣れなスタジオに変えられるというのは、決定的な凶兆だった。

「本当だよ。すぐ文句言ったが駄目さ。副調整室にトラブルがあるから直るまで閉鎖だとさ」

「見てくる」

ディレクターは部屋をとび出してスタジオへ駆けつけた。準備したセットが運び出されるところだった。

「どうしても駄目なんですか」

ガランとしたスタジオのまん中に突っ立っていた部長に言うと、彼は不機嫌な顔で返事もせずに出て行ってしまった。

「冗談じゃないよ。これじゃ、うまく行くわけがない」

ディレクターがつぶやきながら、そのあとについてスタジオを出ると、扉が二人のガードマンの手で閉められた。

おかしい……そう思ったのは、ガードマンがスタジオの閉まった扉の前に立ったからだった。副調整室の故障なら、そんなことをする必要はまったくないはずだった。……何かとんでもないことが局内に起こりはじめている。ディレクターはそう感じ、センターのあちこちを走りまわった。

ほうぼうのセクションから姿を消したスタッフは、優に番組を二つまかなえるだけの内容を持っていた。おまけに、彼がそれを夢中で調べている間に、機材が閉鎖されたはずのスタジオへ運び込まれていた。

2

寺本《てらもと》、という表札の出た豪壮な邸の門を、若い男が入って行く。この家の四男の寺本克《かつ》雄《お》だった。

克雄は今大学の四年。父親は政府閣僚の一人として大臣の椅子についている。

「何だ、おやじまだいるのか」

車を磨いている運転手に声をかけた。

「ええ、朝からずっと……」

三村《みむら》というその男は気弱に目を伏せて答えた。出かけりゃいいのに……と喉まで出かかったのを呑みこんで、克雄はポーチのついた古い母屋《おもや》の玄関へ入った。

「お帰りなさい」

お手つだいの若い娘が頭をさげたが、出迎えたのではなく、ちょうど廊下を通りがかっただけだった。克雄は階段を昇りながら、この時間父親がいるのは珍しいことだと思った。

寺本雄造《ゆうぞう》はもう何度も大臣になっている。たしか今度で四回目だった。彼がいると新聞記者がつめかけ、陳情やら何やらの面会者がひきもきらなかった。そのために新しく離れを建て増し、克雄は滅多に父親と顔をあわすことがなくなった。

それが今日はずっと家にいる。いつもならとっくに車をつらねて出掛けている頃なのだ。克雄はちょっと好奇心を起こし、自分の部屋で上着を脱ぐと、カーディガンを羽織《はお》って離れをのぞいてみることにした。

離れにも湯殿と台所がついている。古い母屋から新しい廊下が、その台所の前を通って伸びていて、秘書の事務室のようになっている洋間に一度突き当たってから、離れの玄関へ出る。

　その秘書の部屋の前で克雄は立ちどまった。

「……そういうわけで先生は、今日ご出席になれませんので、皆様にはあしからずおつたえください。……はあ、それはもう重々承知しておりまして……まあ、とにかくお待ちになっていらっしゃる皆様も、一両日後にはなぜ先生が欠席せねばならなかったか、充分にご了解いただけることと思いますので、ここのところはひとつ、主催者であるそちらからお詫びをいただいてお引きとり願うと、そのように取りはからっていただきたいのです」

　秘書は何やら懸命に断わっているようだった。奥の方から新聞記者たちの笑い声が聞こえてくる。

「克雄、何してるんです、そこで……」

　嗄《しわが》れた声がして、克雄は首をすくめた。母親の夏江《なつえ》がすぐうしろに立っていた。

「珍しいからおやじの顔でも拝ませてもらおうと思ったんだ。でもあれじゃちょっとね」

　克雄は言い訳がましく新聞記者たちの声がした方を顎でしゃくってみせた。

「そう……」

　夏江は機嫌のいい笑顔になった。

「ちょうどいいわ。あなたは今日はもう外出しないでちょうだい」

「どうして」

「なんでもいいから。訳はあとで……いいわね」

「別に出る予定もないさ」

克雄が答えると夏江は息子の肩を軽く押して母屋へ帰らせ、まっ白な足袋《たび》の裏を見せながら奥へ向かった。

「へえ……お袋のおでましか。これも珍しいんじゃないかな」

克雄はそうつぶやきながら部屋へ戻った。

部屋へ入るとすぐドアがあいて、焦茶色《こげちゃ》のワンピースを着た女がやって来た。

「なんだ、今日はどうしたって言うんだ。旦那はあそこにいるぜ」

克雄は薄笑いを泛《うか》べながら言う。窓の外に大き楓《かえで》の木があって、その枝の間から車の手入れに余念がない運転手の三村が見えていた。

「見えてれば安心……」

女は三十を少し越えたくらいで、よくくびれたウエストをねじるようにしながら、三村のいる門の方を眺めた。

「いい度胸だな。昼間っから」

克雄はからかい気味だった。

「そうじゃないのよ」

「じゃ何で来たんだ」

克雄は窓の外を見ている女のうしろへまわり、腰に両手をまわして、うなじに唇をあてだ。

「今日はウチにいなさいって言いに来たの」

「お袋とおんなじことを言いやがる」

克雄の手が女の胸へ這《は》いのぼって行く。

「奥様もそう言ったの……」

「ああ。どこへも行きゃしないが、なぜなんだい」

女はバストを揉《も》まれ、首をねじ曲げて克雄の唇を求めた。唇が重なり、女はくるりと克雄の腕の中で半回転すると、窓に背を向けて右手の指を相手の髪に埋めた。

「うまいよ、あんたは。キスの名人だ」

克雄は息苦しそうに顔を離してから言った。女は克雄の爪先へ自分の足をのせ、下半身を押しつけながら言う。

「この窓、向こうからは楓の葉っぱで絶対に見えないのよ」

「おやおや、催促か」

克雄はそう言い、歪《ゆが》んだ笑い方をしてから女の体を放すと、そっとドアの錠をかけた。

「念のためだよ」

弁解するように言う。女は黙って微笑しながら、窓際の揺り椅子の背をちょんと押した。

椅子はゆらゆらと動きだす。克雄は怪訝《けげん》な表情で謎めいた女の微笑をみつめている。

「莫迦《ばか》ね、ここへ坐るの……」

子供をあやすように言われた克雄は、目を丸くしながら揺り椅子に坐った。

「驚いたな、亭主の動きを監視しながらかい」

「変わってて面白《おもしろ》いじゃない」

女は克雄の膝に腰かけ、忍び笑いをした。克雄の手が前にまわる。

「へえ、スリルがあるとこういうもんかね」

女はまさぐられて首をのけぞらせ、柔らかい髪が克雄の顔にかかった。

「なぜ外出しちゃいけないんだ」

焦茶色のワンピースのすそがまくれあがり、白い膝が窓に向かってひらいた。

「三村に聞いたのよ」

「なんだって言ってた」

「何か大変なことが起こるんですって……車の中だとあなたのお父さんて、大事なことを何でも喋《しゃべ》っちゃうらしいの」

「大変なことって何だ」

女は息をつめた声で一度低く呻《うめ》き、腰を克雄の膝へ深く落とした。

「言わないのよ。三村って、私にもそういうこと喋らないのよ」

「堅物《かたぶつ》だからなあ」

「いくら喋らせようとしても駄目……」

「喋らせようとする時はどうするんだ。あんたのテクニックなら、三村みたいな堅物はいちころだろうに」

椅子が揺れはじめ、女は窓枠に両手をついた。

「あそこに三村がいるわ」

克雄はギョッとしたように、一瞬動きをとめ、それが女の自分を燃やす言葉だと気がついて、急にいきり立ったように動きを荒くした。女は克雄にしか聞こえないように、喉の奥深いところで細い叫びをあげはじめる。

「大変なのよ、大変なのよ。凄く大変なことなのよ」

外出のことでなく、女はまったく別な意味にその言葉を使っているらしい。


秋晴れの街路に、横須賀の商店主たちが五、六人集まっていた。

「どういうんだね、こいつは」

「兵隊が一人も出て来やしないじゃないか」

「こんなことは一度もなかった……」

商店主たちは口ぐちにそう言っている。

事実アメリカ兵の姿は一人も見当たらなかった。昨夜から今日にかけ、バッタリと米兵の姿が途絶えてしまっているのだ。

「キャンプへ行ってみたけど、のんびりキャッチボールなんかしてるんだ。どうして出て来ないのかな」

自転車を片手で支《ささ》えた男が言った。

「とにかく外出禁止になっちゃってるんだ」

「外出禁止だとしたら、こいつはいつまで続くんだろう」

「新聞社に問い合わせてみようか。中国とソ連の雲行きが怪しいってことだからな」

「中国とソ連でどうしてアメリカが……」

「そいつを聞いてみるんだよ。ひょっとするとこれは大ごとかもしれないぜ」

商店主たちはそう言われて、薄気味悪そうに顔を見合わせた。とにかく、遊びに出る兵隊はおろか、トラックやジープまでが、なりをひそめて基地の外へは姿をあらわさないのだ。

東京タワーの下では、観光バスのガイドが駆けまわっていた。

「なんとかならないんですか。ここはきまったコースになっているんですし、お客様も一度この展望台へあがらなければ気が済まない方ばかりなんですから」

　タワーのオフィスでそうかけ合っても、

「とにかく今日はごらんのようにエレベーターの故障ですから仕方ないんです。あなたの会社のほうへはこちらからお詫びの電話を入れましたから、お客さんのほうはなんとかしてくださいよ」

「だって……」

　バスガイドは泣きそうな顔でまわりをとり囲んだ仲間たちに、「どうするの、みんな」と言った。

「しようがないじゃないの、私たちのせいじゃないんだもの」

「ああやんなっちゃうわ。みんなきちんと行列して待ってるのよ」

　バスガイドたちは口ぐちに言い、それでも諦めたように散って行った。だがタワー内部のテレビ電波を送り出す部屋には、制服の男たちがとじこもっていたのだ。

3

　L新聞の社会部記者、千葉《ちば》達郎《たつろう》が異常に気づいたのは、ほんのちょっとした路上の情景からだった。

朝から仕事の都合で有楽町界隈《ゆうらくちょうかいわい》を歩きまわっていた千葉は、工事用の黄色い木の標識のためにひどく歩きにくくなっている日劇《にちげき》横の通りで、なんという無計画なやり方だと、その工事の仕方に腹を立てていた。それでなくても通りにくいこの道を、朝っぱらから柵で塞《ふさ》いでしまってどうする気なのだろうか……そう思い思い歩いていると、まったく同じま新しい黄色い柵が行くさきざきで道の半分を塞いでいた。

何か相当大がかりな工事がはじまるらしい……その時は軽くそう感じただけだったが、昼近くなって日比谷《ひびや》にある自分の社へ戻った時、その正面入口の前の道路に、有楽町とまったく同じ新品の黄色い木柵が並んでいるのを見て、なぜか急に不安になった。

第六感というやつだった。

なぜ選《よ》りに選って新聞社の前ばかりに……無意識にそう思い、すぐ有楽町の木柵が、朝日新聞社のぐるりだけにしかなかったことに気づいた。黄色い木の柵の中には、幌《ほろ》を深々とおろした黄色い大型トラックが停まっていた。工事をはじめる気配もなく……。

別に千葉にたしかな結論があったわけではない。ただ自分が見た一連の工事用の囲いの木柵が、どれもまっさらな新品ばかりだったというそのことだけが、異様な事実に思えたのだった。

千葉は正面のホールへ入ってから、思い直して外へ出ると、ぶらぶらと社の横の道を歩きはじめた。すると次の角を曲がった所に、また同じような工事用の囲いと、黄色い大型トラックが停まっていた。そこは彼の社の裏玄関に当たり、地下からの車輌出口にもなっている。千葉の足は急に早くなった。そして次の角にまた同じものがあるのを発見すると、怯《おび》えたような表情でその横を駆け抜け、ぐるりと建物をひとまわりして正面玄関からデスクのある三階へ、エレベーターも待たずに階段をかけ昇った。

「何だ血相変えて……」

　すれちがった同僚の一人が、そう言った。

「おい、何かデカいことは起こってないか」

「いいや、知らんね」

「それならいい」

　千葉は叫ぶように言い残して部屋へとびこんだ。

「何かデカいことは起こってないか」

　部屋でまた言った。出払って閑散とした部屋に残っていた四、五人が驚いて千葉の方を眺めた。

「どうしたんだ。千葉」

「キャップ、こいつはおかしい」

　千葉は手みじかに工事用の囲いのことを説明した。

「莫迦、それっぱかりのことで蒼くなる奴がいるか」

「いや、考えてみてくださいよ。中ソ関係は一触即発の事態になっています。そいつは俺が言うまでもないことでしょう。だがはじまればどうなります。この国は高みの見物ですか。……それができるとしてもです、そしてはじまるのがまだずっとさきのこととしてもです。こういう情勢になるたんびにいらいらしてる連中がいるんですよ。明日から臨時国会です。この前の通常国会では国防省の指揮系統再編成問題が野党に叩かれて後退してます。国防中央統制機構案も時期尚早《しょうそう》ということで、政府に握りつぶされたでしょう。噂にすぎないかもしれませんが、国家総動員法に相当する法案の草稿が、ゼロ号法案の暗号名で国防省内部ではとっくに出来上がっているというじゃありませんか。日本海が太平洋以上に重要な意味を持ちはじめた今、日本が中ソ紛争に無関係でいられるものじゃなし、制服組としては手かせ足かせを外したくていらいらしているはずです」

「すると千葉は新聞社のまわりの工事用の囲いは、クーデターの前触れだと言いたいんだな」

「勘です。信じてください」

千葉はヒステリックに言った。喋っているうちに自分の直感が絶対間違っていないという信念を持ちはじめていた。男たちは冗談半分に窓際へ集まり、

「本当だ、あるよ……」

と言い合っている。

「よし、T新聞へ電話を入れてみる。ビルのまわりに黄色い工事用の囲いがあるかどうか聞いてやろう」

キャップはそう言い、悪戯《いたずら》をしはじめた子供のようにいきいきと目を輝かせた。

「……よう、俺だ」

キャップはのんびりとした声で言った。

「つかぬことを聞くけどな、ちょっと席を立って窓の下をのぞいてみてくれないか。……ええ、違うよ。とにかく見てくれないか」

キャップは電話口を手で押さえ、千葉の方を見てニヤリとした。

「あったら俺も考える。だが敵に知られたくはない」

そう言い、すぐ手を離した。

「どうだい、何が見えるかね……人が歩いてる……莫迦言うな。いつもと変わったものという意味だ。……テレパシーの実験をしてるんだ。千里眼《せんりがん》ていうやつか。そうだよ。T新聞の前に黄色いものが見えるって言うんだが、どうだい、当たってるか」

キャップが鋭い目つきで千葉を睨《にら》んだ。声だけはのんびりと、

「へえ……驚いたな、工事用の黄色い柵に黄色いトラックだって」

と笑ってみせている。

「サンキュー。これで五千円がとこスッたことになる。つまんないことの片棒かつがせて

悪かったな。賭けにまけた上、奢《おご》るわけにもいかないが、そのうちなんとかする……」

電話を切り、千葉と二人並んでもう一度窓へ近寄った。

「そう言えば、さっき横須賀支局から妙なのが入ってたぜ。町に米兵の姿が一人も見えないんだとさ」

誰かがうしろで言った。

「何だって……」

千葉は大声で言い、ふり向いた。


警官たちはいそがしかった。

全都の主要道路の駐車違反一斉取締まりがはじまっていた。交通課ばかりでなく、あらゆるセクションの警官がそのために動員されていた。

「冗談じゃねえや、どこへ行っても気ちがいみたいに追いたてやがって……」

ライトバンのハンドルを握った靴屋のセールスマンがぼやいた。

「車は走るためだけにあるんじゃなくって、走って停まるためのものなんだぞ」

行けども行けども、駐車をチェックする警官の姿がたえない道を、セールスマンは車の中で大声でののしりながら走って行く。

「なんだってんだ。商売になりゃしねえじゃねえか」

「それでもよ、車の流れはだいぶいいぜ」

となりに坐った若いのが言った。

「莫迦野郎……みんな走ってるだけよ。どこまで行ったって停まれやしねえんだ」

「帰ろうよ。今日は駄目だよ、こりゃ」

主要な交差点ではいつもより警官の姿が多いようだった。

「それにしても、今日のお巡りたちは強引だな。荷物の積みおろしも満足にさせねえつもりだぜ」

「また誰か偉え奴が通るんじゃねえかな。みろよ、高速のランプも閉鎖しはじめてる」

「畜生、やめだ今日は」

ライトバンはふてくされたように、急に左折して脇道へそれた。

4

狛江《こまえ》の公団住宅に住む評論家高宮清二《たかみやせいじ》が、ベランダに吊るした鳥籠《かご》の中のインコの動きをぼんやりみつめていた時、居間で電話のベルが鳴った。

高宮は去年ひとまわり年下の静子《しずこ》と再婚し、この夏のはじめからは暮れに出版する予定の著作に耽《ふけ》って、以前のように外出もしなくなっていた。

「あなた、L新聞からお電話です」

静子がしっとりした声で言った。激しい生き方をして来た半生が、ようやく落ちつきをみせはじめ、このまま穏《おだ》やかな著作三昧《ざんまい》の後半生に入るのではあるまいかなどと思いながら、高宮は居間へ入って受話器をとりあげた。

しかし、高宮の表情はみるみる暗くなって行った。何度も相手に念を押し、珍しく乱暴に受話器を戻してから、

「そんな莫迦な」

と、つぶやいてまたベランダへ戻った。だがもう目は小鳥を追ってはいない。

「どうかなさったのですか」

静子がうしろへ来て尋ねた。ふり返ると白い卵形の顔が、頼り切った表情で自分をみつめていた。

「貯金はいくらあったかな」

「知りません、そんなこと」

静子は笑った。

「いくらかあると思いますけど……何かおいり用なの」

「いや」

高宮は決断がつきかねて、また外の景色に顔を向けた。クーデターが起こる……L新聞

からそう言われるまで、考えてもみなかったことだ。以前からたびたび雑誌などにも書き、座談会などでも喋って来たことだが、あくまでもそれはひとつの可能性としてであって、社会に警鐘《けいしょう》をうち鳴らすつもりでしたことだった。このうららかに晴れ渡った秋の日、突然それが現実になるとしたら、自分は何も予想せず、予言しなかったのと同じことだと思った。

防禦策、対抗策などまるで用意していないのだ。クーデターが巨大な時の流れとしても、新聞の情報を耳にしたとたん、命を投げ出して何かしなければならない。多分、自分はもうすぐ、いやでも動き出してしまうだろう。だが、もう少し平和なこの時間を噛みしめていたい。

高宮は左手で長髪を掻《か》きあげ、うなじを摑んだ。来るものが来たという実感のようなものが、掌で押し揉む首筋のあたりから、じんわりとひろがって行くようだった。

静子はどうなる……。うまく元の雑誌の編集部へ戻れるだろうか。慣れない土地で苦労をさせたくなかった。多分、高宮は地下へ潜《もぐ》ることになるだろう。そうなった時、静子には監視の目が光りつづけることになるのだ。

「何があったんです」

静子はまだうしろにいた。高宮の背中に何か静子の胸に響くものが、滲《にじ》み出ていたらしい。

「しばらくいなくなるかもしれん」

ふりむいた高宮は低い声で言った。静子は小さく二、三度顔を横に振った。何も言わなかった。

「どうやらクーデターが起こったらしい」

静子の表情がさっと変わった。高宮の経歴は知り抜いている。反戦運動の中心としてマスコミで活躍し、国防省新設に反対する大集会では、全労働者にゼネストを呼びかけたりした。

「結婚記念日には旅行に連れて行ってもらう約束でした」

静子は唾《つば》をのみこみ、壁のカレンダーを見ながら言った。冷静になろうと努力しているらしい。高宮もカレンダーを眺めたが、彼には無意味な数字の行列にしか見えなかった。その中に二人にとって意味のある日付があったはずだと、懸命に記憶をたどるのだが、すぐに意識はそれて、なぜか芝居や映画に登場した旧陸軍の憲兵の姿が泛んで来てしまう。高宮自身は特高や憲兵の実物に接した記憶はまるでない。ただ軍隊という観念の中にその絵姿がしみついている。

「とにかく平和な一年だった」

そうつぶやくと、静子の体が丸くなって胸にとびこんで来た。

「嫌……」

泣いている。

「仕方がない。はじまってしまったのだ」

「どこかへ行ってしまうんでしょう」

「僕はマークされている」

「連れて行って。何でもしますから」

「そうは行かんよ」

高宮は静子の肩に手を置き、顔をあげさせた。急に仲間のことが気になりはじめた。静子との穏やかな暮らしを惜《お》しんで、数分間でも無為にいたことが怠慢に思えた。

「とにかく外出の用意をしてくれ。まだ急にどうこうされるということもないだろう。みんなで集まってよく対策を考えてみる」

静子はくるりと背を向けると。高宮の服を出しに居間へ小走りに入って行った。高宮はそのあとにつづき、サイドボードの上の電話をとりあげた。

「高宮と言いますが、執行委員の野口《のぐち》さんをお願いします」

高宮は埃っぽい古ビルの二階にあるその労組本部を想像しながら相手の出るのを待った。何をしているのか、呼び出した相手はなかなか電話口へ出て来なかった。ひどく素《そ》っ気ない今の応対が気になりはじめ、ひょっとしたら向こうはすでに……などと心配になってきた。

公安関係から見れば札つきの左翼団体だった。政府要人と同時に彼らも狙《ねら》われる可能性は充分にあった。

「はい野口です」

太い聞き慣れた声がしたので高宮はほっとした。

「どうだ、そっちの様子は」

「え……何のことだ」

まだ先方は知らないらしかった。クーデターが……と言いかけた高宮は息をのんだ。盗聴。今までにその組合本部では何度も盗聴さわぎがあった。この電話はたしかに盗聴されている……高宮はそう感じ、

「天候のことだ」

と話をそらせた。

「散歩をしていたら赤トンボをみかけた。十年ぶり以上の珍事さ」

「それで電話を……変だな」

「ああ、少し変だな。我ながらそう思う」

「はっきり言え、何か起こったのか」

相手は敏感に高宮の異常を感じ取って、せきこんで尋ねて来た。高宮は覚悟した。声の調子を変え、早口に、

「クーデターが起きたらしい。早くなんとか身の始末を考えたほうが……」

と言いかけたとたん、突然電話がチン……と鳴って切れてしまった。

「やられた」

高宮は叫んだ。中間に誰かがいたのは確実だった。盗聴し、問題が核心に触れかけると切ってしまったのだ。高宮は慌《あわ》てて電話機のボタンをつづけざまに押してみた。何度やっても電話は生き返らなかった。

「早く。着かえるぞ」

そう言って静子をせかせ、背広に着かえながら、

「旅行の仕度も」

と命じた。自分の電話が切られていたのだ。のんびりかまえてはいられなかった。クーデターを企《たくら》んだ側は、すでに高宮のような人物までとりかこんでいるらしい。彼は頭の中で素早く脱出路を考えていた。

ワイシャツを着、上着の袖《そで》に手を通しおわった時、入口のチャイムが鳴った。静子は靴下をはかせていた手をとめ、顔をあげて高宮を見た。高宮は眉をひそめてそれを見返し、唇を歪めて言った。

「いい、俺が出てみる」

「あなた……」

かすれ声で静子が言った。高宮は入口へゆっくりと歩き、ノブをまわした。思ったとおりの人相の男が二人立っていた。

「類型的すぎるよ、君たちの顔は」

高宮は冗談のように言った。

「高宮清二だね」

「あなた……」

静子がキッチンの玉のれんの内側でまた言った。まるで鉄格子《ごうし》の向こうとこっちのように思えた。

「外へ出てくれないか」

二人は靴を脱いで上がりこみながら言った。うしろにもう二人待っていた。高宮が靴をはき、小さな旅行用の洗面ケースを手にドアの外へ出かかると、中へ入った一人が思い出したように声をかけた。

「部屋を調べさせてもらう。もちろん令状などないがね」

「勝手にやるがいい」

高宮はそう答えた。

「非常事態が発生したので君を保護する」

外の男が切り口上で言った。

「過保護は困るね」

高宮はわざと他人事《ひとごと》のように言い、

「それにしても手廻しがいい」

と苦笑した。

「君の電話をキープしていてよかった。我々の行動開始はもう少しあとになる予定なのでね」

「ほう、盗聴の英語はキープというのかね」

高宮はついからかうような口調になっていた。

組合本部で突然切れた電話の受話器を置いた野口は、高宮よりずっと手荒く扱われていた。

「壁へ向かって並べ」

「手を頭の上へ置け」
七、八人の男たちが小突かれながら集まって来て、これはもうはっきりと自衛隊の制服を着た男たちの銃口の前に並んだ。
「何が起こったんです」

「クーデターだよ」

野口はとなりで両手を頭のてっぺんに置いている男に教えてやった。

「喋るな」

野口は銃口で背骨をいやというほど突かれ、壁に額をぶっつけて呻いた。

その古ビルのすぐ近くにあり、以前から反政府運動の拠点と見なされていた巨大な印刷工場が、急に操業を中止した。民家がそう多くないその一画に黄色く塗った大型トラックが入りこみ、幌をはねのけて武装した兵士がとび降りた直後のことだった。

電源を切られてモーターが止まり、薄暗くなった建物の中に、若い男の狂ったような叫びがこだましていた。

「自衛隊のクーデターだぞ……」

若い工員はそう叫ぶと身をひるがえして外へとび出し、次の建物へ走って行く。

「自衛隊のクーデター……」

囁《ささや》きが口から口へ伝えられ、印刷工たちはぞろぞろと工場の正門にむらがり寄りはじめている。しかしその向こうには着剣した銃を手に、兵士たちが傲然と横隊を作り、その中央に早くも機関銃が置かれていた。

「止まれっ」

容赦のない軍隊口調がジープのラウドスピーカーから聞こえた。

「非常事態が発生したので我々がこの工場を保護する。諸君は過激分子に乗ぜられぬよう、我々の指示どおり慎重に行動されたい。我々は不穏な行動に対しては銃火をもって阻止するよう命令されている」

タ、タ……と乾いた機銃の音が四、五秒続き、正門へつめ寄る工員たちの足がすくんだ。

「ただ今のは空砲である。しかしこのあとはすべて実弾射撃であるから行動に注意されたい。まず全員その位置をさがり、第二工場横の広場へ集合されたい」

銃をかまえた制服の横隊がゆっくり前進をはじめ、工員たちは声もなく退いて行った。

都内の各新聞社も、似たりよったりの状況に陥《おちい》っていた。

5

その日夕方五時ジャストから、ラジオ、テレビを問わず、すべての民間放送は沈黙した。平常どおり電波を送り出しているのはＮＨＫのテレビとラジオだけだった。両方とも、午後七時に重大発表があるというスポットを流しながら、予定どおりのプログラムを進行させている。

その中で、都心には一万人近い男たちが集結し、整然としたデモを開始した。例によってその行進はパトカーが先導し、機動隊がはさみつけるようにその両側につき従って行く。

「日本を破滅から救え」

「屈辱憲法改正」

「新軍備を促進せよ」

「腐敗保守党、財界貴族粛清」

デモ隊はそう合唱しながら歩調を揃えて進んで行く。その靴音はまさに軍隊のものだった。

「なにが愛国デモだ。右翼の勢揃いじゃねえか」

沿道の見物人に混じっていた学生たちがそう叫び、一人、二人と投石をはじめた。だが石は機動隊の楯《たて》にさえぎられて列を乱すには至らない。それどころか、通行人に紛《まぎ》れ込んでいた私服の男たちに腕をつかまれ、逃げ出した学生もすぐ追いつめられて逮捕されてしまった。日章旗の波の中に菊水の幟《のぼり》をまじえたそのデモ隊は、機動隊に守られて国会議事堂へ登って行く。

NHKの放送センターでは、一日中やきもきしていたあのディレクターが、本番寸前に番組のキャンセルを申し渡されて、副調整室の椅子にぐったりと、もたれ込んでいた。

「助かった……どうなることかと思った」

「第一こんな状況でやる気なんか起きるもんか。キャンセルがなくったって途中でスイッチを切ってやろうかと思ってたんだ」

ミキサーの一人がふてくされたように言った。ガラス窓の下ではスタッフやタレントたちが、放心したように突っ立っている。

「どんな番組がはじまるんだい」

誰かが言った時、モニターテレビにタイトルが出た。

新しい国際情勢と日本の防衛力……。

「提供国防省か」

ディレクターがつぶやいた。

「あ、あん畜生め、あんなとこにいやがった」

また誰かが叫んだ。行方不明のアナウンサーが、心もちこわばった表情で映《うつ》っていた。

「NHKの放送は、ただ今非常事態に対処して、全面的に陸上自衛隊東部方面総監部の管理下に置かれました。今後の放送はすべて予告にない特別番組となりますので、ご了承ください……」

事実、放送センターは午後から次第に兵士の数が増えはじめ、タレントたちも物騒な緑色の服にかこまれて外へ出る自由を失ったまま局にとどまっていた。

「どうなるんですか」

タレントの一人がフロアーディレクターのマイクを通して尋ねて来た。

「知りませんねえ。兵隊さんに聞いてください」

副調整室からの返事は、スピーカーを通じてスタジオいっぱいに響きわたった。

その放送を日本中の人間がくい入るように見ていた。六時からの番組が物やわらかに中ソ間の緊張を説明したのち、日本には中ソそれぞれの側に立って、戦略上の便宜を与えたがっている勢力が、いかに根深く存在するかを解説し、その動きによって起こりうる国内情勢を、幾通りものアニメーションフィルムを使って示した。そのフィルムが存在したということは、軍部のこの行動が、充分な準備期間をへて、決行されたことを物語っていた。

七時になると、時報のあと、いきなり力強いリズムで、著名な作曲家による、新日本国防軍の歌が紹介され、新国防軍司令官という、聞き慣れない肩書で、自衛隊のこの行動の指導者がアップになった。

「首都ならびに各地方主要都市を一時的に掌握《しょうあく》下に置いた我々の今回の行動は、決してクーデターなどという過激なものでないことをご了解願う次第です。これは一部の売国的過激分子が、外国軍隊の本土上陸を企図し、国内に破壊活動を多発させて、その目的を遂げようとすることを未然に防止する唯一の穏健な手段なのです。同時に我々は、その極左勢力の動きに憤激して実力行使を計画中の、一部右翼過激団体、及び数多くの愛国者集団に対しても自重を求め、かつ信頼に価《あたい》する中庸《ちゅうよう》堅実な大勢力がここに存在することを認識していただくため、今回のこのような状況を展開したのであります。我々は日本をみずから守るための自衛隊員であります……」

番組は急ごしらえにしては、ばかに調子よく、しかも、えんえんと続いていた。その故意に冗漫にしたような放送の中で、人々は次第に彼らが、合計五十以上の新しい法案……今までなくてはならなかったのに、どうしても作ってもらえなかった国防上重要な法案を、緊急に国会の審議にかけ、可決、成立させることを要求しているのを覚った。彼らの要求は結局、運輸、通信、農林、水産をはじめ、全官庁の分野にまたがっていた。

「これで議会制民主主義は、ただの飾り物になってしまうな」

上野駅へ集められた男たちに混じって、テレビをみあげていた高宮清二がそう言った。

「なるほど、うまいタイミングだ。放っておいても明日からは臨時国会という日じゃないか。議員連中は一人一人首に縄をつけて引き出され、彼らの要求する法案を可決するために、議事堂へ押し込まれるんだ。恐らく特別委員会もなし、審議もなしだろう」

その夜、伊豆のゴルフ場では名コック長が腕をふるった料理で、財界首脳の夕食会がはじまっていた。

一小隊ほどの陸上自衛隊がゴルフ場の入口を車輛で封鎖し、クラブハウスのまわりを所在なさそうに歩きまわっていた。

「おかげさまで、予定どおり何事もなく運びそうです」

宴席に陸上自衛隊の制服を着たいかにも精悍《せいかん》な面《つら》がまえの男が混じっていて、白ワインのグラスを挙《あ》げて財界人たちに挨拶した。彼の制服には筋が二本と星形が三つついていた。

「お手やわらかに願いますよ。何しろ我々はここに軟禁されているんですからな」

長老らしい白髪の男がひやかすように言って笑った。どうやら彼らと制服はなれあいでここにとじこもっている様子だった。黒い海には、多分海上自衛隊の艦艇だろう、いかにも、もっともらしく、サーチライトをゴルフ場の下の崖へ当てて、財界首脳の脱出を警戒していた。


戦車が都内へ入る橋の両側に一台ずついて、兵士が車を検問していた。河原の野球場には黒々と車輛群がかたまっていて、いつでもとび出せる態勢になっていた。

そのあたり一帯の堤防はたえず完全武装の兵士がパトロールし、道路と平行して川を渡る鉄道の鉄橋のたもとにも歩哨が立っていた。

今、列車がその鉄橋を渡って東京を出て行く。車窓のあかりが水面に映り、やがて最後尾の赤い灯が闇の中へ消えて行った。

評論家の高宮清二は、手錠のはまった両手をきちんと膝の上に置き、その臨時列車の中で遠ざかる東京の灯をみつめていた。

「いや、きっとこれははじまりなんだ」

彼はそうつぶやいた。列車の座席は北海道のどこかへ連れ去られる政治犯で満員だった。つい今日の昼まで、しとやかな静子の気配を背に感じながら、机に向かっていた平穏な暮らしがあったのだ。だが明日は、日本中のすべての家庭に戦時法が重苦しくのしかかって行くに違いない。交通、通信、運輸、報道そして経済……国防中心の統制の中で、人々は新しく、そして古い時代を過ごさなければなるまい。

逃げてやる。この鎖をきっとぬけ出してやる。街にはまだ鎖をはめられない自由の戦士たちが数多く残っているはずだ。今この瞬間も、都内ではそうした人間が力を合わせ、軍事国家反対の火の手を挙げていることだろう。その火が決して消えるものか。……高宮はそう思い、唇を嚙んだ。

だがそれにしても。静子と約束した結婚記念日の旅行は、いつ果たせるのだろうか。

「待っていてくれ」

高宮は目をとじて、またつぶやいた。

だがその夜、都内にこれと言った抵抗の火の手は挙がらなかった。奇妙なほど静かで、ほっとしたような無気力さが家々を支配していた。

人々のその不可解な従順さを知って高宮が思い悩みはじめるのは、まだ一か月以上さきのことだった。クーデターは、ほとんどそれらしい様相も示さず、周到な事前の根廻し作業によって、その夜完全に成功したようだった。

徴兵復活

1

五月の日曜の午後、村越貞治《むらこしさだはる》はぼんやりと庭を眺めていた。

あけ放った居間のガラス戸の外に煉瓦《れんが》を敷いたベランダがあり、そのさきには狭いながらも芝の密生した庭があった。

あれから十年たった……。村越はそう思い、虚《むな》しい疲れを味わっている。

この家へ引っ越して来た日のことが、ありありと目に泛《うか》んで来る。庭の芝はなく、赤い土がまあたらしい家のまわりにむき出しになっていた。ベランダの煉瓦が匂いたつように鮮やかな色をしていた。トラックからおろした家具の一方を持ち、向き合ってあとずさる父親の自分に大きな声で足もとの注意をしていた長男の康一《こういち》。手伝いを嫌ってさっそく附近の探訪に出かけてしまった次男の昌夫《まさお》。

いったい何のための歳月だったのだろうか。子供たちのために、家庭のために……そう思い、疑いもせず夢中で働いて来た。土地も買った、家も建てた。子供たちを大学にやり、社会へ送り出した。

だが、ローンを払いおえた今、子供たちの姿は家にない。妻の陽子《ようこ》と二人だけの暮らしになっている。

「何を考えてるの」

朝食の跡かたづけを終えた陽子が、所在なげにソファーに腰をおろして言った。

「損したよ」

「何が……」

「子供たちは寄りつきもしない」

「来ますよ、そのうち」

「子供を作らずにこの歳《とし》になっていたら、もっとのうのうとしていたろうな」

「何言ってるの。淋しくてしようがないわよ、きっと」

「本当にそうだろうか。子供を育てるのにどれくらいかかると思う」

「お金のこと……」

「そうだ。幼稚園、小学校、中学、高校、大学……いくらかかったと思う。正確に計算したら、きっとよく稼げたもんだと、我ながら驚いてしまうほどの額だろうな」

「それはそうでしょうね」

「俺とお前だけで使っていたら、さぞかし楽しい人生が送れたことだろう」

陽子は笑いだした。

「変なパパ……そんなこと言ってないで、これからはもう、かからないんだから、せいぜいいろんな所へ連れて行ってくれればいいじゃないの」

「そういうことじゃない。結局いてもいなくても同じことになるのなら、子供なんかはじめっから作らなければよかったんじゃないかと言ってるんだ」

「今に孫が抱けますよ」

「孫か」

村越は妻の顔を見た。始末の悪いほど若々しい顔だった。ことし四十六になるのだが、とても孫を抱く顔ではなかった。

「康一はまだ四谷《よつや》に住んでいるんだろうな」

「ええ」

「例の喜代子《きよこ》さんとかいうのと一緒か」

「そうよ」

「結婚する気はあるんだろうな」

「もちろんよ」

庭の外の道を小さな車が通り、角を曲がって玄関の前で停まった。陽子は、酒屋さんだわ、と言って居間を出て行った。

四谷のどこかに二十三歳の男と女が小さな部屋を借りて暮らしている。

貧しくても楽しい日々であることは村越にもよく判る。だがなぜこの家を訪ねようとはしないのだ……それが不満だった。

結婚に反対するわけでもない。同棲を非難するほど古くもない。離婚するようなことになったとしても、今の風潮では二度や三度の離婚はありがちだし、それをとやかく言う気もないのだ。

こっちから訪ねてみようか……庭を眺めながら村越はそう思った。

「こんちは……」

不意に背後で声がした。村越はなぜか聞き慣れたその声にドキリとしてふり向いた。陽焼けした顔が笑っていた。

「なんだ昌夫か」

我にもなく胸がときめき、村越はことさら無表情を装って言った。

「酒屋の車に便乗して来たんだよ。松井《まつい》の奴、結構真面目《まじめ》に働いてやがる……日曜だっていうのにさ」

昌夫はどすんとソファーに沈み、部屋を見まわしながら言った。

「自分の家へ帰って来て、こんちははないだろう。なぜただいまと言わん」

「あれ、俺そう言ったっけ」

「言った」

「でもな、何となくこんちはって感じだよ。ただいまって言うのは相当意識していないと出て来そうもないな」

「莫迦《ばか》だね、昌夫」

陽子が入って来て言う。

「パパは昌夫たちが寄りつかないんで淋しがってたんだよ。ただいまって言えばご機嫌がよかったのに」

「そうかア」

昌夫は大げさに失敗を認めて頭に手をやった。

「なら胡麻《ごま》すっとけばよかった」

「康一には会うのか」

「会うよ。きのうも兄貴の所へ行って姉さんの手料理をご馳走になった」

「姉さん……」

「いけね。まずいこと言ったかな」

「そうか。姉さんの手料理か……どんな料理だ」

「チキンカツにスパゲッティーさ。案外うまかったよ。美人だしな。あれはいい嫁さんだぜ」

「生意気言うな」

村越は苦笑し、チキンカツとスパゲッティーの皿を想像していた。

「でもさ、ナイフもフォークもみんなふた組ずつしかないんだ。俺がさきに一人で食って、そのあと二人一緒に食うんだ」

陽子が吹き出した。

「それで昌夫はどうしてたの。二人がたべる時」

「見てたよ。コーヒー飲みながら」

「妙な奴らだ」

村越はそう言い、立ちあがるとサンダルをはいて庭へ出た。腰に手をあててそり返ると、丁度頭のま上あたりに白い小さな雲があった。……やはり損得の問題ではないだろう。子供たちは子供たちで人生を歩きはじめている。ふた組だけのナイフとフォーク。俺にもそんな時代があったはずだが……彼はそう思い、記憶をたどってみた。

「へえ、案外柔らかいんだな、まだ」

昌夫も庭へ出て、うしろから村越の肩をおさえた。精いっぱい反《そ》り身になったところをおさえられ、村越は危うく倒れそうになった。

「おっとっとっと……」

昌夫はよろける父親を胸でささえた。大学で剣道をやっている昌夫の体からは、村越を威圧するような逞《たくま》しさが漂《ただよ》い出している。

「何だ、そのバッジは」

村越は昌夫の上着の襟《えり》についている黄色い星形のバッジを見て言った。

「あれ、言わなかったっけ」

昌夫は黄色い星を手でおさえ、親指で磨くようにこすりながら言った。

「登録章だよ」

村越は、あ……と思った。

「それが登録章か」

「遅れてるな。はじめて見るのかい」

「どれどれ、よく見せてみろ」

手で触れると、かなり厚みのある鉄でできていた。

「剣道部員じゃ、いやも応もないさ。ことし成人式をやった者は全員登録したんだ」

「そうだな、剣道部じゃしようがないな」

村越は物判りのいい顔になってうなずいた。

「でも反対する学生もいるだろう」

「いやしないよ。そりゃ、かげじゃこそこそ言ってる奴もいるらしいけど」

「しかし今度の法律じゃ、登録したらいつ呼び出されても文句は言えないんだぞ」

「そのために登録するんじゃないか。文句言うはずもないさ」

「お前はどうなんだ。予備登録なんかして、いざ戦争となったら、お前みたいな奴はまっさきに最前線行きだぞ」

昌夫は大学剣道界では名の知れた選手だった。

「反戦世代だからな、お父さんたちは」

予防線を張るように言い、昌夫は議論を避けるような表情で笑った。

「戦争なんか当分起こりっこないよ」

「お前らは反戦世代というのを妙な意味に使う。戦争なんかないほうがいいにきまってているだろう」

「ないほうがいいさ。でもさ、戦争はないほうがいいっていうのと、軍備を持たないほうがいいっていうのはまるで違うぜ。そこんとこがおかしいんだよ」

「軍備がなければ……」

「軍備がなければ戦争はないの……違うよ。戦争できないっていうだけのことさ。相手がやるって意思表示をしただけで、こっちは敗けさ。お父さんたちには悪いけど、そんなの滅茶苦茶だよ。軍備を持ってて戦争しなけりゃいいじゃないか」

「しないわけに行くか」

村越の語尾は弱々しかった。

「少なくとも侵略戦争なんてしやしないさ」

昌夫は笑いながら言い、拳を重ねて竹刀《しない》をふりおろす真似《まね》をした。

「攻められれば守る。当然じゃないか。誰だって火事になったら消そうとするだろ」

2

同じ頃、国電錦糸町駅にほど近い桝本という酒屋でひと騒動持ちあがっていた。原因はその家の親戚で、神奈川の新興住宅地に同じ酒屋をやっている松井家からかかった電話だった。

「あんた……ねえ、あんたったら」

受話器を置いたかな子が大声で店の主人の良策《りょうさく》を呼んだ。

「なんだよ、ギャアギャア喚《わめ》きたてやがって」

良策は顔をしかめながら店へ出て来るとそう言った。

「困っちゃったよ。今、神奈川の松井から電話があったんだけどさ」

「何だ、松井がどうかしたか」

「松井の一人息子さ、健太郎《けんたろう》って言う……」

「健ちゃんか、健ちゃんがどうかしたか」

「あの子、うちの洋介《ようすけ》と仲いいだろ……学校も一緒だし」

「そうらしいな」

　良策は煙草をくわえて言う。

「だから心配なんだよ」

「この野郎はっきり言え、莫迦。ちっとも判りゃしねえ。お前はいつだってそうなんだよ。廻りっくどくおしまいのほうから喋《しゃべ》りやがって」

「健ちゃんが兵隊検査受けちゃったんだってよ」

「兵隊検査ア……莫迦、そいつは予備登録って言うんだ」

「どうしよう」

「受かったのか、それで」

「受かっちゃったんだってさ。松井のとこじゃ、はじめっから反対だったんだけど、健ちゃんの友達、みんな受けてるんだって。莫迦だね、ほんとに……あの子、内緒で受けて登録すましちゃったんだって」

「ふうん。若えってのはしようがねえもんだな。そんなことして万一どうにかなった日にゃあ兵隊に持って行かれても文句は言えねえんだぜ」

「だからさあ……やだねえ、この人は」

「何がだよ」

「洋介さ。あの子まさか」

「冗談言うない。うちの子に限ってそんな間尺《ましゃく》に合わねえことするかよ。あいつはこの店の立派な経営者になるんだ。算盤《そろばん》に合わないことはしねえようにしつけてあらあ」

「だって、はやりみたいなんだってよ、その予備登録っていうのをすることが」

良策は眉をひそめ、煙草をふかしている。煙を吐き出す間合いが次第につまり、妻のかな子はその煙をみつめて膨《ふく》れ面《つら》をしていた。

「あれは要領のいい奴だよ、心配するな」

良策は煙草をもみ消して言った。

「そうだろうか。受けてないかねえ」

「今まで……そうさ、こんなちっちゃい時分から」

と良策は腿のあたりへ掌をさげてみせ、

「何だってしたいことは思いどおりにさせてやって来た。随分危なっかしいこともあったが、子供のことは信じようって、お前とだって何度もそう言い合って来たじゃないか。だからあんなしっかりした息子に育ったんだ。もう、はたち……その俺たちの嫌がることぐらい、あいつはもうすっかり呑みこんでるよ。どう転んだって軍隊へ行くような真似は」

「しっこないよねえ」

かな子はすがるような眸《め》で良策をみつめた。良策はその眸を受けとめ、何か言いかけてやめた。眼をそらし、急に自信をなくしたように顔を撫《な》でた。

「でも念のためだ。奴の部屋へ行って、あの黄色いバッジがねえか調べてみろ」

「黄色いバッジ……」

「星形のだよ。近頃若い奴らが気取って胸につけてるの、お前見たことねえのか」

かな子は慌《あわ》てて店の横のドアをあけ、コンクリートの階段へ向かった。

「黄色い星のバッジだね」

この酒屋は以前木造二階だてだった。裏に、アパートがひと棟あり、両方を潰《つぶ》して鉄筋四階だてに建てかえてから、もうだいぶたつ。二階の一部と三階、四階は人に貸し、元のアパートの住人が何世帯かそこに入っている。

「どうしたの」

かな子がけたたましい足音をたてて二階へ駆け昇ると、階段の傍のあけ放したドアから顔を出して、五十がらみの小柄な女がそう言った。木造アパート時代からのいちばん古い店子《たなこ》で、酒屋一家とは家族同様になってしまっている。

「来てよ。洋介が大変なのよ」

するとと女はさっと顔色を変え、サンダルを突っかけてとび出して来た。

「どうしたの、交通事故……」

「ならいいけど、洋介ったらとんでもないことを……」

かな子はドアをあけて子供たちの部屋へ入った。

「どうしたのよ」

「なんでもいいから黄色いバッジを探して。星形のやつよ」

かな子は洋服だんすの扉を乱暴にあけ放って言った。

「星形の黄色いバッジって、……まさか洋ちゃんたら」

「そうなのよ。兵隊になっちゃうのよ」

「そんな莫迦な……あの洋ちゃんが」

「探して……どこだってあけちゃっていいわよ」

かな子はその女と一緒になって夢中であたりを引っかきまわす。

「ないわよ、どこにも」

しばらくして女が言った。

「それにしても、よくかたづけてあるわねえ。男の子の部屋じゃないみたい」

「洋介は几帳面《きちょうめん》なのよ。増夫《ますお》はそうでもないけど」

かな子は陽に焼けて赤茶けた畳の上にぺたんと坐り、気が抜けたように言った。

「見つかんないけど、どうする」

女が言った。

「なきゃいいのよ、なきゃ」

「え……」

「ほっとしたわ、あたし」

「何よ、洋ちゃん予備登録したんじゃなかったの」

「したんじゃないかと思って驚いたのよ。だってあの子と仲のいい親戚の子が……」

「神奈川の健ちゃんね」

「そう。あの子やっちゃったんですって。悪い友達に誘われたらしいの。あのうちじゃ大騒動らしいわ。で、うちは大丈夫かって電話かけて来たの」

「ああびっくりした。あんな言い方、てっきり洋ちゃんが登録して来ちゃったみたいなんだもの」

「ごめんなさいね、心配かけちゃって」

かな子はほっとしたのか、ふざけたように頭をさげた。

二人は立ちあがり、取り散らした抽斗《ひきだし》やたんすの扉を閉めはじめた。

「なんだよオ、変なとこひっかきまわさないでくれよ」

洋介の弟の増夫が帰って来て、ドアの中をのぞくなりそう言った。

「ごめんごめん。急な探し物があったから」

「ちぇっ、やなかんじ」

増夫は靴を脱いで部屋へ入った。

「何よ、めかしこんじゃって。デートだったの」

「ちょっとね」

女に言われ、増夫は照れ笑いをした。ラフな背広に薄い色の替えズボンをはいていた。

「似合うじゃないの」

「そうかい」

増夫はうれしそうに言った。

が、とたんに女がキャッと悲鳴をあげた。

「どうしたの」

かな子が驚いて尋ねる。

「あ……あれ」

女はおぞましげに増夫の服の襟を指さした。

「莫迦、莫迦、増夫の莫迦」

かな子がヒステリックに叫んだ。

「まだ高校生のくせにこんなものつけて」

黄色い星形のバッジだった。増夫は目を丸くしてあとずさった。

「なんだよ、なんだよ。気持悪いな、二人とも」

「お前、登録したのかい」

「かな子さん、落ちつきなさいよ。この子まだ高校生じゃない。登録なんかしたくも出来ないわ」

「あ……」

かな子は絶句し、まじまじと増夫の顔をみつめた。

「どうしたのさ、そのバッジ」

「あ、ごめん。でもかっこいいんだよ、これ。兄貴に黙っててね……」

「なんですって……」

女がまた叫んだ。かな子もその意味に気づいた。しばらくは体を堅くして突っ立っていたが、やがて女の肩に手をかけて大声で泣きはじめた。

「嫌だ嫌だ嫌だ。あたし嫌だ」

肩をゆすって泣きじゃくった。

「なんでだよ、おばさん」

増夫は膨れ面で女に言った。

「最高にかっこいいじゃないか。予備登録しちゃ悪いのかよ。健康で頭がよくて、民族のために尽くす意志のある証拠なんだぜ。泣くことないと思うな」

「判んないのよ、あんたたちには。この前の戦争の時、このあたりは爆撃で焼野原になったんだよ。本所深川《ふかがわ》一軒残らずだよ。みんな火に追いまくられて命からがらだったんだよ。長崎《ながさき》や広島《ひろしま》だって原爆でやられてさ……」

「原爆なんて古いよ。B29からおっことしたんだろう。今のはミサイルだ。それに原爆じゃなくて水爆だ。やられないようにしなくちゃ、この前の二の舞じゃん。だから兄貴は予備登録したんじゃないか。泣くなよ母さん。兄貴立派だぜ。俺だって、はたちになったらちゃんと登録するよ。このバッジ持ってれば映画館だってどこだって割引きなんだ。世の中がそういうようにちゃんと認めてるんじゃないか。今どきそんなこと言って泣いたりするの、母さんたちだけだよ。ズレすぎちゃってるんだ」

かな子は顔をあげ、涙に濡れた眸で同世代の女の顔をみつめた。そしてまた、ひと息すると泣きはじめた。

「あんなことを言う……どうしようっ」

増夫はうんざりした顔で上着を脱ぎ、畳に坐りこんで兄のバッジを外《はず》しはじめた。

3

四谷の小さなアパートの部屋。

若い男女のすまいにしては、家具もひととおりは揃っていて、小奇麗にかたづいている。アルミサッシのガラス窓をとおして、街灯のあかりが部屋の中へさしこんでいる。そう安物でもなさそうな木のデスクに向かって、パジャマを着た村越康一がプラスチックの定規《じょうぎ》を使って一心に何か書いている。そのデスクの横に大きな三面鏡が並べてあり、六畳間の残りほとんどはダブルベッドで占められている。

ベッドの上には腹ばいになった喜代子が週刊誌を読んでいた。もう飽きてしまっているらしく、あちこちページをめくり返しては、読み残しの記事を探しているようだった。

「ねえ康一君。もうやめない」

喜代子は首をねじ曲げてデスクに向かっている康一の背中に声をかけた。

「ああ、もうよすよ」

「何か持って来てあげようか。オレンジジュースか何か」

「そうだな」

「よしっと……」

喜代子はベッドを降り、次の部屋を通ってキッチンへ行った。六畳、六畳、台所、シャワーつき。それが二人の愛の巣だった。

冷蔵庫をあける音が聞こえ、喜代子はしばらく戻って来なかった。康一はデスクにひろげていた書類を整理し、茶色い鞄《かばん》に丁寧《ていねい》にしまった。

コップの触れ合う音をさせながら喜代子が部屋へ戻って来た。ほとんど裸同然の、おそろしくよく透《す》けるネグリジェを着ている。デスクの上へ花模様をプリントした派手なトレーをのせ、三面鏡の椅子を引き寄せて坐った。

「乾杯」

何の意味もない乾杯を、二人はほほえみ合いながらした。

「あれ……」

一気にかなりの分量を飲んでしまってから康一が目を剝《む》いた。

「何か入れたな」

「そうよ、ジンよ。だからテキサスフィズ」

「知らないぞ。俺、酔っぱらっちゃうぞ」

康一は下戸《げこ》だった。

「介抱してあげる。みんな飲んじゃって。そんなにたくさんは入れてないから」

「喜代のも入ってるのか」

康一は喜代子のグラスをのぞきこむようにして言う。彼女はかなりいける口だ。

「もちろん。たっぷり入ってるわ」

「自分が飲みたかったんだな」

「ほんとにもっとお酒飲めるといいのにね。飲めたほうが面白《おもしろ》いわよ」

「おやじは、かなり飲むんだがなあ」

「人事部長って、そんなにお酒のつき合いする必要がないポストなんでしょ」

「そうでもないようなこと言ってたな。彼の会社じゃまだ人間関係で処理する面がだいぶ残っているらしいよ」

「大企業でも案外古いのね」

「もうすぐ停年だ。彼も頑張らなくちゃな、これから」

「でも人事関係ってつまんないわね」

「うん。俺の電子工学だって今になっちゃ、もう古いけど、とにかく熟練すれば食いっぱぐれはない。昔の熟練した旋盤工みたいなもんだ。今だって給料はそう悪くないし」

「昌夫さんはどうする気かしら」

「あいつは全然判んない。防衛大へ行くとばかり思ってたのにな」

「でも登録したんでしょ」

「そりゃ、これからは予備登録しなけりゃ気のきいた会社へは入れないよ。どこの会社だって未登録の人間をそうやたらに採用してくれやしない」

「康一君の勘が当たったわね。予備登録制度がはじまるとすぐやったんですものね。私、あんなことしてどうなるのかって、内心ふしぎがってたのよ。でも、そのおかげで今の職場も一発で受かったし……」

「どう考えたってこうなるのさ。防衛予算というのは国防省へ入ってそれっきりじゃない。そこから出て行くもんだ。防衛予算が今みたいに大きくなれば、多かれ少なかれ企業はその恩恵を受けるだろ……依存度が高くなれば国防省の方針に協力しないわけには行かないんだ。俺だってあの時登録しとかなきゃ、第二志望の会社に就職せざるを得なかっただろうさ。俺の場合には運よく第一回目に当たっていたし、登録した奴はそう多くなかったから。うんと効き目があったんだ」

「ねえ、徴兵令状が来たらどうなるの。外国行ける……」

「どうかな、技術屋だからな、こっちは。海上へ行ければいいけど」

「それは海上防衛軍にきまってるわよ。護衛艦で、エレクトロニクス要員がいくらいても足りないくらいなんですってね」

「まあ、あとはその時の運次第さ。徴兵されないかも判らないし」

「一度早いうちに行っといたほうが得よ。キャリアだってつくし、一応二年なんでしょ。戻っても今の職場へは必ず戻れるんだし」

康一はグラスを置いて喜代子をからかうようにみつめた。もうほんのりと目のふちを染めている。

「行かせたがってるんだな。浮気したいのか」

「やあねえ。変なふうに取らないで」

喜代子もグラスを置いて笑った。

「ほかの奴には渡さないよ」

「そんな気もないわ。私、康一君に満足してるもの」

喜代子は立ちあがり、康一の方へ両手をさしだした。裸同然のネグリジェの下は何もなく、康一は眩《まぶ》しそうな顔で喜代子の体を眺めた。

「見て。ようく見て私を覚えといて……もしかしたら徴兵されるんだもの」

康一は立ちあがり喜代子の体を宝物にでも触れるような手つきで撫ではじめた。喜代子は頤《おとがい》をあげ、両手をだらりとさげて天井を向いていた。

薄い布が感触をさらに微妙にさせているらしい。康一の両手の指が左右対称の軌跡を作って下にさがると、喜代子は豊かに突き出したバストを大きく一、二度上下させ、顔を康一の顔に向き合わせて目をあけた。大きな眸が怯《おび》えた時のような色を泛べている。かすかに首を左右に振った。下唇を嚙み、舌でちょろりと舐《な》めた。眉を寄せ、唇を半びらきにして、また首をかすかに振った。

「頑張っちゃう」

低い声で言った。いつもならとっくに喜代子は康一の腕にもたれこみ、膝の力が抜けてしまっているはずだった。

「康一君を味わうの。思いっきり……もしかしたら居なくなっちゃうんだもの」

康一は黙って唾《つば》をのみこんだ。

「あ……」

と喜代子は言い、膝を一度折りそうにした。康一は左手で肩からたれさがっている黒い紐《ひも》を引いた。透明なネグリジェがふわりと下へずり落ち、バストに引っかかって止まった。康一の左手がそのひっかかりを外し、ネグリジェはなくなった。康一はひざまずき、喜代子は両手をあげておのれの胸をかかえた。舌をのぞかせて熱い息を吐きだす喜代子の口から、歯に当たった呼吸の音が、ヒ……というように聞こえている。そしてそれが震《ふる》える。

「頑張るじゃないか、喜代」

「もう駄目よ、きっと……」

康一の右手が太腿の間からうしろへ伸びた。

「嫌……敗けない」

喜代子は手を胸から外し、自分の頭をもちあげるように髪の間へ指をつっこんだ。

「莫迦、無理するな」

康一はそう言って手をとめた。喜代子は喘《あえ》ぎながらデスクに両腕をついて頭をたれた。指がトレーのへりをつかみ、グラスが揺れた。康一は喜代子の体の下から這《は》い出るように立ちあがると、白くぬめぬめとした背中をいとしげに愛撫した。

「喜代と別れるなんて想像できない」

喜代子は長い髪をゆすって答えてみせ、足をひらいた。

「何でもする。何でもしたいの……康一君のためなら」

康一はくびれた胴に手を置いていた。

「喜代と俺は夫婦だ。誰も俺たちを別れさせることなんてできない」

喜代子は康一に押されてのめった。木のデスクに両肘をつき、グラスが倒れた。アパートの住人たちの間に知れ渡った喜代子の細い泣き声がはじまったようだった。倒れたグラスがころがって何度も音をたてた。揺れる乳房がデスクのへりに当たっていた。

「行かないで。軍隊なんて嫌……」

喜代子は白い肩をひくつかせながら言った。

4

村越貞治が長男の康一が住む四谷のアパートを訪ねたのは、夏も過ぎ、秋もだいぶ深まってからだった。

「いらっしゃいませ」

村越が部屋に入ると、ドアをあけて出迎えた時にした挨拶を、あらためてもう一度言い、喜代子は深々とお辞儀をした。村越は型にはまったいかにも主婦らしい挨拶に戸惑って、

「いや……こちらこそ。康一がお世話になりまして」

と歯切れの悪い挨拶を返すのだった。

「どう、いいうちでしょう」

康一は喜代子のうしろで、にこやかな笑顔を見せていた。

「うん。それに奇麗にしている」

「お父さんが来るからって、特に奇麗にしたわけじゃないんだよ。小さくても家庭は家庭だからね。僕らは家庭は大切にすることにしてるんだ」

それなら、なぜ正式に結婚しない……村越はそう思ったが、物判りのよさそうな微笑をしただけだった。

「お父さま、コーヒーがよろしいですか、それとも紅茶」

喜代子は幾分緊張しているようだった。

「紅茶がいいですな」

村越はそう答え、少し丁寧すぎたかなと思った。

「母さん元気……」康一が尋ねた。

「ああ、元気だよ。しかしお前もたまには帰って顔を見せてやったらどうだ。淋しがってるぞ」

喜代子はキッチンへ行っていた。康一のうしろの襖《ふすま》が半分あいて、ベッドの端がのぞいていた。ベッドカバーを持っていないらしく、赤い洋風の掛け蒲団《ぶとん》が、村越にはひどく気になっている。想像していたより喜代子がずっと大人びて、成熟したなまめかしさを漂わせていたのと、その洋蒲団の赤い色が重なると、得体の知れぬ苛立《いらだ》たしさが湧いて来るのだ。

「そのうち行くさ。ここんとこずっと忙しくてね」

「何言ってるんだ。俺は毎日丸の内へ通勤してるんだぞ」

「そりゃそうだけど、僕には僕の生活があるし」

喜代子が紅茶を運んで来た。

「どうぞ」

「有難う。……あなたもずっとご両親の所へは帰っていないのかね」

「ええ」

喜代子はあいまいに微笑した。

「喜代の家は九州なんだ。こっちのことは手紙でちゃんと言ってやってあるし、諒解はとってあるんだよ」

「先だって父も上京してきましたし」

村越は口へ運びかけた紅茶のカップをテーブルに戻した。

「お父さんが……」

「うん。寄って行ったよ。何しろこの状態だから、お泊めできなかったけど」

「なんでうちへ知らせん」

村越は思わずけわしい表情になっていた。

「え……」

康一は意味が通じなかったのか、喜代子と顔を見合わせた。

「こちらのお父さんが出て見えたのなら、俺か母さんか、できれば両方でご挨拶せねばならなかったじゃないか」

「あの、父は仕事で上京したついでに寄っただけだったんです」

「それにしても知らせて欲しかったな」

喜代子は困惑した様子で左の人差指を噛んだ。

「いずれ正式に結婚式もやるつもりだし、その時でいいじゃないか」

「まあ済んでしまったのだから仕方ないが」

「やっぱり古いところがあるんだな、お父さんたちって」

「そりゃそうだ、古い人間さ。しかし結婚というのは家と家との問題でもあるんだ」

「判るよ、それ。親戚になるんだからな。でも今の状況じゃまだ僕と喜代の間のことだろ」

「まあいい。結婚式はいつ頃やるつもりなんだね」

村越は紅茶を飲んだ。彼にはレモンの香が強すぎるようだった。

「事情が少し変わってね。もう少しのんびりしてるつもりだったんだけど、今年中にはやることにしたよ。その節はよろしくお願いします」

康一はそう言ってペコリと頭をさげた。

「喜んで、すねを齧《かじ》らせるよ」

村越はいくらか機嫌を直して笑いながら言った。

「でも事情が変わったというのは何だい。ひょっとして……」

「やだわ、違いますよ」

育代子は左手で口をおさえて笑った。

「子供はまだ作れないさ。経済力がないものな」

康一も照れながら言う。

「じゃ何だ」

「実はね……」

康一はあらたまった様子で椅子に坐り直した。

「喜代、あれを」

目くばせされて、喜代子はハイと答え、次の部屋へ行った。村越はそのうしろ姿を羨望に近い思いで見守っていた。

「これです」

喜代子はすぐ戻って来て、村越の前へコトリと小さな音をたてて何か置いた。村越はそれに目を落とし、ギョッとしたように康一を見た。

「お前……」

それは黄色い星形のバッジだった。

「そうなんだよ」

「いつ予備登録したんだ」

「ずっと以前さ。予備登録制度がはじまってすぐだから、第一期生ってとこかな」

「莫迦なことをする……」

村越は思わず声をあらげた。裏切りに会ったような口惜《くや》しさがこみあげて、無意識に握った拳が震えだしている。

「でたらめもいいかげんにしろ。それは俺はお前を、お前の好きなようにさせていた。お父さんとお前じゃ世代が違う。物の考え方もうんと違う。だから好きなようにさせていたんだ。だがな、最終的にはお前という人間の人格を信じていた。だから自由にさせても平気だった。この部屋のことだって、喜代子さんとの問題だって、口を出したいことはいくらもあった。しかしお前を親として信じていたから黙って見ていたんだ。最後は俺や母さんを安心させてくれる奴だ。とり返しのつかないことはしやしないと……」

　喜代子はうなだれて聞いているが、村越を見返す康一の眸にはとらえどころのない冷たい膜がおりてしまっているようだった。

「待ってください、お父さん」

　果たして切り口上だった。

「僕をエレクトロニクスのエンジニアにさせたのは父さんですよ。その選択を僕は喜んでうけ入れた。生きて行くにはそれがいちばんたしかな道だと信じたからです。だがこの道へ入ったら入ったで、さらにいちばんいい道を選ばなきゃならない。社会人レースのスタートからいい位置につかなきゃ損ですからね。だが、その時徴兵制が復活したんだ。予備登録をし、合格した者が徴兵予定者名簿に載るんです。国防省はその名簿に載った人間はいつでも好きな時に召集できるんです。エレクトロニクスの技術で生きる最善の道は国防関係にしかあり得なかった。その入社試験をパスするには、僕の場合予備登録を利用するのがいちばん確実だったんだ。言えば反対するのは判ってたから、僕は父さんたちに黙ってこっそり予備登録をした。高度なエレクトロニクスの技術を使う国防関連企業は、国防省の方針に迎合するにきまってますからね。合格した時、父さんは喜んでくれたじゃないですか。祝ってくれたでしょう」

「知らなかったからだ。そういうお前の、親の心情を無視した処世術と、父さんや母さんは関係がない」

「だろうか……」

康一はそう言っていっそう冷たい表情になった。

「ずるいよ、父さんたちは」

「どこがずるい」

「父さんは人事部長だ。父さんの会社で新入社員の採用規準に、その黄色い星のことを問題にしてないはずがない。そうだろ」

そのとおりだった。この春から予備登録者を優先させることがきまっていた。村越は口をへの字に結んで康一の顔をみつめた。このさき何を言われるか、おおよその見当がついて来た。

父の眸に物哀しいものを読んだに違いない。康一は急に少年の頃の表情になった。

「俺だって困っちゃったんだよ。たしかに処世術さ。予備登録を利用したよ。急に召集が掛かるなんて思わなかったんだ。でも最近あちこちで徴兵令状を受け取った奴が出はじめたんだ。国防省は凄い勢いで兵隊を増やしてる。だが僕には家庭がある。妻もいる。子供だって欲しいと思う時がある」

康一の眸が潤《うる》みはじめているようだった。父子は睨《にら》み合い、父が言った。

「入籍しろ。すぐにだ。喜代子さん、九州へ電話をしてご両親に康一と結婚すると伝えなさい」

「ハイ」

　喜代子は慌てて立ちあがり、電話のある奥の部屋へ行った。

「ずるいと言ったな」

　村越は自虐気味に言った。

「自衛隊の最初の海外派兵の時、父さんたちは反対もしなかった。防衛庁の国防省昇格の時、デモもかけなかった。反戦グループの活動を過激ときめつけ、彼らがまき起こす騒動の市民生活に対する迷惑だけを数えあげて、結局彼らを潰してしまった。何が起こっても知らん顔だ。戦争の悲惨さと戦後の貧乏を知っている世代のくせに、長いものにまかれ、流されるにまかせて何ひとつ、してくれなかった。なるほど父さんたちは日本を経済大国に仕たてあげたよ。働き者さ。でもそれは何だったたい。アメリカが辿《たど》った道と同じ道を歩いただけじゃないか。専守防衛と言ったたって、国が富めばいずれは外に出て行くんだ。その時の歯どめを作ろうとしたかい。富めば守るものも増えるんだ。そこで自衛力増強以外の知恵を働かせてくれたかい。僕らが一人前になったとたんにクーデターだ、高度国防国家だ……徴兵制復活だ。今さら親の気持を察しろだの、戦争のこわさを知ってるかだの、そんなこと言ったたって手おくれさ。幸いまだ戦争は起こってない。だが昌夫たちの世代は判らんぜ。僕の子供たちの世代は……ずるいよ。明治以来いちばん長く続いた平和と、歴史はじまって以来のゆたかな社会にどっぷりつかって、あとは野となれ山となれだ。あとの世代に何も残しちゃくれないんだ。公害と銃……渡してくれたのはそれだけじゃないか」

村越は窓の外をみつめていた。となりのアパートの青白いモルタルの壁以外、何も見えない窓だった。

5

錦糸町の酒屋で母親のかな子が眼を泣きはらしていた。

「母さん、泣くことはねえぜ」

次男の増夫がなぐさめている。

「なあ、父さん」

父親の良策もがっくりと首うなだれていた。

「なんだ、みんなお通夜みたいな顔して」

増夫は呆《あき》れたように言った。

「すぐ戦争に行くわけじゃねえぜ。よせよ不景気な顔は。兄貴が可哀そうじゃねえか」

酒屋は閉まっていて、座敷で若い声の合唱が聞こえていた。

「おい、お前知らねえか」

良策が顔をあげて言った。

「なんだい、父さん」

「あいつ、これいたのか」

左手の小指をたててみせた。

「彼女か……」

増夫は考え込み、渋い顔になった。

「いねぇみてぇ」

「あっちへ行って飲んでろ」

「いいのかい」

良策は増夫の顔を驚いたようにみつめ、

「そうか、未成年者はだめだぞ」

と言った。

「どうかしてるぜ」

増夫は鼻の先で笑い、座敷へ行った。

「なあお前、洋介は女を知らねえんじゃねえかな」

「そうかもしれないよ」

すると良策は、はなをすすり、ごつい掌を顔に当てた。

「やだよ、あんたまで泣いたりしちゃ」

「あん畜生め、女も知らずに兵隊にとられるのか」

「変なこと言わないでよ。いいじゃない、そのほうが」

「莫迦、女と男は違わあ。……赤線があったらなぁ」

良策は南の方を向いてそう言った。

「いやらしい、洲崎《すさき》なんて」

「どこだっていいんだ、莫迦。赤線があったら蹴っとばして中へ抛《ほう》りこんでやる」

「病気になるよ、この人は……」

「あれば、の話じゃねえか。どっかにあるはずなんだよ。畜生、堅くなっちゃってからもう二十年もたつ。もうどこにそんなのがあるか見当もつきやしねえ。おい、二十年も俺はお前にしかさわらねえんだぜ」

「どうだっていいよ、そんなことは」

カシャン、とビールの空瓶をつめた箱が音をたてた。

「何て話をしてんのさ、夫婦でだらしのない」

二階の住人の妙にボーイッシュな感じのする五十がらみの女が、シャッターをおろしたうす暗い店の中でニヤニヤしていた。

「何だい、澄ちゃん聞いてたのか」

「そうかねえ、洋ちゃん童貞かねえ」

「そうにきまってるよ、あの子は」

かな子は言い、「座敷見てくるわ」と涙をふきながら立ち去った。良策は戦前からの隣人である澄江を憮然《ぶぜん》とみつめていた。

「実はね、娘の侑子の亭主ってのが、国防省の顔なんだよ」

「へえ、役人……」

「ちがうの、これさ」

澄江は帽子の鍔《つば》を引きさげる身ぶりをしてみせた。

「洋ちゃん、明日の昼だろ、行くのは」

「うん」

「今夜あの子のウチへ挨拶に行かせたらどうだろう。亭主はいるはずだし、何か役に立つんじゃないかねえ」

良策は手を叩いた。

「早く言ってくれりゃいいんだよ。そうだよ。軍隊ってのはそういうコネでどうにでもなるんだから」

「役に立つかどうか判んないけどさ」

「よし、善は急げだ。壮行会なんて知っちゃいねえ。あんまり酔わねえうちに引っぱって連れてっちゃお」

「およしよ。相手は兵隊に行こうって男だよ。親のつきそいじゃ顔が潰れるよ」

「それもそうだな」

「私があの子のウチの前まで、タクシーで案内してってやるよ」

「そうかい、済まねえな。……おい、かな子、かな子」

良策はきおいたって妻の名を呼んだ。


青山のマンション。

澄江の一人娘の侑子はとび切りの美人だった。かつて澄江は戦争で夫を失い、生まれたばかりの侑子をかかえ、銀座から立川にかけてのバーを、進駐軍相手に渡り歩いた女だった。娘の侑子も女学校を出るとやがて銀座のホステスになり、今では一流と言われる店のマダムに納まっている。ホステス暮らしの間に知り合った男と同棲し、その男が国防省の幕僚だった。

「あの……ご主人は」

洋介は上気した顔で侑子に言った、十歳以上年上だが、美貌の侑子は洋介にとって昔から憧《あこが》れの的《まと》だった。

「まあ飲んでよ。ちょうどひとりで淋しかったのよ」

侑子は恰好のいい脚を組んでブランデーグラスを揺らせながら言った。

「私の母さんもおかしいわね。耄碌《もうろく》する歳でもないのに。うちのは、ずっと外地へ行って留守なのにねえ」

「いいんです、おやじが安心すれば……行ってこいってきかないもんですから」

「昔っからのお友達だけど、これでしばらくはお別れなんだから、ゆっくりして行ってよ。うちのに会って話し込んだと思えばいいでしょう」

「ええ」

洋介は擽《くすぐ》ったそうな声でブランデーを飲んだ。

「さあ、もう少し景気よくおやんなさいよ」

侑子は謎めいた笑顔ですすめた。妖しい年増《としま》女の匂いがぷんぷん漂う豪華な部屋で、洋介は憧れの女の前に他愛もなかった。

「洋ちゃん、彼女にお別れして来た」

「そんなの、いないんです」

「まあ驚いた。うそでしょう、洋ちゃんみたいなハンサムが」

「いないんですよ。ぶきっちょで……」

「あなた、女の体知らないで兵隊に行っちゃう気」

「別にどうってことない……」

洋介は憤《いきどお》ったような顔で言った。

侑子は本気でいじらしくなっていた。何より幼馴染《おさななじみ》の安心感があった。それに、考えてみれば彼女は童貞を知らなかった。女ざかりの身を半年以上男から遠ざかって、そろそろ浮気の虫も起こりかけていた。母の澄江にそれとなく言われた時、自分自身まさかと思い、冗談半分会ってみたのだが、洋介が兵隊にとられるというのが、なんとなく自分の男のせいであるような気にもなりかけていた。

「キスは」

洋介は気弱に首を横に振った。

「今どき貴重品ね、あなたって」

侑子は本気でつぶやき、けだるげに、だが内心は洋介を捲き込む計算で緊張しながら、そろりと立ちあがり、洋介の前へひざまずくと近々と顔を寄せた。

「キスぐらいならしてもいいわ。入隊のお祝いよ。……莫迦ね、ほっぺたじゃないの」

侑子は洋介の唇を頰に受けたあと、自信たっぷりに腕を男の首にまいた。もうこの男は自分のものだと思い、そう思うとできるだけ悶《もだ》え狂わせてやりたい気分になった。

澄江は洋介を送り込んだあと、十五分ほどマンションの前にたたずんでいた。

「ふん」

やがて澄江は鼻を鳴らして歩きはじめた。彼女は軍人が大嫌いだった。終戦寸前に夫をとりあげ、殺してしまったのも軍人だ。食うために青春をすりへらした相手もアメリカの兵士だった。自衛隊員を見るとぞっとした。だから娘の侑子が国防省の幹部と出来たのを知った時、幾晩も泣いて悲しんだものだった。どうせ兵隊にくれてやるなら、大家の倅《せがれ》の洋介のほうがよほど可愛気がある。長年世話になった礼もできようというものだ。

澄江は乾いた気分で地下鉄の階段を降りはじめた。女物にしてはごつい靴の踵《かかと》が鳴って、ひとけのない地下道にこだました。澄江はそれを軍靴の響きのように聞いていた。

（「週刊小説」１９７２年７月28日号～９月８日号）

怪談桜橋

HANMURA
RYO
21st Century Selection

半村作品には、じわっと闇から浮かび上がってくる太い柱がある。庶民の人生を暗転させる権力の横暴に対する怒りが、華麗なエンタメ性の奥で、屋台骨として作品を支えているのだ。弱者の苦痛に焦点を当て、ブレることのない筆致《ひっち》が、作品に時代を超える普遍性を与えているのである。

代表作『産霊山秘録』には、戦《いくさ》の消滅を祈念した戦国時代の少年忍者・飛稚《とびわか》が、四百年の時を超え1945年3月東京大空襲の真っ只中にテレポートしてくるエピソードがある。――人々が猛火に包まれ、生きたまま焼かれるさなか、避難者達が小名木川《おなぎがわ》に架けられた小さな橋の上に集まり、めいめいにわずかばかりの荷物を持ってしゃがみこんでいる。

恐らくすぐこの辺りに住む人々だったのだろう。勝手口の気安い交際をし、時には塩噌《えんそ》の貸し借りをして仲むつまじく暮らしていた何の罪もない庶民のはずだ。(中略)恋人とひそかに落ち合ったかも知れない橋、親子が手をつなぎ唄いながら渡ったかもしれない橋……彼らはひとかたまりになって、その橋の上で燃えさかるわが町をじっとみつめていた。

(『産霊山秘録』「時空四百歳」より)

まさに本編の別奏曲であり、半村の内なる魂の怒りが、常に東京を灰燼《かいじん》に変えた〈あの夜〉へと繋がっていることを示した場面である。

時は巡り、人々の生活を脅かし焼き尽くす〈黒い夜〉が再び、ひたひたと足音を立てて近づいて来つつある。半村良渾身《こんしん》の鎮魂歌《ちんこんか》――東京大空襲の一夜と現代、時空を超えた悲しみと痛恨の物語で、この作品集を閉じたい。

梶原正一の機嫌が悪くなりはじめた。うすら寒い三月のはじめの晩のことである。

そのころ私はまだ北海道に住んでいて、東京へ戻ってくる寸前だった。

「俺はどうやって死ぬのかなあ」

酔ってそんなことをつぶやいたのが、梶原を怒らせたらしい。齢《とし》は私より五つ六つ下で、小説雑誌の編集長をやっている。

場所は浅草観音堂裏の小料理屋。入れこみの座敷がカウンターやテーブル席の奥にあって、二つの衝立《ついたて》で三つの卓を仕切っている。

「だってさあ、こういつまでも流れ歩いてるんじゃ、落着く先の見当がつかない」

私は次に仕事机を据える場所を浅草ときめ、新宿のヒルトン・ホテルを根城《ねじろ》に空き部屋探しをしていたのだ。

「今度はここに住むんだから、ここに死ぬまでいるつもりになればいいじゃないですか。途中で嫌になったらまたよそへ移るだけですよ」

そのあとコップについだ酒をキュッと呷《あお》ってからつぶやいた梶原の科白《せりふ》がよかった。

「みんなどんどん死んでるんだ。あんただけじゃねえや」

長いつきあいだから、普段おとなしい梶原が、どうかするとひどいからみ酒になることがあるのを知っている。

「お姐《ねえ》さん、酒ないよ。もう四本ばかりつけといて」

すらりとした和服のお姐さんが顔を出し、

「あらま、お強いですね」

と笑顔で言う。

「さっきの皮……あれ旨《うま》いよ。皮も追加だ」

梶原が鶏皮の塩焼を注文した。

「はいはい」

お姐さんが座卓の上から空になった器《うつわ》を幾つかさげて引っこむ。

「自分がどんな死にかたをするか考えてみろよ」

私は梶原のコップにトクトクと酒をついでやった。

「小説のエンディングを考えてるだけでいいじゃないですか。別に縁起《えんぎ》が悪いからこういう話は嫌だってんじゃないんですよ」

私はニヤリとしたはずだ。久しぶりに梶原の酒がこじれるのを見たかったのだ。

「でも、心ならず死んで行く人だってたくさんいるんだ。そういう人のことを考えたら、冗談半分に死にかたを論じるのは、人々の生に対する冒瀆《ぼうとく》でしょう。自己の人生をも侮辱するとになる」

おいでなすった。こういう言い方をしはじめると、梶原の根太《ねだ》がのぞいてくる。

「でもそうだな……あんたは野垂れ死になんかしそうもない」

「どうしてだい」

「わりと運が強い。作家になれたのがその証拠じゃないの。いま作家として認められている人だけが、いい小説を書けるとはきまってない」

「そりゃそうだ」

「運、不運、めぐりあわせというもんがありますよ。あんたは運が強いほうだ。だから野垂れ死にする前に、飛行機事故かなんかで……」

「派手に新聞記事になって死ぬか……」

「とにかく、物乞《ものご》いになる寸前でうまく死ねちゃいそうな気がする」

「ゴングに救われるって奴だ」

お姐さんが盆に銚子を四本のせて現われた。

「はいお熱いところをどうぞ」

梶原は座卓の上に立っている銚子を一本一本振ってみて、空《から》の奴を端のほうへ寄せる。

「俺、もうどれくらい飲んだっけ」

「お二人で十二本。これで十六本ですよ」

もうそろそろ切りあげたほうが、というような顔でお姐さんが答える。

「二《に》・八《はち》の十六で、二割引くから六・四《ろくてんよん》か。ちょうどいい頃合だな」

「なんのことですか……」

私はのけぞって笑った。飲み屋の銚子は正一合ではなく、八勺《しゃく》ほどのはずだから、一人あて八本飲んでもまだ六合四勺くらいだと自分に言い聞かせているのだ。完全に決戦態勢に入っている。

「さあいこう。外は寒いしな」

「あんたはこのごろ遠のいちゃったけど、銀座もすっかりつまらなくなってね」

梶原は私が熱燗《あつかん》をつまんだのを見て、グイとコップの酒を呷る。

「そうだってねえ。女の子たちもすっかり入れ替っちゃった……」

「それが、かわんない奴はいつまでもかわんないから余計面白くない」

「やっぱりそうか。いつまでも一カ所でじっと動かないのがいるんだよな」

「巌《いわお》となっちゃう」

「苔《こけ》のむすまでってか」

「そう、いわおちゃん。ロッキーちゃんだ」

梶原はケタケタと笑う。

「あんたもここが終点だよ。ざまみろ」

「なぜ浅草が終点だと判る……」

「下町の生まれだ。あんたは帰ってきた」

私もコップに酒をつぎ足した。

「帰るとこがあったなんて、ありがてえ話だな」

「もう動かないほうがいいよ。ここを動くなよ。気をかえてよそへ行くと死ぬぞ」

「よし、ここにいよう。終点にするぞ」

「終点に乾杯」

「乾杯だ」

梶原が持ちあげたコップに私は自分のコップを当てようとしてやり損ない、座卓の上に酒をこぼした。

「酔ってやがる」

梶原はうれしそうに言った。

はっきり憶えているのはそこまでだった。その店を出て何軒か行き当たりばったりに飲んだ記憶はあるが、彼とどこでどう別れたか、全然憶えていない。

強い風が吹いていた。私はコートの襟をたて、ポケットに両手を突っこんで、その風に逆らいながら前傾姿勢で歩いていた。

カシミアのマフラーが足を動かすたび顎《あご》のあたりをこすっている。マフラーを紛《な》くさなかったのだから、そう悪い酔いかたをしたのでもないようだと、少し安心した。

それと同時に、自分が向島《むこうじま》へむかっていることも思い出した。

「まだどこかへおいでになるんですか……」

見知らぬ男からそう言われたのを憶えている。最後に行った店の者だろう。

「向島へ行くんだ、向島へ」

自分が大声でそう答えたのを思い出し、私は歩きながら舌打ちをする。

「タクシー……」

そばにいる誰かが車に乗って行けとすすめたようだ。

「冗談言うな。道は判ってらあ」

私は意気がってそう答えた。ひとりで歩きだすと道がすぐ暗くなって、夜風が強く轟《ごう》と鳴った。

その強い風の中を歩き続けている。いま信号を渡ったはずだが、いったいどこだっただろうと歩きながらうしろ向きになった。

両側にはビルが並んでいる。しかしどれもそう大きなビルではない。酔った目に、製靴という看板の文字を見た。

花川戸のあたりか、と私は見当をつけた。向島へ行く気でいるなら、そう間違った道を進んでいるのではないようだ。とにかくそこはひとけのないオフィスや倉庫が並んだ道だった。よく位置の判る通りへ出てから足をとめればいい。下町の地図は頭の中にピシャリと刷りこんである。

また信号があった。空車のタクシーが左から右へ、かなりのスピードで走り抜けて行き、それっきりどちらからも車はこなかった。

酔ってはいてもカンは正しかった。それは江戸通りだ。とすれば背後は馬道通り。浅草を出て向島へ歩いて行こうとしているなら、ごく当たり前の道筋だ。私は象潟《きさかた》通りを歩いていたのだ。

コートのポケットを探ると、タバコとライターに指が触れた。赤信号のあいだに、タバコをくわえて火をつける。風が強くて何度もライターをこすらなければならなかった。

タクシーは通らないし、信号が変わったので私は江戸通りを突っ切った。道は少し細くなり、いっそう暗くなる。

左側が聖天《しょうでん》さまだ。待乳山《まっちやま》聖天、本竜院。その横の小公園を照らす光が、しらじらとして寒さを強調する。

そこで右へ曲がれば言問橋の西詰《にしづめ》だ。言問通りならタクシーはいくらでもあると、その瞬間はホテルへ帰る気になっていた。

ところが左にスポーツセンターがあるのに気づき、自分がどんな道筋を考えていたのか思いだした。

桜橋を渡ろうとしていたのだ。私はまだその橋を一度も渡ったことがない。東京へ戻って浅草に腰を落着けたら、そのあたりを心ゆくまで歩きまわろうときめていて、まだ寒い季節なのに酔った勢いで桜橋へ向かってしまったらしい。

向島へ行くのが目的ではなく、桜橋を渡るのが目的だったのだ。

そう気がついたら、私は信号を無視して向こう側の歩道へ移り、隅田《すみだ》公園ぞいにスポーツセンターのほうへ歩きはじめた。

風が唸《うな》っている。

「ひでえ風だ」

私は肩をすくめてつぶやいた。独りごとを言ったって聞く者はだれもいない。こんな寒い晩に人家の跡切《とぎ》れたこんな道を歩く奴などいるわけがない。

桜橋、と書いた案内板がある。スポーツセンターのプールぞいに右へ入る。昔のプールとは少し位置が違うようだ。何しろ随分来ていない。

聖天横丁、金竜山瓦町、浅草猿若町……。そんな昔の町名を思い出す。いま歩いているのは今戸で、その先は橋場だ。

左にスポーツセンターの金網が続き、土堤に突き当たると道は左へゆるく登って行く。

「ああ……桜橋だ」

隅田川に架かる橋は、どの橋もみな幼馴染《おさななじみ》で、ただひとつ戦後にできた桜橋だけが、私には無縁の橋になっていた。

その桜橋を渡らないことには、自分の故郷である下町に戻ったことにはならないときめ、北海道の冷たい風の中で、春のうららの隅田川に架かる桜橋を渡る自分を心に思い描いていたのだ。

冷たく強い風が吹く夜中に、そこへ向かって歩きだしたのは、北海道の寒さに慣れたせいもあるのだろう。いくら寒いと言ったって、たかが東京の風じゃないか。……そうたかをくくっていたようだ。

だが土堤の上へ来ると、思った以上に強い風だった。ポケットへ入れた手で、コートをしっかりおさえていないと、吹き脱がされそうなほどの勢いだ。

桜橋は歩行者専用橋である。

子供のころ……だから戦前か戦争中だが、そのあたりに橋を架ける計画があるという話は聞いたことがある。向こう側は昔の町名だと向島須崎町《すさきちょう》のはずで、その先には小梅、請地《うけち》、寺島といった町がつらなっている。下流左手はかつての本所区。私の知り尽した町々だ。

桜橋はX型をした橋だ。いや、正確に言えばYの字を上下にふたつつなげた形で、橋のつけ根が両側ともふた股に分かれている。

以前は古い橋ほど勾配《こうばい》が急だったのを思い出した。新しいほど平らで渡りやすい。リアカーを引いて本所から浅草へ行くとき、駒形は急だからと、厩橋《うまやばし》を選んだのを憶えている。だが今は自動車だから、橋の勾配を気にする者もいなくなっただろう。

私は橋を渡りはじめた。私にとってその橋は、まだできたての橋だった。下流の新大橋も架けかえて新しくなったが、昔からそこに橋があったことには変わりなく、特に渡ってみようという気も起こらない。

だが桜橋は昔なかった橋だ。真夜中でも機会があったのだから、是非渡らなくては。だあれもいないで風だけが唸る。自分の靴音も風に吹き消されて聞こえない。

ヒタヒタ……ヒタヒタ……と、自分の靴音も聞こえないのに、誰かが近づく気配がする。うしろから誰かやって来たようだ。

ヒタヒタ……ヒタヒタ……と追いついて来て、私の左側を橋のまん中あたりで追い抜いて行った。

ズボンをはいている。いやにふくらんだズボンだ、と思ったが、うしろ姿をよく見ると、どうもよく見なれた恰好《かっこう》だ。

もんぺ……。

私は去って行くその姿をじっと見た。髪をきっちりと束ね、手に布製の袋を持っている。その女がはいているのはたしかにもんぺだ。

寒いのでそんな恰好をしているのだと思った。どこか遅くまでやっている店の人が、急いで家へ帰るところだと見当をつけた。

その女はふた股に分かれた橋のおわりの右側へ歩いて行ったが、それっきりだと思ったのに突然今度は左側からこっちへ走って来て、私のそばをすり抜けて行った。

私は足をとめ、強い風に煽《あお》られながらその女を見送った。

女は浅草側のふた股に分かれたところで急に立ちどまり、右へ行こうか左へ行くか、迷っている様子である。

「どうしたんだ、いったい」

私はそうつぶやき、立ちどまったまま女を見ていた。

すると女はくるりと踵《きびす》を返して、再び向島側へ走る。

「ドアの鍵でも忘れたのか……」

私はその女の切迫したうろたえようを、少しおかしがった。当人は必死の様子だが、行こうか戻ろうか、それほど大げさに迷う必要もないだろう。

「ああやだ……コウちゃん、タロちゃん……みんなどこへ行っちゃったの……」

私の前を往きつ戻りつする女が、そんなことを言っている。

「ちょっと君《きみ》……ちょっと……」

「どこへ行っちゃったのよ。みんなどこへ……」

「ちょっと君、どうしたんだよ」

私は風に逆らって大声を出した。女はようやく私に気づいてそばへ来ると、へなへなとしゃがみこんでしまう。

「どうしたんだよ。大丈夫か……」

紫がかった濃い臙脂《えんじ》のきものを着ている。下は共《とも》ぎれのもんぺで、ズックの運動靴をはいている。

ばかに古めかしい恰好だ。

「どこから来たの……」

「に……日本堤です」

息を切らせていた。

「どこへ行こうとしてるんだい。随分迷っていたみたいだけど」

「曳舟《ひきふね》におばさんがいるんです。荒川のほうへ逃げたほうがいいだろうってみんなが言うもんですから、おばさんちへ寄ってそれから……」

「逃げる……」

女はまだ息を切らせながら、ゆっくりと立ちあがって欄干《らんかん》に片手をかけた。

「あっちもこっちも火だらけで、ここまで来るのがやっとだったんです。弟たちともはぐれちゃって」

私は眉を寄せ、首をかしげた。

「火……」

「ええ。ずっとここにいたんですか……」

「いや、ここを渡ろうとしてたんだ」

「観音さまもだめでした。一度あっちへも行ってみたんです」

「日本堤、と言ったね」

「ええ」

「ここへ来るなら山谷堀《さんやぼり》をつたってくればよかったんだ。随分遠まわりしたもんだな」

「だって、まだ火の出てないところを選《よ》って走り抜けて来たんですもの」

「君、しっかりしなよ。火だ火だと大火事みたいなことを言うけど……」

轟《ごう》……と烈《はげ》しい音がして、そのまま音はとまらなくなった。

女の顔が赤い。私の手も赤く見える。

「なんだ、これは」

「空襲よ」

今度は私がその女からいぶかしげにみつめられる番だった。

「空襲……」

両岸の町が烈しく燃えあがっていた。黒い水の中へ泳ぎだした人々の頭が小さく見えている。

「まだ酔ってるのか……」

「お酒なんか飲んでるんですか」

この非常時に、という言葉が女の目から読みとれる。

「いまはいつなんだ。あ、俺、知ってるぞ。三月九日だ。あの空襲の晩だ」

「言問橋《ことといばし》へ行ったほうがいいかしら」

「いけない。絶対にあそこへは行くな」

「どうして……」

「あの橋は欄干の手すりの高さまで死人で埋まってたんだ」

「まあ……弟たち、言問を渡るつもりらしかったんです。でもあたしがこの高射砲陣地へ逃げこもうとしたとき、みんな弾薬庫があるから危ないって……それでバラバラになっちゃったんです」

「そうか、君はここが今戸橋の高射砲陣地の中だと思ってるのか」

「違うんですか……」

「まあいい」

私は欄干の手すりに両手をついて、火に包まれた町々を眺めた。

「俺にはよく判ってる。君のおばさんの家はきっと焼けないですむはずだ。曳舟は焼け残るんだよ」

女は無表情で私の横に立ち、火を見ていた。あの晩……いや、この夜か。火炎の中で泣く者はそう多くなかった。極度の緊張を強いられたとき、人はそう泣き喚くものではない。焼け焦げた死体の山を見ても、子供だってこわがりはしなかった。死があまりにも近くにあるとき、恐怖は消えてしまう。ただ、一瞬の死が来るか来ないか、それを醒《さ》めて見ているだけだ。

浅草側から湧きだすように群衆がやってくる。同時に向島側からも……双方の人々が橋の中央で入りまじり、すれ違い、あと戻る。もんぺ、国民服、戦闘帽、防空頭巾……。

家族の名を呼ぶ声が無数に重なる。

私はその狂乱状態にまきこまれた。

「橋は危ないんだぞ。両側の空気が熱して、白い火が走り抜けるんだ。みんな一遍に死ぬ。言問橋が死体で埋まったのはそのせいだ」

「じゃあ逃げましょう」

女が私の手を掴《つか》んだ。

「おおい、みんな。向島へ逃げろ。浅草はダメだ。川へおりてもいけないぞ」

だが私の叫びに耳をかす者は多くなかった。

「行こう」

私は女の手を摑んで向島側へ動きはじめた。橋は人間がぎっしりで、歩くのもままならない。

「どいてくれ。向島側なら安全だ」

女以外にも、何十人か私といっしょに動きはじめた。

「渡ったらどっちへ行くんですか……」

女が訊《き》く。

「たしか、牛島《うしじま》さまや三囲《みめぐり》さんなら助かるはずだ」

「なぜそんなことが判るの……」

「判るんだ。俺についてくれれば助かる」

私たちは対岸についた。

「俺たちはこっちへ行くぞ」

ついてきた人々の中から、痩せた男が甲高い声で私に言った。

「気をつけろよ。白鬚《しらひげ》神社もたしか燃えるはずだ。白鬚橋にも近寄るな」

「大学艇庫へ行くつもりだ」

彼らは上流へ去り、私と女は下流へ向かう。

「あたし、どの橋を渡ったのかしら。夢中だったんで……」

「判らないはずだ。あの橋ができるのは四十年後さ」

「変なことを言わないでください。生きるか死ぬかなんだから」

「この頭の上にだって、いずれ高速道路ができる」

「軍関係のかたなんですか」

「なんでもいい。君は助かるよ」

「それだけちゃんと判っているなら、もっと早くみんなに教えてあげればよかったのに」

背広を着てネクタイをしめ、コートの襟もとからマフラーをのぞかせている私の身なりをみて、その若い女は私を軍の関係者か役人だと思ったらしい。

だから私をなじっているようだ。

「どこかの学校で、兵隊に追い返されたんだな」

そういう事実があったのを、本で読んだ記憶がある。

「そうじゃないけど、軍の人って威張るばっかりで、こんなときなんにも役に立ってくれないじゃない」

「俺は軍の関係者じゃないよ」

そのとき、ひときわ凄《すさ》まじい音がした。ザザーッという厚みのある音で、浅草側の火が川面《かわも》を掩《おお》ってこちらへ伸びてくる。

「畜生《ちくしょう》め、いよいよ本格的になってきやがったな」

私たちは下流へ急いだ。

「いけねえ、東京ガスの石炭に火がつくんだっけ」

私の頭にあるうろ憶えの戦災データが、白鬚橋のほうへ行った連中もそう安全ではないことを警告してくる。

「おばさんはたしかに三囲神社で助かったんだ。何度もその話を聞いている」

私は自信がなくなってきた。大空襲の晩のことはたしかに知っている。だがほとんどは後日の聞きかじりだ。

三囲神社や牛島神社で助かった人はたしかにいるが、それらの人々が歩いた経路やタイミングまでは判らない。

ただの火事ではなく、東京中がいま燃えあがっているのだ。その高熱の炎はひとなめで人を焼き殺す。炎が道を塞《ふさ》いだとき、ほんの数歩の差で生死が分かれたという。神社へ逃げて助かっても、炎が道を舐《な》めた一瞬あとにそこを通り抜けたのかも知れず、同じ場所をめざして一瞬先に死んだ人がいるかも知れない。

「そうだ、桜橋はどうした」

「桜橋って……」

「あそこは安全じゃなきゃおかしい。あの橋はまだないんだから」

「おじさん、やっぱり変だわ」

「そっちへ行っちゃいけない。焼け死ぬぞ」

「だっておじさんの言うことを信じていいの……。桜橋なんてどこにあるのよ」

女は私の手をはなして左右をみまわした。あらためて逃げ場を探しているようだ。

火はすぐそこへ迫っている。もう上流へ逃げることはできない。

「ここから動かないほうがいいぞ。どっちへ行っても火がまわっている」

川岸へ追いつめられた人々へ、そう怒鳴ってまわっている男がいた。

「みろ、言った通りだろう。三囲さまへ行け。すぐそこだ」

顔が熱くなっている。女の顔も炎のせいでまっ赤に見える。

「みんなここで焼け死ぬのよ。助かるのは僅《わず》かだわ」

女は私を見すえて叫んだ。

「あたしたちはここで死んだの」

すると火に追いつめられていた人々が、急に動きをとめた。

「ここで死んだのよ」

女は足もとを指さした。群衆ばかりか炎まで凍りついたように動かない。

「死にたくなかったわ」

女だけが動いて言う。

「夏には戦争が終ったじゃないの。あと五カ月だったというのに」

音も消えていた。

「なによ、散々いい思いして。俺はどんな死にかたをするだろうですって……。いい気なものね」

「すまない」

　実体を失った私の意識がそう詫《わ》びた。

「たしかにこの日のことを忘れてた」

「私の命日に拝んでくれる人もいやしない。家族はみんな死んだのよ、浅草で」

「悪かった。自分の死にざまを観察しようなんて、うぬ惚《ぼ》れすぎた」

「それも三月九日の夜中に、浅草で」

　警戒警報発令、三月九日二十二時三十分。空襲警報発令、三月十日午前零時十五分。来襲敵機、B29百五十機。投下弾数各種合計約十九万発。

「寒い晩に火で焼かれたのよ。強い風の中で」

　天候晴、風位北、風力烈風、湿度50％、干潮。

「みんな焼け死んだのよ」

　浅草区全戸全焼。死者約一万一千。

「生きのびたくせに、おじさんたちは何をしたのよ。再軍備ですって……防衛力増強ですって……」

「すまない、もう許してくれないか」

「あたしたちが生き残ってたら、もっと立派な国にしたわよ」

「そうだろう。生きのびた奴はみんな我儘《わがまま》だった。運がよかったことに甘えてた」

「もう死ぬ話なんかしないで」

「判った」

「なんのためにあたしたちが死んだのか、判んなくなっちゃうじゃない」

「もう言わない。考えもしないことにする」

「あたしたちはもうなんにもできないのよ。もうなんにも」

暗かった。私は三囲神社のあたりの川ぞいに立っていた。炎はなく、女も群衆も消えている。

どうやら桜橋を渡ってこちら側へ来てしまったようだ。

その桜橋が見えている。私は桜橋のほうへ戻って行った。


桜橋は歩行者専用橋だ。平和な時代に生まれた美しい橋である。

もしその橋が昭和二十年三月九日と十日にまたがる夜に架《か》かっていたら、きっとたくさんの人が死なずに助かっただろう。

いま地図でその橋を見ると、人形《ひとがた》をしているような気がしてならない。


（「オール讀物」１９８７年11月号）

解説　冷戦モラトリアム的思考に「終わり」は来るのか?

マライ・メントライン

主として一九七〇年代前半に執筆された本書の作品群、いま読むに値するか?　とお思いのチラ読み諸兄には、まずエッセイ「凡人五衰」または「賄賂のききめ」に目を通していただきたい。もしそこで時代性を超えるサムシングを感じたならば、おそらく本書は、それこそ定価以上で買うに値する。ゆえに買うべし。

収録作中、もっとも強烈なインパクトを放つであろう『軍靴の響き』は、日本の再軍備プロセスを多面的な群像劇として描く社会シミュレーション小説だ。ベトナム戦争期の日本内外の緊張感をベースに執筆された作品だが、なし崩し的な「仕方ない」路線の力学で進行する軍拡路線や左派的言論の無自覚な陳腐化など、冷戦終結から二〇二〇年代に至るまでの日本社会の実際の動向と驚くほどシンクロする内容なのが興味深い。というより凄《すご》い。凄すぎる。

とはいえ「予言が当たった」から価値がある、という話ではない。中長期的な危機感に対する日本人や日本社会のいわゆるホンネとタテマエの力学がマクロとミクロの視点で鋭く的確に描かれ、必然的な終着点として再軍備という結論を導くまでのプロセスにこそ知的価値の重心があるといえるだろう。荒唐無稽《こうとうむけい》さを排した地味で陰気な内容ながら、心理劇として最後まで一気に面白く読ませてしまう。時代や世代を超えた半村良の筆力こそ恐ろしい。


そもそも本作が書かれたベトナム戦争当時に読むのと、二〇二〇年代に読むのでは、前提となる「日本の防衛力」にまつわる印象が大幅に異なる。

なぜならベトナム戦争当時、つまり冷戦構造真っただ中、良くも悪くもアメリカ合衆国軍が日本周辺を、日米安保条約に基づき国威にかけてガードしまくっている状況で「日本独自の軍拡を！」というプランをぶち上げるのはいろいろと問題がある。まず親分たるアメリカ様がその動きを素直に認めるとは思えない。読者も「こりゃー右派のやりすぎ暴走じゃのう」という印象を自然に持ったのではあるまいか。

対して二〇二〇年代、世界は冷戦時代に比べ大いに不安定化し、列強を含めて国家間駆け引き・サバイバルをエグめに展開する時代に入っている。日本の周辺もきなくさい空気がガチで濃厚だ。そんな中、旧態依然とした冷戦時代の「アメリカ頼み」防衛フォーマット（しかもアメリカは以前に比べて熱意が乏しい）からなかなか脱却できない日本の防衛体制に対しては、右派ならずとも「これで大丈夫なのか?」という疑念を次第に膨らませており、防衛予算を増大させようとすると、軍国主義化への懸念以上に、お金の使い方が適切かどうかにツッコミが入る状況だったりもする。

同じ読者でも、数十年の時を経ていま本作を読むと、著者の否定的な筆致にもかかわらず自衛隊クーデター派の思考文脈にシンパシーを感じてしまうケースが多いのではないか、という気がしなくもない。この点は大いに考えさせられる。

『軍靴の響き』発表当時のリアルタイム読者——それは左翼学生運動や過激派の隆盛、そしてベトナム戦争の泥沼化といった出来事を同時代人として体験した世代のことだが、彼らにとってはまず作中の誰に、あるいはどの陣営に与《くみ》するかということが重要に感じられたであろうと思う。しかし私のような、しかも外国人のポスト冷戦世代の読者にとってこのあたりの様相はちょっと異なる。

たとえば私から見て本作の世界とその空気感は、押井守の『ケルベロス・サーガ』(※第二次世界大戦が、独伊vs.日英の連合で戦われ、敗れた日本がドイツの支配下に置かれるオルタネートヒストリー)をいくぶんソフトにしたものとして受け止められる。その上で、深い徒労感と焦燥感が同様に突き刺さる。どこが最大級に印象的で押井守ワールドにシンクロするかといえば、左派の過激派の闘士たちが「たぶんオレの路線は正解じゃない」と漠然と自覚しつつ、しかしそれ以外の思考も表現方法も思いつかないまま戦闘を続けてゆっくりと自壊してゆく、あの重い切なさだ。

現実はもうちょっといやらしい。左派と右派の言論バトルは、実質的に一九八〇～九〇年代的な内容をひきずった対立構図そのままで二〇二〇年代も（右派優勢になりながら）継続している。なぜそんな状態でいられるのか？ ひとつにはネット化により誰でも「自分が見たいと望む情報要素」のみで主観的な仮想世界を過剰に構築することが可能となり、しかもネット上では初老世代の声が妙にデカくて存在感があるからだ。彼らは図々しくもかなり大きな文化市場を既成事実的に形成してしまった。ゆえにリアルな現実認識の浸透と並行する形で、懐古的というか、十年一日のごとき価値観のリバイバルは終わらず滅びない。また、軍事的な言論シーンでのオタク層の台頭と、それをアンチ勢が嫌う構図に象徴される「サブカルとメインカルチャーの相克」という現象も、このへんの問題を面倒なものとしている理由の一端だろう。

これらの今日的諸要素を取り除いて社会的な動向の根幹を再整理すれば、半村良が提示した文脈がいろいろなツボを的確に突いていることが浮き彫りになる。それが本作最大の効用だろう。真に良き作品は、ベースとなる現実状況の具体的な展開がどうあれ陳腐化せず、逆に輝きを増してしまうのだ。

「フィックス」『不可触領域』はトリック&SF的なエンタメ要素の強い軍事小説だ。『軍靴の響き』以上に著者の権力不信スタンスが見てとれる作品でもあるが、その結末から窺えるのはむしろ、巷間そのタイプの作品にありがちな「強大な敵に一矢報いてやった！」的なカタルシス展開に対する不満と苛立ちである。国益に代表される「共同体の利益」を個人の権利や幸福の上位で振りかざす権威・権力的存在への嫌悪感を隠さぬ一方、そいつらの論理を否定するわけでもないのが大きなポイントだ。

もし主人公が個人的な勝利を得てピンチを切り抜けたとしても、そもそもの社会的問題が解決するわけではない。実際に解決しないままリアルに五十年が経過してしまい、半村良の慧眼だけが残ってしまった現状は、「発表当時、この作品から読者は何を読み取っていたのか」という点を深く考えさせてしまう。読者よ、しっかりせよ。

「怪談桜橋」は著者の「戦争体験者・証言者」としての重要性が際立つ逸品である。空襲の惨禍《さんか》を自分は生き残れて良かった、ではなく「自分たちは、もっと価値のある人間を足《あし》蹴《げ》にして生き残ってしまい、戦後、その借りを返すでもなく漫然と生きてしまった結果が、いまの社会の腐敗の諸相ではないのか？」という自責と疑念の強烈さが印象的だ。なればこそ、彼の軍事権威的なものに対する深い嫌悪感にも納得できるのだが、その上で権力側の視点を完全否定しないスタンスは、同時代ではなかなか広範な共感を得にくかっただろうとも思う。視野の広さ、深さはしばしばそれ自体が敵を生んでしまう。インパクトの強いトラウマ共通体験が背景にある場合はなおさらだ。

本作の精神的構造は、ちょっとギュンター・グラスの『玉ねぎの皮をむきながら』に似ていなくもない。巷間あの小説は、グラス自身のナチス武装親衛隊への志願入隊という過去のカミングアウトの書として受け取られ、それゆえ騒ぎになったのだが、実際に著者の主張の主軸をなすのは「戦後、自分たちの世代がナチズムを中途半端に他人事扱いして逃避を図ったことが、子の世代の密かなネオナチ化を促進したのではないか？」という、誰の口にも苦い内省だからだ。そしてそのようなキモに限って、あまり取り上げられることもなく終わってしまう。人間は良薬を巧みに避けながら生きていこうとするのだ。

半村良の軍事がらみ作品では、権力・反権力の双方を覆う戦後モラトリアム的思考と、その破綻が描かれている。それはいつ、どのような形で訪れるのか。そして、日本人と日本社会にとってどの程度のハードランディングとなるのか、という問題意識が強く窺える。このタイプの思考は特に冷戦終結後、実質的に破綻しているのだが、先述したとおり、その認識はいまだ充分に社会に浸透しているとは言いがたい。

また、作品の端々に、「世界情勢の現実を踏まえた、理性的で蓋然《がいぜん》性の高い再軍備ならアリかもしれないが、実際には与党タカ派の深奥にうごめく復古的執念が再軍備推進の真の動機ではないのか?」という懸念も見てとれる。これもまた「日本的戦後モラトリアム」の亡霊であることは言うまでもない。

いずれにしても実に鋭い。そして決して「終わった話」ではない。ゆえに本書は、おそらく著者の想定を超えて「二〇二〇年代の、より深刻化した日本の現状を撃つ」思考材料の宝庫になってしまっているのだ。まさに必読である。

二〇二三年三月

本書は徳間文庫オリジナル版です。

本作品はフィクションであり実在の個人・団体などとは一切関係がありません。

なお、本作品中に今日では好ましくない表現がありますが、著者が故人であること、および作品の時代背景を考慮し、そのままといたしました。なにとぞご理解のほど、お願い申し上げます。


（編集部）

徳間文庫

半村良“21世紀”セレクション1

不《ふ》可《か》触《しょく》領《りょう》域《いき》／軍《ぐん》靴《か》の響《ひび》き

【陰謀と政治】編

2023年4月15日 初刷

著者 半《はん》村《むら》良《りょう》

発行者 小宮英行

発行所 株式会社 徳間書店

東京都品川区上大崎三-一-一 〒141-8202
目黒セントラルスクエア

電話 編集〇三(五四〇三)四三四九
販売〇四九(二九三)五五二一

振替 〇〇一四〇-〇-四四三九二

印刷 製本 大日本印刷株式会社

ISBN978-4-19-894848-1 （乱丁、落丁本はお取りかえいたします）